JAMES ELLROY

DÁLIA NEGRA

Tradução de
CLÁUDIA SANT'ANA MARTINS

EDIÇÕES
BestBolso
RIO DE JANEIRO – 2011

CIP-BRASIL. CATALOGAÇÃO-NA-FONTE
SINDICATO NACIONAL DOS EDITORES DE LIVROS, RJ

Ellroy, James, 1948-
E43d Dália negra / James Ellroy; tradução Claudia Sant'Ana Martins. – Rio de Janeiro: BestBolso, 2011.
12x18 cm

Tradução de: The Black Dhalia
ISBN 978-85-7799-348-2

1. Ficção norte-americana. I. Martins, Cláudia Sant'Ana. II. Título.

CDD: 813
11-3048 CDU: 821.111(73)-3

Dália Negra, de autoria de James Ellroy.
Título número 255 das Edições BestBolso.
Primeira edição impressa em junho de 2011.
Texto revisado conforme o Acordo Ortográfico da Língua Portuguesa.

Título original norte-americano:
THE BLACK DHALIA

www.edicoesbestbolso.com.br

Design de capa: Rafael Nobre sobre imagem do cartaz do filme *Dália Negra* (2006, Universal Pictures).

Impresso no Brasil

ISBN 978-85-7799-348-2

Para Geneva Hilliker Ellroy
1915-1958

Mãe:
Vinte e nove anos depois,
esta despedida em sangue

Agora eu te dobro, meu bêbado, meu navegador, meu primeiro guardião perdido, para amar ou contemplar mais tarde.

Anne Sexton

Prólogo

Jamais a conheci em vida. Ela existe para mim através dos outros, como prova dos caminhos em que a sua morte os lançou. Voltando ao passado, buscando apenas fatos, eu a reconstruí como uma menina triste e uma prostituta, quando muito alguém que poderia ter sido, rótulo que também poderia se aplicar a mim. Gostaria de lhe ter concedido um final anônimo, de tê-la relegado a breves palavras de detetive, num relatório sumário de homicídio, com cópia carbono para o legista, e mais a papelada para enterrá-la em vala comum. O único erro em relação a esse desejo é que ela não teria gostado que fosse assim. Por mais brutais que sejam os fatos, ela gostaria que fossem todos revelados. E como lhe devo muito e sou o único que sabe a história inteira, incumbi-me de escrever essas memórias.

Mas antes de Dália houve a parceria, e antes disso a guerra e os regulamentos e manobras militares na Divisão Central, lembrando-nos de que os tiras também eram soldados, embora bem menos populares do que os que combatiam os alemães e os japas. Todos os dias, após o expediente, os policiais eram submetidos a treinamentos de ataque aéreo, a simulações de blecaute e de incêndio, que nos deixavam plantados em posição de sentido na rua Los Angeles, desejando que viesse um ataque de Messerschmitts para que não nos sentíssemos tão idiotas. A designação das patrulhas diurnas era feita por ordem alfabética e, logo após a minha formatura na Academia, em agosto de 1942, foi lá que conheci Lee.

Já conhecia a sua reputação e sabia de cor os nossos respectivos cartéis: Lee Blanchard, 43-4-2 (43 vitórias, 4 derrotas e 2 empates), peso-pesado, ex-atração habitual do estádio Hollywood Legion; e eu, Bucky Bleichert, meio-pesado, 36-0-0, certa vez ranqueado em décimo lugar pela revista *Ring*, provavelmente porque Nat Fleisher tinha achado divertida a forma como eu escarnecia dos adversários com meus dentões salientes. Mas as estatísticas não contavam a história toda. Blanchard pegava firme, levava seis para dar um, um clássico caçador de cabeças. Eu dançava e contra-atacava e dava ganchos na altura do fígado, sem jamais baixar a guarda, com medo de que demasiados golpes na cabeça arruinassem de vez a minha aparência, já meio prejudicada por causa dos dentes. Em termos de estilo, Lee e eu éramos como água e azeite, e todas as vezes que os nossos ombros se roçavam durante a chamada eu pensava: quem ganharia?

Nós nos avaliamos durante um ano. Nunca falávamos sobre boxe ou sobre o trabalho na polícia, limitando nossas conversas a umas poucas palavras sobre o tempo. Fisicamente, parecíamos tão antitéticos quanto dois grandalhões podem ser: Blanchard era loiro e corado, 1,83 metro de altura, tórax e ombros largos, pernas tortas e atrofiadas e um começo de barriga, rija e dilatada; eu era pálido, cabelos escuros, 1,90 metro de puro músculo. Quem ganharia?

Finalmente, desisti de tentar prever o vencedor. Mas outros tiras se encarregaram dessa questão e durante aquele primeiro ano na Central ouvi dezenas de palpites: Blanchard, por nocaute, no início da luta; Bleichert, por pontos; Blanchard, ganhando ou perdendo por suspensão devido a cortes – tudo, menos Bleichert por nocaute.

Às vezes, sem ser visto, ouvia boatos sobre nossas histórias fora do ringue: Lee tinha chegado ao Departamento de Polícia de Los Angeles (DPLA) e obtido promoções rápidas lutando em reuniões fechadas, frequentadas pelo alto escalão e seus amiguinhos políticos; resolveu o caso do roubo do Banco Boulevard-Citizens, em 1939, e se apaixonou pela namorada de um dos assaltantes, pondo a perder uma promoção certa para o Bureau de Detetives quando a garota foi morar com ele – em violação às regras departamentais sobre coabitação – e suplicou que largasse o boxe. Os rumores sobre Blanchard me pareciam *jabs* simulados, armados para desviar a atenção do adversário, e me perguntava quão verdadeiros seriam. Os pedaços da minha própria história me atingiam em cheio, porque eram cem por cento corretos. Dwight Bleichert tinha entrado no departamento fugindo de outros fatos mais importantes e violentos, ameaçado de expulsão da Academia quando a filiação de seu pai à Bund Germano-Americana* veio à luz, pressionado a delatar os rapazes japoneses, amigos de infância, ao Alien Squad**, a fim de assegurar a sua nomeação para o DPLA. Não lhe pediram para lutar em reuniões fechadas porque não era um nocauteador.

Blanchard e Bleichert: um herói e um delator.

A lembrança de Sam Murakami e de Hideo Ashida, algemados, a caminho do campo de Manzanar, favorecia essa visão simplificada de nós dois – a princípio. Então, entramos em ação, lado a lado, e minhas ideias iniciais sobre Lee – e sobre mim mesmo foram para o espaço.

Foi no começo de junho de 1943. Na semana anterior, alguns marinheiros tinham brigado com mexicanos trajando ternos *zoot****, no Lick Pier, em Venice. Falava-se que um dos marinheiros havia perdido um olho. As escaramuças irromperam em terra: os marinheiros da base naval de Chavez Ravine contra os *pachucos,* em Alpine e Palo Verde. Os jornais

*Organização pró-nazista formada nos EUA nos anos 1930. (*N. da T.*)

**Órgão do governo que, após o ataque japonês a Pearl Harbor, pôs em campo de concentração milhares de japoneses residentes nos Estados Unidos, muitos deles cidadãos americanos. (*N. do E.*)

***Paletó comprido, de ombreiras largas; calças de cintura alta, afunilando nas pernas. Usado nos anos 1940 por *pachucos*, jovens mexicanos pobres e rebeldes, de cidadania americana, da área de Los Angeles. (*N. da T.*)

noticiaram que os mexicanos de ternos *zoot* portavam insígnias nazistas junto com seus canivetes, e centenas de soldados, marinheiros e fuzileiros navais uniformizados desceram ao centro de Los Angeles, armados com cassetetes e bastões de beisebol. Supunha-se que um número igual de *pachucos* estivesse reunido junto ao Brew 102 Brewery, em Boyle Heights, suprido com um armamento similar. Todos os patrulheiros da Divisão Central foram chamados ao trabalho, recebendo um capacete de aço da Primeira Guerra e um cassetete enorme conhecido como mata-preto.

Ao pôr do sol, fomos levados ao campo de batalha em veículos emprestados pelo Exército e recebemos uma ordem: restaurar a ordem. Os revólveres de serviço nos foram tirados na Central; os chefes não queriam ver os 38 caindo nas mãos de gângsteres mexicanos milongueiros de cabelo comprido, calças de boca fina e paletó folgado.

Quando saltei do veículo, no cruzamento da Evergreen com a Wabash, com um modesto bastão, cabo envolto em fita isolante, fiquei dez vezes mais apavorado do que jamais tinha ficado num ringue – e não porque o caos vinha de todos os lados.

Fiquei aterrorizado porque os mocinhos, na verdade, eram os bandidos.

Os marinheiros iam chutando as vidraças de toda a extensão da rua Evergreen; os fuzileiros, em uniformes azuis, despedaçavam sistematicamente as lâmpadas dos postes de iluminação, criando uma escuridão cada vez maior para continuarem agindo. Evitando rivalidades entre as armas, soldados e fuzileiros reviravam os carros estacionados em frente a uma bodega, enquanto os rapazes da Marinha, trajando camisetas e calças boca de sino brancas, desciam o cacete à vontade em cima de um pequeno grupo de *pachucos*, na calçada da casa ao lado. À margem do combate, vi grupos de companheiros meus confabulando com valentões da Patrulha Naval e policiais militares.

Não sei quanto tempo fiquei ali, atordoado, me perguntando o que fazer. Finalmente, passei os olhos pela Wabash até a rua 1, vi casinhas, árvores e nada de *pachucos*, tiras ou soldadinhos ávidos de sangue. Antes de saber o que estava fazendo, corri para lá a toda velocidade. Teria continuado a correr até cair, mas um riso estridente, vindo da varanda de uma casa, me fez estancar. Andei em direção ao som. Uma voz aguda gritou:

– É o segundo tira que sai correndo do tumulto. Não culpo você. É meio difícil dizer em quem pôr as algemas, não é?

Fiquei parado na varanda, olhando para o velho. Ele falou:

– O rádio diz que os motoristas de táxi estão fazendo corridas até o Clube Militar em Hollywood e trazendo os marinheiros para cá. A KFI está chamando isso de ataque naval e fica tocando o hino da Marinha americana de hora em hora. Vi uns fuzileiros navais passando pela rua. Será que é isso que vocês chamam de ataque anfíbio?

– Não sei o que é, mas vou voltar.

– Você não foi o único a dar no pé. Um outro cara grandalhão desceu correndo por aqui, a toda velocidade.

O velho já me parecia uma versão esperta do meu pai.

– Alguns *pachucos* precisam aprender o que significa ordem.

– Acha que é simples assim, garoto?

– Vou fazer com que seja.

O velho cacarejou, deliciado. Saí da varanda e tomei o rumo de volta para enfrentar o dever, batendo com o cassetete na perna. As lâmpadas agora estavam todas destruídas; era quase impossível distinguir os *pachucos* dos soldados. O fato de saber disso resolvia o meu dilema, e me preparei para atacar. Então ouvi alguém gritar *"Bleichert!"* atrás de mim, e soube quem era o grandalhão.

Corri de volta. Lá estava Lee Blanchard, "a esperança branca do Sul", enfrentando três fuzileiros navais em uniformes azuis e um *pachuco* trajado a rigor: terno *zoot*. Havia encurralado os quatro na aleia central do pátio de um bangalô sujo e os mantinha a distância com os golpes do mata-preto. Os fuzileiros tomavam grande impulso para golpeá-lo com seus bastões, mas estes se perdiam, porque Blanchard desviava para o lado, para trás e para a frente com a base dos pés. O *pachuco* acariciava as medalhas religiosas em torno do pescoço, com ar perplexo.

– Bleichert, código 3!

Entrei na luta, dando *jabs* com meu bastão, a arma batendo em reluzentes botões de bronze e condecorações. Levei golpes desajeitados de cassetete nos braços e nos ombros e me joguei para a frente, a fim de que os fuzileiros ficassem sem espaço para bater. Parecia um *clinch* com um polvo, sem árbitro nem gongo, depois de três minutos; por instinto, larguei meu bastão, baixei a cabeça e comecei a desferir socos no corpo deles, atingindo diafragmas flácidos, cobertos por gabardine. Então ouvi:

– Bleichert, recue!

Fiz isso, e lá estava Lee Blanchard, com o mata-preto erguido acima da cabeça. Os fuzileiros, aturdidos, gelaram; o bastão desceu uma, duas, três vezes – golpes diretos nos ombros. Quando o trio se reduzira a uma pilha de roupas azuis, Blanchard disse:

– Para os salões de Trípoli*, seus bundões.

E virou-se para o *pachuco:*

– Olá, Tomas.

Balancei a cabeça e me espreguicei. Os braços e as costas doíam; os nós dos dedos da mão direita latejavam. Blanchard algemava o mexicano, e tudo o que pude pensar em dizer foi:

– O que foi isso tudo, afinal?

Blanchard sorriu.

---

*Adulteração do hino dos fuzileiros navais norte-americanos, que menciona: "From the halls of Montezuma to the shores of Tripoli." (*N. da T.*)

– Desculpe a minha falta de educação. Policial Bucky Bleichert, gostaria de lhe apresentar o Señor Tomas Dos Santos, objeto de um mandado geral de prisão por homicídio culposo, cometido durante a perpetração de um delito Classe B. Tomas arrancou a bolsa de uma velha na rua 6 com a Alvarado, ela teve um ataque cardíaco e bateu as botas. Tomas deixou a bolsa cair e correu como o diabo. Deixou um farto e suculento conjunto de impressões digitais na bolsa e testemunhas oculares para completar – Blanchard deu uma cotovelada no homem. – *Habla inglés,* Tomas?

Dos Santos sacudiu a cabeça negativamente; Blanchard balançou a sua com tristeza.

– É um homem morto. Homicídio culposo em segundo grau é câmara de gás na certa para um *pachuco.* O malandro aqui está a seis semanas de seu *Grande Adiós.*

Ouvi tiros vindos da direção das ruas Evergreen e Wabash. Fiquei na ponta dos pés e vi chamas se projetarem de uma fileira de janelas quebradas, crepitando em fogos azuis e brancos quando chegavam aos cabos dos bondes e aos fios telefônicos. Olhei para os fuzileiros no chão, e um deles ergueu o dedo do meio para mim.

Falei para Blanchard:

– Espero que os caras não tenham pegado o seu número.

– Que se fodam, se pegaram.

Apontei para um grupo de palmeiras se incendiando.

– Jamais conseguiremos que o fichem esta noite. Você correu para cá para cercá-los? Pensou que...

Blanchard silenciou-me com um *jab* zombeteiro que parou a um centímetro do meu distintivo.

– Corri para cá porque sabia que não ia poder fazer porra nenhuma para restaurar a ordem, e se ficasse por aí poderia ser morto. A história soa familiar?

Eu ri:

– Soa. Então você...

– Então vi os bundões caçando o malandro aqui, que parecia, de modo suspeito, com o cara do mandado de prisão número 411/43. Eles me encurralaram aqui, então vi você retornando, querendo se machucar, e pensei que seria melhor que se machucasse por uma boa razão. Parece razoável?

– Funcionou.

Dois dos fuzileiros tinham conseguido ficar em pé e ajudavam o outro a se erguer. Quando chegaram à calçada, os três, lado a lado, Tomas Dos Santos lançou o pé direito, com força, em direção à maior das três bundas. O soldado de primeira classe gordo, ao qual esta pertencia, virou o rosto para o agressor; dei um passo à frente. Renunciando a sua última campanha no leste de Los Angeles, os três cambalearam em direção à rua, aos tiros e às palmeiras incandescentes. Blanchard despenteou o cabelo de Dos Santos.

– Seu engraçadinho filho da puta, você está morto. Vamos, Bleichert, vamos achar um lugar para ficar até isso sossegar.

A ALGUMAS QUADRAS DALI, encontramos uma casa com uma pilha de jornais na varanda, e forçamos a porta. Havia uma garrafa de Cutty Sark no armário da cozinha, e Blanchard mudou as algemas dos punhos de Dos Santos para os tornozelos, para que ele pudesse beber. Quando terminei de fazer sanduíches de presunto e uísques-soda, o *pachuco* já havia matado metade da garrafa e cantava aos berros o *Cielito Lindo* e uma versão mexicana de *Chattanooga Choo Choo*. Uma hora depois, a garrafa tinha se esvaziado e Tomas estava inconsciente. Ergui-o, levei-o até o sofá e joguei uma colcha em cima dele. Blanchard falou:

– É o meu nono delinquente perigoso em 1943. Vai aspirar gás em menos de seis semanas, e eu estarei trabalhando na Divisão Nordeste ou na Equipe de Capturas da Central em menos de três anos.

A certeza dele me irritou.

– Essa não. Você é jovem demais, ainda não foi nomeado sargento, vive com uma mulher sem ser casado, perdeu os seus amiguinhos no alto escalão quando parou de lutar naquelas reuniões, e ainda não cumpriu um período à paisana. Você...

Parei ao vê-lo sorrir. Foi até a janela da sala e olhou para fora.

– Fogo na Michigan e na Soto. Bonito.

– Bonito?

– É, bonito. Sabe um bocado sobre mim, Bleichert.

– As pessoas falam de você.

– Falam de você, também.

– O que dizem?

– Que o seu velho é um desses malucos nazistas. Que você entregou o seu melhor amigo aos federais para entrar no departamento. Que incrementou a sua ficha lutando contra pesos médios inflados.

As palavras pairaram no ar como uma tríplice acusação.

– Só isso?

Blanchard virou-se para me encarar.

– Não. Dizem que nunca sai com garotas e que acha que pode me pegar.

Aceitei o desafio.

– Tudo isso é verdade.

– É? O que você ouviu sobre mim também. Só que estou na lista de promoções a sargento, vou me transferir para a Divisão de Costumes de Highland Park em agosto, c tem um judeuzinho promotor público assistente que molha as calças por boxeadores. Me prometeu o próximo posto na Equipe de Capturas que conseguir arranjar.

– Estou impressionado.

– Ah, está? Quer saber algo ainda mais impressionante?

– Manda ver.

– Meus primeiros vinte nocautes foram em cima de boxeadores de araque, escolhidos a dedo por meu empresário.

Minha namorada viu você lutar no Olympic e disse que você seria bonito se arrumasse os dentes, e que talvez pudesse mesmo ganhar de mim.

Não conseguia saber se o cara estava querendo uma briga ali, no ato, ou um amigo; se estava me testando, me gozando ou me sondando para obter alguma informação. Apontei para Tomas Dos Santos, que se contorcia em seu sono bêbado.

– E quanto ao mexicano?

– Vamos levá-lo amanhã de manhã.

– Leve-o você.

– Metade do mérito pela captura é seu.

– Obrigado, mas dispenso.

– Tudo bem, parceiro.

– Não sou seu parceiro.

– Talvez um dia.

– Talvez nunca, Blanchard. Talvez você vá trabalhar em capturas, recuperar veículos com prestações em atraso e entregar papéis aos advogadozinhos, e talvez eu fique os meus vinte anos, pegue minha pensão e arranje um trabalho leve em algum outro lugar.

– Você pode entrar para o FBI. Sei que tem amigos no Alien Squad.

– Não me encha o saco com essa história.

Blanchard olhou de novo pela janela.

– Bonito. Daria um bom cartão-postal. "Mamãe querida, gostaria que estivesse aqui, no pitoresco conflito racial do leste de Los Angeles."

Tomas Dos Santos se mexeu, murmurando:

– *Inez? Inez? Qué? Inez?*

Blanchard foi até o armário do saguão, achou um velho casacão de lã e jogou-o em cima dele. O calor a mais pareceu acalmá-lo; os resmungos cessaram. Blanchard falou:

– *Cherchez la femme.* Hein, Bucky.

– O quê?

– Procure a mulher. Mesmo tendo enchido a cara, o velho Tomas não consegue deixar Inez em paz. Aposto dez contra um que quando ele for para a câmara de gás ela vai estar lá com ele.

– Talvez ele se declare culpado de crime menor para escapar da pena maior. Talvez pegue de quinze anos a perpétua, e saia em vinte.

– Não. É um homem morto. *Cherchez la femme,* Bucky. Lembre-se disso.

Andei pela casa procurando um lugar para dormir, ajeitando-me, por fim, num quarto do andar de baixo com uma cama de colchão encaroçado, curta demais para minhas pernas. Deitando-me, ouvi sirenes e tiros a distância. Gradualmente adormeci e sonhei com as minhas poucas e raras mulheres.

Pela manhã o distúrbio havia acalmado, deixando o céu com nuvens de fuligem e as ruas sujas de garrafas quebradas, cassetetes e bastões de beisebol descartados. Blanchard ligou para o distrito policial de Hollenbeck, pedindo que enviassem uma viatura para transportar o seu nono delinquente perigoso de 1943 até a cadeia do Palácio da Justiça, e Tomas Dos Santos chorou quando o policial levou-o para longe de nós. Blanchard e eu apertamos as mãos na calçada e seguimos caminhos diferentes para o centro – ele, para o gabinete do promotor público, para escrever seu relatório sobre a captura do ladrão de bolsas; eu, para a Central, para outro dia de trabalho.

O Conselho Municipal de Los Angeles proibiu o uso de ternos *zoot*, e Blanchard e eu retornamos às conversas educadas durante a chamada. E tudo o que ele tinha afirmado com aquela certeza tão irritante aquela noite na casa vazia se tornou realidade.

Blanchard foi promovido a sargento e transferido para a Divisão de Costumes de Highland Park, no começo de agosto, e Tomas Dos Santos foi para a câmara de gás uma semana depois. Três anos se passaram, e eu continuei a trabalhar na radiopatrulha da Divisão Central. Então, certa manhã, olhei para a tabela de transferências e promoções e vi, no topo da lista: Blanchard, Leland C., sargento; da Divisão de Costumes de Highland Park para a Equipe de Capturas, a partir de 15 de setembro de 1946.

E, é claro, nos tornamos parceiros. Analisando agora, em retrospectiva, sei que ele não tinha dons proféticos; simplesmente trabalhava para assegurar o seu futuro, enquanto eu seguia às cegas em direção ao meu. O que ainda me perturba era o seu *cherchez la femme*, dito em tom grave. Porque a nossa parceria não foi senão um caminho tortuoso até Dália. E, no final, ela acabaria nos possuindo completamente.

Parte I
Fogo e Gelo

1

O caminho em direção à parceria começou sem que eu soubesse, e foi um revival da agitação em torno de uma luta Blanchard-Bleichert que me trouxe a notícia.

Eu vinha de uma longa jornada de trabalho, uma emboscada a motoristas em excesso de velocidade. Meu talão de multas estava todo preenchido e meu cérebro entorpecido depois de oito horas acompanhando com os olhos o cruzamento da rua 2 com a Beaudry. Ao atravessar a sala de reuniões da Central, passando por uma multidão de tiras em uniforme azul que esperavam para ouvir a lista de crimes da noite, quase não escutei a frase de Johnny Vogel:

– Faz tempo que eles não lutam, e Horrall proibiu os combates em recinto privado, então acho que não é nada disso. Meu pai e o judeuzinho são unha e carne, e ele diz que tentaria contratar até o Joe Louis, se ele fosse branco.

Tom Joslin me deu uma cotovelada.

– Estão falando de você, Bleichert.

Busquei com os olhos Vogel que, a alguns metros de distância, conversava com outro tira.

– Manda ver, Tommy.

Joslin sorriu.

– Conhece Lee Blanchard?

– O Papa conhece Jesus?

– Ah! Ele está trabalhando na Capturas.

– Essa é velha. Me conta algo novo.

– Que tal essa: o parceiro de Blanchard está se aposentando. Ninguém achava que ele fosse pendurar as chuteiras, mas vai. O chefe da Equipe de Capturas é o promotor criminal Ellis Loew. Foi ele que obteve a nomeação de Blanchard, e agora procura um rapaz esperto para assumir o posto de auxiliar. Dizem que é doido por boxeadores e quer você. O pai de Vogel trabalha no Bureau de Detetives. É íntimo de Loew e está fazendo de tudo para que o filho fique com o emprego. Francamente, não acho que nenhum de vocês tenha as qualificações necessárias. Eu, por outro lado...

Tremi nas bases, mas ainda consegui me sair com uma piadinha, para mostrar a Joslin que não ligava:

– Seus dentes são muito pequenos. Não servem para morder nos *clinches*. Há muitos *clinches* quando se trabalha na Capturas.

MAS EU LIGAVA.

Naquela noite, sentei nos degraus da porta do meu apartamento e olhei para a garagem que abrigava o *punching ball*, meu saco de areia, meu livro de recortes de jornais, os programas das lutas e fotos de publicidade. Pensei na minha condição de ser considerado bom, mas não bom pra valer; em manter o meu peso baixo quando teria podido ganhar uns 5 quilos e lutar como peso-pesado; em lutar contra pesos-médios mexicanos, estufados como *tortillas*, no Eagle Rock legion Hall, onde meu velho ia se encontrar com o pessoal da Bund. Os meio-pesados eram uma terra de ninguém, uma categoria sem fronteiras muito rígidas, e desde o princípio saquei que era talhada para mim. Podia dançar na ponta dos pés a noite toda com os meus 80 quilos, podia desferir ganchos precisos, e só um *bulldozer* poderia resistir ao meu *jab* de esquerda.

Mas não havia meio-pesados *bulldozers*, porque qualquer lutador faminto, beirando os 80 quilos, devora batatas até virar peso-pesado, mesmo sacrificando metade de sua velocidade e a maior parte de sua pegada. Ser meio-pesado era seguro. Ser meio-pesado era ganhar prêmios de 50 dólares sem se machucar.

Ser meio-pesado era ter artigos de Braven Dyer no *Times,* a adulação do pai e de seus amiguinhos caçadores de judeus e ser o tal, desde que não saísse de Glassel Park e de Lincoln Heights. Significava ir até onde eu podia, sem sair das minhas próprias características – sem ter de pôr a minha coragem à prova.

Então apareceu Ronnie Cordero.

Era um peso-médio mexicano vindo de El Monte, rápido, uma pegada mortal com ambas as mãos e uma defesa mais fechada que um caranguejo, cotovelos junto aos flancos para desviar golpes do corpo. Tinha só 19 anos. Os ossos eram extraordinários para o seu peso, com um potencial de crescimento para escalar duas categorias e chegar aos pesos-pesados e ao dinheiro grosso. Tinha acumulado uma série de 14 nocautes consecutivos nos primeiros rounds no Olympic, dizimando os principais pesos-médios de Los Angeles. Ainda em crescimento e ansioso por enfrentar oponentes de melhor qualidade, Cordero lançou-me um desafio através da página de esportes do Herald.

Sabia que ele ia me reduzir a pó. Sabia que perder para um comedor de tacos ia arruinar a minha celebridade local. Sabia que fugir do combate iria me machucar, mas lutar iria me matar. Comecei a procurar um lugar para onde fugir. O Exército, a Marinha e os fuzileiros navais pareciam bons, então Pearl Harbor foi bombardeada e fez com que parecessem maravilhosos. Então meu velho teve um derrame cerebral, perdeu o emprego e a pensão e começou a tomar papinha de bebê por canudinho. Consegui um adiamento devido a dificuldades pessoais e entrei para o DPLA.

Percebi aonde iam meus pensamentos. Os caras do FBI me perguntando se eu me considerava alemão ou americano, e se estaria disposto a provar meu patriotismo ajudando-os temporariamente. Lutei contra o que viria a seguir, concentrando-me no gato da minha senhoria, o qual se aproximava sorrateiramente de um passarinho no telhado da garagem. Quando ele deu o bote, admiti para mim mesmo o quanto gostaria que o boato de Johnny Vogel fosse verdade.

A Equipe de Capturas para um tira era a celebridade local. Era andar à paisana sem terno e gravata, aventura e quilometragem paga por dia em seu próprio carro, não oficial. Significava caçar bandidos de verdade, em vez de bêbados e tarados em frente ao posto do Exército de Salvação. Significava trabalhar no gabinete do promotor, ter um pé no gabinete de Detetives, e jantar com o prefeito Bowron quando ele estava expansivo e queria ouvir histórias de guerra.

Pensar nisso começou a doer. Desci à garagem e bati no *punching ball* até meus braços terem câibras.

Durante as semanas seguintes, dirigi um carro de radiopatrulha perto do limite norte da Divisão Central. Orientava um novato falador chamado Sidwell, um garoto que vinha de um período de três anos na Polícia Militar na Zona do Canal. Sorvia cada palavra com a tenacidade submissa de um cãozinho de estimação e estava tão apaixonado pelo trabalho na Polícia Civil que deu para ficar andando pela delegacia, depois do final do nosso turno, falando besteiras com os carcereiros, jogando toalhas nos cartazes de "procurado" no vestiário, normalmente enchendo a paciência de todo mundo até alguém mandá-lo para casa.

Não tinha o mínimo senso de decoro e falava com qualquer um sobre qualquer coisa. Eu era um de seus assuntos preferidos, e ele transmitia as fofocas da delegacia diretamente a mim.

Eu tinha de descontar bastante na maioria dos boatos: o chefe Horrall ia criar uma equipe de boxe interdivisional e ia me mandar para Capturas, para assegurar a minha participação, junto com a de Blanchard; Ellis Loew, promotor criminal em ascensão, tinha ganhado, supostamente, altas somas apostando em mim antes da guerra e estava agora me proporcionando uma recompensa tardia; Horrall havia revogado a sua ordem banindo os combates privados, e certo mandachuva do alto escalão queria me ver feliz para poder encher seus bolsos apostando em mim. Essas histórias me soavam inverossímeis, embora soubesse que o boxe estava, de algum modo, por trás do meu status de corredor disputando a ponta. O que eu acreditava era que o acesso a Capturas estava se fechando, restringindo-se a dois nomes: seria Johnny Vogel ou eu.

O pai de Vogel trabalhava com os detetives da Central; eu era um 36-0-0 fabricado numa categoria meio indefinida cinco anos atrás. Sabendo que a única forma de competir com o nepotismo era acertar o peso, soquei os sacos de treinamento, esqueci as refeições e pulei corda até voltar a ser um meio-pesado bom e seguro. E então esperei.

2

Fiquei uma semana no limite dos 80 quilos, cansado de treinar e sonhando todas as noites com bifes, hambúrguer com pimenta *chile* e tortas cremosas de coco. Minhas esperanças de trabalhar na Capturas minguaram a tal ponto que as trocaria por algumas costeletas de porco no vagão-restaurante do Pacific, e o vizinho que cuidava do meu velho por 20 dólares ao mês tinha ligado para dizer que ele andava aprontando de novo, atirando nos cachorros da vizinhança com espingarda de ar comprimido e torrando a pensão da previdência social com revistas masculinas e miniaturas de aviões. Estava chegando a um ponto em que teria de fazer algo com ele, e todo velhote desdentado que cruzava em minha ronda me parecia uma versão grotesca do Louco Dolph Bleichert. Observava um bêbado trôpego, no cruzamento da rua 3 com a Hill, quando recebi no rádio a chamada que mudou minha vida para sempre.

– 11-A-23, entre em contato com a Central. Repetindo: 11-A-23, entre em contato com a Central.

Sidwell me cutucou:

– Estão nos chamando, Bucky.

– Diz aí: câmbio.

– O cara diz para entrarmos em contato com a Central.

Virei à esquerda e estacionei, depois apontei para a cabine telefônica na esquina.

– Use o segredo. A chavinha aí perto das suas algemas.

Sidwell obedeceu, voltando a passos rápidos para o carro, momentos depois, com um ar grave.

– Querem que você vá falar com o chefe dos detetives, imediatamente.

Pensei, antes de tudo, que tinha algo a ver com meu pai. Colei o pé no acelerador durante as seis quadras até a Prefeitura. Depois passei a viatura para Sidwell, e tomei o elevador para o escritório do chefe Thad Green no quarto andar. A secretária levou-me ao santuário do chefe; sentados em poltronas de couro emparelhadas, estavam Lee Blanchard, um homem esguio como um palito, com um terno de tweed de três peças, e um número de altas patentes que eu jamais vira reunidas num só lugar.

A secretária anunciou "Policial Bleichert" e me deixou ali, consciente de que meu uniforme caía sobre meu corpo depauperado como se fosse uma tenda. Então Blanchard, vestindo calças de veludo cotelê e uma jaqueta marrom de atleta com a inicial da escola, levantou-se e fez o papel de mestre de cerimônias.

– Cavalheiros, Bucky Bleichert. Bucky, da esquerda para a direita, uniformizados, temos o inspetor Malloy, o inspetor Stensland e o chefe Green. O cavalheiro à paisana é o promotor Ellis Loew.

Acenei com a cabeça, e Thad Green indicou-me uma poltrona vazia de frente para a assembleia. Instalei-me nela; Stensland passou-me um maço de papéis.

– Leia isso, policial. É o editorial de Braven Dyer que sairá no *Times* de sábado.

A página da frente estava datada de 14 de outubro de 1946, com um título em letra de forma bem embaixo da data: "Fogo e gelo na Polícia de Los Angeles". Embaixo dele, o texto datilografado começava:

> Antes da guerra, a Cidade dos Anjos tinha a ventura de possuir dois boxeadores entre seus habitantes, nascidos e criados a menos de 8 quilômetros de distância, pugilistas com estilos tão diferentes quanto o fogo e o gelo. Lee Blanchard era um moinho de vento de pernas cambaias e braços que eram verdadeiras fundas; faíscas cobriam os assentos das primeiras fileiras quando desferia seus golpes. Bucky Bleichert entrava no ringue com tanta frieza e autocontrole que se poderia acreditar que fosse imune ao suor. Dançava na ponta dos pés melhor do que Bojangles Robinson, e seus *jabs* fulminantes massacravam o rosto dos adversários até estes parecerem o *steak tartare* servido no restaurante de Mike Lyman. Ambos eram poetas: Blanchard, o poeta da força bruta; Bleichert, o seu oposto, o poeta da velocidade e da astúcia. Coletivamente, ganharam 79 contendas e perderam apenas 4. No ringue, como na tabela de elementos, o fogo e o gelo são difíceis de vencer.
>
> O Sr. Fogo e o Sr. Gelo nunca se defrontaram. O limite de categorias manteve-os distantes. Mas o sentido do dever uniu-os em espírito, e ambos se juntaram ao Departamento de Polícia de Los Angeles e continuaram a lutar fora do ringue – agora na guerra contra o crime. Blanchard solucionou o intrincado caso do roubo do Banco Boulevard-Citizens em 1939 e capturou o sanguinário assassino Tomas Dos Santos; Bleichert serviu com distinção durante a "Guerra do Terno *Zoot*", em

1943. Agora ambos trabalham na Divisão Central: o Sr. Fogo, 32, sargento da valorosa Equipe de Capturas; o Sr. Gelo, 29, patrulheiro do perigoso centro de Los Angeles. Recentemente perguntei ao Sr. Fogo e ao Sr. Gelo por que abandonaram o ringue em pleno apogeu para se tornarem policiais. A resposta é um bom indício do valor desses homens:

Sargento Blanchard: "A carreira de um pugilista não dura para sempre, mas a satisfação de servir à comunidade sim."

Policial Bleichert: "Queria lutar contra adversários mais perigosos, ou seja, criminosos e comunistas."

Lee Blanchard e Bucky Bleichert fizeram grandes sacrifícios para servir à sua cidade e, no dia da eleição, 5 de novembro, os eleitores de Los Angeles serão convocados a fazer o mesmo – a votar na proposta de uma verba de 5 milhões de dólares para aperfeiçoar os equipamentos do DPLA e fornecer um aumento de salários de 8 por cento para todo o pessoal. Lembre-se dos exemplos do Sr. Fogo e do Sr. Gelo. Vote "sim" na Proposta B no dia da eleição.

Terminei de ler e estendi as folhas de volta para o inspetor Stensland. Ele começou a dizer algo, mas Thad Green silenciou-o, colocando a mão em seu ombro.

– Diga-nos o que pensa disso, policial. Seja sincero.

Engoli em seco para manter a voz firme.

– Muito sutil.

Stensland corou, Green e Malloy arreganharam os dentes, Blanchard riu abertamente. Ellis Loew falou:

– A Proposta B vai perder feio, mas há uma possibilidade de reapresentá-la na eleição não majoritária, na próxima primavera. O que estávamos pensando era...

– Ellis, por favor – interrompeu Green, e voltou sua atenção a mim. – Entre outras razões, a verba não vai passar porque o público não está nem um pouco satisfeito com o serviço que estamos prestando. Ficamos com o pessoal reduzido durante a guerra, e alguns dos homens que contratamos para remediar o problema se revelaram maus elementos e criaram má fama para nós. Além disso, ficamos com excesso de novatos desde que a guerra terminou, e muita gente boa se aposentou. Há duas delegacias que precisam ser reconstruídas, e precisamos oferecer salários iniciais mais altos para atrair melhores homens. Tudo isso exige dinheiro, e os eleitores não vão querer dá-lo a nós em novembro.

Eu começava a juntar as peças. Malloy falou:

– A ideia foi sua, promotor. Conte a ele.

Loew disse:

– Aposto o que vocês quiserem que conseguimos fazer passar a proposta na eleição especial de 1947. Mas temos que despertar entusiasmo pelo departamento para conseguir isso. Precisamos levantar o moral dentro do departamento e precisamos impressionar os eleitores com a qualidade de nossos homens. Boxeadores brancos são um chamariz e tanto, Bleichert. Você sabe disso.

Olhei para Blanchard.

– Você e eu, ahn?

Blanchard deu uma piscadela.

– Fogo e Gelo. Conte-lhe o resto, Ellis.

Loew estremeceu ao ser tratado pelo primeiro nome.

– Uma luta de dez assaltos daqui a três semanas no ginásio da Academia de Polícia – continuou ele. – Braven Dyer é meu amigo pessoal e vai criar todo um clima através de sua coluna. Os ingressos serão vendidos a 2 dólares e divididos, metade para policiais e suas famílias, metade para civis. A arrecadação irá para o programa de caridade da polícia. A partir disso, formaremos uma equipe de boxe interdivisional. Todos bons rapazes, brancos e sadios. Os membros da equipe terão um dia de folga por semana para ensinar a meninos menos favorecidos a arte da autodefesa. Publicidade direto, até a eleição especial de 1947.

Todos os olhos estavam sobre mim. Contive a respiração, esperando que me oferecessem o lugar em Capturas. Como ninguém dissesse uma palavra, olhei de relance para Blanchard. A parte superior de seu corpo parecia brutalmente poderosa, mas o estômago se tornara flácido e eu era mais jovem, mais alto e provavelmente bem mais rápido. Antes que pudesse dar a mim mesmo motivos para recuar, respondi:

– Eu topo.

O pessoal do alto escalão recebeu minha decisão com uma salva de palmas; Ellis Loew sorriu, expondo dentes que pareciam pertencer a um filhote de tubarão.

– A data é 29 de outubro, uma semana antes da eleição – falou. – Ambos têm direito a uso irrestrito do ginásio da Academia para treinamentos. Dez assaltos é um bocado para exigir de dois homens que estão inativos, mas qualquer outra hipótese ia parecer coisa de maricas.

– Ou de comunistas – zombou Blanchard. Loew lançou-lhe um esgar de dentes de tubarão. Falei "Sim, senhor", e o inspetor Malloy ergueu a câmera, trinando:

– Olha o passarinho, filho.

Fiquei ereto e sorri sem abrir os lábios; um flash estourou. Vi estrelas e recebi uma pancada nas costas, e quando a camaradagem terminou e minha visão clareou, Ellis Loew dizia à minha frente:

– Vou apostar uma nota em você. E se não perder minha aposta, espero que sejamos colegas dentro em breve.

Pensei "Você é um filho da puta astucioso", mas disse "Sim, senhor". Loew me deu um aperto de mão frouxo e se retirou. Esfreguei os olhos, tirando as últimas estrelas, e vi que a sala estava vazia.

Tomei o elevador para descer ao térreo, pensando em modos saborosos de recuperar o peso que perdera. Blanchard provavelmente pesava 90 quilos; se eu chegasse com meus velhos e seguros 80 quilos para enfrentá-lo, ele ia me amassar cada vez que me atingisse. Tentava decidir-me entre comer no Pantry ou no Little Joe's quando cheguei ao estacionamento e vi meu adversário em pessoa – conversando com uma mulher que soltava anéis de fumaça contra um céu de cartão-postal.

Atravessei. Blanchard estava encostado num carro de radiopatrulha sem emblema e gesticulava para a mulher, ainda absorta em seus anéis, soltando três ou quatro de cada vez. Eu a via de perfil à medida que me aproximava, a cabeça virada para cima, as costas arqueadas, uma das mãos apoiada na porta do carro. Cabelos castanho-avermelhados, cortados em estilo chanel, roçavam nos ombros e em seu pescoço esguio e comprido; o feitio de sua jaqueta Eisenhower e da saia de lã me indicava um corpo todo esguio.

Blanchard me avistou e cutucou-a. Soltando um pulmão inteiro de fumaça, ela se voltou. De perto, vi um rosto forte e bonito, todo em partes desencontradas: uma testa alta que fazia o seu penteado parecer incompatível, nariz torto, lábios cheios e grandes olhos castanho-escuros.

Blanchard fez as apresentações:

– Kay, este é Bucky Bleichert. Bucky, Kay Lake.

A mulher esmagou o cigarro. Eu disse "Oi", me perguntando se aquela seria a namorada que Blanchard conhecera no julgamento do roubo do Boulevard-Citizens. Não agia como mulher de bandido, mesmo que vivesse com um tira havia anos.

Sua voz tinha um sotaque ligeiramente caipira.

– Vi você lutar diversas vezes. E você ganhou.

– Eu sempre ganhava. É fã de boxe?

Kay Lake balançou a cabeça negativamente.

– Lee costumava me arrastar com ele. Eu estava fazendo um curso de artes, então levava um bloco e desenhava os boxeadores. Blanchard colocou o braço em torno dos ombros dela.

– Ela me fez parar de lutar nas reuniões particulares. Disse que não queria me ver abobalhado.

Começou a imitar um boxeador aturdido lutando, e Kay Lake se afastou dele. Blanchard olhou para ela de relance e desferiu alguns *jabs* de esquerda e cruzados de direita no ar. Os socos pareciam telegrafados, previsíveis e, em minha cabeça, contra-ataquei com um golpe no maxilar e no diafragma. Falei:

– Vou tentar não machucá-lo.

Esse comentário fez Kay arder por dentro, nitidamente. Blanchard deu um riso forçado.

– Levei semanas para convencê-la a me deixar realizar essa luta. Prometi um carro novo se ela não fizer muito beicinho.

– Não faça nenhuma aposta se não puder cobrir.

Blanchard riu e se pôs ao lado de Kay, abraçando-a. Perguntei:

– Quem bolou a jogada toda?

– Ellis Loew. Foi ele quem me trouxe para Capturas. Depois meu parceiro se aposentou e Loew começou a pensar em você para substituí-lo. Convenceu Braven Oyer a escrever aquela droga sobre Fogo e Gelo e levou o plano a Horrall. Ele nunca ia topar uma dessas, mas todas as pesquisas diziam que a questão da verba estava indo pro espaço, então ele disse que tudo bem.

– E apostou dinheiro em mim? E se eu ganhar, o emprego na Capturas é meu?

– Algo assim. O promotor titular não gosta da ideia, acha que não daríamos certo como parceiros. Mas concordou – Horrall e Thad Green o convenceram. Pessoalmente, quase chego a desejar que você ganhe. Se não ganhar, vou ficar com Johnny Vogel. Ele é gordo, peida, tem mau hálito e seu pai é o maior puxa-saco da Central, sempre quebrando galhos para o judeuzinho. Mas...

Dei uma batidinha no peito de Blanchard com meu indicador.

– E você, o que é que ganha na jogada?

– As apostas correm para ambos os lados. Minha garota gosta de viver bem e não posso deixá-la na mão. Certo, querida?

– Continue falando de mim na terceira pessoa. Isso é irritante!

Blanchard ergueu as mãos, fingindo render-se; os olhos de Kay faiscaram. Curioso em relação à mulher, perguntei:

– O que acha da história toda, Srta. Lake?

Desta vez seus olhos dançaram.

– Por fatores estéticos, espero que vocês dois fiquem bem sem camisa. Por motivos morais, espero que o departamento caia no ridículo por montar essa farsa. Por motivos financeiros, espero que Lee ganhe.

Blanchard riu e bateu com a palma da mão do capô do carro; esqueci a vaidade e sorri com a boca aberta. Kay Lake olhou bem dentro dos meus olhos e senti, pela primeira vez – de modo estranho, mas seguro –, que o Sr. Fogo e eu estávamos nos tornando amigos.

Estendendo-lhe a mão, falei:

– Boa sorte, a não ser na luta.

Lee apertou a mão estendida e respondeu:

– O mesmo para você.

Kay nos observava com um olhar que parecia dizer que éramos duas crianças idiotas. Levantei o chapéu em saudação a ela, e comecei a me afastar. Kay gritou "Dwight!", e me perguntei como sabia meu nome. Quando me voltei, ela falou:

– Você seria muito bonito se arrumasse seus dentes.

3

A luta logo se tornou uma verdadeira mania, primeiro no departamento, depois em toda Los Angeles; os ingressos se esgotaram em 24 horas após o anúncio de Braven Dyer na página de recortes do *Times*. O tenente da rua 77, designado como recolhedor oficial de apostas do departamento, dava Blanchard como favorito na base de 3 para 1, enquanto os *bookmakers* indicavam o Sr. Fogo como favorito por nocaute a 2 e meio contra 1, e por decisão a 5 contra 3. As apostas interdepartamentais alcançavam níveis espantosos, e foram feitos bolos de apostadores em todas as delegacias. Dyer e Morrie Ryskind do *Mirror* fomentavam a loucura em suas colunas, um disc-jóquei compôs um jingle chamado "Tanga do Fogo e do Gelo". Sustentado por um conjunto de jazz, uma ardente soprano gorjeava: "Fogo e Gelo compõem o enredo; 180 quilos trocando socos, é coisa de dar medo. Mas o Sr. Fogo acende a minha tocha e o Sr. Gelo esfria a minha cabeça, vai ser uma noite e tanto e vou me divertir à beça!"

Eu era novamente uma celebridade local.

Na chamada, vi placares de apostas passando de mão em mão e recebi manifestações de incentivo de tiras que nunca tinha visto antes; o gordo Johnny Vogel me olhava feio todas as vezes em que nos cruzávamos no vestiário. Sidwell, sempre espalhando boatos, disse que policiais da guarda noturna tinham apostado seus carros e que o comandante da delegacia, capitão Harwell, iria segurar os avisos de afastamento até depois da luta. Os tiras da Divisão de Costumes tinham suspendido a coleta de apostas porque Mickey Cohen estava arrecadando 10 mil dólares por dia e remetia 5 por cento para a agência publicitária contratada pela Prefeitura em seu esforço de tentar a aprovação da verba. Harry Cohn, o figurão da

Columbia Pictures, tinha apostado uma nota na minha vitória por pontos e, se eu cumprisse meu papel, ganharia um fim de semana fantástico com Rita Hayworth.

Nada disso fazia sentido para mim, mas tudo parecia bom demais, e tentei não ficar louco treinando mais duro do que jamais tinha treinado na vida.

Ao final da patrulha, todos os dias, ia direto ao ginásio e trabalhava. Ignorando Blanchard e sua comitiva de puxa-sacos e os tiras de folga que me cercavam, eu batia no saco de areia, *jab* de esquerda-cruzado de direita-gancho de esquerda, cinco minutos direto, o tempo todo na ponta dos pés; lutava com meu velho amigo Pete Lukins e socava o *punching ball* até o suor me deixar cego e meus braços virarem borracha. Pulava corda e corria pelas colinas do parque Elysian com pesos de 1 quilo amarrados aos tornozelos, dando golpes rápidos contra ramos de árvores e arbustos, correndo mais rápido que os cachorros vira-latas que andavam por ali. Em casa, empanturrava-me de fígado, filé mignon e espinafre, e pegava no sono antes de conseguir tirar a roupa.

Então, quando faltavam nove dias para a luta, fui ver meu pai e decidi armar uma para pôr as mãos no dinheiro.

Isso ocorreu na minha visita mensal; parti rumo ao Lincoln Heights me sentindo culpado por não aparecer desde que soube que ele tinha voltado a agir como louco. Levei presentes para amenizar a culpa: conservas filadas dos mercados em minhas rondas e revistas masculinas confiscadas. Quando cheguei, vi que não seria o suficiente.

O velho estava sentado na varanda, emborcando um vidro de xarope para tosse. Com a pistola de ar comprimido em uma das mãos, atirava distraidamente em miniaturas de aviões feitas de madeira de balsa dispostas sobre o gramado. Estacionei e fui até ele. Suas roupas estavam salpicadas de vômito e os ossos se salientavam debaixo delas, projetando-se para fora como se estivessem conectados em ângulos errados. Tinha mau hálito, os olhos estavam amarelos e turvos, e a pele que pude ver sob a barba branca e áspera mostrava muitas veias quebradiças. Estendi a mão para ajudá-lo a levantar-se; deu tapas em minhas mãos, engrolando:

– *Scheisskopf! Kleine Scheisskopf!*

Puxei o velho até que ficasse em pé. Ele largou a pistola e o vidro de xarope e falou, como se tivesse me visto ainda no dia anterior:

– *Guten Tag, Dwight.*

Esfreguei as lágrimas de meus olhos.

– Fale inglês, papai.

O velho agarrou a dobra de seu cotovelo direito e sacudiu o punho para mim numa banana desajeitada.

– *Englisch Scheisser! Churchill Scheisser! Amerikanisch Juden Scheisser!*

Deixei-o na varanda e fui verificar a casa. A sala de estar estava abarrotada de partes de aviões de montar e latas de feijão abertas, com moscas zumbindo ao redor; o quarto tinha sido revestido com pôsteres de mulheres nuas, a maioria de cabeça para baixo. O banheiro cheirava a urina de dias, e a cozinha exibia três gatos fuçando latas de atum semivazias. Miaram para mim quando me aproximei; joguei uma cadeira neles e voltei para ver meu pai.

Ele se inclinava sobre o parapeito da varanda, acariciando a barba. Temendo que caísse, segurei seu braço; temendo começar, eu mesmo, a chorar pra valer, falei:

– Diga alguma coisa, papai. Me deixe furioso. Me conte como é que fez para deixar a casa fodida desse jeito num mês só.

Meu pai tentou se libertar. Segurei mais firme, depois afrouxei um pouco, com medo de quebrar o osso como se fosse um galho. Ele falou *"Du, Owight? Du?"*, e soube que ele havia tido outro derrame e perdido novamente a memória de língua inglesa. Tentei recordar frases em alemão, mas não encontrei nada. Quando criança, odiava tanto o velho que dei um jeito de esquecer a língua que ele me ensinou.

– *Wo ist Greta? Wo, mutti?*

Coloquei meus braços em torno do velho.

– Mamãe morreu. Você era pão-duro demais para lhe comprar bebida no contrabando, então ela arranjou um troço barato com os negros da parte baixa da cidade. Era álcool puro, papai. Ela ficou cega. Você a internou no hospital e ela se jogou do telhado.

– Greta!

Segurei-o mais firme.

– Sssh. Isso já faz 14 anos, papai. É um bocado de tempo. O velho tentou se livrar de mim; empurrei-o até o pilar da varanda e o imobilizei. Os lábios dele se franziram para gritar palavrões, então seu rosto empalideceu e percebi que não conseguia encontrar as palavras. Fechei os olhos e encontrei as palavras para ele.

– Sabe o que você me fez, seu corno? Eu podia ter entrado de modo limpo na polícia, mas eles descobriram que meu pai era um subversivo filho da puta. Fizeram-me dedar Sammy e os Ashidas, e Sammy morreu em Manzanar. Sei que só entrou para a Bund para falar besteiras e arranjar trepadas, mas devia ter pensado melhor, porque eu não tinha nada com aquilo.

Abri os olhos e encontrei-os secos; os de meu pai eram inexpressivos. Soltei os ombros dele e disse:

– Você não tinha como saber, e fui eu que vesti a pele de dedo-duro. Mas você era um pão-duro miserável. Você matou mamãe, isso é culpa sua mesmo.

Tive uma ideia sobre como resolver toda a confusão.

– Vá descansar agora, papai. Vou cuidar de você.

NAQUELA TARDE, assisti ao treino de Lee Blanchard. O seu sistema consistia em assaltos de quatro minutos contra meio-pesados esqueléticos emprestados do ginásio de Main Street, e o estilo era partir para o ataque direto e total. Curvava-se quando avançava, sempre fintando com a parte de cima do corpo; o seu *jab* era surpreendentemente bom. Não era o caçador de cabeças nem a presa fácil que eu esperava, e quando dava um gancho no estômago eu podia sentir o golpe a 20 metros de distância. Para o dinheiro, não poderia contar com ele, e o dinheiro era agora a verdadeira luta.

Assim, o dinheiro ia me obrigar a entregar a luta.

Peguei o carro, fui para casa e liguei para o carteiro aposentado que tomava conta do meu pai, oferecendo-lhe uma nota de 100 dólares se limpasse a casa e grudasse no velho como chiclete até o dia da luta. Ele aceitou, então liguei para um velho colega da Academia que trabalhava na Divisão de Costumes de Hollywood e lhe pedi os nomes de alguns *bookmakers.* Achando que eu queria apostar em mim mesmo, ele me deu o telefone de dois independentes, mais um do grupo de Mickey Cohen e outro da turma de Jack Dragna. Os independentes e a lista de Cohen davam Blanchard como favorito na base de 2 para 1, mas na lista de Dragna a grana empatava, Bleichert ou Blanchard, devido a recentes informações de olheiros que diziam que eu parecia... rápido e forte. Poderia dobrar cada dólar que apostasse.

Na manhã seguinte, liguei para o serviço dizendo estar doente, e o responsável pelo turno diário engoliu, porque eu era uma celebridade local e o capitão Harwell não ia querer que ele pegasse no meu pé. Resolvido o problema do trabalho, esvaziei a caderneta de poupança, retirei em dinheiro meus bônus do Tesouro e consegui um empréstimo de 2 mil dólares no banco, colocando meu Chevrolet 1946 quase novo como garantia. Do banco até Lincoln Heights e uma conversa com Pete Lukins era só um pulo. Ele concordou em fazer o que eu queria e duas horas depois me ligava com os resultados.

O *bookmaker* ligado a Dragna aceitara a aposta em Blanchard por nocaute nos últimos assaltos, oferecendo a Lukins 2 contra 1. Se eu fosse à lona entre os assaltos 8 e 10, meu lucro seria de

8.640 dólares – o suficiente para manter o velho num asilo de categoria por dois ou três anos, no mínimo. Trocara o cargo na Capturas pela liquidação de velhas dívidas, com aquela cláusula dos últimos assaltos como um pequeno risco só para não me sentir tão covarde. Era um acordo que alguém iria me ajudar a cumprir, e esse alguém era Lee Blanchard.

A sete dias da luta, comi até chegar aos 87 quilos, aumentei meu percurso de corrida e estendi para seis minutos cada período de treinamento no saco de areia. Duane Fisk, o policial que fora nomeado meu treinador e assistente, me preveniu contra o excesso de treino, mas eu o ignorei e continuei malhando até 48 horas antes da luta. Aí desacelerei, passando a fazer exercícios calistênicos leves e a estudar meu adversário.

Dos fundos do ginásio, observava Blanchard boxear no ringue central. Procurei falhas em seu ataque básico e avaliei suas reações quando os *sparrings* ficavam espertos. Vi que nos *clinches* seus cotovelos ficavam contraídos para se defender de golpes no corpo, deixando-o desprotegido contra *uppercuts* inesperados que o fariam levantar a guarda e expor-se a ganchos na altura das costelas. Vi que o seu melhor soco, o cruzado de direita, era sempre anunciado por dois meios passos para a esquerda e uma finta de cabeça. Vi que nas cordas ele era mortal, que conseguia manter adversários mais leves imobilizados com movimentos de cotovelo alternados com golpes curtos no corpo. Aproximando-me, vi cicatrizes no supercílio que eu teria de evitar, a fim de impedir uma suspensão da luta devido a cortes. Isso era meio chato, mas uma extensa cicatriz ao longo do lado esquerdo de sua caixa torácica parecia um lugar e tanto para causar-lhe uns bons machucados.

– Pelo menos ele fica bem sem camisa.

Virei-me para encarar a autora da frase. Kay Lake fitava-me; com o canto do olho, vi Blanchard, descansando em seu banquinho, nos observar.

– Onde está o seu bloco de desenho? – perguntei.

Kay acenou para Blanchard; ele lhe mandou um beijo com as duas mãos enluvadas. O gongo soou, e ele e seu parceiro se aproximaram um do outro dando golpes rápidos.

– Desisti – disse Kay. – Não era muito boa, então troquei de curso.

– E o que você fez, então?

– Primeiro medicina, depois troquei por psicologia, depois literatura inglesa, depois história.

– Gosto de mulheres que sabem o que querem.

Kay sorriu.

– Eu também, mas não conheço nenhuma. O que você quer?

Passei os olhos pelo ginásio. Trinta ou quarenta espectadores sentados em cadeiras dobráveis ao redor do ringue, em sua maioria tiras de folga e repórteres, quase todos fumando. Uma névoa dispersa pairava sobre o ringue e o holofote que projetava a luz a partir do teto dava-lhe um brilho sulfúreo. Todos os olhos fixavam-se em Blanchard e em seu *sparring* tonto, todos os gritos e apupos eram para ele – mas se eu não me dispusesse a acertar velhas contas nada daquilo teria sentido.

– Eu sou parte disso tudo. É o que quero.

Kay sacudiu a cabeça.

– Você parou de lutar há cinco anos. Não é mais a sua vida.

A agressividade da mulher me deixava louco. Falei abruptamente:

– O seu amiguinho é um joão-ninguém, tanto quanto eu, e você estava metida com um gângster antes que ele a resgatasse.

Kay Lake interrompeu-me com seu riso.

– Andou lendo nos arquivos de jornal a meu respeito?

– Não. E você, andou lendo sobre mim?

– Andei.

Eu não tinha uma réplica para isso.

– Por que Lee desistiu de lutar? Por que entrou para o departamento?

– Pegar criminosos dá a ele um senso de ordem. Você tem namorada?

– Estou me guardando para Rita Hayworth. Você flerta com muitos tiras ou sou um caso especial?

Gritos irromperam da plateia. Ergui os olhos e vi o *sparring* de Blanchard ir à lona. Johnny Vogel subiu ao ringue e arrancou o protetor de sua boca; o boxeador expeliu um forte jorro de sangue. Quando me voltei para Kay, ela estava pálida, escondendo o rosto em sua jaqueta Eisenhower.

– Amanhã à noite vai ser pior – avisei. – Devia ficar em casa.

Kay estremeceu.

– Não. É um grande momento para Lee.

– Ele falou para você vir?

– Não. Jamais faria isso.

– Do tipo sensível, hein?

Kay procurou cigarros e fósforos no bolso e acendeu um cigarro.

– É. Como você, mas sem esse seu ressentimento.

Senti meu rosto enrubescer.

– Estão sempre juntos, para o que der e vier? Na saúde e na doença, na riqueza e na pobreza e assim por diante?

– Tentamos.

– Então por que não se casaram? Morar junto é contra o regulamento e se o alto escalão resolver engrossar, eles podem pressionar Lee por causa disso.

Kay soprou anéis de fumaça em direção ao piso, então ergueu os olhos para mim.

– Não podemos.

– Por que não? Moram juntos há anos. Ele desistiu de lutar em reuniões fechadas por sua causa. Deixa você flertar com outros caras. Parecem formar o par perfeito.

Mais gritos ecoaram. Com o canto dos olhos, vi Blanchard massacrando outro *sparring*. Contra-ataquei socando o ar viciado do ginásio. Depois de alguns segundos, percebi o que estava fazendo e parei. Kay jogou o cigarro na direção do ringue.

– Tenho de ir agora. Boa sorte, Dwight.

Só meu pai me chamava assim.

– Não respondeu à minha pergunta.

– Lee e eu não dormimos juntos – disse Kay, e se afastou antes que eu pudesse fazer algo além de fitá-la surpreso.

FIQUEI ALI PELO GINÁSIO mais uma hora, aproximadamente. Perto do entardecer, os repórteres e os fotógrafos começaram a chegar, indo direto ao ringue central, com Blanchard e seus entediantes nocautes sobre pugilistas de queixo de vidro. A fala de despedida de Kay Lake não me abandonava, assim como flashes dela rindo, sorrindo e ficando triste de um momento para o outro. Quando ouvi um caçador de notícias berrar "Ei! Olha ali o Bleichert!", saí correndo rumo ao estacionamento, para o meu Chevrolet duplamente hipotecado. Quando retirei o carro, percebi que não tinha para onde ir e que não havia nada que quisesse fazer, exceto matar a minha curiosidade sobre uma mulher que fazia a sua entrada em minha vida com muito espalhafato e boa dose de sofrimento.

Então segui para o centro, a fim de ler sobre ela nos arquivos dos jornais.

O funcionário do arquivo do *Herald*, impressionado com meu distintivo, conduziu-me à mesa de leitura. Contei-lhe que estava interessado no assalto ao Banco Boulevard-Citizens e no julgamento do assaltante capturado, e que achava que a época devia ser o começo de 1939, para o assalto, e talvez o outono do mesmo ano para o processo. Deixou-me ali sentado e retornou dez minutos depois com dois grandes álbuns encadernados em couro. As páginas dos jornais eram coladas em pesadas folhas negras de cartão, em ordem cronológica, e folheei de 1º a 12 de fevereiro antes de encontrar o que queria.

Em 11 de fevereiro de 1939, quatro homens sequestraram um carro blindado numa ruazinha calma de Hollywood. Usando uma motocicleta tombada na rua para distrair a atenção, os assaltantes renderam o policial que saiu do carro para investigar o acidente. Encostando uma faca em sua garganta, forçaram os dois outros policiais, ainda dentro do carro, a deixá-los entrar. Depois, cloroformizaram e amarraram os três e substituíram seis sacos de dinheiro por seis sacos de papéis rasgados de listas telefônicas e fichas de metal.

Um assaltante conduziu o carro blindado até o centro de Hollywood; os outros três vestiram uniformes idênticos aos dos policiais. Os três uniformizados entraram no Banco Boulevard-Citizens, na esquina da Yucca com a Ivar, levando os sacos com papel e fichas de metal, e o gerente abriu o cofre para eles. Um dos assaltantes abateu o gerente, os outros agarraram sacos com dinheiro de verdade e seguiram em direção à porta. A essa altura, o motorista tinha entrado no banco e rendido os caixas. Obrigou-os a entrar no cofre, abateu-os; fechou a porta e trancou-a. Todos os quatro haviam voltado à rua quando apareceu um carro de patrulha da Divisão de Hollywood, alertado por um alarme do banco à delegacia. Os policiais ordenaram aos ladrões que erguessem as mãos; estes abriram fogo; os policiais responderam. Dois assaltantes foram mortos e dois escaparam – com quatro sacos repletos de notas de 50 e de 100 dólares não marcadas.

Ao ver que não havia referência a Blanchard nem a Kay Lake, passei os olhos sobre uma semana inteira de primeiras páginas e dois artigos sobre as investigações do DPLA.

Os assaltantes mortos foram identificados como Chick Geyer e Max Ottens, capangas de São Francisco sem nenhuma conexão conhecida em Los Angeles. As testemunhas oculares presentes no banco não conseguiram identificar os dois fugitivos a partir das fotografias do arquivo policial nem fornecer descrições apropriadas – os chapéus de guarda abaixados cobriam seus rostos e ambos usavam óculos escuros. Não havia testemunhas na cena do sequestro do carro, e os guardas cloroformizados haviam sido subjugados antes de poderem dar uma boa olhada em seus atacantes.

O assalto passou das páginas 2 e 3 para as colunas de escândalos. Bevo Means tratou do assunto durante três dias consecutivos, explorando o ponto de vista de que o bando de Bugsy Siegel andava à caça dos fugitivos porque uma das paradas do carro blindado era numa das lojas de fachada legal de Bug. Siegel jurara encontrá-los, mesmo que fosse o dinheiro do banco que os dois haviam levado, e não o seu.

Os artigos de Means embrenhavam-se cada vez mais por essa via; virei as páginas até dar com a manchete de 28 de fevereiro: "Policial ex-boxeador desvenda assalto sangrento a banco."

O artigo derramava elogios copiosos ao Sr. Fogo, mas continha poucos fatos palpáveis. O policial Leland C. Blanchard, 25 anos, vinculado à Divisão Central do DPLA e antiga atração do estádio da Hollywood Legion, tinha interrogado os seus "conhecidos do mundo do boxe" e "informantes" e recebera a informação de que Robert "Bobby" De Witt era o cérebro por trás do caso do Boulevard-Citizens. Blanchard transmitiu a informação aos detetives da Divisão de Hollywood, que deram uma batida de surpresa na casa de De Witt na praia de Venice. Encontraram maconha escondida, uniformes de policiais e sacos de dinheiro do Boulevard-Citizens. De Witt alegou inocência; foi preso e indiciado com duas acusações de assalto à mão armada em primeiro grau, cinco de assalto com agravantes, uma de roubo de automóvel e uma de porte de drogas ilícitas. Foi preso sem direito a fiança – e não havia ainda nenhuma menção a Kay Lake.

Cansado de tiras e bandidos, continuei a folhear. De Witt, natural de San Berdoo, com antecedente de três detenções por exploração de prostitutas, continuou a proclamar que os gângsteres de Siegel ou os tiras tinham armado a acusação contra ele: a quadrilha, porque às vezes colocava suas garotas no território de Siegel; os policiais, porque precisavam de um bode expiatório para o caso do Boulevard-Citizens. Não tinha álibi para o dia do assalto e disse que não conhecia Chick Geyer, Max Ottens, nem o quarto homem, ainda em liberdade. Foi a julgamento e o júri não acreditou nele. Foi condenado em todas as acusações e pegou uma pena de dez anos a perpétua em San Quentin.

Kay apareceu, finalmente, num artigo de 21 de junho intitulado "Moça da quadrilha se apaixona – por um tira! Vai comparecer diante do juiz... de paz?". Havia fotografias, dela e de Lee Blanchard, e uma foto de arquivo policial de Bobby De Witt, um rapaz de rosto fino e comprido, exibindo um penteado à Pompadour cheio de brilhantina. A matéria começava contando o caso do Boulevard-Citizens e o papel de Blanchard em sua resolução, e depois ia ficando açucarada:

> ...e na época do assalto, De Witt protegia uma jovem sensível, Katherine Lake, 19 anos, vinda de Sioux Falls, Dakota do Sul, em 1936. Não vinha em busca do estrelato em Hollywood, mas querendo cursar uma faculdade. Só conseguiu se formar na faculdade das agruras do crime.
>
> "Fiquei com Bobby porque não tinha para onde ir", contou "Kay" Lake a Aggie Underwood, repórter do Herald Express. "Ainda estávamos na Depressão e os empregos eram raros. Costumava passear nos arredores daquele horrível pensionato onde dormia, e foi assim que encontrei Bobby. Ele me deu um quarto em sua casa e disse que me matricularia em Valley J.C. se eu limpasse a casa para ele. Não cumpriu o combinado e acabei recebendo mais do que esperava daquele acordo."

Kay achava que Bobby De Witt era músico, mas, na verdade, tratava-se de um traficante e proxeneta. "No princípio ele foi legal comigo", disse Kay. "Aí me fez beber láudano e ficar em casa o dia todo atendendo o telefone. Depois disso ficou ainda pior."

Kay Lake preferiu não especificar como ficara "ainda pior" e não se surpreendeu quando a polícia prendeu De Witt por sua participação no assalto sangrento de 11 de fevereiro. Mudou-se para Culver City, para uma pensão de moças que trabalhavam fora, e quando foi chamada pela promotoria a testemunhar no julgamento de De Witt ela foi – ainda que morresse de medo do seu antigo "benfeitor". "Era meu dever", afirmou. "E, é claro, conheci Lee no julgamento."

Lee Blanchard e Kay Lake se apaixonaram um pelo outro. "Assim que a vi soube que era a garota certa para mim", continuou o policial Blanchard ao repórter policial Bevo Means. "Ela tinha aquela beleza desamparada que me deixa doido. A vida que ela levou foi barra-pesada, mas agora vou fazer tudo entrar nos eixos."

A tragédia também não é estranha a Lee Blanchard. Quando tinha 14 anos, sua irmã de 9 desapareceu para sempre. "Acho que foi por isso que desisti de lutar e me tornei policial", declarou. "Pegar criminosos me dá um senso de ordem."

Assim, a partir da tragédia, nasceu uma história de amor. Mas como terminará? Kay Lake diz: "O que importa agora é o meu curso na faculdade e Lee. Os dias felizes voltaram."

E com o grande Lee Blanchard no caso de Kay, parece que vieram para ficar.

Fechei o álbum. A não ser pela questão da irmã mais nova, nada daquilo me surpreendeu. Mas tudo me fazia pensar em grandes jogadas erradas: Blanchard desperdiçando o saldo de seu glorioso desempenho no caso do banco, ao se recusar a lutar nas reuniões privadas da alta roda; uma garotinha obviamente assassinada e despejada como lixo em um lugar qualquer; Kay Lake transando com caras dos dois lados da cerca. Abrindo o álbum de novo, fitei, surpreso, a Kay de sete anos atrás. Mesmo aos 19 anos, parecia esperta demais para falar as palavras que Bevo Means tinha posto em sua boca. E vê-la retratada como ingênua me deixou furioso.

Devolvi os arquivos ao funcionário e saí do prédio de Hearst me perguntando o que é que estava procurando, sabendo que não eram apenas indícios provando que o "chega mais" de Kay era legítimo. Quando dirigia pelas ruas sem destino definido, matando tempo para ficar exausto a ponto de dormir a tarde toda, me veio a ideia: com meu pai bem cuidado e sem emprego na Equipe de Capturas, Kay Lake e Lee Blanchard eram a única perspectiva interessante em meu futuro; precisava saber mais sobre eles, saber algo que fosse além das piadinhas, das insinuações e da luta.

Parei num restaurante do Los Feliz Boulevard e devorei um bife gigante de filé mignon, espinafre e batatas coradas. Depois passei pelo Hollywood Boulevard e pela Strip. Nenhum dos letreiros de filmes parecia convidativo e as boates da Sunset eram suntuosas demais para uma celebridade de 15 minutos como eu. Na Doheny, a longa sequência de letreiros de néon terminou, e segui em direção aos morros. Mulholland fervilhava com tiras de motocicletas em tocaias a motoristas em excesso de velocidade, e resisti ao impulso de colar o pé no acelerador até a praia.

Finalmente cansei de dirigir como um cidadão respeitador das leis e encostei o carro junto ao aterro. As luzes dos holofotes dos filmes vindos de Westwood Village cruzaram os céus bem em cima de mim; vi-as girar e ressaltar formações baixas de nuvens. Acompanhar as luzes era hipnótico, e deixei-me embriagar. Os carros que passavam correndo pela Mulholland não chegavam a perturbar o meu torpor, e quando as luzes se apagaram, olhei em meu relógio e vi que já passava da meia-noite.

Espreguiçando-me, olhei para as poucas luzes que ainda brilhavam nas casas e pensei em Kay Lake. Nas entrelinhas do artigo do jornal, eu a vi servindo Bobby De Witt e seus amigos, talvez até se prostituindo para ele, uma dona de casa mulher de assaltante, dopada com láudano. Soava verdadeiro, mas feio, como se eu estivesse traindo os olhares faiscantes que havíamos trocado. A última frase de Kay começava a parecer verdade, e fiquei me perguntando como Blanchard podia viver com ela sem possuí-la completamente.

As luzes das casas se apagaram uma a uma, e eu estava sozinho. Um vento frio soprava dos morros; tive um arrepio e obtive a resposta.

Você ganha uma luta. Encharcado de suor, com gosto de sangue na boca, se sentindo mais alto que as estrelas, querendo mais. Os *bookmakers* que ganharam dinheiro com você trazem uma garota. Uma profissional, uma semiprofissional, uma amadora provando seu próprio sangue. Você faz a coisa no vestiário ou no assento traseiro de um carro, apertado demais para as pernas caberem, e às vezes quebra as janelas do lado com um pontapé. Quando sai dali, as pessoas o cercam e se aglomeram para tocar em você, e você se sente lá no alto de novo, mais alto que as estrelas. Isso também se torna parte do jogo, o décimo primeiro assalto de uma luta de dez. E, quando volta à vida normal, é só uma fraqueza, um desperdício. Estando fora do jogo, Blanchard tinha de saber disso, tinha de manter o amor que sentia por Kay como algo à parte, longe daquilo tudo.

Entrei no carro e segui para casa, me perguntando se algum dia contaria a Kay que não tinha uma mulher porque o sexo tinha fedor de sangue, resina e sutura para mim.

4

Saímos de nossos vestiários simultaneamente, ao som de uma campainha de advertência. Ao empurrar a porta, eu era um condutor vivo carregado de adrenalina. Mastigara um grande bife duas horas antes, engolindo o suco e cuspindo fora a carne, e sentia o cheiro de sangue animal em meu suor. Dançando na ponta dos pés, andei em direção ao meu canto, atravessando a multidão mais incrível que já tinha visto em uma luta.

O ginásio estava superlotado, além de sua capacidade, os espectadores se apinhavam em estreitas cadeiras de madeira e nas arquibancadas. Cada indivíduo presente parecia gritar, e as pessoas sentadas entre as fileiras de cadeiras puxavam meu roupão e me gritavam pedindo sangue. Os ringues laterais haviam sido removidos; o ringue central era banhado por um quadrado perfeito de luz de um amarelo bem vivo. Agarrando as cordas inferiores, icei-me para dentro dele.

O árbitro, um velho patrulheiro noturno da Central, falava com Jimmy Lennon, em licença de uma noite em sua função de apresentador de lutas no Olympic; na primeira fileira, vi Stan Kenton acotovelar-se com Misty June Christy, Mickey Cohen, o prefeito Bowron, Ray Milland e um monte de figurões do alto escalão à paisana. Kenton acenou para mim; gritei-lhe "Virtuosismo no ritmo!". Ele riu e mostrei meus dentões salientes para a multidão, que rugiu em aprovação. Os rugidos vinham num crescendo; dei um giro e vi que Blanchard tinha entrado no ringue.

O Sr. Fogo se inclinou em minha direção; saudei-o com uma rajada de socos curtos. Duane Fisk conduziu-me até meu banco; tirei o roupão e me apoiei no tensor das cordas, com os braços estendidos sobre a corda superior. Blanchard assumiu uma postura similar; trocamos um olhar. Jimmy Lennon indicou um canto neutro para o árbitro e o microfone do ringue desceu furtivamente de um mastro preso às luzes do teto. Lennon agarrou-o e gritou, por sobre os rugidos:

– Senhoras e senhores, policiais e amigos dos policiais de Los Angeles, chegou a hora do tango do Fogo e do Gelo!

A multidão ficou alucinada, uivando e batendo os pés. Lennon esperou até que se aquietasse e restasse apenas um burburinho, então cantarolou:

– Esta noite temos dez assaltos de boxe da categoria dos pesos-pesados. No canto branco, usando calção branco, um policial de Los Angeles com um cartel de boxeador profissional de 43 vitórias, 4 derrotas e 2 empates. Pesando 92,5 quilos, senhoras e senhores, o Grande Lee Blanchard!

Blanchard arrancou o roupão, beijou as luvas e inclinou o corpo para os quatro lados do ginásio. Lennon deixou os espectadores irem à loucura por alguns momentos, então fez a sua voz amplificada se erguer acima daquilo tudo:.

– E no canto preto, pesando 86,6 quilos, um policial de Los Angeles, invicto, com 36 vitórias profissionais consecutivas: o Tricky Bucky Bleichert!

Sorvi avidamente meu último hurra, memorizando os rostos da primeira fileira, fingindo que não ia entregar a luta. O barulho do ginásio cresceu; andei até o centro do ringue. Blanchard se aproximou; o árbitro murmurou palavras que não ouvi; o Sr. Fogo e eu tocamos nossa luvas. Fiquei gelado de medo e voltei a meu canto; Fisk enfiou o protetor na minha boca. Então o gongo soou; tudo se acabou, e era só o começo.

Blanchard avançou. Encontrei-o no meio do ringue, desferindo *jabs* duplos, enquanto ele se curvava e ficava na minha frente balançando a cabeça. Os *jabs* se perderam e continuei a me mover para a esquerda, sem fazer menção de contra-atacar, esperando atrair um soco de direita.

O seu primeiro golpe foi um gancho de esquerda em *looping* que veio em direção ao meu tronco. Vi-o chegando e avancei, acertando um cruzado curto de esquerda na cabeça dele. O gancho de Blanchard roçou minhas costas; foi um dos socos perdidos mais poderosos que já levei. Sua mão direita estava embaixo, e soltei um *uppercut* curto. Atingiu em cheio, e enquanto Blanchard erguia a guarda para se cobrir, mandei um golpe em sua caixa torácica. Recuando antes que ele pudesse provocar um *clinch* ou golpear meu corpo, senti um soco de direita atingir meu pescoço. Aquilo me tonteou; fiquei na ponta dos pés e comecei a circular.

Blanchard me espreitava. Fiquei fora de alcance, castigando a sua cabeça em movimento com *jabs,* acertando metade das vezes, lembrando-me de bater baixo, para não abrir as cicatrizes do supercílio. Saindo de sua posição curvada, Blanchard desferia ganchos em meu tronco; eu recuava e contra-atacava com sequências certeiras. Depois de um minuto já sincronizava as fintas dele e os meus *jabs,* e quando ele jogava a cabeça para o lado eu mandava ganchos curtos de direita na altura das costelas.

Eu dançava, circulava e desferia rajadas de socos. Blanchard espreitava e procurava aberturas para acertar seu Grande Soco.

O assalto se aproximava do fim, e percebi que o brilho das luzes do teto e a fumaça da multidão distorceram a minha noção de espaço – não conseguia ver as cordas. Por reflexo, olhei por cima do ombro. Ao me virar, sofri o impacto do Grande Soco no lado de minha cabeça.

Cambaleei até o tensor do canto branco. Blanchard veio com tudo para cima de mim. Minha cabeça latejava e os ouvidos zuniam como se Zeros japoneses estivessem mergulhando e lançando bombas dentro deles. Ergui as mãos para proteger o rosto; Blanchard despejou ganchos de esquerda-direita demolidores sobre meus braços para abaixá-los. Minha visão começou a clarear, pulei para fora de seu ataque e agarrei o Sr. Fogo num abraço de urso, segurando-o com todas as forças, fortalecendo-me a cada segundo, enquanto empurrava a nós dois, cambaleando, através do ringue. Finalmente o árbitro interveio e gritou “Separa!”. Continuei abraçado, e ele teve de nos desvencilhar à força.

Recuei, a tonteira e o zumbido nos ouvidos tinham passado. Blanchard veio para cima desprevenido, com a guarda aberta. Fintei com a esquerda, e o Grande Lee entrou certinho num golpe perfeito de direita, de cima para baixo. Caiu de bunda na lona.

Não sei quem ficou mais chocado. Blanchard ficou ali, de queixo caído, ouvindo a contagem de árbitro; desloquei-me até um canto neutro. Blanchard se ergueu no sete, e dessa vez fui eu que ataquei. O Sr. Fogo estava posicionado, os pés bem separados, pronto para matar ou morrer. Estávamos quase ao alcance um do outro quando o árbitro se colocou entre nós e gritou:

– O gongo! O gongo!

Voltei ao meu canto. Duane Fisk removeu o protetor e encharcou-me com uma toalha molhada. Olhei para os fãs, que aplaudiam de pé. Cada rosto que via me contava aquilo que agora eu sabia: que podia facilmente acabar com Blanchard. E por um segundo pensei que todas as vozes gritavam que eu não entregasse a luta.

Fisk me virou e enfiou o protetor em minha boca, falando por entre os dentes:

– Não grude nele! Fique longe! Trabalhe o *jab*!

O gongo soou. Fisk pulou para fora do ringue; Blanchard veio direto para cima. Mantinha agora uma postura ereta, e lançou uma série de *jabs* que foram parar bem perto do alvo, dando um passo de cada vez, calculando a distância para o grande cruzado de direita. Eu ficava na ponta dos pés e atirava *jabs* duplos de uma distância grande demais para que chegassem a machucar, forçando um ritmo que deixasse Blanchard tão calmo que ele abrisse a guarda.

A maioria dos meus socos tocava nele; Blanchard continuou a pressionar. Mandei uma direita em suas costelas; ele pulou, contra-atacando também com a direita. Muito próximos um do outro, trocávamos socos no tronco usando as duas mãos; sem espaço para preparar os golpes, estes contavam só com a ação do braço. Blanchard mantinha o queixo abaixado, obviamente conhecendo os meus *uppercuts* curtos.

Continuamos próximos, acertando apenas de raspão nos braços e ombros. Senti a superioridade da força de Blanchard em todos esses movimentos, mas não fiz menção de escapar, querendo machucá-lo um pouco antes de voltar aos meus giros. Estava em meio a uma séria guerra de trincheiras, quando o Sr. Fogo se mostrou tão astuto quanto o Sr. Gelo em seus melhores momentos.

Em meio a uma troca de socos, Blanchard deu um simples passo para trás e mandou uma forte esquerda na base de meu estômago. Senti o golpe e recuei, preparando-me para dançar. Bati nas cordas e levantei a guarda, mas antes que pudesse sair de lado, um esquerda-direita atingiu-me os rins. Minha guarda desabou e um gancho de esquerda atingiu meu queixo.

Ricocheteei nas cordas e fui à lona de joelhos. As ondas do choque pulsavam do queixo ao cérebro; tive um vislumbre trêmulo do árbitro contendo Blanchard, apontando para um canto neutro. Levantei um joelho e agarrei a corda inferior, perdi o equilíbrio e caí de barriga. Blanchard chegara a um dos tensores neutros. Ficar de bruços acabou com o tremor da minha visão. Respirei fundo; o ar novo acalmou os estalos em minha cabeça. O árbitro voltou e começou a contar; no seis, testei as pernas. Meus joelhos se dobraram um pouco, mas consegui me firmar. Blanchard mandava beijinhos para os fãs com as luvas e comecei a respirar tão fundo que meu protetor quase caiu. Quando chegou ao oito, o árbitro enxugou minhas luvas com sua camisa e fez sinal a Blanchard para voltar à luta.

Perdi o controle de tanta raiva, como uma criança humilhada. Blanchard se aproximou com os membros fracos, as luvas abertas, como se eu não merecesse nem um punho fechado. Enfrentei-o cara a cara, lançando um *jab* pretensamente bêbado quando ele entrou em minha faixa de alcance. Blanchard evitou o soco facilmente, como era de esperar. Preparou um potente cruzado de direita para acabar comigo; enquanto tomava distância, desferi um contragolpe de direita com toda a força em seu nariz. Sua cabeça virou; em sequência, mandei um gancho de direita em seu torso. A guarda do Sr. Fogo veio abaixo; entrei dentro dela com um *uppercut* curto. O gongo soou no exato instante em que ele cambaleava em direção às cordas.

A multidão entoava "Buck-kee! Buck-kee! Buck-kee!" enquanto eu rumava para o canto. Cuspi fora o protetor e arquejei; olhei para os fãs e soube que todas as apostas tinham ido para o espaço, que eu ia triturar Blanchard até que virasse comida para cachorro, que ia sangrar Capturas em cada dólar de processo ou de carro recuperado em que conseguisse pôr a mão, que colocaria o velho num asilo com aquele dinheiro e que iria até o fim daquela história.

Duane Fisk gritou "Bata nele! Bata nele!". Os juízes sentados na primeira fila, todos do alto escalão, sorriram para mim; respondi com a saudação típica de Bucky Bleichert, mostrando-lhes os dentões. Fisk empurrou uma garrafa de água para dentro da minha boca; gargarejei e cuspi no balde. Ele estourou uma cápsula de amônia sob meu nariz e trocou meu protetor – e o gongo soou.

Agora a questão era ter cautela – a minha especialidade.

Durante os quatro assaltos seguintes, dancei, fintei e lancei *jabs,* valendo-me de minha maior envergadura, nunca deixando Blanchard me imobilizar ou me levar às cordas. Concentrei-me num só alvo – os supercílios cicatrizados – e fui golpeando-os de leve com a luva esquerda, um atrás do outro. Se o *jab* acertava em cheio e os braços de Blanchard se erguiam por reflexo, eu avançava e mandava um gancho de direita no estômago. Na metade das vezes Blanchard conseguia contra-atacar e acertar o meu corpo, e cada soco certeiro provocava um estremecimento em minhas pernas e um ufa em minha respiração. Pelo fim do sexto assalto, os supercílios de Blanchard haviam-se transformado num vulcão de sangue e meus flancos exibiam vergões do tronco até a caixa torácica. E ambos estávamos ficando sem fôlego.

O sétimo assalto foi uma guerra de trincheiras travada por dois guerreiros exaustos. Tentei permanecer fora de alcance e aplicar *jabs*; Blanchard mantinha as luvas altas para enxugar o sangue de seus olhos e proteger os cortes maiores. Toda vez que conseguia furar seu bloqueio, despejando um um-dois em suas luvas e no estômago, ele acertava meu plexo solar.

A luta tinha se transformado numa guerra em que cada segundo era decisivo. Esperando o oitavo assalto, vi que meus vergões estavam salpicados de pinguinhos de sangue; os gritos de "Buck-kee! Buck-kee!" feriam-me os ouvidos. Do outro lado do ringue, o treinador de Blanchard esfregava seus supercílios com um lápis adstringente e aplicava pequenas bandagens adesivas nas tiras soltas de pele. Afundei no banco e deixei que Duane Fisk me desse água e massageasse meus ombros, mirando fixamente o Sr. Fogo durante todos os sessenta segundos, projetando nele a imagem do velho para ter a reserva de ódio necessária para enfrentar os nove minutos seguintes.

O gongo soou. Andei até o centro do ringue com as pernas bambas. Blanchard, novamente curvado, à espreita, veio em minha direção. Suas pernas tremiam tanto quanto as minhas, e vi que seus cortes estavam fechados.

Desfechei um *jab* fraco. Blanchard recebeu-o enquanto vinha vindo e continuou se aproximando, afastando minha luva do caminho, já que minhas pernas mortas se recusavam a recuar. Senti os pontos se romperem em seus supercílios; meu estômago afundou assim que vi o rosto de Blanchard jorrar sangue. Meus joelhos se dobraram; cuspi fora o protetor, tombei para trás e toquei nas cordas. Uma bomba de direita curvava-se em minha direção. Parecia ter sido lançada de quilômetros e quilômetros de distância, e soube que teria tempo de contra-atacar. Concentrei todo o meu ódio na minha mão direita e a mandei diretamente ao alvo sangrento à minha frente. Senti o inconfundível triturar das cartilagens do nariz e depois tudo ficou preto e amarelo vivo. Olhei para a luz ofuscante lá em cima e senti que me erguiam; Duane Fisk e Jimmy Lennon se materializaram diante de mim, segurando meus braços. Cuspi sangue e a palavra "ganhei"; Lennon falou:

– Esta noite não, rapaz. Você perdeu. Nocaute no oitavo assalto.

Quando tudo se assentou, eu ri e estirei os braços livremente. A última coisa em que pensei antes de desmaiar foi que me livrara da questão do velho – e de modo *limpo.*

CONSEGUI DEZ DIAS de licença no serviço, diante da insistência do médico que me examinou após a luta. Minhas costelas estavam contundidas, meu queixo dobrara de tamanho de tão inchado e o soco que acabara comigo me fez perder seis dentes. O médico me disse mais tarde que o nariz de Blanchard havia quebrado e que seus cortes tinham exigido 26 pontos. Na base do castigo infligido, a luta tinha empatado.

Pete Lukins recolheu o que ganhei nas apostas e percorremos juntos os asilos até encontrarmos um que parecia próprio para um ser humano habitar – a Villa Rei Davi, a uma quadra da Miracle Mile. Por 2 mil dólares por ano e 50 por mês a descontar da pensão da previdência social, o velho teria o seu próprio quarto, três refeições completas e bastante "atividade em grupo". A maior parte dos velhos na casa eram judeus, e me agradava saber que o alemão maluco ia passar o resto da vida em campo inimigo. Pete e eu o instalamos ali, e quando partimos ele estava dando uma banana para a enfermeira-chefe e comendo com os olhos uma moça negra que arrumava as camas.

Depois disso, não saí mais de casa. Ficava lendo e ouvindo jazz no rádio, me empanturrando de sorvete e sopa, os únicos alimentos que podia comer. Sentia-me contente por saber que tinha lutado com a maior garra possível - e que havia recebido a minha cota.

O telefone tocava constantemente; sabendo que deviam ser repórteres ou tiras me oferecendo condolências, nunca atendia. Não ouvia os programas esportivos no rádio e não lia jornais. Queria me divorciar definitivamente da celebridade, e a hibernação era a única forma de consegui-lo.

Meus ferimentos saravam, e depois de uma semana estava doido para voltar ao trabalho. Acostumei-me a passar as tardes nos degraus dos fundos, assistindo ao gato da minha senhoria em sua perseguição aos pássaros. Chico espreitava um gaio pousado quando ouvi uma voz esganiçada gritar:

– Ainda não ficou entediado?

Olhei para baixo. Lee Blanchard estava ali, junto ao pé da escada. Tinha os supercílios costurados e o nariz achatado e roxo. Ri e falei:

– Quase.

Blanchard enganchou os polegares no cinto.

– Quer trabalhar na Equipe de Capturas comigo?

– O quê?

– Ouviu muito bem. O capitão Harwell ligou várias vezes para lhe contar, mas você fica aí, nessa hibernação fodida.

Fiquei todo agitado.

– Mas eu perdi. Ellis Loew disse que...

– À merda o que Ellis Loew disse. Não leu os jornais? A proposta de aumento de verbas passou ontem, provavelmente porque oferecemos aos eleitores um espetáculo tão bom.

Horrall disse a Loew que Johnny Vogel era carta fora do baralho, que você era o seu homem. Quer o emprego?

Desci os degraus e estendi a mão. Blanchard apertou-a e deu uma piscadela.

E assim começou a parceria.

5

O setor de Capturas da Divisão Central ficava no sexto andar do prédio da Prefeitura, situado entre a Delegacia de Homicídios do DPLA e a Divisão Criminal do gabinete do promotor – um espaço separado com tabiques, duas escrivaninhas, uma diante da outra, dois arquivos transbordando de pastas e um mapa do Condado de Los Angeles cobrindo a janela. Havia uma porta de vidro granulado com a inscrição promotor público assistente Ellis Loew separando o cubículo do chefe da Equipe de Capturas e do promotor público Buron Fitts – seu chefe – , e sem nada que o separasse do "curral" dos detetives da Homicídios, uma sala vasta com filas de escrivaninhas e paredes de murais de cortiça cheios de relatórios sobre crimes, cartazes de procurado e todo tipo de memorandos. A mais maltratada das escrivaninhas do setor de Capturas exibia uma placa onde estava escrito sargento L.C. Blanchard. A escrivaninha em frente tinha de ser a minha, e afundei na cadeira atrás da placa policial D.W. Bleichert gravada em madeira e postada junto ao telefone.

Estava sozinho, era o único no sexto andar. Passava um pouco das 7 horas. Eu tinha ido cedo para o meu primeiro dia de trabalho, a fim de saborear minha estreia à paisana. O capitão Harwell tinha telefonado para dizer que deveria me apresentar em meu novo posto na manhã de segunda-feira, 17 de novembro, às 8 horas, e que o dia começaria com a leitura do relatório dos crimes da semana anterior – o comparecimento era obrigatório para todo o pessoal do departamento e da Divisão Criminal da Promotoria. Mais tarde, Lee Blanchard e Ellis Loew me dariam instruções sobre o trabalho, e depois... a perseguição aos fugitivos.

O sexto andar abrigava as divisões de elite do departamento: Delegacia de Homicídios, Delegacia de Costumes, Delegacia de Roubos e Delegacia de Fraudes, junto com a Equipe de Capturas e o pelotão de detetives da Central. Era o domínio dos tiras especialistas, dos tiras de jogo de cintura político e de futuro, e era meu lar agora. Eu trajava a minha melhor jaqueta esportiva e calças combinando, meu revólver de serviço pendia de um coldre de ombro novinho em folha. Todo o pessoal da força me devia aquele aumento de 8 por cento decorrente da aprovação da Proposta 5. Minha influência sobre o departamento estava só começando. Sentia-me pronto para tudo.

Exceto para uma reapresentação da luta. Às 7h40 o curral começou a se encher de policiais sussurrando sobre ressacas, manhãs de segunda-feira em geral e Bucky Bleichert, um dançarino transformado em boxeador, o novato na divisão. Permaneci fora do alcance dos olhos de todos, no cubículo, até que os ouvi se juntando no salão. Quando o curral silenciou, entrei por uma porta que tinha a inscrição "sala de reuniões dos detetives". Abrindo-a, fui ovacionado de pé.

Era aplauso em estilo militar, uns quarenta homens à paisana, ao lado de suas cadeiras, batendo palmas em uníssono. Olhando para a frente da sala, vi um quadro-negro com a inscrição em giz "8%!!!". Lee Blanchard postava-se junto ao quadro, ao lado de um homem gordo e pálido com ares de alto escalão. Cravei os olhos no Sr. Fogo. Ele sorriu, o gordo deslocou-se em direção à estante de leitura e bateu nela com os nós dos dedos. Os aplausos silenciaram; os homens se sentaram. Encontrei uma cadeira no fundo da sala e me acomodei nela; o gordo bateu na estante mais uma vez.

– Policial Bleichert, os detetives da Central, o pessoal da Homicídios, Costumes, Fraudes etc. – anunciou. – Já conhece o sargento Blanchard e o Sr. Loew, e eu sou o capitão Jack Tierney. Você e Lee são a atração do momento, então espero que tenha apreciado a sua ovação, porque não vai receber mais nenhuma outra até se aposentar.

Todos riram. Tierney bateu na tribuna e falou num microfone anexo.

– Chega de baboseiras. Este é o relatório da semana terminada em 14 de novembro de 1946. Prestem atenção, é especial.

"Para começar, três assaltos à mão armada a lojas de bebidas, nas noites de 10, 12 e 13 de novembro, todos a menos de dez quadras da Jefferson, na Divisão da Universidade. Dois adolescentes brancos com espingardas de cano curto e cheios de tremores, obviamente viciados. Os tiras da Divisão da Universidade não têm pistas, e o chefe do pelotão de lá quer uma equipe da Roubos e Furtos no caso, em tempo integral. Tenente Ruley, fale comigo às 9 horas sobre isso, e vocês todos avisem seus informantes – assaltantes drogados são um perigo.

"Mudando para o leste, passemos às prostitutas *freelance* que trabalham nos restaurantes de Chinatown. Elas atendem os seus clientes em carros parados, desbancando as garotas controladas por Mickey Cohen que trabalham ali. É um delito menor, mas Mickey C. não gosta da coisa, e os chinas não gostam da coisa porque as garotas de Mickey usam os hotéis da Alameda – todos de propriedade dos amarelos. Mais cedo ou mais tarde vai haver briga, então quero ver os donos dos restaurantes apaziguados e 48 horas de detenção para toda puta que pudermos agarrar em Chinatown. O capitão Harwell está destacando uma dezena de patrulheiros noturnos para uma operação de limpeza mais para o final da semana, e quero os arquivos da Costumes vasculhados e fotos e fichas de todas as putas independentes conhecidas que atuam na região central.

Quero dois detetives da Central no caso, sob a supervisão de Costumes. Tenente Pringle, fale comigo às 9h15.

Tierney fez uma pausa e se espreguiçou; passei os olhos pela sala e vi que a maioria dos policiais escrevia em cadernos de notas. Estava me amaldiçoando por não ter trazido um, quando o capitão bateu na tribuna com as duas palmas.

– Temos aqui um caso que deixaria o capitão Jack feliz à beça. Refiro-me aos arrombamentos de casas em Bunker Hill, nos quais os sargentos Vogel e Koenig têm trabalhado. Fritzie, Bill, vocês leram o memorando do pessoal da perícia?

Dois homens sentados lado a lado, algumas fileiras à minha frente, gritaram "Não, capitão" e "Não, senhor". Tinha uma boa visão de perfil do mais velho deles – o retrato escarrado do gordo Johnny Vogel, só que mais gordo.

Tierney falou:

– Sugiro que o leiam após a reunião. Para informação dos que não estão diretamente envolvidos no caso, os rapazes das impressões digitais encontraram um conjunto delas no último arrombamento, perto do armário das pratarias. Pertenciam a um homem branco chamado Coleman Walter Maynard, 31 anos, com dois antecedentes de estupro. Um degenerado estuprador de menininhos.

"O pessoal da condicional não tem informações sobre ele. Vivia num hotel na rua 14 com a Bonnie Brae, mas deu o fora da espelunca na época em que os arrombamentos começaram. A Delegacia de Highland Park está com quatro crimes de estupro por resolver, todos garotinhos com cerca de 8 anos de idade. Talvez seja Maynard, talvez não seja, mas, entre esses casos e os arrombamentos, podemos arrumar-lhe uma linda passagem só de ida para San Quentin. Fritzie, Bill, em que mais estão trabalhando?

Bill Koenig debruçou-se sobre o caderno de notas; Fritz Vogel pigarreou.

– Estamos trabalhando nos hotéis do centro. Prendemos dois ladrões importantes e assustamos uns batedores de carteiras.

Tierney esmurrou a tribuna com os nós dos dedos.

– Fritzie, esses ladrões importantes eram Jerry Katzenbach e Mike Purdy?

Vogel contorceu-se na cadeira.

– Sim, senhor.

– Fritzie, eles não deduraram um ao outro?

– Ah... sim, senhor.

Tierney ergueu os olhos para os céus.

– Deixe-me esclarecer àqueles de vocês que não conhecem Jerry e Mike. Eles são homossexuais, moram com a mãe de Jerry num aconchegante ninho de amor em Eagle Rock. Dormem juntos desde que Deus era um recém-nascido, mas de vez em quando ficam doidinhos para caçar franguinhos na prisão, e um deda o outro. Então o outro faz a mesma coisa e os dois conseguem uma temporada na cela. Denunciam as quadrilhas enquanto estão na cadeia, comem os garotinhos delicados e obtêm reduções de sentença por seu serviço como alcaguetes. Isso vem acontecendo desde que Mae West era virgem. Fritzie, o que mais vocês têm feito?

Houve um estrondo de risos em toda a sala. Bill Koenig fez menção de levantar, virando o rosto para ver quem estava rindo. Fritz Vogel puxou-o para baixo pela manga do casaco e falou:

– Senhor, também estamos fazendo alguns trabalhos para o Sr. Loew. Trazendo testemunhas para ele.

O rosto pálido de Tierney estava ficando cor de beterraba.

– Fritzie, eu sou o chefe dos detetives da Central, não o Sr. Loew. O sargento Blanchard e o policial Bleichert trabalham para o Sr. Loew, você e o sargento Koenig, não. Então largue o que está fazendo para o Sr. Loew, deixe os trombadinhas em paz e traga para cá o Coleman Walter Maynard antes que ele estupre mais menininhos, tudo bem? Há uma nota sobre os associados conhecidos dele no quadro de avisos do pelotão, e sugiro que todos os policiais tomem conhecimento dessa lista. Maynard agora é um fugitivo e talvez esteja escondido na casa de um deles.

Vi Lee Blanchard sair da sala de reuniões por uma saída lateral. Tierney folheou alguns papéis sobre a estante e falou:

– Aqui temos algo que o chefe Green acha que vocês devem saber. Durante as últimas três semanas, alguém tem jogado gatos mortos, picados em pedacinhos, nos cemitérios de Santa Monica e Gower. A Divisão de Hollywood recebeu meia dúzia de relatos desse tipo. Segundo o tenente Davis, da rua 77, trata-se de um cartão de visita das quadrilhas de jovens negros. A maioria dos gatos foi jogada nas noites de quinta-feira, e o rinque de patinação de Hollywood abre para a negrada nas quintas-feiras, então talvez tenha algo a ver. Interroguem pelas redondezas, falem com seus informantes e transmitam qualquer fato relacionado a isso ao sargento Hollander, dos detetives de Hollywood. Agora, os homicídios. Russ!

Um homem alto, de cabelos grisalhos, num impecável terno trespassado, subiu à tribuna; o capitão Jack se atirou na cadeira disponível mais próxima. O homem alto se portava com uma autoridade mais apropriada a um juiz ou a um advogado importante do que a um tira; lembrou-me o sereno pregador luterano que não desgrudava do velho até a Bund entrar na lista da subversão. O policial ao meu lado sussurrou:

– É o tenente Millard. O número 2 da Homicídios, mas o verdadeiro chefe. O cara é uma seda.

Concordei e escutei o tenente falar, com sua voz aveludada:

– ...e o magistrado qualificou o caso Russo-Nickerson como assassinato-suicídio. A delegacia está cuidando do atropelamento seguido de fuga, na Pico com a Figueroa, em 10 de novembro. Localizamos o veículo, um sedã La Salle 39, abandonado. Está registrado em nome de um mexicano chamado Luis Cruz, 42 anos, que mora em Alta Lorna Vista 1.349, em Pasadena do Sul. Cruz já foi sentenciado duas vezes, duas condenações por assalto em primeiro grau. Está desaparecido há tempos e sua mulher alega que o La Salle foi roubado em setembro. Diz que foi levado pelo primo de Cruz, Armando Villareal, de 39 anos, também desaparecido. Harry Sears e eu anotamos os primeiros depoimentos e as testemunhas dizem que havia dois mexicanos no carro. Mais alguma coisa, Harry?

Um homem acocorado, todo desalinhado, levantou-se e ficou de frente para o auditório. Engoliu em seco algumas vezes e gaguejou:

– A mu-mu-mulher de C-C-Cruz está tre-trepando com o p-primo. O roubo do carro nunca foi decla-clarado, e os vizinhos di-dizem que a mulher que-quer que a condicional do p-primo seja can-cancelada para que C-C-Cruz não descubra sobre eles.

Sears sentou-se abruptamente. Millard sorriu para ele e disse:

– Obrigado, parceiro. Cavalheiros, Cruz e Villareal são agora transgressores da condicional e fugitivos, cuja captura é prioritária. Foram expedidos comunicados gerais e mandados de prisão. E, para completar: esses caras são bêbados contumazes, com mais de cem bebedeiras registradas, somando os dois. Bêbados que atropelam e fogem são uma grande ameaça, então vamos pegá-los. Capitão?

Tierney se ergueu e gritou:

– Dispensados!

Os tiras me cercaram, estendendo-me as mãos, dando tapinhas nas costas e pancadinhas no queixo. Desfrutei daquilo tudo até a sala de reuniões se esvaziar e Ellis Loew se aproximar, remexendo com as mãos na chave Phi Beta Kappa pendendo de seu colete.

– Não devia ter partido pra cima dele – falou, girando a chave. Estava na frente na contagem de todos os três juízes.

Retribuí o olhar do promotor.

– A Proposta 5 foi aprovada, Sr. Loew.

– É, foi. Mas certas pessoas que apostaram em você perderam dinheiro. Seja mais esperto aqui, policial. Não jogue fora esta oportunidade como fez com a luta.

– Pronto aí, novato?

A voz de Blanchard me salvou. Fui com ele antes que fizesse algo que pusesse tudo a perder.

RUMAMOS PARA O SUL no carro particular de Blanchard, um cupê Ford, com um radiotransmissor clandestino sob o painel. Lee ia falando sobre o serviço, enquanto eu olhava o panorama das ruas do centro de Los Angeles.

– ...em geral vamos atrás de fugitivos prioritários, mas às vezes caçamos testemunhas para Loew. Não com muita frequência – normalmente ele pega Fritzie Vogel pra quebrar seus galhos, com Bill Koenig como ajudante. Uns bundões, os dois. De qualquer modo, às vezes temos períodos de folga, e esperam que a gente vá a outras delegacias e verifique as prioridades para capturas – de mandados expedidos em tribunais regionais. Cada delegacia do departamento tem dois homens trabalhando na captura de fugitivos com mandados de prisão, mas eles passam a maior parte do tempo pegando informações, então se espera que nós os ajudemos. Às vezes, como hoje, ouvimos alguma coisa na leitura do relatório semanal ou damos com algo quente no quadro de avisos. Se estiver *mesmo* devagar, podemos entregar papéis para os advogados do Departamento 92. Três dólares a viagem, uma ninharia. A grana firme vem da recuperação de carros com prestações atrasadas. Tenho listas dos caloteiros dos Dodges da H.J. Caruso e de Oldsmobiles dos Yeakel Brothers: todos os negros que dão calote e que o pessoal da cobrança tem medo de ir pegar. Alguma pergunta, parceiro?

Contive o impulso de perguntar "Por que não trepa com Kay Lake?" e "Já que estamos falando nesse assunto, qual é a dela?"

– Tenho sim. Por que deixou de lutar e entrou para o departamento? E não me diga que foi porque sua irmã mais nova desapareceu e porque pegar criminosos lhe dá um senso de ordem. Já ouvi essa duas vezes, e não embarco nela.

Lee manteve os olhos no trânsito.

– Tem alguma irmã? Parentes mais novos com quem se importe?

Sacudi a cabeça.

– Minha família toda morreu.

– Laurie também. Concluí isso quando tinha 15 anos. Mamãe e papai continuavam gastando dinheiro com anúncios e detetives, mas eu sabia que já tinham apagado a menina. Costumava imaginá-la crescendo. Rainha dos bailes de formatura, melhor aluna da escola, formando a sua própria família. Isso doía pra caralho, então comecei a imaginá-la dando errado. Você sabe, como uma degenerada. Era até reconfortante, mas senti que estava sendo sacana com ela.

– Olha, me desculpe – falei.

Lee me deu uma cotovelada suave.

– Não se desculpe, porque você tem razão. Deixei de lutar e entrei no departamento porque Benny Siegel estava na minha cola. Comprou o meu contrato e afugentou meu empresário, e me prometeu uma luta com Joe Louis se eu perdesse umas duas lutas para ele. Eu disse não e entrei para o departamento porque os judeus do sindicato tinham uma norma contra o assassinato de tiras. Fiquei cagando de medo que ele acabasse me matando de qualquer jeito; aí quando soube que os assaltantes do Boulevard-Citizens tinham levado um pouco do dinheiro de Benny junto com o do banco, apertei todos os alcaguetes até me entregarem Bobby De Witt numa bandeja. Dei a Benny a dica sobre Bobby. O número 2 de Benny convenceu-o a não apagar o cara, então levei a informação para os tiras de Hollywood. Benny é meu chapa agora. Me dá palpites sobre os cavalos o tempo todo. Próxima pergunta?

Decidi não perguntar nada sobre Kay. Observando a rua, vi que o centro tinha dado lugar a quadras de casas pequenas e mal cuidadas. A história de Bugsy Siegel ficou em minha cabeça; estava digerindo-a quando Lee desacelerou e foi para o meio-fio. Exclamei:

– Que diabo você...

– Essa é para minha satisfação pessoal. Lembra-se do estuprador de criancinhas do relatório?

– Claro.

– Tierney disse que há quatro casos de estupro de garotinhos não resolvidos em Highland Park, certo?

– Certo.

– E mencionou um memorando sobre os associados conhecidos do estuprador, não foi?

– Foi. O que...

– Bucky, li esse memorando e reconheci o nome de um receptador: Bruno Albanese. Faz ponto num restaurante mexicano em Highland Park. Liguei para o pessoal de lá e peguei os endereços dos assaltos, e dois deles foram a menos de 800 metros desse restaurante. Albanese mora aqui, e os registros mostram que ele tem uma porrada de multas de trânsito não pagas, com mandados de comparecimento ao tribunal expedidos. Preciso dizer mais?

Saí do carro e atravessei um jardim cheio de ervas daninhas e de merda de cachorro. Lee juntou-se a mim na porta e tocou a campainha; latidos furiosos vieram de dentro da casa.

A porta se abriu, presa ao batente por uma corrente. Os latidos iam aumentando de intensidade; pela fresta, avistei uma mulher desmazelada. Gritei:

– Polícia!

Lee interpôs seu pé no espaço entre o batente e a porta; enfiei a mão e arranquei a corrente. Lee abriu a porta com um empurrão, e a mulher correu para a varanda. Entrei na casa, preocupado com o cachorro. Passava os olhos sobre uma sala de estar decadente quando um grande mastim marrom pulou em cima de mim, com a boca aberta. Tateei em busca de minha arma – e a fera começou a lamber meu rosto.

Ficamos ali, as patas dianteiras do cachorro apoiadas em meus ombros como se estivéssemos dançando um Lindy Hop. Uma língua enorme me lambia. A mulher berrou:

– Quieto, Hacksaw! Quieto!

Agarrei as patas do cachorro e baixei-as até o chão; imediatamente, ele voltou sua atenção para o meio das minhas pernas. Lee falava com a bruxa, mostrando-lhe uma tira de fotos de arquivo. Ela sacudia a cabeça negando, as mãos nos quadris, retrato típico de uma cidadã irada. Com Hacksaw na minha cola, me juntei a eles.

– Sra. Albanese, este homem é meu superior – anunciou Lee. – Quer lhe contar o que acabou de me dizer?

A bruxa brandiu os punhos. Hacksaw explorou a virilha de Lee.

– Onde está seu marido, senhora? – perguntei. – Não temos o dia todo.

– Já disse a ele e vou dizer ao senhor! Bruno já pagou a sua dívida para com a sociedade! Ele não anda com criminosos e não conheço nenhum Coleman ou seja lá qual for o nome! Ele é um homem de negócios! O responsável pela sua condicional fez com que ele deixasse de frequentar aquele restaurante mexicano há duas semanas, e não sei onde ele está! Hacksaw, quieto!

Olhei para o superior efetivo e que agora dançava, trôpego, com um cachorro de quase 100 quilos.

– Dona, o seu marido é um receptador conhecido, com ordem de prisão por inúmeras infrações. Tenho uma lista de mercadorias roubadas no carro, e se não me contar onde é que ele está, vou virar a sua casa de pernas para o ar até encontrar algo de sujo. Aí vou prender a senhora como receptadora. O que me diz?

A bruxa bateu com os punhos nas pernas; Lee derrubou Hacksaw no chão e falou:

– Algumas pessoas não entendem quando agimos com educação. Sra. Albanese, já ouviu falar em roleta-russa?

A mulher fez beicinho.

– Não sou burra, e Bruno já pagou sua dívida.

Lee puxou um 38 de cano curto do cinto, verificou o cilindro e fechou-o de supetão.

– Há uma bala nesta arma. Está com sorte hoje, Hacksaw?

A mulher falou:

– Você não ousaria.

Lee pôs o 38 na testa do cachorro e puxou o gatilho. O cão da arma bateu numa câmara vazia; a mulher arquejou e começou a empalidecer.

– Faltam cinco. Prepare-se para entrar no paraíso canino, Hacksaw – avisou Lee.

Lee apertou o gatilho uma segunda vez; contive as gargalhadas quando ouvimos outro dique e Hacksaw lambeu o saco, entediado com tudo aquilo. A Sra. Albanese rezava fervorosamente de olhos fechados. Lee falou:

– Hora de encontrar o seu criador, cãozinho.

A mulher explodiu:

– Não, não, não, não, não! Bruno está cuidando de um bar em Silverlake! O Buena Vista, na rua Vendome! Por favor, deixe meu filhinho em paz!

Lee me mostrou o cilindro vazio do 38 e andamos de volta ao carro com os alegres latidos de Hacksaw ecoando atrás de nós. Ri durante o caminho todo até Silverlake.

O Buena Vista era um bar-restaurante talhado à moda de um rancho espanhol – paredes de adobe caiadas e torreões engrinaldados com lâmpadas natalinas seis semanas antes do Natal. O interior era elegante, todo em madeira escura. Havia um balcão comprido, de carvalho, junto ao saguão de entrada, e um homem atrás dele polindo copos. Lee exibiu seu distintivo a ele, e falou:

– Bruno Albanese?

O homem apontou para os fundos, baixando os olhos.

A parte dos fundos do restaurante era estreita, com reservados de couro artificial e pouca iluminação. Ruídos vorazes de mastigação nos levaram ao último reservado – o único ocupado. Um homem esguio, moreno, debruçava-se sobre um prato com uma pilha alta de feijão, *chile* e *huevos rancheros,* devorando a comida como se fosse a sua última refeição na face da terra.

Lee esmurrou a mesa.

– Polícia. Você é Bruno Albanese?

O homem ergueu os olhos.

– Quem, eu?

Lee entrou na cabine e apontou para a tapeçaria religiosa na parede.

– Não, o menino na manjedoura. Não vamos perder tempo, para que eu não tenha de vê-lo comer. Você tem um monte de contas a prestar à justiça, mas eu e meu parceiro gostamos do seu cachorro, então não queremos pegá-lo. Não somos legais?

Bruno Albanese arrotou e depois disse:

– Quer dizer que vocês querem uma ajuda?

– Garoto esperto – falou Lee, passando as fotos de Maynard sobre a mesa. – Ele enraba menininhos. Sabemos que vende para você e não ligamos. Onde ele está?

Albanese olhou para as fotos e arrotou.

– Nunca vi esse cara antes. Alguém deu pista falsa para vocês.

Lee olhou para mim e suspirou.

– Algumas pessoas não entendem boas maneiras. – Em seguida, agarrou Bruno Albanese pelo cangote e empurrou o rosto dele para dentro do prato com a gororoba. Bruno absorveu gordura pela boca, nariz e olhos, agitando os braços e batendo as pernas sob a mesa. Lee segurou-o ali, entoando:

– Bruno Albanese era um bom homem. Era bom marido e bom pai para seu filho Hacksaw. Não cooperava muito com a polícia, mas quem é perfeito? Parceiro, pode me dar uma boa razão para poupar a vida desse babaca?

Albanese fazia sons gorgolejantes; o sangue escorria em seus *huevos rancheros*.

– Tenha piedade – falei. – Até receptadores merecem uma última ceia melhor do que essa.

– Bem colocado – observou Lee, soltando a cabeça da Albanese. Este a ergueu em busca de ar, sangrando e sufocando, tirando com a mão todo um livro de receitas mexicanas do rosto. Quando ganhou fôlego, despejou:

– Conjunto Versalhes rua 6 com Saint Andrews quarto 803 e por favor não diga que fui eu!

– *Bon appetit*, Bruno – disse Lee.

– Você é legal – falei.

Saímos correndo do restaurante e fomos a toda velocidade para a rua 6 com Saint Andrews.

A CAIXA DE CORREIO no saguão do Versalhes acusava um Maynard Coleman no apartamento 803. Subimos de elevador até o oitavo andar e tocamos a campainha; coloquei meu ouvido à porta e não escutei nada. Lee tirou um chaveiro de gazuas do bolso e experimentou-as na fechadura até que uma serviu e o mecanismo cedeu com um dique agudo.

Entramos numa salinha quente e escura. Lee mexeu no interruptor e a lâmpada do teto iluminou uma cama de recolher coberta de bichinhos de pano: ursinhos, pandas e tigres. O local rescendia a suor e a um odor medicinal que não conseguia identificar. Franzi o nariz e Lee identificou para mim.

– Vaselina com cortisona. Os homossexuais usam isso para lubrificar o cu. Eu ia entregar Maynard ao capitão Jack pessoalmente, mas agora acho que vou deixar Vogel e Koenig pegá-lo primeiro.

Fui até a cama e examinei os bichos; todos tinham cachos de cabelos macios de crianças pregados com fita adesiva entre as pernas. Trêmulo, olhei para Lee. Ele estava pálido, as feições contorcidas por tiques faciais. Nossos olhos se encontraram; saímos da sala em silêncio e pegamos o elevador para descer. Quando chegamos à calçada, perguntei:

– E agora?

A voz de Lee estava trêmula.

– Ache um telefone e ligue para o Departamento de Trânsito. Dê-lhes o nome e o endereço de Maynard e pergunte se registraram algo sobre ele no último mês ou um pouco antes. Se disserem que sim, anote a descrição do veículo e a placa. Encontro você no carro.

Corri até a esquina, achei um telefone público e disquei para a seção de informações do Departamento de Trânsito. Um funcionário atendeu.

– Quem deseja a informação?

– Policial Bleichert, DPLA, número de identificação 1611. Informação sobre compra de carro, Maynard Coleman ou Coleman Maynard, Saint Andrews Sul 643, LA. Provavelmente recente.

– Vou ver, aguarde um minuto.

Esperei, com a caderneta e a caneta na mão, pensando nos bichinhos de pano. Uns bons cinco minutos depois, levei um susto.

– Policial, a resposta é positiva.

– Manda!

– Sedã De Soto, 1938, verde-escuro, placa B de bravo, V de Vítor, 1-4-3-2, repetindo, B de bravo...

Anotei, desliguei e corri de volta ao carro. Lee esquadrinhava um mapa das ruas de Los Angeles, rabiscando observações.

– Nós o pegamos – anunciei.

Lee fechou o mapa.

– Ele deve ser desses que rondam as escolas. Havia escolas primárias perto dos casos de Highland Park e uma meia dúzia aqui perto. Passei um rádio para Hollywood e Wilshire contando o que descobrimos. Os carros de patrulha vão parar perto das escolas e fechar o cerco sobre Maynard. O que o Departamento de Trânsito falou?

Apontei para minha caderneta; Lee pegou o microfone do rádio e tentou sinalizar para transmitir. Uma forte estática surgiu; em seguida, tanto a transmissão quanto a recepção caíram.

– Foda-se, vamos em frente – falou Lee.

PATRULHAMOS ESCOLAS primárias nos distritos de Hollywood e de Wilshire. Lee dirigia, eu vasculhava os meios-fios e os pátios das escolas, procurando De Sotos verdes e desocupados. A certa altura, Lee contatou as Delegacias de Wilshire e de Hollywood e transmitiu as informações que havíamos conseguido, certificando-se de que seriam passadas a todos os carros e a todos os guardas.

Durante aquelas horas, mal trocamos uma palavra. Lee segurava o volante com os nós dos dedos brancos, se arrastando pela pista lenta. A única vez em que sua expressão se alterou foi quando encostamos o carro para verificar algumas crianças brincando. Seus olhos se enevoaram e as mãos tremeram; pensei que fosse chorar ou explodir.

Mas continuou apenas olhando fixo, e o simples fato de voltar ao tráfego pareceu acalmá-lo. Era como se soubesse exatamente quão longe podia deixar-se ir como homem antes de voltar ao comportamento estritamente policial.

Pouco depois das 15 horas, rumamos para o sul até Van Ness, numa passada pela escola primária da avenida Van Ness. Estávamos a uma quadra de distância, em frente ao Polar Palace, quando o De Soto verde, placa BV 1432, cruzou no sentido contrário e entrou no estacionamento em frente ao rinque de patinação.

– Pegamos o cara. Polar Palace – falei.

Lee fez o retorno e parou junto ao meio-fio bem em frente ao estacionamento, do outro lado da rua. Maynard fechava o De Soto, observando um grupo de meninos saltitando em direção à entrada, com patins a tiracolo.

– Vamos – falei.

– Você o pega, eu posso perder a calma. Certifique-se de que os meninos estão fora do caminho, e se ele fizer algum movimento suspeito, mate-o – ordenou Lee.

Prisões feitas por um único policial à paisana são estritamente contra as regras.

– Você está louco. Isso é uma...

Lee me empurrou porta afora.

– Vá pegá-lo, porra! Isso é uma captura, não uma sala de aula! Vá pegar o cara!

Driblei o tráfego da Van Ness para chegar ao estacionamento, avistando Maynard entrar no Polar Palace em meio a uma multidão de crianças. Corri até a porta da frente e a abri, dizendo a mim mesmo para ir com calma e devagar.

O ar frio me deixou tonto; as luzes berrantes, refletidas no rinque de gelo, feriram meus olhos. Protegendo-os, olhei em torno e vi fiordes de papel machê e uma barraca de lanches com a forma de um iglu. Havia alguns meninos rodopiando no gelo, e um grupo deles fazendo ohs! e ahs! diante de um urso polar gigante empalhado, postado sobre as patas traseiras diante de uma saída lateral. Não havia nenhum adulto no local. Então me ocorreu: verifique o banheiro dos homens.

Uma placa me indicou o subsolo. Estava na metade da escada quando Maynard começou a subi-la, com um coelho de pano nas mãos. O odor do quarto 803 voltou; no exato instante em que ia passar por mim, falei:

– Sou da polícia, você está preso – e saquei meu 38.

O cara jogou as mãos para o alto; o coelhinho saiu voando. Empurrei-o contra a parede, revistei-o e algemei suas mãos às costas. O sangue latejava em minha cabeça enquanto o empurrava escada acima; senti algo socando minhas pernas.

– Solte meu paizinho! Solte meu paizinho!

O agressor era um menino de calças curtas e blusão de marinheiro. Levei meio segundo para identificá-lo como o filho de Maynard, a semelhança era espantosa. O menino grudou no meu cinto e continuou berrando "Solte meu paizinho!"; o pai ficava berrando, pedindo um tempo para se despedir e encontrar uma babá. Continuei a andar, subindo as escadas e atravessando o Polar Palace, com o revólver na cabeça de Maynard, a outra mão empurrando-o para a frente, o menino agarrado em mim, urrando e me batendo com toda a sua força. Uma multidão se formara; gritei "Polícia!" até que se separassem e me permitissem avistar a porta. Um velhote a abriu para mim, exclamando:

– Ei! Você num é o Bucky Bleichert?

– Pegue o menino e chame alguém do Juizado de Menores – ordenei, com voz ofegante; o pequeno tornado foi arrancado de minhas costas. Vi o Ford de Lee no estacionamento, empurrei Maynard até lá e joguei-o no assento traseiro. Lee tocou a buzina e arrancou; o estuprador engrolou umas rezas para Jesus. Fiquei me perguntando por que é que o ressoar da buzina não conseguia abafar os gritos do menininho que chamava pelo pai.

Largamos Maynard na cadeia do Palácio da Justiça, e Lee telefonou a Fritz Vogel na Central, contando-lhe que o estuprador estava detido e pronto para ser interrogado sobre os arrombamentos de Bunker Hill. Então, de volta à Prefeitura, um telefonema para avisar os tiras de Highland Park sobre a prisão de Maynard e um telefonema para o Juizado de Menores de Hollywood para tranquilizar a minha consciência a respeito do menino. A inspetora com quem conversei disse-me que Billy Maynard estava lá, esperando por sua mãe, a ex-esposa de Coleman Maynard, uma garçonete de drive-in com seis condenações por prostituição. Ainda berrava chamando o seu paizinho. Desliguei desejando nem ter ligado.

Seguiram-se três horas de relatório escrito. Escrevi o sumário de prisão com todas as letras; Lee datilografou-o, omitindo a menção à nossa invasão ao apartamento de Coleman Maynard. Ellis Loew andava de um lado para o outro no cubículo enquanto trabalhávamos, murmurando "Grande captura" e "Vou acabar com eles no tribunal, explorando a questão dos meninos".

Acabamos a papelada às 19 horas. Lee fez um sinal de visto no ar e proclamou:

– Anote aí mais uma em nome de Laurie Blanchard. Está com fome, parceiro?

Levantei e me espreguicei; comer, de repente, me pareceu uma grande ideia. Então vi Fritz Vogel e Bill Koenig chegando ao cubículo. Lee sussurrou:

– Seja bonzinho com eles, são protegidos do Loew.

De perto, pareciam refugiados desleixados da linha média dos Los Angeles Rams. Vogel era alto e gordo, com uma cabeçorra chata que saía direto da gola da camisa, e os olhos do azul mais claro que eu já tinha visto; Koenig era todo grandalhão, superando o meu 1,90 metro por mais uns 5 centímetros, com seu corpo de *linebacker* de futebol americano mal começando a amaciar. Tinha um nariz amplo, achatado, ouvidos salientes, maxilar torto e pequenos dentes lascados. Ele parecia estúpido, Vogel parecia esperto, os dois pareciam malvados.

Koenig dava risadinhas.

– Ele confessou. O estupro dos meninos e os arrombamentos. Fritzie diz que todos nós vamos ganhar medalhas – ele estendeu a mão. – Você lutou bem.

Apertei a mão enorme, notando sangue fresco no punho direito da camisa de Koenig.

– Obrigado, sargento.

Em seguida estendi a mão para Fritz Vogel. Este a segurou por um rápido segundo, perfurou-me com olhos geladamente furiosos e largou-a como se fosse bosta quente.

Lee deu uma batidinha em minhas costas.

– Bucky é gente fina. É esperto e tem *cojones*. Falou com Ellis sobre a confissão?

– Só quem é de tenente pra cima pode chamá-lo de Ellis – disse Vogel.

– Tenho privilégios – disse Lee, rindo. – Além disso, você o chama de judeuzinho pelas costas, então o que tem com isso?

Vogel enrubesceu; Koenig olhou em torno com a boca aberta. Quando se virou, vi respingos de sangue na frente de sua camisa.

– Vamos lá, Billy – ordenou Vogel; Koenig seguiu-o obedientemente de volta à sala dos detetives.

– Seja bonzinho com eles, hein? – lembrei.

Lee deu de ombros.

– Uns bundões. Se não fossem tiras estariam em Atascadero. Faça o que digo, não faça o que eu faço, parceiro. Eles têm medo de mim e você não passa de um novato.

Vasculhei meu cérebro em busca de uma resposta rápida e arrasadora. Então Harry Sears, com uma aparência duas vezes mais desleixada do que de manhã, meteu a cabeça pela porta.

– Escutei algo que acho que você deveria saber, Lee – as palavras foram pronunciadas sem o menor traço de gagueira; senti cheiro de álcool no hálito dele.

– Manda ver – disse Lee.

– Eu estava na Seção de Condicional do Condado e o supervisor me disse que Bobby De Witt acaba de conseguir um "A" na ficha. Vai sair em condicional em meados de janeiro. Achei que devia saber.

Sears acenou para mim com a cabeça e se retirou. Olhei para Lee, que tinha o rosto tão crispado quanto no apartamento 803 do conjunto Versalhes. Falei:

– Parceiro...

Lee se esforçou para sorrir.

– Vamos batalhar um rango. Kay está fazendo carne assada e disse para levá-lo para jantar.

Fui por causa da mulher dele e fiquei espantado com o lugar: uma casa bege, estilo *art déco,* uns 400 metros ao norte da Sunset Strip. À porta, Lee recomendou:

– Não mencione De Witt, deixaria Kay aborrecida.

Balancei a cabeça concordando e entrei na sala de estar saída das telas de cinema.

Os lambris eram de mogno polido, a mobília dinamarquesa moderna – madeira clara reluzente em meia dúzia de tons. Havia gravuras representando artistas famosos do século XX e tapetes enfeitados com desenhos em estilo moderno – arranha-céus em meio a neblina, árvores altas numa floresta ou as torres de alguma fábrica expressionista alemã. O local de refeições ficava num espaço conjugado à sala de estar, e sobre a mesa havia flores frescas e rescaldeiros exalando o aroma de comida boa.

– Nada mau, com a miséria que a gente ganha na polícia. Anda aceitando gorjetas, parceiro?

Lee riu.

– Foi o que ganhei por baixo do pano com aquelas lutas. Ei, querida, está aí?

Kay Lake saiu da cozinha, com um vestido florido que combinava com as tulipas da mesa. Apertou minha mão e disse:

– Olá, Dwight.

Eu me senti como um menininho idiota entrando de penetra no baile infantil.

– Olá, Kay.

Com um apertão mais forte, largou a minha mão, terminando o aperto de mãos mais longo da história.

– Você e Leland parceiros. É de fazer a gente acreditar em conto de fadas, não é?

Olhei em torno procurando Lee e vi que tinha desaparecido.

– Não. Eu sou um cara realista.

– Eu não.

– Dá pra se ver.

– Já tive realidade bastante para uma vida inteira.

– Eu sei.

– Quem te contou?

– O *Herald Express* de Los Angeles.

Kay riu.

– Então você leu mesmo os artigos de jornais sobre mim. Chegou a alguma conclusão?

– Cheguei. Contos de fadas não resolvem nada.

Kay piscou exatamente como Lee; tive a sensação de que foi ela quem tinha ensinado a ele.

– É por isso que devemos transformá-los em realidade. Leland! Hora do jantar!

Lee reapareceu e sentamo-nos para comer; Kay estourou uma garrafa de champanhe e serviu-a. Quando nossas taças estavam cheias, ela brindou:

– Aos contos de fadas.

Bebemos, Kay encheu de novo as taças, Lee falou:

– À Proposta B.

A segunda dose espumante fez cócegas em meu nariz e me fez rir; propus:

– À revanche Bleichert x Blanchard no Polo Grounds, com bilheteria maior do que Joe Louis contra Schmeling.

– À segunda vitória de Blanchard – brindou Lee.

– A um empate, e sem sangue – brindou Kay.

Bebemos e matamos a garrafa, e Kay trouxe outra da cozinha, estourando a rolha e atingindo o peito de Lee. Quando nossas taças se encheram, senti a coisa bater e despejei:

– A nós.

Lee e Kay olharam para mim em câmara lenta, e vi que nossas mãos livres estavam todas a uns poucos centímetros de distância sobre a mesa. Kay notou que eu notei e piscou; Lee falou:

– Foi com ela que aprendi.

Nossas mãos se juntaram numa espécie de tríade e brindamos "A nós" em uníssono.

ADVERSÁRIOS, depois parceiros, depois amigos. E com a amizade veio Kay, nunca ficando entre nós, mas sempre preenchendo nossas vidas fora do trabalho com estilo e graça.

Naquele outono de 1946 íamos juntos a todos os lugares. No cinema, Kay ficava no assento do meio e segurava as mãos de nós dois nos pedaços apavorantes; quando passávamos as noites de sexta-feira no Malibu Rendez-vous, onde as *big bands* se apresentavam, ela alternava as danças entre nós dois e sempre jogava a moeda para decidir quem ganharia a última música lenta. Lee nunca manifestou o menor ciúme, e a atração entre mim e Kay era mantida sempre em fogo brando. Ficava evidente a cada vez que nossos ombros roçavam, cada vez que um jingle de rádio, um cartaz engraçado ou algo que Lee dizia nos tocava do mesmo modo, e nossos olhos se encontravam instantaneamente. Quanto mais quieto ficava aquilo, mais eu sabia o quanto Kay estava disponível – e mais eu a queria. Entretanto, deixei tudo nesse pé, não porque aquilo fosse destruir a minha parceria com Lee, mas porque iria abalar a perfeição do nosso trio.

Depois do trabalho, Lee e eu íamos até a casa e encontrávamos Kay lendo, sublinhando passagens em livros com lápis de cera amarelo. Ela preparava o jantar para nós três, e às vezes Lee saía para correr com sua motocicleta em Mulholland. Então conversávamos.

Sempre evitávamos falar em Lee, como se discutir o centro bruto de nós três sem ele presente fosse uma trapaça. Kay falava sobre os seis anos na faculdade e os dois mestrados que Lee tinha bancado com o dinheiro das lutas e sobre como o seu trabalho de professora substituta era perfeito para a "diletante superletrada" em que se transformara; eu falava sobre o que era crescer como alemão em Lincoln Heights. Nunca falamos sobre o meu papel de dedo-duro para o Alien Squad nem da sua vida com Bobby De Witt. Ambos captávamos a história geral do outro, mas nenhum de nós queria detalhes. Eu mais do que ela, no caso: os irmãos Ashida e Sam Murakami já estavam havia muito tempo mortos e enterrados, mas Bobby De Witt estava a apenas um mês da condicional – e eu percebia que Kay tinha medo do seu retorno.

Se Lee tinha medo, nunca o demonstrou depois daquele instante em que Harry Sears lhe passou a informação, e aquilo nunca o incomodou durante nossas melhores horas juntos – aquelas que passávamos no trabalho. Naquele outono, aprendi o que era realmente trabalho policial, e Lee foi meu professor.

De meados de novembro até o ano-novo, capturamos um total de 11 delinquentes perigosos, 18 traficantes e 3 fugitivos da condicional ou de *sursis*. A caça a desocupados suspeitos nos proporcionou um adicional de meia dúzia de prisões, todas ligadas a narcóticos. Trabalhávamos a partir das ordens diretas de Ellis Loew, dos relatórios criminais e dos comentários dos tiras, tudo filtrado pelo instinto de Lee. Suas técnicas eram às vezes cautelosas e indiretas e outras vezes brutais, mas ele era sempre gentil com as crianças; quando usava a força para obter informações, era porque era a única forma de conseguir resultados.

Assim, nos transformamos numa equipe de interrogatório "tira bonzinho-tira malvado"; o Sr. Fogo era o preto, o Sr. Gelo era o branco. Nossa reputação como boxeadores tornava ainda maior o respeito que tinham por nós nas ruas, e quando Lee mandava um soco no interrogado e eu intercedia em favor deste último, conseguíamos o que queríamos.

A parceria não era perfeita. Quando fazíamos turnos de 24 horas, Lee extorquia pastilhas de benzedrina dos viciados e engolia um monte delas para ficar alerta; aí todo negro que perseguíamos virava "Bacurau", todo branco virava "Bundão", todo mexicano, "Pancho". Toda a sua crueza vinha à tona, destruindo a sua grande *finesse*, e duas vezes tive de segurá-lo de verdade quando estava levando longe demais o papel de tira malvado.

Mas era um preço baixo a pagar pelo que eu estava aprendendo. Sob a tutela de Lee, tornei-me rapidamente um bom policial, e não fui o único a notar. Embora houvesse perdido 500 dólares na luta, Ellis Loew vibrou comigo quando Lee e eu lhe trouxemos uma fileira de delinquentes que ele estava louco para condenar, e Fritz Vogel, que me odiava por ter arrebatado o cargo que seria de seu filho, admitiu com relutância que eu era um puta tira.

Surpreendentemente, minha celebridade local durou o suficiente para me proporcionar algumas vantagens adicionais. Lee era o recuperador favorito de H.J. Caruso, o vendedor de automóveis dos famosos anúncios de rádio, e quando não tínhamos muito trabalho rondávamos à caça de carros não pagos em Watts e Compton. Quando encontrávamos um, Lee chutava a janela do lado do motorista e dava partida fazendo uma ligação direta, enquanto eu ficava vigiando. Depois seguíamos em comboio de dois carros até a loja de Caruso na rua Figueroa e H.J. passava 20 dólares para cada um. Batíamos um papo sobre tiras, bandidos e lutas de boxe e depois ele nos dava uma boa garrafa de *bourbon*, que Lee sempre passava para

Harry Sears para que este continuasse nos alimentando com dicas quentes da Delegacia de Homicídios.

Às vezes íamos com H.J. às lutas de quarta-feira à noite no Olympic. Ele possuía um camarote lateral especialmente construído, que nos protegia quando os mexicanos das fileiras de cima jogavam moedas e copos de cerveja cheios de mijo no ringue. Jimmy Lennon anunciava a nossa presença nas cerimônias de antes das lutas. Benny Siegel passava no camarote de vez em quando, e ele e Lee saíam para conversar. Lee sempre voltava com um ar meio apavorado. O homem que uma vez tinha desafiado era o gângster mais poderoso da Costa Oeste, famoso por ser vingativo, com um temperamento explosivo e pavio curto. Mas Lee sempre conseguia boas dicas – e os cavalos que Siegel lhe indicava quase sempre ganhavam.

E assim se passou aquele outono. O velho teve licença para sair do asilo no Natal, e levei-o para jantar conosco na casa. Ele tinha se recuperado bem do derrame, mas ainda não se lembrava do inglês e ia tagarelando em alemão. Kay dava-lhe peru e ganso, e Lee escutou os seus monólogos nazistas a noite toda, intercalando uns "É isso aí, vovô" e "Incrível, cara" quando ele parava para respirar. Quando o levei de volta para o asilo, ele me deu a tradicional banana e foi em frente com suas próprias pernas, na dele.

Na véspera do ano-novo, fomos até a ilha de Balboa ouvir o conjunto de Stan Kenton. Dançamos até 1947, altos de tanta champanhe, e Kay jogou a moeda para ver quem ganhava a última dança e o primeiro beijo quando a meia-noite chegasse. Lee ganhou a dança, e vi os dois rodopiarem ao som de *Perfídia,* me sentindo apavorado ao notar o quanto eles haviam mudado a minha vida. Então chegou a meia-noite, o conjunto atacou com tudo e eu não sabia o que fazer.

Kay resolveu o meu problema beijando-me suavemente nos lábios e sussurrando:

– Eu te amo, Dwight.

Uma mulher gorda me agarrou e me deu um beijo estalado no rosto, antes que eu pudesse responder a Kay com as mesmas palavras.

Fomos para casa pela Pacific Coast Highway, participando de um longo desfile de foliões buzinando. Quando chegamos em casa, meu carro não queria pegar, então me ajeitei para dormir no sofá e apaguei imediatamente, com todo aquele álcool no sangue. Numa hora qualquer da madrugada, acordei com sons estranhos que chegavam amortecidos pelas paredes. Aguçei os ouvidos para identificá-los, reconhecendo soluços seguidos pela voz de Kay, mais suave e mais baixa do que jamais ouvira. Os soluços aumentaram, transformando-se em lamúrias. Puxei o travesseiro para cima da cabeça e me forcei a dormir de novo.

6

Cochilei durante a maior parte do insosso relatório criminal de 10 de janeiro, acordando quando o capitão Jack vociferou:

– É isso aí. Tenente Millard, sargento Sears, sargento Blanchard e policial Bleichert, vão ao escritório do Sr. Loew imediatamente. Dispensados!

Atravessei o corredor até o santuário de Ellis Loew. Lee, Russ Millard e Harry Sears já estavam lá, circulando em torno da escrivaninha de Loew, examinando uma pilha de *Heralds* matinais.

Lee piscou para mim e estendeu-me uma cópia, dobrada na seção local. Vi um artigo intitulado "Promotor público da divisão criminal concorrerá ao lugar do patrão na Primária Republicana de 1948?", li três parágrafos elogiando Ellis Loew e sua preocupação com os cidadãos de Los Angeles e joguei o jornal sobre a escrivaninha antes que me desse vontade de vomitar.

– Aí vem nosso homem – anunciou Lee. – Ei, Ellis, está entrando na política? Diga "A única coisa que devemos temer é o próprio medo". Vamos ver como você faz.

A imitação de Frankly Delano Roosevelt feita por Lee arrancou risos de todos; até Loew gargalhava enquanto estendia cópias de uma ficha criminal com fotos anexas.

– Este é o cavalheiro que todos devemos temer. Leiam isso e descubram por quê.

Li a folha. Detalhava a carreira criminal de Raymond Douglas "Junior" Nash, branco, nascido em Tulsa, Oklahoma, em 1908. As condenações de Nash remontavam a 1926, e incluíam penas na prisão do estado do Texas por manter relação sexual com menor de idade, assalto à mão armada, lesões corporais em primeiro grau e lesões corporais dolosas. Havia cinco acusações contra ele registradas na Califórnia: três mandados por assalto à mão armada do Condado de Oakland, ao norte, e dois de Los Angeles de 1944 – estupro de menor e incitação a delinquência de menor. A folha terminava com anotações do serviço secreto do Departamento de Polícia de São Francisco, declarando que Nash era suspeito de uma dezena de assaltos à mão armada na Bay Area e que havia boatos de ser um dos homens de apoio por trás da tentativa de fuga de maio de 1946 em Alcatraz. Ao terminar, verifiquei as fotos. Junior Nash parecia um típico resultado de sucessivos cruzamentos consanguíneos entre caipiras de Oklahoma: cabeça comprida e esquelética, lábios finos, olhos redondos e orelhas que poderiam pertencer ao Dumbo.

Olhei para os outros. Loew estava lendo sobre si próprio no *Herald;* Millard e Sears continuavam a ler as folhas, seus rostos impassíveis.

– Conte-nos as boas notícias, Ellis – pediu Lee. – O cara está em Los Angeles e aprontando as maiores, certo?

Loew brincou com a chave Phi Beta Kappa.

– Testemunhas presenciaram dois assaltos à mão armada a mercados em Leimert Park no fim de semana, e é por isso que ele não consta do relatório criminal desta semana. Deu uma coronhada numa senhora idosa durante o segundo assalto, e ela morreu há uma hora no Hospital do Bom Samaritano.

Harry Sears gaguejou:

– As-so-so-ciados conhe-nhecidos?

Loew sacudiu a cabeça.

– O capitão Tierney conversou com o Departamento de Polícia de São Francisco esta manhã. Disseram que Nash é um lobo solitário. Aparentemente foi recrutado para participar da tentativa de fuga de Alcatraz, mas isso foi uma exceção. O que eu...

Russ Millard ergueu a mão.

– Há algum denominador comum entre as vítimas sexuais de Nash?

– Já ia chegar a esse ponto – disse Loew. – Aparentemente Nash gosta de garotas negras. Novas, ainda adolescentes. Todas as queixas de agressões sexuais vieram de moças negras.

Lee me empurrou até a porta.

– Vamos dar uma passada na Divisão da Universidade, ler o relatório dos tiras e partir de lá. Meu palpite é que Nash está entocado em algum ponto do Leimert Park. É branco, mas há negros de Manchester no sul. Existem muitos lugares para rondar em busca de uma xota preta.

Millard e Sears se levantaram para sair. Loew foi até Lee e recomendou:

– Tente não matá-lo, sargento. Bem que ele merece, mas tente, de qualquer modo.

Lee mostrou-lhe o seu característico esgar demoníaco.

– Vou tentar, senhor. Mas trate de acabar com ele no tribunal. Os eleitores querem caras como Junior na fogueira. Isso faz com que se sintam seguros à noite.

NOSSA PRIMEIRA PARADA foi na Divisão da Universidade. O chefe do pelotão nos mostrou os relatórios dos assaltos e nos disse para não perder tempo revistando a região próxima aos dois mercados: Millard e Sears estavam fazendo isso, concentrados em obter uma descrição melhor do carro de Nash, que se acreditava ser um sedã branco do pós-guerra. O capitão Jack tinha telefonado à delegacia informando sobre as preferências sexuais de Nash, e três policiais à paisana da Divisão de Costumes haviam sido enviados para verificar os prostíbulos da região sul especializados em mulheres negras. As divisões da rua Newton e da 77, formadas quase exclusivamente por negros, enviariam carros de radiopatrulha noturna aos bares e playgrounds onde a juventude negra se reunia, procurando por Nash e avisando às garotas para tomarem cuidado.

Não havia nada que nós pudéssemos fazer além de rondar a área na esperança de que Nash ainda estivesse por ali e entrar em contato com os informantes de Lee. Decidimos dar um longo passeio por Leimert Park e seguimos para lá.

A principal artéria do distrito era o Creenshaw Boulevard. Amplo, indo até Wilshire ao norte e até Baldwin Hills ao sul, era a imagem do "*boom* de pós-guerra" explícita como um letreiro de néon. Todas as quadras da rua Jefferson à Leimert exibiam casas dilapidadas, antigas mansões em demolição, com as fachadas substituídas por cartazes gigantes anunciando lojas de departamentos, shopping centers colossais, parques de recreação infantil e cinemas. As datas de inauguração prometidas variavam do Natal de 1947 ao começo de 1949, e tive a súbita ideia de que em 1950 essa parte de Los Angeles estaria irreconhecível. Dirigindo rumo ao oeste, passamos por sucessivos terrenos baldios onde logo, provavelmente, casas proliferariam; depois passamos por quadras e quadras de bangalôs de adobe que se diferenciavam apenas pela cor e a aparência dos gramados do jardim. Mais ao sul, predominavam velhas casas de madeira, cada vez mais arruinadas.

E não havia ninguém que se parecesse com Junior Nash nas ruas; todo sedã branco último tipo que víamos era dirigido por uma mulher ou por um cara normal, tipo caretão.

Perto de Santa Barbara e Vermont, Lee quebrou nosso longo silêncio.

– Esse passeio já me encheu o saco. Vou cobrar alguns favores.

Ele entrou num posto de gasolina, saiu do carro e foi até o telefone; fiquei escutando os recados no rádio. Estava nessa há dez minutos mais ou menos quando Lee voltou, pálido e suando.

– Tenho uma pista. Um dos meus dedos-duros diz que Nash vive com uma puta num barraco perto da rua Slauson com Hoover. Desliguei o rádio.

– Lá só tem negro. Acha que...

– Acho melhor a gente se mandar pra essa porra de lugar.

Pegamos a Vermont rumo à Slauson e depois seguimos para o leste, passando por igrejas com frentes de loja e salões de alisamento de cabelo, terrenos baldios e lojas de bebidas sem nome – apenas letreiros de néon piscando b-e-b-i-d-a-s a uma hora da tarde. Virando à direita na Hoover, Lee diminuiu a velocidade e começou a examinar os alpendres das casas. Passamos por um grupo de três negros e um cara branco mais velho recostados nos degraus de uma espelunca particularmente destroçada; vi que os quatro sacaram que éramos tiras. Lee falou:

– Drogados. Parece que Nash lida com viciados, então vamos dar uma apertada neles. Se estão com drogas, talvez dê para arrancar o endereço do cara.

Concordei com um gesto de cabeça; Lee freou o carro, parando no meio da rua. Descemos e nos aproximamos; os quatro enfiaram as mãos no bolso e arrastaram os pés, a dança rotineira dos arruaceiros de todos os lugares quando cercados.

– Polícia – anunciei. – Na parede, devagar e numa boa.

Assumiram a posição de revista, mãos acima das cabeças, palmas encostadas na parede do prédio, pés para trás, pernas abertas. Lee pegou os dois à direita; o branco murmurou:

– O que... Blanchard?

– Quieto, bundão – cortou Lee, começando a revistá-lo.

Revistei o negro do meio primeiro, passando as mãos ao longo dos braços do casaco de seu terno, depois enfiando-as nos bolsos dele. Minha mão esquerda sacou dali um maço de Lucky Strikes e um isqueiro Zippo; à direita, alguns cigarros de maconha.

– Baseados – falei, e larguei-os sobre a calçada. Depois lancei um rápido olhar de esguelha para Lee. O negro de terno *zoot* ao lado dele estendeu a mão em direção ao cinto; a luz rebrilhou no metal quando sua mão saiu dali. Gritei:

– Parceiro! – e saquei meu 38.

O branco virou-se de súbito; Lee atirou duas vezes no rosto dele à queima-roupa. O *zooter* mostrou a faca no momento em que apontei minha arma. Atirei, ele largou a faca, levou a mão ao pescoço e bateu contra a parede. Girando, vi o negro da ponta mexer na parte da frente de suas calças e atirei nele três vezes. Ele voou para trás; ouvi um grito: "Bucky, abaixe-se!" Jogando-me no cimento, captei a imagem invertida de Lee e do último negro mirando um no outro a menos de um metro de distância. Os três tiros de Lee derrubaram-no bem quando ele conseguira apontar uma minúscula pistola de cano curto. Caiu morto, com a metade do crânio estourada.

Fiquei em pé, olhei para os quatro corpos e para a calçada coberta de sangue, cambaleei até o meio-fio e vomitei na sarjeta até meu peito doer. Ouvi sirenes se aproximando, prendi o distintivo na frente do paletó e me virei. Lee estava esvaziando os bolsos dos cadáveres, jogando facas e baseados na calçada, longe das poças de sangue. Veio em minha direção, e esperei que fosse dizer uma piada qualquer, para me acalmar. Mas não, ele chorava feito um bebê.

Levou o resto da tarde para colocarmos dez segundos no papel.

Escrevemos nossos relatórios na Delegacia da Rua 77, e fomos interrogados pela equipe de detetives da Homicídios que investigava todos os casos de policiais envolvidos em tiroteios. Disseram-nos que os três negros – Willie Walker Brown, Caswell Pritchford e Cato Early – eram maconheiros conhecidos, e que o branco – Baxter Fitch – tinha sido preso duas vezes por assaltos com violência no final dos anos 1920. Como todos os quatro estavam armados e portando maconha, os detetives nos asseguraram de que o caso não iria a júri.

Levei o interrogatório numa boa, calmo; Lee não. Tremia e murmurava que havia detido Baxter Fitch por vagabundagem um monte de vezes quando trabalhava em Highland Park, e que gostava do cara, de certo modo. Fiquei com ele na delegacia, depois levei-o até o carro através de um mar de repórteres berrando perguntas.

Quando chegamos a casa, Kay esperava na varanda; uma simples olhada em seu rosto sombrio me mostrou que ela já sabia. Correu para Lee e o abraçou, sussurrando:

– Oh, querido, oh, querido.

Fiquei observando, então notei um jornal no parapeito da varanda.

Apanhei-o. Era a edição matutina do *Mirror*, que saíra na noite anterior, ostentando como manchete principal: "Tiras boxeadores enfrentam tiroteio! Quatro delinquentes mortos!" Abaixo, havia fotos publicitárias de Fogo e Gelo em posição de luta com luvas e calções, junto com fotos de arquivo policial dos homens mortos. Li um relato enfeitado do tiroteio e uma repetição da história da luta de outubro, e então ouvi Lee gritar:

– Você não vai entender nunca, me deixa sozinho!

Lee saiu correndo, contornando a entrada de carros em direção à garagem, com Kay atrás. Fiquei na varanda, espantado com o coração mole do filho da puta mais durão que já conheci em toda a minha vida. Ouvi a motocicleta de Lee dar partida; segundos depois, ele arrancava cantando pneu ao virar bruscamente à direita, sem dúvida indo para uma corrida brutal em Mulholland.

Kay voltou no exato instante em que o ruído da moto sumia na distância. Tomando suas mãos, eu lhe disse:

– Ele vai superar. Conhecia um dos caras, a coisa foi pior. Mas vai superar.

Kay olhou para mim de um jeito estranho.

– Você está muito calmo.

– Éramos nós ou eles. Cuide de Lee amanhã. Estamos de folga, mas quando voltarmos iremos atrás de uma fera de verdade.

– E você cuide dele, também. Bobby De Witt sai em uma semana, e jurou no julgamento que mataria Lee e os outros caras que o prenderam. Lee está assustado, e eu conheço Bobby. É barra-pesada mesmo.

Abracei-a e disse:

– Fogo e Gelo estão no comando, fique tranquila.

Kay se voltou com uma sacudidela.

– Não conhece Bobby. Não sabe das coisas que ele me obrigou a fazer.

Afastei uma mecha de cabelo de seus olhos.

– Sei, sim, e não ligo. Quero dizer, ligo, mas...

– Sei o que quer dizer – replicou Kay, e me empurrou para longe. Deixei-a ir, sabendo que se insistisse ela me contaria um montão de coisas que eu não queria ouvir. A porta da frente bateu e sentei nos degraus, feliz por estar sozinho para pensar nas coisas.

Quatro meses antes, eu era um guardinha de radiopatrulha sem nenhuma perspectiva. Agora era detetive da Equipe de Capturas, fundamental para a aprovação de uma proposta de aumento de verbas de um milhão de dólares, com a morte de dois negros em meu currículo. No próximo mês faria 30 anos de idade e cinco de carreira, e estaria qualificado para prestar o exame para sargento. Se fosse aprovado, e se jogasse de modo inteligente, poderia ser tenente antes dos 35. E isso era só o começo.

Comecei a ficar ansioso, fui para dentro e fiquei enrolando na sala de estar, folheando revistas, procurando nas prateleiras algo para ler. Então ouvi o som de água caindo pesado, vindo dos fundos da casa. Fui naquela direção, vendo a porta do banheiro escancarada, sentindo o vapor, sabendo que aquilo tudo era para mim.

Kay estava nua sob o chuveiro. Sua expressão permanecia fixa numa inexpressividade total, mesmo quando nossos olhos se encontraram. Examinei seu corpo, dos seios sardentos com mamilos escuros aos amplos quadris e ao estômago liso, e então ela fez uma pirueta para mim. Vi antigas cicatrizes de faca retalhando suas costas, das coxas à espinha; contive os tremores e me afastei, desejando que ela não tivesse me mostrado aquilo no dia em que eu tinha matado dois homens.

Parte II

Rua 39 esquina com Norton

7

O telefone me acordou cedo na manhã de quarta-feira, interrompendo um sonho com a manchete de terça do *Daily News* "Fogo e Gelo nocauteiam bandidos negros" – e uma bela loira com o corpo de Kay. Imaginando que fossem os caçadores de notícias que me importunavam desde o tiroteio, derrubei o fone sobre a mesa de cabeceira e mergulhei de novo na terra dos sonhos. Então ouvi "Levante e brilhe, parceiro!", e peguei o fone.

– Oi, Lee, o que é?

– Sabe que dia é hoje?

– Quinze. Dia de pagamento. Você me acordou às 6 horas para... – parei ao captar uma ponta de nervosismo na alegria de Lee. – Você está bem?

– Fantástico. Corri em Mulholland a 180 por hora, brinquei de casinha com Kay o dia todo ontem. Agora estou entediado. O que acha de fazermos algum trabalho policial?

– Vai falando.

– Acabo de falar com um informante que me deve um monte de favores. Ele disse que Junior Nash arranjou um lugar pra suas trepadas – uma garagem na Coliseum com a Norton, nos fundos de um conjunto verde de apartamentos. Vamos apostar corrida até lá? O perdedor paga a cerveja nas lutas desta noite?

Novas manchetes dançaram na frente de meus olhos.

– Vou nessa – avisei. Desliguei e me vesti num tempo recorde, corri para o carro e voei os 13 ou 14 quilômetros até Leimert Park. E Lee já estava lá, encostado em seu Ford, estacionado em frente à única construção de uma vasta quadra de terrenos baldios – um bangalô verde-vômito com um barracão de dois andares nos fundos do pátio.

Estacionei atrás dele e saí. Lee piscou e falou:

– Você perdeu.

– Você trapaceou – reclamei.

Ele riu.

– Tem razão. Liguei de um telefone público. Os repórteres têm incomodado você?

Fitei lentamente meu parceiro. Parecia calmo por fora, mas ansioso por dentro, com sua velha máscara brincalhona de volta.

– Fiquei escondido. E você?

– Bevo Means apareceu, perguntou como eu me sentia. Falei que não ia gostar disso como dieta permanente.

Apontei para o pátio.

– Falou com algum dos moradores? Verificou se o carro de Nash está aí?

– Nada de carro, mas conversei com o administrador. Ele aluga aquele barracão dos fundos a Nash. Diz que Nash o usou umas duas vezes para suas transas, mas o administrador não o vê há mais de uma semana.

– Revistou o lugar?

– Não, estava esperando por você.

Peguei meu 38 e pressionei-o contra a perna; Lee piscou e me imitou. Atravessamos o pátio, em direção ao barracão. Ambos os pisos tinham portas de madeira de aparência frágil, com degraus frouxos, levando ao segundo andar. Lee forçou a porta inferior, que abriu com um rangido. Comprimimo-nos contra a parede, cada um num dos lados da porta; depois virei e entrei, o braço com a arma estendido.

Nenhum som, nenhum movimento, apenas teias de aranha e um piso de madeira coberto com jornais amarelados e pneus carecas. Recuei; Lee subiu primeiro as escadas para o andar de cima, cautelosamente. Na plataforma, sacudiu a maçaneta da porta, balançou a cabeça negativamente e abriu a porta com um pontapé, arrancando-a dos gonzos.

Subi as escadas correndo; Lee entrou com a arma à frente. Quando cheguei ao topo, vi-o recolocar a arma no coldre.

– Lixo de caipira vagabundo – falou, com um gesto que abrangia o quarto todo. Atravessei a porta e concordei com a cabeça.

A pocilga fedia a vinho ordinário. Uma cama improvisada com dois assentos de carro desdobrados tomava quase todo o espaço do piso; estava coberta de recheio de estofado e camisinhas usadas. Garrafas vazias de moscatel empilhavam-se nos cantos, e a única janela tinha faixas de teias de aranha e de sujeira. O mau cheiro me deixou enjoado, então fui até a janela e a abri. Olhando para fora, vi um grupo de tiras de uniforme e homens à paisana em pé na calçada da Norton, quase a meia quadra de distância da 39. Todos olhavam fixamente para alguma coisa no matagal de um terreno baldio; duas viaturas e um carro de patrulha sem emblema estavam estacionados no meio-fio.

– Lee, venha cá – chamei.

Lee colocou a cabeça para fora da janela e forçou os olhos para ver melhor.

– Acho que estou vendo Millard e Sears. Eles deviam pegar informações hoje, então talvez...

Saí correndo do barracão, desci as escadas e contornei a esquina da Norton, com Lee nos meus calcanhares. Vendo uma viatura do Juizado de Instrução e um carro de fotógrafos forenses frearem cantando pneus, acelerei. Harry Sears matava uma garrafinha de bebida na frente de meia dúzia de policiais; vislumbrei horror em seus olhos. Os fotógrafos haviam entrado no terreno e se espalhavam, apontando as câmeras para o chão. Abri caminho com o cotovelo entre um par de patrulheiros e vi o que era aquilo tudo.

Era o corpo nu e mutilado de uma mulher jovem, cortado ao meio na cintura. A metade inferior, com as pernas escancaradas, jazia entre a vegetação rasteira a pouca distância da parte de cima. Um grande triângulo havia sido arrancado da coxa esquerda e um corte largo e comprido descia do ponto de bissecção até o início dos pelos púbicos. As dobras de pele junto ao talho estavam puxadas para trás; não havia órgãos internos.

A metade superior era pior ainda. Os seios estavam pontilhados por queimaduras de cigarros. O seio direito caía solto, ligado ao torso apenas por filamentos de pele, e o esquerdo fora retalhado ao redor do mamilo. Os cortes mergulhavam até o osso, mas o pior de tudo era o rosto da jovem – Um enorme machucado de tom púrpura, o nariz esmagado para o interior da cavidade facial, a boca cortada de orelha a orelha num sorriso que escarnecia de você, de algum modo menosprezando todo o resto da brutalidade infligida. Soube que levaria aquele sorriso comigo para o túmulo.

Ao levantar os olhos, comecei a tremer de frio; minha respiração saía aos arrancos. Ombros e braços esbarravam em mim, enquanto escutava uma confusão de frases soltas: “Não há uma só gota de sangue, porra!”, “É o pior crime com vítima mulher que vi em 16 anos”, “Ele amarrou as pernas dela, você pode notar as queimaduras de cordas em seus tornozelos”. Então soou um apito de tom comprido e agudo.

Os homens fizeram silêncio e olharam para Russ Millard. Ele disse, com voz pausada:

– Vamos acertar os ponteiros, antes que escape ao controle. Se este homicídio ganhar muita publicidade, vamos ter uma infinidade de confissões. Aquela moça foi estripada. Precisamos de informação confidencial com que descartar os lunáticos, e é essa aí. Não digam a ninguém. Não contem a suas esposas, a suas namoradas, não contem a outros policiais. Harry?

– Sim, Russ – respondeu Harry Sears, enquanto escondia com a mão o frasco para que seu chefe não pudesse vê-lo. Millard percebeu e revirou os olhos com ar de desagrado.

– Nenhum repórter deve ver o corpo. Vocês, fotógrafos, tirem suas fotos agora. Vocês, do Juizado de Instrução, coloquem um lençol sobre o corpo quando eles terminarem. Vocês, patrulheiros, isolem a área do crime a partir da rua, na quadra toda, até 2 metros atrás do corpo. Prendam qualquer repórter que tentar atravessar a barreira. Quando os homens do laboratório chegarem para examinar o corpo, afastem os repórteres até o outro lado da rua. Harry, chame o tenente Haskins na Delegacia da Universidade e diga-lhe para enviar todos os homens que puder para as investigações.

Millard olhou em torno e notou a minha presença.

– Bleichert, o que está fazendo aqui? Blanchard está aqui também?

Lee estava acocorado junto ao cadáver, escrevendo num caderno de bolso. Apontando para o norte, expliquei:

– Junior Nash anda alugando uma garagem nos fundos daquele prédio ali. Estávamos revistando-a quando vimos a agitação. – Havia sangue no local?

– Não. Isso não é trabalho do Nash, tenente.

Vamos deixar que os homens do laboratório julguem isso. Harry!

Sears estava sentado numa viatura, falando no microfone do rádio. Ouvindo seu nome, berrou:

– O que é, Russ?

– Harry, quando os caras do laboratório chegarem, faça-os ir até aquele prédio verde na esquina e verificar se há sangue e impressões digitais na garagem. Depois quero que a rua seja interditada...

Millard parou ao ver carros virando na Norton, indo direto para o ajuntamento; olhei para o cadáver. Os fotógrafos ainda batiam fotos de todos os ângulos; Lee ainda rabiscava na caderneta. Os homens que circulavam pela calçada continuavam olhando para o cadáver, depois desviando os olhos. Na rua, os carros despejavam repórteres e fotógrafos de jornais. Harry

Sears e um cordão de policiais uniformizados mantinham-se ali postados, prontos para barrá-los. Tive o impulso de olhar e examinei a moça demoradamente.

As pernas estavam abertas para o sexo, e, pelo jeito como os joelhos se dobravam, percebi que estavam quebradas; o cabelo preto bem escuro não tinha sangue grudado – era como se o assassino tivesse lavado com xampu antes de se desfazer do corpo. Aquele horrível sorriso de morte, zombeteiro, parecia acrescentado como uma brutalidade final – foram os dentes quebrados despontando da carne ulcerada que me forçaram a desviar os olhos.

Encontrei Lee na calçada, ajudando a estender as cordas de isolamento. Seu olhar passou através de mim, como se tudo o que pudesse ver fossem fantasmas nos ares.

– Junior Nash, lembra-se? – arrisquei.

O olhar de Lee se fixou em mim.

– Ele não fez isso. O cara é um bosta, mas não fez isso. Ruídos emanavam da rua à medida que mais repórteres chegavam e uma linha de policiais de azul juntava os braços para contê-los. Gritei para ser ouvido:

– Ele matou uma velha a coronhadas! É o nosso fugitivo prioritário!

Lee agarrou meus braços e apertou-os até ficarem entorpecidos.

– Esta é a nossa prioridade, e vamos ficar aqui! Sou seu superior e estou mandando!

As palavras ribombaram em todo o local, fazendo as cabeças se virarem em nossa direção. Desvencilhei-me dele e, de repente, entendi quem era o fantasma de Lee.

– Tudo bem, parceiro.

Durante a hora que se seguiu, a esquina da 39 com a Norton se encheu de veículos policiais, repórteres e uma grande multidão de curiosos. O corpo foi removido em duas macas cobertas com lençol; na traseira da viatura uma equipe de laboratório tirava as impressões digitais da morta antes de transportá-la até o necrotério, no centro. Harry Sears deu à imprensa uma nota escrita por Russ Millard, informações quentes sobre tudo, exceto sobre o corpo estripado. Sears foi até a Prefeitura verificar os registros do Setor de Pessoas Desaparecidas, e Millard ficou para dirigir a investigação.

Foram despachados técnicos de laboratório para examinar o terreno em busca de possíveis armas do crime e roupas de mulher; outra equipe forense foi à procura de impressões digitais e sangue no barracão de trepadas de Junior Nash. Em seguida, Millard contou as cabeças dos policiais. Havia quatro homens orientando o tráfego e mantendo os necrófilos sob controle, 12 tiras de uniforme azul e cinco à paisana, Lee e eu. Millard desencavou um guia de ruas em seu carro de patrulha e dividiu toda a região de Leimert Park para darmos uma batida a pé, atribuindo a cada policial o seu território e as perguntas que deveriam ser dirigidas obrigatoriamente a todas as pessoas em todas as casas, apartamentos e lojas: ouviu gritos de mulher em algum instante durante as últimas 48 horas? Viu alguém descartando ou incinerando roupas de mulher? Notou algum carro ou pessoa suspeita rondando a área? Você passou pela avenida Norton entre a rua 39 e a Coliseum durante as últimas 24 horas e, se passou, viu alguém nos terrenos baldios?

Fui designado para a avenida Olmsted, três quadras a leste da Norton, da Coliseum para o sul até o Leimert Boulevard; Lee ficou com as lojas e edifícios na Creenshaw, da 39 para o norte até a Jefferson. Planejamos nos encontrar no Olympic às 8 horas e nos separamos; comecei a bater pernas.

Caminhei, toquei campainhas e fiz perguntas, recebendo respostas negativas, anotando os endereços onde não havia ninguém em casa, para que uma segunda leva de tiras tivesse os números com que trabalhar. Falava com donas de casa que tomavam xerez escondido e com molequinhos bagunceiros; com gente que vivia de pensão e soldados em licença, até com um policial de licença que trabalhava na Divisão Oeste de Los Angeles. Incluía perguntas sobre Junior Nash e o sedã branco do ano e mostrava suas fotos. Tudo o que consegui foi um zero absoluto; às 19 horas, voltei ao meu carro, aborrecido com o que tinha encontrado.

O carro de Lee havia partido, e lâmpadas forenses de arco voltaico estavam sendo colocadas na 39 com a Norton. Segui até o Olympic esperando que uma boa sequência de assaltos tirasse de minha boca o sabor amargo do dia.

H.J. Caruso tinha deixado entradas para nós na roleta da frente, com um bilhete dizendo que tinha um encontro importante e que não viria. O ingresso de Lee ainda estava no envelopei peguei o meu e rumei para o camarote de H.J. A preliminar número um de um programa todo de lutas de pesos-galos já tinha começado, e me acomodei para assistir e esperar por Lee.

Os dois pequeninos lutadores mexicanos simularam uma boa luta, e a plateia engoliu. Moedas choviam das fileiras de cima; gritos em espanhol e em inglês tomaram a arena. Depois de quatro assaltos eu soube que Lee não apareceria; os galinhos, ambos com cortes profundos, me fizeram pensar na moça estripada. Levantei-me e saí, sabendo exatamente onde Lee estava.

Voltei à 39 com a Norton. O terreno inteiro estava iluminado pelas lâmpadas de arco voltaico – claro como dia. Lee estava em pé, do lado de dentro das cordas de isolamento. A noite tinha se tornado fria; ele se encolhia em sua jaqueta de atleta com a inicial da escola enquanto observava os técnicos de laboratório fuçando entre o matagal.

Cheguei mais perto. Lee me viu chegando e sacou rapidamente, atirando em mim com os dedos, como se estes fossem uma pistola e o polegar o cão. Era um ritual que representava sempre que estava entupido de benzedrina.

– Você marcou de ir me encontrar, lembra?

O brilho das lâmpadas dava ao rosto nervoso de Lee um matiz azul-esbranquiçado.

– Falei que isso era prioridade. Lembra disso?

Olhando para longe, vi outros terrenos baldios iluminados. – É prioridade para Homicídios, talvez. Assim como Junior Nash é prioridade para nós.

Lee sacudiu a cabeça.

– Parceiro, isso aqui é grande. Horrall e Thad Green estavam aqui algumas horas atrás. Jack Tierney foi deslocado para Homicídios para dirigir as investigações, com Russ Millard assessorando. Quer minha opinião?

– Manda ver.

– É um caso-espetáculo. Uma boa moça branca é eliminada, o departamento todo sai à caça do assassino para mostrar aos eleitores que a aprovação da verba suplementar serviu para criar uma polícia superpoderosa.

– Talvez ela não fosse assim tão boa. Talvez aquela velha senhora que Nash matou fosse a vovozinha querida de alguém. Talvez você esteja levando a coisa de um modo muito pessoal, e talvez seja melhor deixarmos o pessoal de Homicídios tratar disso e voltarmos ao nosso trabalho antes que Junior mate mais alguém.

Lee juntou as mãos, formando uma bola.

– Mais algum talvez?

Fui em frente.

– Talvez esteja com medo de que Bobby De Witt o pegue. Talvez seja orgulhoso demais para me pedir ajuda para afastá-lo da mulher de quem ambos gostamos. Talvez seja melhor deixarmos os tiras da Delegacia de Homicídios resolverem o caso dessa garota morta – deixar que eles ganhem essa em nome de Laurie Blanchard.

Lee desenroscou as mãos e se virou. Observei quando se voltou de novo para mim, esperando que ficasse furioso ou fizesse uma piada ou qualquer coisa, menos que se magoasse, quando finalmente vi seu rosto. Eu cerrei os punhos e gritei:

– Fale comigo, porra! Somos parceiros! Matamos quatro filhos da puta juntos, e agora você me vem com essa merda!

Lee se virou. Aquele seu característico esgar demoníaco apareceu, mas veio nervoso e triste, acabado. A voz era rascante, fraca.

– Eu costumava vigiar Laurie quando ela brincava. Eu era briguento, e todos os outros meninos tinham medo de mim. Tinha um monte de namoradas – você sabe, esses namoricos de criança. As garotas zombavam de mim por causa de Laurie, falando sobre quanto tempo eu passava com ela, como se ela fosse a minha namorada, na verdade. Entende, eu a protegia. Era bonita e sempre o foco das atenções. Papai costumava falar sobre Laurie ter aulas de balé, piano e canto. Eu ia ser guarda de segurança da Firestone, como ele, e Laurie ia ser artista. Era só papo, mas eu era criança, e aquilo era real para mim. De qualquer jeito, na época em que ela desapareceu, papai falava muito nessa história das aulas, e isso me deixava furioso com Laurie. Comecei a largá-la quando ia brincar depois da escola. Havia uma garota nova nas vizinhanças: ia com qualquer um, costumava ficar bêbada na banheira e dar para todos os meninos. Eu estava trepando com ela quando Laurie foi raptada, quando eu devia estar protegendo minha irmã.

Estendi a mão para pegar o braço dele e mostrar-lhe que entendia; Lee afastou minha mão.

– Não me diga que entende, porque vou lhe contar o que torna isso tão ruim. Apagaram Laurie. Algum degenerado a estrangulou ou cortou-a em pedacinhos. E quando ela morreu, eu estava pensando coisas feias sobre ela. Sobre o quanto eu a odiava porque papai achava que ela era uma princesa e eu um bárbaro. Imaginei minha própria irmã retalhada como o cadáver desta manhã, e ri disso enquanto estava com aquela depravada, fodendo-a e tomando a bebida do pai dela.

Lee respirou fundo e apontou para o chão a alguns metros de distância. Uma área interna, separada, tinha sido demarcada, com as duas metades do corpo contornadas com cal. Fitei o contorno das pernas abertas; Lee falou:

– Vou pegá-lo. Com ou sem você, vou pegá-lo.

Estampei no rosto um pálido sorriso.

– Vejo você na Prefeitura amanhã.

– Com ou sem você.

– Eu escutei – falei, e voltei para o carro. Ligando a ignição, vi outro terreno baldio, uma quadra ao norte, se iluminar.

8

A primeira coisa que vi quando entrei na sala dos detetives na manhã seguinte foi Harry Sears lendo a manchete do *Herald:* "Caça ao Esconderijo do Lobisomem Esquartejador de Mulheres!!!"; a segunda foi uma corrente de cinco homens – dois vagabundos, dois tipos quadradões e um com trajes da prisão do Condado, algemados a um banco. Harry largou o jornal, gaguejando:

– C-c-confessaram. Di-disseram que corta-taram a garota.

Balancei a cabeça concordando, e escutei gritos vindos da sala de interrogatório.

Um instante depois, Bill Koenig conduziu um homem gordo todo moído para fora daquela porta, anunciando para toda a sala:

– Não foi ele.

Uma dupla de policiais bateu palmas satiricamente em suas escrivaninhas; outros seis olharam para outro lado, aborrecidos. Koenig empurrou o gordo para o corredor. Perguntei a Harry:

– Onde está Lee?

Harry apontou para o gabinete de Ellis Loew.

– Com Lo-loew. E re-repórteres também.

Aproximei-me e espiei pela fresta da porta. Ellis Loew estava em pé atrás da sua escrivaninha, representando para uns vinte caçadores de notícias. Lee se sentava do lado do promotor, vestindo o único terno que possuía. Parecia cansado – mas nada comparável ao nervosismo do dia anterior.

Loew afirmava severamente:

– ...e o caráter hediondo do assassinato torna imperativo que façamos todos os esforços para apanhar esse demônio o mais cedo possível. Policiais especialmente treinados, como o Sr. Fogo e o seu parceiro, o Sr. Gelo, foram liberados de sua rotina para ajudar na investigação, e com homens como eles no trabalho, creio que podemos esperar resultados positivos em breve. Além do mais...

Não consegui ouvir devido ao sangue que afluía à minha cabeça. Comecei a empurrar a porta para que se abrisse; Lee, me viu, pediu licença a Loew e saiu do gabinete. Seguiu-me até o cubículo da Equipe de Capturas; voltei-me para ele.

– Você pediu que nos destacassem, não foi?

Lee pôs as mãos sobre meu tórax, como que para me conter.

– Vamos com calma, está bem? Em primeiro lugar, entreguei um memorando a Ellis. Dizia que tínhamos informações confirmadas de que Nash estava fora de nossa jurisdição.

– Você ficou louco de vez?!

– Sssh. Escute, é só para as coisas rolarem mais fácil. O mandado de captura de Nash ainda está em vigor, o barracão está cercado, todos os tiras do lado sul estão a postos para acabar com o filho da puta. Eu mesmo vou ficar no barracão esta noite. Tenho binóculo, e penso que com eles e com as lâmpadas de arco voltaico poderei ver as placas dos carros que passam pela Norton. Talvez o assassino resolva passar por lá só para tripudiar. Vou anotar todas as placas e verificá-las no Departamento de Trânsito e no Setor de Pesquisa e Investigação.

– Meu Deus – suspirei.

– Parceiro, tudo o que quero é uma semana trabalhando no caso da garota. Nash está sob controle, e se não for apanhado até lá, voltaremos a ele como nosso fugitivo prioritário.

– Ele é perigoso demais para deixar passar. Você sabe disso.

– Parceiro, *tem gente atrás dele*. Agora não venha me dizer que não quer fazer algo melhor do que matar negros. Não me diga que não sabe que essa moça morta é um caso bem mais interessante do que Junior Nash.

Vi mais manchetes de Fogo e Gelo.

– Uma semana, Lee. Nem um minuto a mais.

Lee piscou.

– Excelente.

A voz do capitão Jack veio pelo intercomunicador.

– Cavalheiros, todos à sala de reuniões. Agora.

Apanhei meu caderno de notas e atravessei o curral. As fileiras de "confessadores" haviam sido engrossadas, os novos se achavam amarrados aos aquecedores e aos canos do sistema de aquecimento. Bill Koenig esbofeteava um velho que pedia para falar com o prefeito Bowron; Fritzie Vogel anotava nomes numa prancheta. Na sala de reuniões, lotada com homens da Central e da Delegacia de Homicídios e com um monte de tiras à paisana que eu nunca tinha visto, lugar só em pé. O capitão Jack e Russ Millard estavam lá na frente, diante de um microfone com suporte. Tierney deu um tapinha no microfone, pigarreou e falou:

– Senhores, daremos aqui as instruções gerais sobre Leimert Park, nº 187. Estou certo de que todos leram os jornais e que sabem que teremos um trabalho duro. Duro e terrivelmente importante. O gabinete do prefeito tem recebido muitas ligações, nós temos recebido muitas ligações, o conselho da cidade tem recebido muitas ligações e o chefe Horrall tem recebido ligações pessoais de um monte de gente que queremos ver felizes. Esse papo de lobisomem nos jornais vai nos render mais ligações ainda, então é melhor enfrentarmos o problema.

"Começaremos expondo a rede de comando. Eu estou na supervisão. O tenente Millard é o subcomandante, o sargento Sears é a ligação entre as divisões. O promotor público assistente Loew é o contato com a imprensa e as autoridades civis, e os seguintes policiais foram destacados para Homicídios, a partir de 16/1/1947: sargento Anders, detetive Arcola, sargento Blanchard, policial Bleichert, sargento Cavanaugh, detetive Ellison, detetive Grimes, sargento Koenig, detetive Liggett, detetive Navarette, sargento Pratt, detetive J. Smith, detetive W. Smith, sargento Vogel. Os mencionados procurem o tenente Millard após estas instruções. Russ, eles são todos seus.

Peguei minha caneta, dando uma leve cotovelada no cara do lado para ter mais espaço para escrever. Todos os tiras ao meu redor faziam o mesmo; dava para sentir a sua atenção se concentrar na frente da sala.

Millard falou, com sua voz de advogado de tribunal:

– Ontem, às 7 horas, na avenida Norton entre a rua 39 e a Coliseum. Uma moça morta, nua, cortada ao meio, próximo à calçada, num terreno baldio. Obviamente torturada, mas só confirmarei esta informação quando tiver falado com o médico-legista... O Dr. Newbarr vai fazer a autópsia esta tarde, no Queen of Angels. Nada de repórteres – existem alguns detalhes que não queremos que eles saibam.

"A área foi exaustivamente examinada uma vez – nenhuma pista até agora. Não havia sangue onde o corpo foi encontrado; a moça foi assassinada obviamente em outro local e despejada no terreno. Há um grande número de terrenos baldios na área, e eles estão sendo examinados em busca de armas e marcas de sangue. Um suspeito de assalto à mão armada e homicídio chamado Raymond Douglas Nash andava alugando uma garagem na mesma rua – o local foi verificado em busca de impressões digitais e marcas de sangue. Os rapazes do laboratório não conseguiram nada e Nash não é suspeito no assassinato da moça.

"A moça ainda não foi identificada, não bate com ninguém do arquivo de pessoas desaparecidas. As impressões digitais foram transmitidas por teletipo, então devemos ter logo algum tipo de relatório. Uma ligação anônima para a Delegacia da Universidade começou tudo, de qualquer modo. O policial que atendeu disse que era uma mulher histérica levando a filhinha para a escola. A mulher não deu seu nome e desligou, e acho que podemos eliminá-la como suspeita.

Millard mudou para um tom paciente, professoral.

– Até que o corpo seja identificado, a investigação deve centrar-se na 39 com a Norton. O próximo passo é investigarmos novamente a área.

Um grande gemido coletivo ecoou. Millard franziu o cenho e continuou:

– A Divisão da Universidade será o posto de comando,e haverá funcionários lá para datilografar e conferir os relatórios dos superiores. Escrivães estarão trabalhando nos relatórios sumários e na relação de evidências, que serão afixados no quadro de avisos do pelotão de detetives da delegacia, com cópias distribuídas para todas as divisões do DPLA e do gabinete do xerife. Vocês que são de outros esquadrões devem levar o que ouviram aqui nesta reunião de instruções para suas delegacias, colocar em todo relatório criminal, divulgar para todos os patrulheiros. Qualquer informação que receberem de patrulheiros, telefonem para a Delegacia de Homicídios da Central, ramal 411. Bom, tenho listas de endereços para novos interrogatórios para todos, exceto Bleichert e Blanchard. Bucky, Lee, peguem a mesma área de ontem. Vocês de outras divisões, aguentem aí; o resto dos homens que o capitão Tierney mencionou, venham falar comigo agora. E isso é tudo!

Abri caminho até a porta e peguei uma escada de serviço para descer até o estacionamento, querendo evitar Lee e distanciar-me um pouco dele e da minha aprovação ao memorando sobre Nash. O céu tinha ficado cinza-escuro, e durante o caminho todo até Leimert Park pensei em tempestades apagando pistas em terrenos baldios, carregando para o esgoto a investigação sobre a moça cortada ao meio e a dor de Lee pela irmãzinha até que as sarjetas se inundassem e Junior Nash colocasse a cabeça para fora, implorando para ser preso. Enquanto estacionava o carro, as nuvens começaram a se dispersar; logo eu estava em meio à investigação com o sol brilhando – e uma nova série de respostas negativas pôs um ponto final em minhas fantasias.

Fiz as mesmas perguntas que tinha feito no dia anterior, acentuando a questão Nash ainda mais fortemente. Mas dessa vez foi diferente. Os tiras andavam vasculhando a área, anotando placas de carros estacionados e dragando esgotos à procura de roupas de mulher – e o pessoal do bairro tinha ouvido a notícia no rádio e lido os jornais.

Uma velha com hálito de xerez me mostrou um crucifixo de plástico e perguntou se aquilo iria manter o lobisomem afastado; um velhinho de ceroulas e colarinho de padre me contou que a moça morta era um castigo de Deus, porque Leimert Park tinha votado nos Democratas na eleição de 1946 para o Congresso. Um garotinho me mostrou uma foto de Lon Chaney Jr. como o Lobisomem e disse que o terreno baldio na 39 com a Norton era a plataforma de lançamento de sua nave espacial, e um fã de boxe que me reconheceu por causa da luta contra Blanchard pediu meu autógrafo, e aí me contou, com o rosto impassível, que o bassê do seu vizinho era o assassino, e será que eu não poderia, por favor, matar o filho da puta? Os "não" sadios que eu recebia eram tão entediantes quanto as respostas malucas eram extravagantes, e comecei a me sentir como o cara caretão servindo de "escada" numa comédia monstruosa.

Às 13h30, terminei e voltei ao carro, pensando em almoçar e passar na Delegacia da Universidade. Havia um pedaço de papel metido embaixo do limpador de para-brisa – uma folha do papel personalizado de Thad Green com a mensagem "Testemunha Oficial da Polícia – autorizo este policial a assistir à autópsia de Fulana de Tal, no 31, às 14 horas do dia 16/1/1947" datilografada no meio da página. A assinatura de Green estava rabiscada no final- e se parecia, de modo suspeito, com a letra do sargento Leland C. Blanchard. Rindo contra a vontade, segui para o Hospital Queen of Angels.

Os corredores estavam cheios de freiras enfermeiras e velhos em macas com rodas. Mostrei meu distintivo a uma irmã idosa e perguntei sobre o local da autópsia; ela fez o sinal da cruz e levou-me até o saguão, apontando para uma entrada de porta dupla com a inscrição Patologia. Dirigi-me ao patrulheiro de guarda e apresentei meu convite; ele assumiu a posição de sentido e abriu as portas. Entrei numa pequena sala fria, toda em branco antisséptico, com uma mesa comprida de metal no centro. Duas coisas cobertas com lençol jaziam em cima dela. Sentei num banco de frente para a mesa, estremecendo diante da ideia de ver de novo o sorriso de morte da moça.

A porta dupla se abriu segundos depois. Um homem alto e idoso fumando charuto entrou, junto com uma freira carregando um bloco de estenografia. Russ Millard, Harry Sears e Lee vinham atrás. O tenente Millard sacudia a cabeça.

– Você e Blanchard são uns intrometidos, aparecem quando a gente menos espera. Doutor, será que nós podemos fumar?

O velho retirou um bisturi do bolso traseiro e limpou-o nas pernas da calça.

– Claro. Não vai incomodar a moça nem um pouco, ela está na terra dos sonhos para todo o sempre. Irmã Margaret, ajude-me a retirar este lençol, por favor.

Lee sentou-se no banco a meu lado; Millard e Sears acenderam cigarros, depois pegaram suas canetas e cadernos de notas. Lee bocejou e me perguntou:

– Conseguiu alguma coisa esta manhã?

Vi que o efeito da benzedrina havia quase passado.

– Ah, sim. O assassino é um lobisomem de Marte. Buck Rogers está perseguindo-o em sua espaçonave, você pode ir dormir.

Lee bocejou de novo.

– Mais tarde. Minha melhor pista foi sobre os nazistas. Um cara me contou que viu Hitler num bar da 39 com a Creenshaw. Que droga de vida, Bucky.

Lee baixou os olhos; olhei para a mesa de autópsia. A morta estava descoberta, a cabeça reclinada em nossa direção. Fitei os meus sapatos enquanto o médico discorria em *medicalês*.

– Temos uma fêmea caucasiana. O tônus muscular indica uma idade entre 16 e 30 anos. O cadáver se apresenta em duas metades, com bissecção na altura do umbigo. Na metade superior: a cabeça está intacta, com fraturas profundas e compressão da caixa craniana; feições do rosto significativamente desfiguradas por vastas equimoses, hematomas e edemas. Deslocamento para baixo da cartilagem nasal. Laceração de um lado a outro de ambos os cantos da boca até o músculo masseter, estendendo-se através das juntas da mandíbula temporal até os lóbulos. Nenhum sinal visível de contusões no pescoço. Lacerações múltiplas no tórax anterior, concentradas em ambos os seios. Queimaduras de cigarro em ambos os seios. Seio direito quase completamente destacado do tórax. A inspeção da cavidade abdominal da metade superior não revela nenhum sangue fluindo à superfície. Intestinos, estômago, fígado e baço removidos.

O médico respirou fundo de modo audível; olhei para ele e o vi tragar o charuto. A freira estenógrafa colocou em dia suas notas; Millard e Sears olhavam o corpo inexpressivamente, enquanto Lee fitava o chão, enxugando o suor de sua fronte. O médico apalpou os seios do cadáver e disse:

– A ausência de hipertrofia indica que não havia gravidez na época da morte.

Apanhou o bisturi e começou a cutucar dentro da metade inferior do cadáver. Fechei os olhos e escutei.

– A inspeção da metade inferior do cadáver revela uma incisão média longitudinal estendendo-se do umbigo à sínfise púbica. Mesentério, útero, ovários e reto removidos, lacerações múltiplas nas paredes posterior e anterior da cavidade. Grande entalhe triangular na coxa esquerda. Irmã, ajude-me a virá-la.

Ouvi as portas se abrirem; uma voz gritou "Tenente!". Abri os olhos e vi Millard se levantando, e o médico e a freira se esforçando para virar o cadáver de estômago para baixo. Quando conseguiram, o médico levantou os tornozelos e flexionou as pernas.

– Ambas as pernas quebradas no joelho, em vias de cicatrização, e leves marcas de chicotadas na parte superior das costas e nos ombros. Marcas de cordas em ambos os tornozelos. Irmã, passe-me o espéculo e a mecha absorvente.

Millard voltou e entregou a Sears um pedaço de papel. Este o leu e deu uma cotovelada em Lee. O médico e a freira viraram a parte inferior do corpo, abrindo bem as pernas. Meu estômago se revirou todo; Lee falou "Bingo". Olhava para uma folha de teletipo enquanto o médico discorria sobre a falta de abrasões vaginais e a presença de sêmen antigo. A frieza de sua voz me deixou furioso; apanhei a folha e li: "Russ – ela é Elizabeth Ann Short, nascida em 29/7/1924, em Medfort, Massachusetts. Os federais identificaram suas digitais – foi presa em Santa Barbara, em setembro de 1943. Checagem de vida pregressa em curso. Retorne à Prefeitura após autópsia. Convoquem todos os policiais desta operação disponíveis. – J.T."

O médico anunciou:

– É só, quanto à autópsia preliminar. Mais tarde teremos mais detalhes específicos e realizarei alguns testes toxicológicos.

Cobriu novamente as duas metades de Elizabeth Ann Short e acrescentou:

– Perguntas?

A freira seguiu em direção à porta segurando o bloco de estenógrafa.

– Pode nos dar uma reconstituição? – perguntou Millard.

– Mantendo em suspenso os resultados dos testes, certamente. Posso dizer-lhes o que ela não estava: não estava grávida, não foi estuprada, mas teve relações sexuais consensuais em algum momento durante a última semana. Levou algumas chicotadas durante a última semana, mas foram chicotadas gentis, se é que podemos chamá-las assim; as últimas marcas em suas costas são mais antigas do que os cortes da parte da frente de seu corpo. Eis o que penso que aconteceu: acho que foi amarrada e torturada com uma faca durante um tempo mínimo de 36 horas e máximo de 48 horas. Acho que suas pernas foram quebradas com um instrumento liso e redondo como um bastão de beisebol enquanto ainda estava viva. Acho que ou ela foi espancada até morrer com algo como um bastão de beisebol ou morreu sufocada com o sangue do ferimento de sua boca. Depois que morreu, foi cortada ao meio com uma faca de açougueiro ou algo parecido, e o assassino chegou até seus órgãos internos com algum tipo de canivete. Depois disso, retirou todo o sangue e lavou o corpo, numa banheira, suponho. Tiramos amostras de sangue dos rins, e em alguns dias poderemos dizer-lhes se havia alguma droga ou álcool em seu sistema.

– Doutor, esse cara sabia alguma coisa de medicina ou anatomia? Por que ia querer tirar tudo de dentro? – perguntou Lee.

O médico examinou a ponta do charuto.

– Vocês é que vão me dizer isso. Os órgãos da metade superior ele poderia ter tirado com facilidade. Aos órgãos inferiores, ele chegou usando uma faca, como se fosse neles que estivesse realmente interessado. Podia ter conhecimentos médicos, mas também poderia ter conhecimentos de veterinária, taxidermia ou biologia, ou poderia ter cursado Fisiologia 104 em qualquer escola pública local ou ainda meu curso Patologia para Iniciantes na Universidade de Los Angeles. Vocês é que vão me contar. Eu lhes digo o que podem ter como certo: ela morreu de 6 a 8 horas antes de vocês a encontrarem, e foi assassinada em algum lugar recluso onde havia água corrente. Harry, essa moça já tem nome?

Sears tentou responder, mas sua boca só tremeu. Millard pôs a mão em seu ombro e falou:

– Elizabeth Short.

O médico saudou os céus com o charuto.

– Deus a tenha, Elizabeth. Russell, quando pegar o filho da puta que fez isso a ela, dê-lhe um chute no saco e diga-lhe que foi Frederick D. Newbarr, doutor em medicina, quem mandou. Agora saiam daqui, todos vocês. Tenho um encontro daqui a dez minutos com um suicida que se atirou de um prédio.

Ao sair do elevador, ouvi a voz de Ellis Loew, uma oitava mais grave e mais forte do que o normal, ecoando no corredor. Captei "Vivissecção de uma adorável jovem", "Lobisomem psicopata" e "Minhas aspirações políticas estão subordinadas ao meu desejo de ver a justiça ser feita". Abrindo a porta de conexão com a sala do pessoal da Homicídios, vi a jovem esperança do Partido Republicano falando de modo exaltado ao microfone das rádios diante de uma multidão de repórteres. Ele trazia na lapela uma insígnia da Legião Americana – provavelmente conseguida com o legionário alcoólatra que costumava dormir no estacionamento do Hall of Records, um cara que ele tinha processado uma vez, vigorosamente, por vadiagem.

A sala dos detetives tinha sido tomada pelo exibicionismo dos canastrões, assim fui até o gabinete de Tierney. Lee, Russ

Millard, Harry Sears e dois tiras veteranos que eu mal conhecia – Dick Cavanaugh e Vem Smith – amontoavam-se em torno da escrivaninha do capitão Jack, examinando um pedaço de papel que o chefe segurava.

Olhei por cima do ombro de Harry. Três fotos de arquivo policial de uma morena de parar o trânsito estavam presas à página, com três fotos em *dose* do rosto do cadáver da 39 com a Norton afixadas ao lado. O sorriso da boca retalhada me fez estremecer; o capitão Jack falou:

– As fotos são do DP de Santa Barbara. Pegaram a tal de Short em setembro de 1943 por ser menor e estar bebendo, enviaram-na para a casa da mãe em Massachusetts. O DP de Boston contactou a mãe há uma hora. Virá a Los Angeles amanhã de avião para identificar o corpo. Os tiras de Boston estão verificando os antecedentes dela no leste, e todos os dias de folga da Delegacia de Homicídios estão cancelados. Se alguém reclamar, eu mostro essas fotos. O que o Dr. Newbarr falou, Russ?

Millard respondeu:

– Torturada durante dois dias. Causa da morte: o ferimento na boca ou pancadas na cabeça. Sem estupro. Órgãos internos removidos. Morta de 6 a 8 horas antes de o corpo ser jogado no terreno. O que mais temos sobre ela?

Tierney verificou alguns papéis sobre a escrivaninha.

– A não ser quanto à detenção quando menor, nenhum registro. Quatro irmãs, pais divorciados, trabalhou na cantina do Camp Cooke durante a guerra. O pai está aqui em Los Angeles. E agora?

Fui o único a piscar quando o chefão pediu conselho ao número dois.

– Quero novos interrogatórios em Leimert Park, com as fotos. Eu, Harry e mais dois homens – declarou Millard. – Depois quero ir à Delegacia da Universidade, ler relatórios e responder telefonemas. Loew deu as fotos para o pessoal da imprensa?

Tierney assentiu.

– Deu, e Bevo Means me disse que o pai vendeu ao *Times* e ao *Herald* algumas fotos antigas da moça. Ela vai estar na primeira página das edições vespertinas.

– Maldição – vociferou Millard, a única blasfêmia que costumava dizer. Furioso, acrescentou:

– Vai chover loucos aqui. O pai foi interrogado?

Tierney sacudiu a cabeça e consultou uma folha de memorando.

– Cleo Short, South Kingsley 1.020, distrito de Wilshire. Mandei um policial telefonar a ele e dizer-lhe para ficar em casa, pois vamos enviar alguns homens para falar com ele. Russ, acha que os maníacos vão se apaixonar por esta moça?

– Quantas confissões até agora?

– Dezoito.

– Vai dobrar pela manhã, ou mais ainda se Loew entusiasmar a imprensa com seu discurso inflamado.

– Eu diria que os motivei, tenente. E diria que o meu tom é adequado ao crime.

Ellis estava parado na entrada, com Fritz Vogel e Bill Koenig atrás dele. Millard encarou o canastrão.

– Publicidade demais é um estorvo, Ellis. Se fosse policial, saberia disso.

Loew corou e começou a manusear sua chave Phi Beta Kappa.

– Sou um dos responsáveis pela ligação entre o povo e a polícia, especialmente mandatado pela comunidade de Los Angeles.

Millard sorriu.

– É um civil, senhor promotor.

Loew eriçou-se e virou para Tierney.

– Capitão, enviou homens para falar com o pai da vítima?

– Ainda não, Ellis. Em breve.

– Que tal Vogel e Koenig? Conseguirão arrancar o que precisamos saber.

Tierney olhou para Millard. O tenente sacudiu a cabeça de modo quase imperceptível; o capitão falou:

– Ah, Ellis, em casos importantes de homicídio o comandante escolhe os homens. Aah, Russ, quem você acha que a gente deve mandar?

Millard examinou Cavanaugh e Smith detalhadamente, a mim, que tentava passar despercebido, e a Lee, que bocejava, apoiado desleixadamente na parede.

– Bleichert, Blanchard, vocês que se metem em todas, interroguem o pai da Short. Levem o relatório para a Delegacia da Universidade amanhã de manhã.

As mãos de Loew arrancaram da corrente a chave Phi Beta Kappa, que caiu ao chão. Bill Koenig entrou pela porta comprimindo-se e a apanhou; Loew deu meia-volta em direção ao saguão. Vogel olhou fixo para Millard e depois seguiu Loew. Harry Sears, cheirando a uísque, falou:

– Ele manda uns negros para a câmara de gás e isso lhe sobe à cabeça.

– Os negros devem ter confessado – sugeriu Vem Smith.

– Com Fritzie e Bill todos confessam – argumentou Dick Cavanaugh.

– Tem merda na cabeça, esse pretensioso filho da puta – sentenciou Russ Millard.

FOMOS EM CARROS separados para o distrito de Wilshire, encontrando-nos em frente ao número 1.020 da South Kingsley ao pôr do sol. Era um quarto bem pequeno em cima de uma garagem, nos fundos de uma mansão vitoriana. As luzes estavam acesas; Lee, bocejando, falou "Tira bonzinho – tira malvado" e tocou a campainha.

Um homem magro, em seus cinquenta anos, abriu a porta.

– Tiras, hein?

Tinha cabelos negros e olhos claros parecidos com os da garota nas fotos, mas esta era a única semelhança de família.

Elizabeth Short punha qualquer um a nocaute; ele parecia vítima de um nocaute: um corpo esquelético, em calças marrons e numa camiseta gasta, manchas por todo o ombro, rosto enrugado e esburacado de cicatrizes de acne. Fazendo sinal para que entrássemos, anunciou:

– Tenho um álibi, no caso de acharem que fui eu. Mais sólido do que bunda de caranguejo, ir-re-fu-tá-vel.

Encarnando o Tira Bom até a medula, falei:

– Sou o detetive Bleichert, Sr. Short. Este é meu parceiro, o sargento Blanchard. Gostaríamos de expressar nossas condolências pela perda de sua filha.

– Li os jornais, sei quem vocês são – disse Cleo Short, batendo a porta. – Nenhum de vocês teria aguentado um assalto sequer com o Gendeman Jim Jeffries. Quanto às condolências, sinceras ou não, tudo o que tenho a dizer é *c'est la vie*. Betty saiu na chuva, tinha de se molhar. Nada vem de graça nesta vida. Querem ouvir meu álibi?

Sentei num sofá puído e dei uma olhada na sala. As paredes eram cobertas do chão ao teto com prateleiras abarrotadas de romances baratos; havia o sofá, uma cadeira de madeira e nada mais.

Lee pegou seu caderno de notas.

– Já que está tão ansioso para nos contar, manda ver.

Short se jogou na cadeira e esfregou os pés no chão, como um animal escavando a sujeira com as patas.

– Fiquei de plantão no meu trampo das 14 horas de terça-feira, dia 14, às 17 horas de quarta-feira. Vinte e sete horas direto, ganhando 50 por cento a mais pelas últimas 17. Conserto refrigeradores, sou o melhor do Oeste no ramo. Trabalho na Frost King Consertos, South Berendo, 4.831. O nome do meu patrão é Mike Mazmanian. Falem com ele. Vai me dar um álibi mais fechado que boceta de virgem. Ir-re-fu-tá-vel mesmo.

Lee bocejou e anotou; Cleo Short cruzou os braços sobre o tórax esquelético, como se nos desafiasse:

– Quando foi a última vez que viu sua filha, Sr. Short? – perguntei.

– Betty veio para o Oeste na primavera de 1943. Com estrelas nos olhos e merda na cabeça. Não a via desde que deixei aquela puta velha e seca da minha mulher lá em Charlestown, Massachussetts, em 1º de março de 1930 e nunca mais voltei. Mas Betty me escreveu e disse que precisava de um lugar pra dormir, então eu...

Lee interrompeu:

– Chega de conferência, vovô. Quando foi a última vez que viu Elizabeth?

– Calma, parceiro – falei. – O homem está cooperando. Prossiga, Sr. Short.

Cleo Short mexeu-se na cadeira, fulminando Lee com o olhar.

– Antes do boxeador aí querer bancar o espertinho, o que eu ia dizer é que tirei uma grana da minha própria caderneta de poupança e mandei uma nota de 100 dólares para Betty vir para o Oeste, e prometi três refeições completas e 5 dólares por semana se cuidasse da casa para mim. Uma oferta generosa, se querem minha opinião. Mas Betty tinha outros planos na cabeça. Era uma dona de casa desleixada, então a coloquei no olho da rua em 2 de junho de 1943 e nunca mais a vi.

Anotei a informação, então perguntei:

– Sabia que estava em Los Angeles nos últimos tempos?

Cleo Short parou de fitar Lee e me fitou.

– Não.

– Tinha algum inimigo que o senhor conhecesse?

– Só ela própria.

– Nada de respostas engraçadinhas, vovô – bronqueou Lee.

– Deixe-o falar – murmurei, e então disse em voz alta – Para onde Elizabeth foi quando saiu daqui em junho de 1943?

Short sacudiu o dedo para Lee.

– Diga ao seu amigo que se me chamar de vovô mais uma vez eu vou chamá-lo de boxeador de terceira categoria! Diga-lhe que falta de respeito chama falta de respeito! Diga-lhe que consertei a geladeira do chefe Horrall, da Central, e isso é ir-re-fu-tá-vel.

Lee foi até o banheiro; vi-o engolir um punhado de pílulas com água da pia. Usei o meu tom mais calmo de tira bonzinho:

– Sr. Short, para onde Elizabeth foi em junho de 1943?

– Se esse boxeador de terceira puser as mãos em mim, vou fazer a caveira dele, e isso é ir-re-fu-tá-vel.

– Estou certo de que sim. Queira, por favor, respon...

– Betty se mudou para Santa Barbara, arranjou um emprego no Camp Cooke. Mandou um cartão-postal em julho. Dizia que um soldado tinha batido feio nela. Foram as últimas notícias que tive dela.

– O cartão mencionava o nome do soldado?

– Não.

– Mencionava o nome de algum dos amigos dela no Camp Cooke?

– Não.

– Algum namorado?

– Hah!

Larguei a caneta.

– Por que "hah"?

O velho riu tanto que pensei que seu peito de galinha ia explodir. Lee saiu do banheiro; fiz-lhe um sinal para ir com calma. Ele assentiu e sentou-se ao meu lado; esperamos que Short acabasse de rir. Quando a gargalhada se abrandou, restando só um risinho seco, falei:

– Conte-me sobre Betty e os homens.

Short reprimiu mais uma risadinha.

– Ela gostava deles e eles gostavam dela. Betty acreditava mais em quantidade do que em qualidade, e acho que não sabia dizer não, ao contrário da mãe dela.

– Seja mais preciso – pedi. – Nomes, datas, descrições.

– Você deve ter levado muita porrada no ringue, filhinho, porque não está batendo muito bem da bola. Einstein não conseguiria se lembrar dos nomes de todos os namorados de Betty, e eu não me chamo Albert.

– Diga os nomes de que se lembra.

Short enganchou os polegares no cinto e balançou a cadeira, como um galo de terreiro de segunda categoria.

– Betty era louca por homens, louca por soldados. Ia atrás de vagabundos e de qualquer branco que usasse uniforme. Quando devia estar arrumando a casa para mim, ficava rondando o Hollywood Boulevard, pedindo drinques aos recrutas. Enquanto esteve aqui, este lugar parecia uma filial do serviço de recreação dos militares.

– Chama sua própria filha de vagabunda? – perguntou Lee.

Short deu de ombros.

– Tenho cinco filhas. Uma ovelha negra não é tão mau assim. A cólera de Lee transparecia nas feições; pus a mão em seu braço para contê-lo e quase pude sentir o sangue latejando nas veias. – E quanto aos nomes, Sr. Short?

– Tom, Dick, Harry. Esses caras davam uma olhada em Cleo Short e logo desapareciam da minha vista junto com Betty. Isso é o mais preciso que posso ser. Procure qualquer cara de uniforme que não seja feio demais, não tem erro.

Virei para uma página em branco em minha caderneta.

– E quanto a trabalho? Betty teve algum emprego enquanto esteve aqui?

O velho gritou:

– O emprego de Betty era trabalhar para mim! Dizia que estava procurando emprego no cinema, mas era mentira! Tudo o que ela queria fazer era se exibir pelo Boulevard com aqueles trajes negros dela e caçar homens! Arruinou minha banheira tingindo aqueles panos de preto e aí caiu fora antes que eu pudesse descontar o prejuízo de seu salário! Vagando pelas ruas como uma viúva-negra, não admira que tenha se dado mal! É culpa da mãe dela, não minha! Cadela irlandesa miserável! Não é minha culpa!

Lee me fez um sinal passando a mão como faca na altura da garganta; saímos para a rua, deixando Cleo Short gritando para as paredes.

– Puta, que foda! – exclamou Lee.

– É – suspirei, pensando que acabavam de nos entregar todas as Forças Armadas dos Estados Unidos da América como suspeitas. Procurei uma moeda nos bolsos.

– Vamos jogar a moeda para ver quem é que escreve esse relatório?

– Você faz isso, Ok? Quero dar um tempo no barracão do Junior Nash e pegar os números de algumas placas.

– Tente dormir um pouco, também.

– Vou tentar.

– Não, não vai.

– Não dá mesmo pra te enganar. Olhe, não quer ir até a casa fazer companhia a Kay? Ela tem andado preocupada comigo, e não quero que fique sozinha.

Pensei no que eu tinha dito a noite anterior na 39 com a Norton – a declaração daquilo que todos sabíamos, mas de que jamais falávamos, aquele passo adiante que só Kay tinha a coragem de dar.

– Claro, Lee.

ENCONTREI KAY em sua postura habitual das noites de dias úteis – lendo no sofá da sala de estar. Não ergueu os olhos quando entrei, apenas soltou um anel de fumaça e falou:

– Oi, Dwight.

Sentei numa cadeira de frente para ela, do outro lado da mesa de café.

– Como sabia que era eu?

Kay circulou uma passagem no livro.

– Lee bate com os pés no chão, você pisa com cautela.

– Bela imagem, mas não a conte a ninguém – disse eu, rindo.

Kay esmagou a ponta do cigarro e largou o livro.

– Parece preocupado.

– Lee está totalmente perturbado com a garota morta. Fez com que nos destacassem para trabalhar na investigação quando devíamos estar indo atrás de um fugitivo de mandado prioritário, e está tomando benzedrina e começando a ficar meio esquisito. Ele falou sobre ela?

Kay meneou a cabeça.

– Um pouco.

– Tem lido os jornais?

– Tenho fugido deles.

– Bem, a garota está sendo anunciada como o assunto mais quente desde a bomba atômica. Há uma centena de homens trabalhando num único homicídio, Ellis Loew está tentando aproveitar o caso para ganhar destaque, Lee parece pirado...

Kay desarmou o meu discurso com um sorriso.

– E você foi manchete de jornal na segunda-feira, mas hoje a sua história não passa de pão amanhecido. Quer ir atrás do seu grande assaltante malvado e conseguir outra manchete.

– *Touché,* mas isso é só uma parte.

– Sei. Assim que ganhar a manchete, vai se esconder e não ler os jornais.

Suspirei.

– Cristo, queria que não fosse tão mais esperta do que eu.

– E eu queria que você não fosse tão cauteloso e complicado. Dwight, o que vai acontecer conosco?

– Com nós três?

– Não, conosco.

Olhei para a sala de estar ao nosso redor, toda em madeira, couro e cromo estilo *déco*. Havia um armário de mogno com a frente de vidro, atulhado com os pulôveres de cashmere de Kay, com todas as cores do arco-íris a 40 dólares a peça. A mulher que os possuía, uma pobretona de Dakota do Sul transformada pelo amor de um tira, estava sentada à minha frente, e uma vez na vida eu disse exatamente o que tinha na cabeça.

– Você nunca vai deixá-lo. Nunca vai deixar isso aqui. Se o fizesse, se Lee e eu deixássemos de ser parceiros, talvez tivéssemos uma chance de ficar juntos. Mas você nunca vai deixar isso aqui.

Kay refletiu enquanto acendia um cigarro devagar. Exalando uma nuvem de fumaça, falou:

– Sabe o que ele fez por mim?

– E por mim!

Kay inclinou a cabeça para trás e fitou o teto, áspero estuque com lambris de mogno. Soltando anéis de fumaça, ela contou:

– Eu tinha uma paixão adolescente por você. Bobby De Witt e Lee costumavam arrastar-me para as lutas. Levava meu bloco de desenho para não me sentir como uma dessas mulheres horríveis que fingem que estão gostando para agradar seus homens. Eu gostava era de você. O jeito como zombava de si mesmo com seus dentes, o jeito como se cobria pra não se machucar. Então você entrou para o departamento e Lee me contou que tinha ouvido dizer que você dedou os seus amigos japoneses. Não o odiei por isso, isso só o tornou mais real para mim. Aquela história dos ternos *zoot* também. Você era o meu herói de romances, só que as histórias eram reais, eu ia juntando um pedacinho aqui, outro ali. Então veio a luta, e embora odiasse a ideia falei a Lee para ir em frente, porque parecia indicar que nós três estávamos ligados de algum modo.

Pensei numa dezena de coisas para dizer, todas verdadeiras, e só sobre nós dois. Mas não podia; retornei a Lee.

– Não quero que se preocupe com Bobby De Witt. Quando ele sair, vou ter uma conversinha com ele. Jamais chegará perto de você ou de Lee.

Kay tirou os olhos do teto e fitou-me com um olhar estranho, duro, mas triste no fundo.

– Deixei de me preocupar com Bobby. Lee pode cuidar dele.

– Acho que Lee está com medo dele.

– Está. Mas acho que é porque ele sabe tanto sobre mim, e Lee tem medo de que ele abra o bico. Não que alguém vá se importar.

– Eu me importo. E depois que tivermos aquela conversinha, ele vai ter sorte se ainda conseguir falar alguma coisa.

Kay se levantou.

– Para um homem de coração disponível, você é durão mesmo. Vou para a cama. Boa noite, Dwight.

Quando escutei um quarteto de Schubert vindo do quarto de Kay, peguei papel e caneta no armário e escrevi meu relatório sobre as perguntas que havíamos feito ao pai de Elizabeth Short. Incluí uma menção ao seu álibi ir-re-fu-tá-vel, o relato do comportamento da moça quando vivia com ele em 1943, a surra que levou do soldado e a coleção de namorados anônimos. Rechear o relatório com detalhes desnecessários mantinha minha cabeça afastada de Kay quase por completo, e quando acabei preparei dois sanduíches de presunto, que devorei seguidos de um copo de leite, e peguei no sono no sofá.

Sonhei com flashes de fotos de arquivo de bandidos recentes; Ellis Loew, com números de presidiário copiados em estêncil no peito, representava o lado da lei. Betty Short juntou-se a ele em preto e branco, com vistas da frente e do perfil esquerdo. Então todos os rostos se dissolveram em formulários de relatório do DPLA se desenrolando sem parar, enquanto eu tentava anotar informações sobre o paradeiro de Junior Nash nos espaços em branco. Acordei com dor de cabeça, sabendo que ia ter um daqueles dias bem longos.

Amanhecia. Fui até a varanda e peguei o *Herald* matutino. A manchete era "Caça aos Namorados da Moça Barbaramente Assassinada", com um retrato de Elizabeth Short embaixo, bem no meio da página. O retrato apresentava a legenda "A Dália Negra", seguida por "as autoridades estão verificando hoje a vida amorosa de Elizabeth Short, 22 anos, vítima do "Lobisomem Assassino", romances que a transformaram, segundo os amigos, de uma moça inocente numa delinquente vestida de negro, louca por homens, conhecida como a Dália Negra".

Senti Kay a meu lado. Ela agarrou o jornal, passou os olhos pela primeira página, com um ligeiro arrepio. Depois perguntou:

– Será que isso tudo vai terminar logo?

Folheei o primeiro caderno. Elizabeth Short tomava seis páginas inteiras, que a pintavam, de modo geral, como uma insinuante *femme fatale* num vestido negro justo.

– Não – respondi.

9

Repórteres cercavam a Delegacia da Universidade. O estacionamento estava lotado e o meio-fio tomado por caminhões das rádios. Estacionei em fila dupla, enfiei um aviso de "Veículo Policial" sob o limpador de para-brisa e abri caminho através do cordão de caçadores de notícias, baixando a cabeça para evitar que me reconhecessem. Não adiantou; ouvi "Buck-kee!" e "Bleichert", e a seguir mãos me agarraram. O bolso de meu paletó foi rasgado e forcei passagem para atravessar o restante do caminho.

O saguão estava cheio de patrulheiros entrando em serviço; uma porta se abriu para uma sala do esquadrão em completo alvoroço. Camas de lona se enfileiravam ao longo das paredes; vi Lee apagado numa delas, com folhas de jornal cobrindo suas pernas.

Telefones tocavam em escrivaninhas ao meu redor, em todos os lados, e minha dor de cabeça voltou, latejando duas vezes pior. Ellis Loew prendia alguns pedaços de papel num quadro de avisos. Bati firmemente em seu ombro. Ele se virou.

– Quero sair desse circo – falei. – Sou policial da Capturas, não detetive da Delegacia de Homicídios, e tenho fugitivos para capturar. Quero que o meu desligamento seja anulado. Agora.

Loew arreganhou os dentes e chiou.

– Não. Você trabalha para mim, e quero você no caso Short. Ponto final, é definitivo e irrevogável. E não vou tolerar nenhuma exigência de *prima donna* da sua parte, policial. Entendido?

– Ellis, pelo amor de Deus!

– Arranje alguns galões em sua manga antes de me chamar assim, Bleichert. Até então, sou o Sr. Loew. Agora vá ler o relatório geral de Millard.

Precipitei-me, furioso, para os fundos da sala. Russ Millard dormia numa cadeira, com as pernas apoiadas na escrivaninha em frente. Quatro folhas de papel datilografadas estavam pregadas à parede de cortiça a cerca de um metro de distância. Li:

PRIMEIRO RELATÓRIO GERAL

187 P.C., Vit: Short, Elizabeth Ann, branca, s. fem., nasc. 29/7/1924. Preenchido em 17/1/1947, 6 horas.

Senhores:

Este é o primeiro relatório geral sobre E. Short, morta em 15/1/1947, rua 39 esquina com Norton, Leimert Park.

1. 33 confissões falsas ou provavelmente falsas até agora. Os obviamente inocentes foram soltos. Os incoerentes e seriamente desequilibrados detidos na cadeia municipal aguardando verificação de álibis e exames psiquiátricos. Conhecidos desequilibrados sendo interrogados pelo Dr. De River, consultor psiquiátrico, com assistência da Delegacia Detet. Nada sólido ainda.

2. Resultados do ex. post mort. prelim. e subsequente: vit. sufocada até a morte com corte a faca de ouvido a ouvido na boca. Sem álcool ou narcóticos no sangue na hora da morte. (Para mais det. ver ficha 14-187-47)

3. D.P. Boston verificando antecedentes de E. Short, família e velhos namorados e seu paradeiro na hora do assassinato. Pai (C. Short) tem álibi válido – eliminado como suspeito.

4. O Depto. de Investigações Criminais de Camp Cooke verifica informações de surra em E. Short recebida de soldado quando trabalhava na cantina em set. 43. E. Short detida por consumo de álcool quando menor em set. 43, D.I.C. afirma que soldados presos com ela estão todos no exterior, portanto eliminados como suspeitos.

5. Esgotos sendo dragados em toda a cidade em busca das roupas de E. Short. Toda roupa feminina encontrada será analisada no Lab. Crim. da Central. (Ver rels. lab. crim. p/ + det.)

6. Relat. dos interrogatórios de rua na cidade de 12/1/1947 a 15/1/1947 confrontados e lidos. Nova pista: mulher de Hollywood telefonou reclamando de gritos de "palavreado estranho" nas noites de 13 e 14/1 em H.W Hills. Pista descartada: barulho de participantes de festa. Policiais em trabalho de campo: ignorar esta ocorrência.

7. Informações verificadas por telefone: E. Short viveu a maior parte de dezembro de 1946 em San Diego, na casa da Sra. Elvera French. Vit. encontrou a filha da Sra. French, Dorothy, no cinema onde Dorothy trabalhava, contou história (não confirmada) sobre ter sido abandonada pelo marido. As Frenchs a levaram para casa e E. Short lhes contou histórias contraditórias: era viúva de um major da Força Aérea; estava grávida de um comandante de navio; noiva de um aviador do Exército. Vit. teve muitos encontros com homens diferentes durante estada em casa de French. (Ver entrevistas de 14-187-47 p/ + det.)

XXXXX8. E. Short deixou casa de French em 09/1/1947 em companhia de homem a quem chamava "Ruivo". (Desc. como branco, 25 a 30 anos, alto, "bonito", entre 75 e 80 quilos, cabelos ruivos, olhos azuis.) Supostamente vendedor. Dirige um sedã Dodge pré-guerra com placa de Huntington Park. Verificação minuciosa do veículo iniciada. Boletim geral expedido para a localização de "Ruivo".

9. Inform. confirmada: Val Gordon (mulher branca) Riverside, Calif., contactada por tel. disse que é irmã do falecido major da Força Aérea Matt Gordon. Declarou: E. Short escreveu a ela e seus pais no outono de 1946 logo após a morte do maj. Gordon em desastre aéreo. Mentiu quanto a ser noiva de Gordon, pediu dinheiro a eles. Os pais e a Srta. Gordon negaram o pedido.

10. Mala pertencente a E. Short localizada no escrit. da Railway Express, no centro de L.A. (funcion. da R.E. viu nome da vit. e foto nos jornais, lembrou-se dela guardando a mala no final de 11/1946). Mala sendo examinada. Cópias de centenas de cartas de amor para vários homens (a maioria soldados) encontradas e (em quanto bem menor) bilhetes apaixonados escritos para

ela. Também várias fotos de E. Short com soldados. Cartas sendo lidas, nomes e descrições de homens sendo conferidas.

11. Informação telefônica verificada: ex-tenente da Força Aérea J.G. Flicking telefonou de Mobile, Ala., ao ver nome e foto de E. Short nos jornais de Mobile. Declarou que ele e vit. tiveram "caso passageiro" em Boston no final de 1943, e que "ela sempre tinha cerca de 10 outros namorados na fila". Flicking tem álibi confirmado para a hora do assassinato. Elimin. como suspeito, também nega ter sido noivo de E. Short.

12. Inúmeras pistas transm. por tel. em todas as div. do Depto. e do xerife. Absurdas descartadas, outras encaminhadas aos pelotões da área competente através de Homic. Todas as pistas sendo registradas.

XXXXXX13. Inform. de end. verif.: E. Short morou nos seguintes ends. em 1946. (Nomes que seguem ends. são de informantes ou residentes no mesmo endereço verificados. Todos exceto Linda Martin verificados nos registros do CV.)

13-A- Dr. N. Orange, 1.611, Hollywood. (Harold Costa, Donald Leyes, Marjorie Graham) Av. Carlos, 6024, Hollywood. N. Cherokee, 1.842, Hollywood (Linda Martin, Sheryl Saddon) Linden 53, Long Beach.

14. Resultados das descobertas da perícia no terreno baldio de Leimert Park: nenhuma roupa de mulher encontrada, numerosas facas e canivetes encontrados, todos enferrujados demais para serem arma do crime. Nenhum sangue encontrado.

15. Resultados do interrogatório em Leimert Park (com fotos de E. Short): zero (informações obviamente absurdas).

Conclusão: creio que esforços de investigação devem ser centrados no interrogatório dos associados

conhecidos de E. Short, particularmente os numerosos namorados. O sargento Sears e eu vamos a San Diego interrogar os assoc. con. de lá. Com o boletim geral a respeito de "Ruivo" e os interrogatórios em Los Angeles devemos conseguir informações importantes.

Russell A. Millard, ten.,
Registro nº 493, Homicídios, Central

Virei-me e vi Millard observando-me.

– Sem pensar muito, qual a sua opinião?

Mexi em meu bolso rasgado.

– Ela vale tudo isso, tenente?

Millard sorriu; notei que as roupas amarrotadas e a barba por fazer não prejudicavam a sua aura de classe.

– Acho que sim. O seu parceiro também acha.

– Lee está caçando fantasmas, tenente.

– Pode me chamar de Russ, tudo bem?

– Tudo bem, Russ.

– O que você e Blanchard conseguiram arrancar do pai?

Estendi a Millard o meu relatório.

– Nada de muito preciso, só mais informações que confirmam que a moça não valia nada. Que droga é esse negócio de Dália Negra?

Millard bateu nos braços da cadeira.

– Devemos agradecer a Bevo Means por essa. Ele foi até Long Beach e falou com o recepcionista do hotel onde a moça ficou no último verão. O recepcionista lhe disse que Betty Short sempre usava vestidos negros bem justos. Bevo se lembrou daquele filme com Alan Ladd, *The Blue Dahlia,* e tirou o nome daí. Creio que a metáfora vai nos proporcionar no mínimo mais 12 confissões por dia. Como Harry diz quando toma umas e outras, "Hollywood te fode mesmo se ninguém mais quer te foder". Você é um intrometido esperto, Bucky. O que acha?

– Acho que quero voltar para Capturas. Não pode convencer Loew?

Millard sacudiu a cabeça.

– Não. Vai responder a minha pergunta ou não?

Sufoquei a vontade de nocauteá-lo ou de suplicar.

– Ela disse sim ou não para o cara errado, na hora errada, no lugar errado. E como passavam mais caras na vida dela do que carros na rodovia de San Berdoo e ela não sabia falar a verdade, eu diria que encontrar esse cara vai dar um trabalho dos diabos.

Millard levantou e espreguiçou-se.

– Espertinho, vá até a Delegacia de Hollywood e encontre Bill Koenig, em seguida os dois devem interrogar os moradores dos endereços de Hollywood do meu sumário. Dê um destaque especial à questão dos namorados. Mantenha Koenig sob controle, se conseguir, e você escreve o relatório, porque Billy é quase analfabeto. Volte aqui para prestar contas quando acabarem.

Com a dor de cabeça se transformando em enxaqueca, obedeci. A última coisa que ouvi antes de chegar à rua foi um grupo de tiras gozando das cartas de amor de Betty Short.

APANHEI KOENIG na Delegacia de Hollywood e fomos até o endereço da Avenida Carlos. Estacionando em frente ao 6.024, falei:

– Você é o superior, sargento. Como é que quer fazer a coisa?

Koenig pigarreou alto, então engoliu o catarro.

– Fritzie é quem costuma falar, mas está doente. Que tal você falar, e eu fico na retaguarda? – abriu o paletó para me mostrar um cassetete de couro enfiado no cinto. – Vai ser na porrada?

– Porrada não, conversa – respondi, e saí do carro. Havia uma senhora idosa sentada na varanda do 6.024, uma casa marrom de três andares e revestimento de sarrafos com uma placa de quartos para alugar fincada no gramado. Ela me viu chegar, fechou sua Bíblia e disse:

– Sinto muito, jovem, mas só alugo para moças que trabalham e que tenham referências.

Mostrei meu distintivo.

– Somos da polícia, senhora. Viemos conversar com a senhora sobre Betty Short.

– Eu a conhecia como Beth – lançou um olhar para Koenig, em pé sobre a grama limpando o nariz sorrateiramente com a ponta do dedo.

– Ele está procurando pistas – expliquei.

– Não vai achá-las dentro daquele narigão – bufou ela. – Quem matou Beth Short, senhor policial?

Peguei a caneta e o bloco de anotações.

– Estamos aqui para descobrir exatamente isso. Pode me dizer o seu nome, por favor?

– Sou a Srta. Loretta Janeway. Telefonei à polícia quando ouvi o nome de Beth no rádio.

– Srta. Janeway, quando Elizabeth Short morou aqui?

– Verifiquei meus registros assim que ouvi as notícias. Beth ficou no terceiro andar, no quarto dos fundos à direita, de 14 de setembro até 19 de outubro.

– Ela apresentou referências?

– Não. Lembro-me disso muito bem, porque Beth era uma moça tão bonita. Ela bateu na porta e disse que estava indo para Gower quando viu a minha placa. Disse que queria ser atriz e que precisava de um quarto barato até conseguir a sua grande chance. Falei que já tinha ouvido aquele papo antes e que seria melhor que ela perdesse aquele horrível sotaque de Boston. Aí Beth sorriu e disse "Agora chegou a vez de todos os homens de boa vontade virem ajudar o seu partido" sem nenhum sotaque. Então falou: "Veja! Veja como sigo bem as orientações de um bom diretor de cena!" Estava tão ansiosa para agradar que aluguei o quarto a ela, embora minha política seja não alugar para gente de cinema.

Anotei as informações pertinentes, então perguntei:

– Beth era uma boa inquilina?

A Srta. Janeway sacudiu a cabeça.

– Deus a tenha, mas era uma inquilina horrível, fez com que me arrependesse de ter aberto mão de minha política quanto a gente de cinema. Sempre atrasando o pagamento, sempre empenhando suas joias para arranjar dinheiro para comer e tentando me convencer a deixá-la pagar por dia em vez de por semana. Queria pagar 1 dólar por dia! Pode imaginar quanto espaço ocuparia o meu livro de registros se deixasse todas as inquilinas fazerem isso?

– Beth se dava bem com as outras inquilinas?

– Santo Deus, não. O quarto dos fundos à direita do terceiro andar tem escada particular, de modo que Beth não tinha de entrar pela porta da frente como as outras garotas, e nunca compareceu a nenhuma das reuniõezinhas à hora do café que eu oferecia às moças após a missa de domingo. Beth na verdade nunca ia à igreja e me dizia: "Garotas são boas para bater um papo muito de vez em quando, garotos são bons todos os dias."

– Esta é a pergunta mais importante, Srta. Janeway. Beth teve algum namorado enquanto vivia aqui?

A velha senhora pegou a Bíblia e a apertou contra si.

– Senhor policial, se eles entrassem pela porta da frente como os namorados das outras moças, eu os teria visto. Não quero caluniar os mortos, só vou dizer que ouvi muitos passos na escada de Beth nas horas mais impróprias.

– Beth alguma vez mencionou inimigos? Alguém de quem tivesse medo?

– Não.

– Quando foi a última vez que a viu?

– No fim de outubro, quando se mudou. Ela falou "Encontrei um buraco mais simpático", no seu melhor sotaque californiano.

– Disse para onde estava se mudando?

– Não – respondeu a Srta. Janeway. Então se inclinou para mim confidencialmente e apontou para Koenig, que voltava para o carro a passos largos, coçando o saco. – Devia falar àquele homem sobre sua higiene. Francamente, é nojento.

– Obrigado, Srta. Janeway.

Voltei para o carro e me instalei ao volante.

– O que a mulher falou de mim? – grunhiu Koenig.

– Falou que você era bonito.

– É?

– É.

– O que mais ela falou?

– Que um homem como você a fazia se sentir jovem de novo.

– É?

– É. Eu lhe disse para esquecer, que você era casado.

– Não sou casado.

– Eu sei.

– Então por que foi falar isso?

Mergulhei no trânsito.

– Quer que ela fique lhe mandando cartinhas de amor para o departamento?

– Oh, entendi. O que ela te falou do Fritzie?

– Ela conhece o Fritzie?

Koenig olhou para mim como se eu fosse um retardado mental.

– Muita gente fala do Fritzie pelas costas.

– O que eles falam?

– Mentiras.

– Que tipo de mentiras?

– Mentiras ruins.

– Por exemplo?

– Mentiras como ele ter pegado sífilis fodendo putas quando trabalhava na Divisão de Costumes. Como ele ter pegado um mês de salário adiantado para se curar com mercúrio. Como ele ter sido transferido para o esquadrão de detetives por causa disso. Mentiras horríveis, coisas piores ainda do que essas.

Calafrios percorriam-me a espinha. Virei na Cherokee e perguntei:

– Piores como?

Koenig chegou mais perto de mim.

– Está querendo arrancar informações de mim, Bleichert? Procurando coisas ruins para dizer de Fritzie?

– Não. É só curiosidade.

– A curiosidade matou o gato. Lembre-se disso.

– Vou me lembrar. Quanto tirou no exame para sargento, Bill?

– Não sei.

– O quê?

– Fritzie fez o exame para mim. Lembre-se do gatinho, Bleichert. Não quero que ninguém fale nada de mau do meu parceiro.

O 1.842, um grande edifício de apartamentos de estuque, surgiu à nossa frente. Aproximei-me do meio-fio e estacionei, murmurei "Na conversa, não na porrada" e rumei para o saguão.

Uma série de placas na parede indicava S. Saddon e nove outros nomes – mas nenhuma Linda Martin – no apartamento 604. Tomei o elevador até o sexto andar, atravessei um corredor com um leve cheiro de maconha e bati na porta. O jazz silenciou, a porta abriu e uma mulher jovem com um traje egípcio faiscante estava parada ali, segurando um adorno para a cabeça em papel machê.

– Você é o motorista da RKO? – perguntou.

– Polícia.

A porta se fechou na minha cara. Ouvi o ruído da descarga do banheiro; a moça voltou um instante depois e entrei no apartamento sem ser convidado. Era uma sala de estar de teto alto e arqueada; beliches mal arrumados alinhavam-se ao longo das paredes. Malas, valises e baús de viagem transbordavam da porta aberta de um armário, e uma mesa de linóleo apoiava-se diagonalmente em dois beliches sem colchões. A mesa estava coberta de cosméticos e espelhos de toucador; o piso rachado de madeira estava sujo de ruge e de pó de arroz.

A moça perguntou:

– É sobre aquelas multas que esqueci de pagar? Escute, consegui três dias em *A maldição da tumba da múmia,* na RKO, e quando me pagarem eu lhe envio um cheque. Tudo bem?

– É sobre Elizabeth Short, Srta...

A garota armou um imenso bocejo teatral.

– Saddon. Sheryl com Y-L Saddon. Escute, falei com um policial ao telefone esta manhã. Sargento qualquer coisa, um com uma tremenda gagueira. Ele me fez nove mil perguntas sobre Betty e seus nove mil namorados, e eu lhe disse nove mil vezes que pilhas de garotas dormem aqui e encontram pilhas de garotos, e a maioria deles só fica uma noite. Contei a ele que Betty morou aqui do começo de novembro ao começo de dezembro, que ela pagava um dólar por dia, exatamente como todas nós, e que não me lembro do nome de nenhum dos seus casos. Posso ir agora, então? O caminhão dos extras vai passar a qualquer momento, e preciso desse trabalho.

Sheryl Saddon estava sem fôlego e suando por causa de seu traje metálico. Apontei para um beliche.

– Sente-se e responda às minhas perguntas, ou vou prendê-la por causa dos baseados que você jogou na privada.

A Cleópatra por três dias obedeceu, lançando-me um olhar que teria fulminado Júlio César.

– Primeira pergunta: Linda Martin mora aqui?

Sheryl Saddon apanhou um maço de Old Golds no beliche e acendeu um cigarro.

– Já falei ao sargento gago. Betty mencionou Linda Martin umas duas vezes. Vivia no outro endereço de Betty, aquele na De Longpre com a Orange. E você precisa de provas para prender alguém.

Peguei a caneta e o caderno de anotações.

– E quanto aos inimigos de Betty? Ameaças de violência contra ela?

– O problema de Betty não era ter inimigos, era ter amigos demais. Entende? Amiguinhos... homens.

– Garota esperta. Algum deles a ameaçou?

– Não que eu saiba. Olhe, podemos ir mais rápido com isso? – Acalme-se. O que Betty fazia em termos de trabalho enquanto vivia aqui?

Sheryl Saddon riu com desdém.

– Está me gozando? Betty não trabalhava. Pegava uns trocos das outras meninas daqui e descolava drinques e jantares com seus titios bonzinhos do Boulevard. Uma vez ou outra sumia por dois ou três dias e voltava com dinheiro, então contava aquelas histórias da carochinha sobre como havia ganhado. Era tão mentirosa que ninguém acreditava em uma palavra do que dizia.

– Conte-me sobre essas histórias da carochinha E sobre as mentiras de Betty em geral.

Sheryl esmagou o cigarro e acendeu outro imediatamente. Fumou em silêncio por alguns momentos, e pude sentir que a atriz que havia nela excitava-se com a ideia de caricaturar Betty Short.

Finalmente, falou:

– Sabe essa história de Dália Negra nos jornais?

– Sei.

– Bom, Betty sempre se vestia de preto como truque para impressionar diretores de filmes quando dava passeios com as outras garotas, o que não era muito frequente, porque gostava de dormir até o meio-dia todos os dias. Mas às vezes dizia que estava de luto porque o pai tinha morrido ou pelos rapazes que morreram na guerra. Aí no dia seguinte dizia que o pai estava vivo. Quando ficava fora uns dois dias e voltava cheia da grana, dizia a uma garota que um tio rico tinha morrido e deixado uma nota e a outra que tinha ganhado o dinheiro jogando pôquer em Gardena. Contou a todos nove mil mentiras sobre estar casada com nove mil heróis de guerra diferentes. Sacou?

– Perfeitamente. Vamos mudar de assunto.

– Ótimo. Que tal finanças internacionais?

– Que tal cinema? Todas vocês, garotas, estão tentando a sua chance, não é?

Sheryl lançou-me um olhar de vampe.

– Eu já consegui. Trabalhei em *A Mulher Pantera, Ataque da Gárgula Fantasma* e *Doce como as Madressilvas.*

– Parabéns. E Betty, chegou a trabalhar em algum filme?

– Talvez. Talvez uma vez, mas não sei, porque Betty era uma mentirosa dos diabos.

– Vá em frente.

– Bem, no dia de Ação de Graças todo o pessoal do sexto andar contribuiu para uma ceia, cada um trazendo um prato; Betty estava com grana e comprou duas caixas de cerveja. Ficou se gabando de que ia entrar num filme e mostrava a todos um visor; dizia que o diretor havia lhe dado. Ora, um monte de garotas tem visores baratinhos que os caras do cinema lhes dão, mas aquele era do tipo caro, numa corrente, com um estojinho de veludo. Lembro-me de que Betty estava nas nuvens aquela noite, falando pelos cotovelos.

– Ela lhe falou o nome do filme?

Sheryl sacudiu a cabeça.

– Não.

– Mencionou algum nome ligado ao filme?

– Se mencionou, não me lembro.

Dei uma olhada geral na sala, contei doze beliches num cômodo de um dólar por noite e pensei num senhorio engordando.

– Sabe o que é um sofá para seleção de atrizes? – perguntei.

Os olhos da falsa Cleópatra faiscaram.

– Comigo não, cara. Nunca!

– E Betty Short?

– Provavelmente.

Ouvi uma buzina tocando, fui até a janela e olhei para fora. Um caminhão de plataforma com uma dezena de Cleópatras e faraós na parte de trás tinha parado no meio-fio bem atrás do meu carro. Virei-me para avisar Sheryl, mas ela havia saído porta afora.

O ÚLTIMO ENDEREÇO da lista de Millard era em North Orange Drive 1.611, um albergue de estuque cor-de-rosa para turistas, junto à Escola Primária de Hollywood. Enquanto eu estacionava em frente à casa em fila dupla, Koenig acordou de um de seus devaneios em que limpava o nariz com o dedo e apontou para dois homens lendo com atenção uma pilha de jornais na escadaria.

– Eu pego eles, você pega as garotas. Tem os nomes deles?

– Talvez Harold Costa e Donald Leyes. Parece cansado, sargento. Não quer esperar no carro?

– Estou ficando aborrecido. O que devo perguntar aos caras?

– Pode deixá-los comigo, sargento.

– Lembre-se daquele gatinho, Bleichert. A mesma coisa que aconteceu com ele acontece com caras que tentam segurar minhas rédeas quando Fritzie não está por perto. Agora por que é que vou prender esses caras?

– Sargento...

Koenig borrifou-me com cuspe.

– Eu sou seu superior, espertinho! Você vai fazer o que o Grande Bill mandar!

Furioso, despejei:

– Anote os álibis e pergunte-lhes se Betty Short envolveu-se alguma vez com prostituição.

Koenig deu uma risadinha em resposta.

Atravessei o gramado e subi os degraus correndo, os dois homens saindo do caminho para que eu entrasse. A porta da frente se abriu para uma sala de espera em mau estado; um grupo de jovens estava sentado por ali, fumando e lendo revistas de cinema. Anunciei:

– Polícia. Estou procurando por Linda Martin, Marjorie Graham, Harold Costa e Donald Leyes.

Uma moça de cabelos cor de mel usando um conjunto esporte marcou com uma orelha a sua *Photoplay*.

– Sou Marjorie Graham, e Hal e Don estão lá fora.

O restante das pessoas se levantou e se mandou para o corredor, como se eu fosse uma notícia ruim.

– É sobre Elizabeth Short. Algum de vocês a conhecia?

Recebi meia dúzia de gestos de cabeça negativos, olhares chocados e tristes; ouvi Koenig gritando lá fora:

– Fale a verdade! Essa puta da Short se vendia ou não?

– Fui eu que chamei a polícia – explicou Marjorie Graham. – Dei a eles o nome de Linda porque ela conhecia Betty, também.

– E quanto a esses caras aí fora? – apontei para a porta.

– Don e Harold? Os dois namoraram Betty. Harold chamou vocês porque sabem que estão procurando pistas. Quem é esse homem que está gritando com eles?

Ignorei a pergunta, sentei-me ao lado de Marjorie Graham e peguei o caderninho.

– O que pode me contar sobre Betty que eu não saiba? Pode me fornecer fatos? Nomes de outros namorados, descrições, datas específicas? Inimigos? Motivos para alguém querer matá-la?

A mulher recuou; percebi que estava erguendo a voz. Baixando o tom, falei:

– Vamos começar com datas. Quando Betty morou aqui?

– No começo de dezembro – respondeu Marjorie Graham. – Lembro-me porque havia um bando de nós aqui escutando um programa de rádio sobre o quinto aniversário de Pearl Harbor quando ela chegou.

– Então era 7 de dezembro?

– Era.

– E quanto tempo permaneceu aqui?

– Não mais do que uma semana, aproximadamente.

– Como ela soube deste lugar?

– Acho que foi Linda Martin quem lhe falou.

O memorando de Millard afirmava que Betty Short tinha passado a maior parte do mês de dezembro em San Diego. Perguntei:

– Mas ela se mudou logo em seguida, certo?

– Certo.

– Por que, Srta. Graham? Betty morou em três lugares, ao que sabemos, no último outono. Todos em Hollywood. Por que se mudava tanto, sempre por aqui?

Marjorie Graham tirou um lenço da bolsa.

– Bom, não sei bem ao certo.

– Havia algum namorado ciumento atrás dela?

– Acho que não.

– Srta. Graham, o que acha, afinal?

Marjorie suspirou.

– Olha, Betty usava as pessoas. Pedia dinheiro emprestado e lhes contava histórias, e... bem, aqui tem um monte de garotas que sabem das coisas e acho que logo sacaram qual era a de Betty.

– Fale-me sobre Betty. Gostava dela, não gostava?

– Gostava. Ela era doce, confiante e um tanto bobinha, mas... inspirada. Tinha esse estranho dom, se é que podemos chamá-lo assim. Fazia tudo para agradar, e de certa forma pegava o jeitão de qualquer um com quem andasse. Todo mundo aqui fuma, e Betty começou a fumar para ser da turma, embora fosse ruim para a sua asma e ela odiasse cigarros. E o mais engraçado é que ela tentava andar e falar como a gente, mas nunca deixava de ser ela mesma ao fazer isso. Era sempre Betty ou Beth ou qualquer outro apelido para Elizabeth que estivesse usando no momento.

Armazenei aquelas informações tristes na memória.

– Sobre o que conversava com Betty?

– Em geral só escutava o que Betty dizia. Costumávamos sentar aqui e ouvir rádio, e Betty contava histórias. Histórias de amor sobre todos aqueles heróis de guerra – o tenente Joe e o major Matt e assim por diante. Eu sabia que eram fantasias. Às vezes ela falava em se tornar estrela de cinema, como se tudo o que tivesse de fazer fosse andar por aí com os seus vestidos negros para, mais cedo ou mais tarde, ser descoberta. Isso me deixava louca, porque tenho aulas na escola de teatro de Pasadena e sei que representar é trabalho duro.

Folheei meu caderno até encontrar o interrogatório de Sheryl Saddon.

– Srta. Graham, Betty falou sobre participar de um filme em novembro passado?

– Sim. Na primeira noite que passou aqui ela ficou contando vantagem por causa disso. Disse que tinha ganhado um papel de coadjuvante e mostrou um visor para todo mundo. Alguns rapazes pressionaram-na a contar detalhes, e ela disse para um deles que era na Paramount, para outro que era na Fox. Acho que estava só blefando para conseguir atenção.

Escrevi "Nomes" numa página em branco e sublinhei três vezes.

– Marjorie, e quanto a nomes? Namorados de Betty, pessoas com quem você a via?

– Bem, sei que saía com Don Leyes e Harold Costa, e vi-a uma vez com um marinheiro, e...

Marjorie vacilou; captei um brilho perturbado em seus olhos.

– O que é? Pode contar pra mim.

A voz de Marjorie ficou fraca.

– Logo antes de ela se mudar vi Betty e Linda Martin conversando com uma mulher mais velha, grandona, no Boulevard. Ela usava um terno masculino e tinha cabelos curtos como um homem. Só a vi com elas naquela vez, então talvez isso não signifique...

– Está dizendo que a mulher era lésbica?

Marjorie balançou a cabeça para cima e para baixo e apanhou um lenço de papel.

Bill Koenig entrou e fez sinal com o dedo para mim. Fui até ele. Sussurrou:

– Os caras abriram o bico, falaram que ela dava por dinheiro quando estava na pior. Telefonei ao Sr. Loew. Ele falou pra ficar de bico calado, porque vamos ganhar mais pontos se acharem que ela é uma garota certinha.

Refreei o impulso de falar sobre a pista da lésbica; o promotor e seus lacaios provavelmente a abafariam, também.

– Tenho mais uma pra interrogar aqui, rapidinho – falei. – Pegue depoimentos daqueles caras, tudo bem?

Koenig deu um risinho e saiu; recomendei a Marjorie que ficasse ali e fui até os fundos do saguão. Havia um balcão de recepção, com um livro de registros aberto em cima. Fiquei ali e folheei o livro até ver a inscrição rabiscada numa caligrafia infantil, "Linda Martin", com "Quarto 14" impresso à frente.

Atravessei o corredor do primeiro andar até o quarto, bati na porta e esperei que alguém atendesse. Como ninguém viesse após cinco segundos, forcei a maçaneta. Esta cedeu, e empurrei a porta para que abrisse.

Era um quartinho apertado, contendo apenas uma cama desarrumada. Verifiquei o guarda-roupa: estava completamente vazio. A mesa de cabeceira ostentava uma pilha de jornais do dia anterior dobrados na história sensacionalista do "Assassino Lobisomem"; de repente compreendi que a tal de Martin tinha fugido. Deitei-me no chão e passei a mão embaixo da cama, esbarrei num objeto chato e puxei-o para fora.

Era uma carteira de plástico vermelho. Abri-a e encontrei três moedas e uma carteira escolar do colégio Comhusker de Cedar Rapids, Iowa. A carteira era de Lorna Martilkova, nascida em 19/12/1931. Havia uma foto de uma bela jovem embaixo do emblema da escola; em minha cabeça, eu já estava datilografando o mandado geral de detenção de menor.

Marjorie Graham apareceu à porta. Mostrei a carteira escolar.

– É Linda. Deus, ela só tem 15 anos.

– Para Hollywood, já está ficando velha. Quando a viu pela última vez?

– Esta manhã. Contei a ela que tinha chamado a polícia, que eles viriam conversar conosco sobre Betty. Foi errado?

– A senhorita não tinha como saber. Obrigado.

Marjorie sorriu, e me vi desejando-lhe uma rápida passagem só de volta da terra do cinema. Guardei silêncio sobre esse desejo e apenas sorri e saí do prédio. Na varanda, Bill Koenig estava em posição de descanso e Donald Leyes e Harold Costa estiravam-se em espreguiçadeiras, com aquele tom branco como cera de quem acabou de levar alguns sopapos. Koenig anunciou:

– Não foram eles.

– Não esquente, Sherlock.

– Meu nome não é Sherlock – reclamou Koenig.

– Não esquenta, porra – falei.

– O quê?

NA DELEGACIA DE HOLLYWOOD, me vali da minha prerrogativa especial como tira da Capturas, emitindo um mandado geral de detenção de menor e um mandado prioritário de localização de testemunha incidindo sobre Lorna Martilkova/

Linda Martin, deixando os formulários com o chefe da patrulha diária, que me disse que os boletins gerais seriam transmitidos em uma hora e que enviaria guardas para o número 1.611 da North Orange Drive a fim de interrogar os moradores sobre o possível paradeiro de Linda/Lorna. Com isso encaminhado, escrevi meu relatório sobre a série de interrogatórios, destacando que Betty Short era mentirosa contumaz e que podia ter participado de um filme em novembro de 1946. Antes de finalizar, hesitei entre mencionar ou não a pista fornecida por Marjorie Graham sobre a velha lésbica. Se Ellis Loew tomasse conhecimento da informação, provavelmente a abafaria junto com a denúncia de que Betty às vezes se prostituía; assim, decidi omiti-la do relatório e passar a informação verbalmente a Russ Millard.

De um telefone da sala do pelotão chamei a Associação de Atores de Cinema e perguntei sobre Elizabeth Short. Um funcionário me disse que ninguém com esse nome ou qualquer diminutivo do nome Elizabeth já constara de suas listas, o que tornava improvável que ela houvesse participado de uma produção oficial de Hollywood. Desliguei pensando que o cinema devia ser outro dos contos de fadas de Betty, e que o visor era parte do cenário.

A tarde caía. Estar livre de Koenig era como sobreviver a um câncer, e aquelas três entrevistas tinham me deixado com uma sensação de overdose de Betty/Beth Short e de seus últimos meses em pensões baratas sobre a face da Terra. Estava cansado e faminto. Fui para casa em busca de um sanduíche e uma soneca – e caí direto em outro número do show da Dália Negra.

Kay e Lee estavam em pé ao redor da mesa de jantar, examinando fotos da cena do crime tiradas na 39 com a Norton. Lá estava a cabeça esmagada de Betty Short; os seios cortados de Betty Short; a metade inferior esvaziada de Betty Short e as pernas escancaradas de Betty Short – tudo em preto e branco lustroso. Kay fumava nervosamente e olhava de relance para as fotografias; Lee examinava-as, com o rosto contorcendo-se em todas as direções, o Homem-Benzedrina de outro planeta. Ninguém me disse uma palavra. Fiquei ali, assumindo o papel de ator-escada diante do cadáver mais célebre da história de Los Angeles.

Finalmente, Kay disse "Oi, Dwight" e Lee fincou um dedo trêmulo num *dose* das mutilações do torso.

– Não foi por acaso, sei que não. Vem Smith diz que algum cara a pegou na rua, levou pra algum lugar e a torturou e depois a jogou no terreno baldio. Besteira. O cara que fez isso a odiava por alguma razão e queria que o mundo todo soubesse. Cristo, ele ficou cortando-a durante dois dias inteiros. Querida, você teve aulas de medicina, acha que esse cara entendia da coisa? Sabe do que estou falando, um desses caras tipo médico louco?

Kay matou o cigarro.

– Lee, Dwight chegou.

Lee deu um giro.

– Parceiro – falei, e Lee tentou piscar, sorrir e falar ao mesmo tempo.

O que saiu foi uma careta horrível. Tive de desviar o olhar enquanto ele falava:

– Bucky, ouça o que Kay vai dizer, sabia que todo o estudo que paguei para ela ainda iria me ajudar de algum modo.

A voz de Kay era suave, paciente:

– Esse tipo de especulação é absurdo, mas vou te dar uma teoria, se quer que eu diga algo para te acalmar.

– Vá em frente, professora.

– Bem, é só uma suposição, mas talvez houvesse dois assassinos, porque os cortes da tortura são grosseiros, enquanto a bissecção e o corte no abdômen, ambos *post-mortem*, obviamente, são precisos e certeiros. Por outro lado, talvez haja só um assassino, e depois que matou a garota ele se acalmou, então a cortou ao meio e fez o corte abdominal. E qualquer um poderia ter removido os órgãos internos com o corpo em duas partes.

Acho que médicos loucos só existem no cinema. Querido, você tem que se acalmar. Tem de parar de tomar essas pílulas e tem de comer. Ouça o Dwight e ele vai dizer a mesma coisa.

Olhei para Lee.

– Estou ligado demais para comer – ele falou, e me estendeu a mão como se eu acabasse de chegar. – Salve, parceiro. Descobriu algo de bom sobre a nossa garota hoje?

Pensei em dizer a ele que tinha descoberto que ela não valia o trabalho de cem policiais em tempo integral; pensei em revelar a pista da lésbica e denunciar Betty Short como uma triste mentirosa dissoluta para apoiar a acusação. Mas o rosto chapado de Lee me fez dizer:

– Nada que valha isso que está fazendo consigo mesmo. Nada que valha vê-lo inutilizado quando um marginal que você mandou para Quentin está a três dias de distância de Los Angeles. Imagine se a sua irmãzinha visse você nesse estado. Pense nela...

Parei ao ver lágrimas começarem a correr dos olhos vidrados de Lee. Agora era ele quem ficava ali, bancando o escada para sua própria irmã. Kay postou-se entre nós dois, uma mão em cada ombro. Saí antes que Lee começasse a chorar de verdade.

A Divisão da Universidade era outra sede da Daliamania. Havia uma lista de apostas afixada na porta do vestiário, na forma grosseira de um quadro de feltro, com espaços para a cotação das apostas: "Resolvido – paga 2 contra 1", "Crime sexual não premeditado – paga 4 contra 1", "Não resolvido – 1 contra 1", "Namorado(s) – paga 1 contra 4" e "'Ruivo' – nenhuma aposta a não ser que o suspeito seja capturado". O arrecadador apontado era o sargento Shiner, e até o momento o favorito era "Namorado(s)", com a assinatura de 12 policiais, todos entrando com 10 dólares para ganhar 2,50.

A sala dos detetives estava ainda mais engraçada. Alguém tinha pendurado as duas metades de um vestido preto barato na entrada. Harry Sears, meio embalado, valsava com a faxineira negra, apresentando-a como a verdadeira Dália Negra, a melhor cantora negra desde Billie Holliday. Ficavam dando goles na garrafinha de Harry, a faxineira gritando canções *gospel* enquanto os policiais que tentavam falar ao telefone tapavam os ouvidos livres com as mãos.

A rotina também prosseguia em total frenesi. Alguns trabalhavam com registros do Departamento de Trânsito e listas telefônicas de endereço de Huntington Park, tentando conferir uma pista sobre o "Ruivo" com quem Betty Short tinha saído de San Diego; outros liam as cartas de amor dela, e dois policiais falavam ao telefone com o Departamento de Trânsito recebendo informações sobre as placas que Lee havia anotado na noite anterior, quando acampara no barracão de Junior Nash. Millard e Loew haviam saído; deixei meu relatório sobre os interrogatórios e um bilhete sobre os mandados de captura que tinha expedido numa cesta, com a inscrição relatórios dos detetives de campo. E caí fora antes que algum palhaço mais graduado me forçasse a entrar para o circo.

Estar sem ter o que fazer me fez pensar em Lee; pensar em Lee me fez desejar voltar à delegacia, onde, ao menos, havia senso de humor a respeito da moça morta. Pensar em Lee me deixou furioso, e comecei a pensar em Junior Nash, assassino profissional mais perigoso do que cinquenta namorados ciumentos assassinos. Ansioso, voltei a ser um tira da Equipe de Capturas e percorri o Leimert Park a sua procura.

Mas não havia como escapar da Dália Negra.

Passando pela 39 com a Norton, vi curiosos perambulando em torno do terreno baldio enquanto vendedores de sorvete e de cachorro-quente atendiam os fregueses; uma velha vendia fotos em preto e branco de Betty Short na frente de um bar na

39 com a Creenshaw, e fiquei me perguntando se Cleo Short, aquele encanto de pessoa, tinha fornecido os negativos em troca de uma porcentagem considerável. De saco cheio, tirei toda aquela palhaçada da minha cabeça e comecei a trabalhar.

Passei cinco horas direto andando pela South Creenshaw e South Western, mostrando fotos de Nash e descrevendo o seu *modus operandi,* o estupro de jovens negras. Tudo o que obtive foi "Não" e a pergunta "Por que você não está atrás do cara que fez picadinho daquela boa moça, a Dália?". Perto do fim da tarde me rendi à ideia de que talvez Junior Nash tivesse mesmo saído de Los Angeles. Ainda inquieto, juntei-me ao circo.

Depois de devorar um hambúrguer, liguei para o número noturno da Costumes e perguntei sobre locais conhecidos de encontro de lésbicas. O funcionário verificou os arquivos do serviço secreto e me deu o nome de três bares, todos na mesma quadra do Ventura Boulevard, para os lados do Valley: o Dutchess, o Swank Spot e o La Verne's Hideaway. Já ia desligar quando ele acrescentou que estavam fora da jurisdição do DPLA, no território do Condado patrulhado pelo gabinete do xerife, e que provavelmente operavam com o seu beneplácito – mediante uma taxa.

Não pensei em jurisdições enquanto dirigia rumo ao Valley. Pensei em mulheres com mulheres. Não do tipo machona, mas garotas delicadas com duras arestas, como a série de garotas que ganhei de presente após as lutas. Atravessando o Cahuenga Pass, ia tentando juntá-las aos pares. Só consegui vislumbrar seus corpos e o cheiro de linimento e de estofado de carro – nenhum rosto. Então usei Betty/Beth e Linda/Lorna, juntando as fotos de arquivo policial com a foto da carteira escolar aos corpos das garotas de que me lembrava das minhas últimas lutas profissionais. Ia ficando cada vez mais nítido; a seguir, a quadra do número 11.000 do Ventura Boulevard surgiu, e vi mulher com mulher de verdade diante de mim.

O Swank Spot possuía uma fachada rústica de madeira e portas duplas de vaivém como os *saloons* nos filmes de faroeste. O interior era apertado e mal iluminado; levou bastante tempo para meus olhos se adaptarem à escuridão. Quando se acostumaram, vi uma dezena de mulheres me fulminando com os olhos.

Algumas eram machonas usando camisas cáqui e calças de soldado; outras, garotas delicadas com saias e suéteres. Uma grandalhona me fuzilou com os olhos da cabeça aos pés; a garota junto dela, uma ruiva esbelta, pôs a cabeça em seu ombro e passou o braço em torno da grossa cintura. Sentindo que começava a suar, procurei o balcão e alguém com cara de mandachuva. Avistei uma área vazia nos fundos da sala, cadeiras de bambu e uma mesa coberta com garrafas de bebida, tudo isso cercado por uma muralha de néon piscando em roxo, depois amarelo, depois laranja. Fui me aproximando, os casais agarradinhos iam se separando para que eu passasse, deixando só o espaço mínimo necessário.

A lésbica por trás do balcão do bar encheu um copo de uísque até a borda e colocou-o em frente a mim, dizendo:

– É do Controle de Bebidas?

Tinha olhos claros e penetrantes; os reflexos do néon os tornavam quase translúcidos. Tive a estranha sensação de que ela sabia no que eu estava pensando enquanto me aproximava.

Virando o corpo, declarei:

– DPLA, Homicídios.

A lésbica falou:

– Não está na sua jurisdição, mas andaram apagando quem?

Procurei a foto de Betty Short e a carteira de Lorna/Linda e as botei sobre o balcão. O uísque lubrificou minha voz rouca:

– Já viu alguma delas?

A mulher passou os olhos longamente pelos dois papéis e depois por mim.

– Está me dizendo que a Dália era das nossas?

– Você é quem vai me dizer.

– Eu lhe digo que nunca a vi, a não ser nos jornais, e a pirralhinha eu nunca vi, porque eu e minhas garotas não lidamos com menores. *Capisci?*

Apontei para o copo vazio; a lésbica encheu-o de novo. Bebi; meu suor esquentou, depois esfriou.

– *Capisco* quando as suas garotas me disserem o mesmo e eu acreditar.

A mulher deu um assobio, e a área vazia se encheu. Peguei as fotos e estendi-as a uma mulher pendurada numa dona com físico de lenhador. Examinaram as fotos e sacudiram as cabeças negativamente, passando-as para uma mulher com uniforme de paraquedista da Hughes Aircraft.

– Não, mas tem um rabo que vale ouro – falou, entregando-as a um casal a seu lado.

– A Dália Negra – murmuraram, com vozes perturbadas. Ambas disseram "Não"; a última lésbica falou:

– *Nyet, nein,* não, e além do mais não é meu tipo – empurrou as fotos para mim e cuspiu no chão.

– Boa noite, senhoras – falei enquanto me dirigia para a porta, ouvindo a palavra "Dália" sussurrada incessantemente atrás de mim.

No Dutchess, mais dois drinques grátis, mais 12 olhares hostis e respostas negativas, tudo em meio à uma decoração estilo inglês antigo. Ao entrar no La Verne's Hideaway, sentia-me meio alto e ansioso por descobrir alguma coisa que eu não sabia muito bem o que era.

O La Verne's era escuro, pequenos *spots* afixados nas vigas do teto projetavam uma luz sombria nas paredes cobertas com papel barato de palmeiras. Casais de lésbicas namoravam em cabines isoladas; a visão de duas mulheres se beijando me forçou a olhar, e em seguida desviar os olhos e procurar o balcão. Este ficava num canto da parede esquerda, um balcão comprido com luzes coloridas refletindo num cenário da praia de Waikiki. Não havia ninguém atendendo, nenhum cliente sentado em nenhum dos bancos. Andei até os fundos da sala, pigarreando para que os pombinhos nas cabines saíssem do transe e voltassem à terra. A estratégia funcionou; abraços e beijos terminaram, olhos zangados e perplexos fitaram o visitante indesejado.

– DPLA, Homicídios – anunciei, e estendi as fotos para a lésbica mais próxima. – A de cabelos escuros é Elizabeth Short. A Dália Negra que vocês conhecem dos jornais. A outra é sua amiguinha. Quero saber se alguma de vocês já as viu, e se viu, com quem.

As fotos circularam de cabine em cabine; estudei as reações quando vi que teria de usar um porrete para conseguir um simples sim ou não. Ninguém disse uma palavra; tudo o que captei observando os rostos foi curiosidade, em alguns casos temperada com luxúria. As fotos voltaram para mim, devolvidas por uma machona com roupa de motorista de caminhão com um corte de cabelo escovinha. Apanhei-as e seguia rumo à rua e ao ar fresco quando vi uma mulher atrás do balcão enxugando copos.

Fui até lá e coloquei a mercadoria em cima do balcão, chamando-a com o dedo. Ela pegou as fotos e falou:

– Vi a foto dela no jornal, e só.

– E quanto a essa garota? É conhecida como Linda Martin.

A balconista segurou a carteira de Lorna/Linda e olhou de soslaio para ela; vi uma ponta de reconhecimento passar pelo seu rosto.

– Não, sinto muito.

Inclinei-me sobre o balcão.

– Não minta para mim, porra. Ela tem 15 aninhos de idade, então é melhor você falar logo, senão eu te tasco uma acusação de perversão de menores e você passa os próximos cinco anos chupando boceta em Tehachapi.

A lésbica recuou; cheguei a esperar que fosse buscar uma garrafa e batesse na minha cabeça. Com os olhos no balcão, falou:

– A menina costumava vir aqui. Talvez dois, três meses atrás. Mas nunca vi a Dália, e acho que a menina gostava de rapazes. Quero dizer, ela só descolava uns drinques com as garotas daqui, só isso.

Com o canto do olho, vi uma mulher que ia se sentar ao balcão mudar de ideia, agarrar a bolsa e ir em direção à porta, como se afugentada pelas palavras que eu trocava com a balconista. O *spot* iluminou seu rosto; captei uma leve semelhança com Elizabeth Short.

Recolhi as fotos, contei até dez e persegui a mulher, chegando ao meu carro no exato instante em que a vi abrir a porta de um cupê Packard gelo estacionado a duas vagas do meu. Quando ela arrancou, contei até cinco e fui atrás.

A perseguição me levou do Ventura Boulevard ao Cahuenga Pass, e depois até Hollywood. O tráfego da madrugada era reduzido, por esse motivo deixei o Packard ficar vários carros de distância à minha frente rumando para o sul na Highland, saindo de Hollywood, entrando no distrito de Hancock Park. Na rua 4, a mulher virou à esquerda; em questão de segundos estávamos no centro do Hancock Park – uma região luxuosa, que os tiras da Divisão de Wilshire chamavam de "Faisões em Túmulos de Vidro".

O Packard contornou a esquina em Muirfield Road e parou em frente a uma ampla mansão Tudor com um gramado do tamanho de um campo de futebol. Continuei em frente, meus faróis dianteiros iluminando a placa traseira do carro: CAL RQ 765. Olhando pelo espelho retrovisor, vi a mulher trancando a porta do lado do motorista; mesmo de certa distância o seu vulto esbelto, com uma roupa colante e brilhosa, se destacava.

Peguei a rua 3 e saí de Hancock Park. Na Western vi um telefone público, saí do carro e liguei para o plantão noturno do

Departamento de Trânsito, requisitando a ficha do carro e uma verificação sobre registros criminais do cupê Packard branco CAL RQ 765. O telefonista me deixou esperando por quase cinco minutos, antes de retornar com a informação:

Madeleine Cathcart Sprague, branca, sexo feminino, nascida em 14/11/1925, South Muirfield Road 482, Los Angeles; nenhuma infração, nenhum mandado, nenhuma ficha policial.

Rumando para casa, o efeito do álcool se dissipou. Comecei a pensar se Madeleine Cathcart Sprague tinha algo a ver com Betty/Beth e Lorna/Linda, ou se era só um sapatão rico com atração pelo submundo. Dirigindo só com uma das mãos, peguei as fotos de Betty Short, projetei sobre elas o rosto da Sprague e constatei uma semelhança comum, rotineira. Depois me vi tirando seu conjunto cintilante e achei que, qualquer que fosse a resposta, não me importava.

10

Liguei o rádio a caminho da Delegacia da Universidade na manhã seguinte. O *bebop* do quarteto de Dexter Gordon tinha colocado meu astral lá em cima quando *Billie's Bounce* parou de sacudir, substituído por uma voz febril: "Interrompemos nossas transmissões habituais para um boletim. Foi capturado um importante suspeito na investigação do assassinato de Elizabeth Short, a jovem de cabelos cor de azeviche conhecida como Dália Negra! Antes conhecido pelas autoridades apenas como 'Ruivo', o homem foi agora identificado como Robert 'Ruivo' Manley, 25 anos, vendedor de ferragens em Huntington Park. Manley foi capturado esta manhã na casa de um amigo em South Gate e está detido e sendo interrogado na Delegacia de Hollenbeck, no leste de Los Angeles. Em nota exclusiva para a KGF, o promotor assistente Ellis Loew, o célebre criminalista, atuando no caso como contato entre os civis e a polícia, afirmou: "Há fortes suspeitas sobre Red Manley. Nós o identificamos como o homem que trouxe Betty Short de San Diego em 9 de janeiro, seis dias antes de seu corpo destroçado ser encontrado num terreno baldio de Leimert Park. Essa parece ser a grande pista por que todos estamos esperando e rezando. Deus atendeu às nossas preces!"

Os sentimentos de Ellis Loew foram substituídos por um comercial do Preparado H, redução garantida das dolorosas dilatações provocadas pelas hemorroidas ou seu dinheiro de volta em dobro. Desliguei o rádio e mudei de rumo, seguindo para a Delegacia de Hollenback.

A rua em frente estava bloqueada por cavaletes com sinais de desvio; guardas mantinham os repórteres a distância. Estacionei numa ruela atrás da delegacia e entrei pela porta dos fundos, que dava para as celas. Bêbados boxeavam nas celas do lado das contravenções leves; tipos mal-encarados olhavam ameaçadoramente do lado dos crimes mais graves. As celas estavam lotadas, mas não havia carcereiros em parte alguma. Abrindo a porta que dava para a delegacia propriamente dita, entendi por quê.

O que parecia ser todo o contingente da delegacia se apinhava num corredor pequeno que dava acesso às salinhas de interrogatório, todos se esforçando para dar uma olhada através do vidro da sala do meio no lado esquerdo. A voz de Russ Millard vinha através de um alto-falante fixo na parede: suave, persuasiva.

Cutuquei o policial mais próximo.

– Ele confessou?

O homem sacudiu a cabeça.

– Não, Millard e seu parceiro estão lhe aplicando o policial bom e mau.

– Admitiu que conhecia a garota?

– Sim. A gente o descobriu por meio dos arquivos do Departamento de Trânsito, e ele veio pacificamente. Quer apostar? Inocente ou culpado, pode escolher. Acho que estou com sorte hoje.

Ignorei a oferta, abri caminho com o cotovelo, suavemente, até o vidro e olhei para dentro. Millard estava sentado numa mesa de madeira destroçada, tendo à frente um jovem de boa aparência com um penteado à Pompadour cor de cenoura remexendo num maço de cigarros. Aparentava estar morto de medo; Millard parecia o padre bonzinho dos filmes – aquele que viu tudo e garante a absolvição na trapalhada toda.

A voz do cabeça de cenoura veio pelo alto-falante:

– Por favor, já contei isso três vezes.

– Robert, estamos fazendo isso porque você não se apresentou voluntariamente – disse Millard. – Betty Short está na primeira página de todos os jornais de Los Angeles há três dias, e você sabia que queríamos falar com você. Mas ficou escondido. Como acha que isso soa?

Roben "Ruivo" Manley acendeu um cigarro, deu uma tragada e tossiu.

– Não queria que minha esposa soubesse que a estava traindo.

– Mas não a traiu. Betty não quis transar com você. Ela provocou e depois não quis entregar o ouro. Não havia razão para se esconder da polícia.

– Tive encontros com ela em Dago. Dancei músicas lentas com ela. É o mesmo que trair.

Millard pôs a mão no braço de Manley.

– Vamos voltar ao começo. Conte-me como encontrou Betty, o que fez, sobre o que conversaram. Vá com calma, ninguém está te apressando.

Manley esmagou o cigarro num cinzeiro transbordando de pontas, acendeu outro e enxugou o suor da testa. Olhei para o corredor e vi Ellis Loew apoiado na parede oposta, com Vogel e Koenig ladeando-o como cães gêmeos esperando a ordem para atacar. Um suspiro carregado de estática veio pelo alto-falante; voltei-me e vi o suspeito se contorcer na cadeira.

– E essa é a última vez que terei de contar?

Millard sorriu.

– Isso mesmo. Vá em frente, filho.

Manley levantou e se espreguiçou, e depois começou a andar enquanto falava.

– Encontrei Betty na semana antes do Natal, naquele bar no centro de Dago. Começamos a bater um papo, e Betty deixou escapar que estava na pior, dormindo na casa daquela tal de Sra. French e de sua filha meio que temporariamente. Paguei um jantar pra ela num restaurante italiano na cidade velha, depois fomos dançar no Sky Room, no Hotel El Cortez. Nós...

Millard interrompeu.

– Você sempre vai atrás de mulheres quando sai da cidade a negócios?

Manley gritou:

– Eu não estava atrás de mulheres!

– O que estava fazendo, então?

– Estava interessado, só isso. Não dava pra saber se Betty era uma leviana ou uma boa moça, e queria descobrir. Queria testar minha lealdade a minha mulher e só...

A voz de Manley foi morrendo; Millard falou:

– Filho, pelo amor de Deus, me diga a verdade. Estava atrás de uma transa, certo?

Manley afundou na cadeira.

– Certo.

– Como sempre faz nas suas viagens de negócio, certo?

– Não, Betty era diferente!

– Diferente como? Transas fora da cidade são transas fora da cidade, certo?

– Não! Eu não traio minha mulher quando viajo! Betty foi só... A voz de Millard veio em tom tão baixo que o alto-falante mal a captava.

– Betty virou a sua cabeça, certo?

– Certo.

– Fez você querer fazer coisas que nunca tinha feito antes, fez você enlouquecer, fez você...

– Não! Não! Eu queria trepar com ela, não queria lhe fazer mal!

– Sssh. Vamos voltar para a época do Natal. Teve aquele primeiro encontro com Betty. Deu-lhe um beijo de boa-noite quando se despediram?

Manley agarrou o cinzeiro com ambas as mãos; elas tremeram, as pontas se espalharam sobre a mesa.

– No rosto.

– Ora, vamos, Ruivo. Nem uns amassos?

– Não.

– Teve um segundo encontro com Betty dois dias antes do Natal, certo?

– Certo.

– Mais danças no El Cortez, certo?

– Certo.

– Pouca luz, drinques, música suave, então você entrou em ação, certo?

– Caramba, pare de dizer "certo"! Tentei beijar Betty e ela me veio com aquela história de que não podia dormir comigo porque o pai de seu filho tinha de ser herói de guerra e eu não tinha feito mais do que tocar na banda do Exército. Ela era obcecada por esse assunto! Não parava de falar sobre os bostas dos heróis de guerra!

Millard se ergueu.

– Por que diz "bostas", Ruivo?

– Porque sei que era tudo mentira. Betty falou que era casada com tal sujeito e noiva de tal outro, e eu sabia que estava mentindo para fazer com que eu parecesse inferior porque nunca entrei em combate.

– Ela mencionou algum nome?

– Não, só postos. Major isso e capitão aquilo, como se eu devesse me envergonhar de ter sido só cabo.

– Você a odiou por isso?

– Não! Não ponha palavras na minha boca!

Millard se espreguiçou e sentou.

– Depois desse segundo encontro, quando você viu Betty novamente?

Manley suspirou e descansou a testa sobre a mesa.

– Contei toda essa história três vezes!

– Filho, quanto mais cedo a contar de novo, mais cedo poderá ir para casa.

Manley estremeceu e envolveu seu corpo com os braços.

– Depois do segundo encontro, não soube de Betty até 8 de janeiro, quando recebi aquele telegrama em meu escritório. O telegrama dizia que ela gostaria de falar comigo quando eu fizesse minha próxima viagem de negócios a Dago. Respondi com outro telegrama, dizendo que teria de ir a Dago na tarde do dia seguinte, e que a apanharia em casa. Encontrei-a e ela me suplicou que a levasse até Los Angeles. Eu falei...

Millard interrompeu-o com um gesto de mão.

– Betty falou por que tinha de ir a Los Angeles?

– Não.

– Disse que ia se encontrar com alguém?

– Não.

– Concordou em levá-la porque achou que ela ia dar pra você?

– Sim – respondeu Manley, suspirando.

– Vá em frente, filho.

– Levei Betty comigo em minhas visitas naquele dia. Ela ficava no carro enquanto eu falava com os clientes. Eu tinha algumas visitas a fazer na manhã seguinte em Oceanside, então passamos a noite num motel de lá, e...

– Diga novamente o nome do lugar, filho.

– Chamava-se Motel Cornucópia.

– E Betty te deixou na mão de novo?

– Ela... ela disse que estava naqueles dias.

– E você caiu nessa desculpa furada?

– Caí.

– Isso te deixou louco?

– Caramba, eu não a matei!

– Sei. Você dormiu na poltrona e Betty na cama, certo?

– Certo.

– E na manhã do dia seguinte?

– Voltamos para Los Angeles. Betty foi comigo em minhas visitas e tentou arrancar 5 dólares de mim, mas recusei. Então ela veio com uma história da carochinha, de que ia encontrar a irmã dela na frente do Hotel Biltmore. Queria me livrar dela, então deixei-a na frente do Biltmore naquela tarde, lá pelas 17 horas. E nunca mais a vi, a não ser nos jornais, com essa história de Dália.

– Foi na sexta-feira, 10 de janeiro, às 17 horas, a última vez que a viu? – perguntou Millard.

Manley fez que sim com a cabeça. Millard olhou diretamente para o vidro, arrumou o nó da gravata e saiu. No corredor, foi cercado por policiais que o bombardeavam com perguntas. Harry Sears entrou sorrateiramente na sala; perto de mim, uma voz familiar se ergueu acima do tumulto.

– Agora vocês vão ver por que Russ sempre tem Harry por perto.

Era Lee, com um sorriso e uma cara de um milhão de dólares livres de imposto. Passei a mão em torno do pescoço dele e apertei de leve.

– Bem-vindo de volta à terra.

Lee respondeu apertando meu pescoço do mesmo jeito.

– É por sua culpa que estou com uma aparência tão boa. Assim que saiu, Kay me deu um Mickey Finn, um troço que ela

EDIÇÕES BESTBOLSO

Dália Negra

Mestre do romance policial noir, a vida de James Ellroy desde cedo foi marcada por um acontecimento trágico: o assassinato não solucionado de sua mãe. Em 1958, o corpo de Geneva Hilliker Ellroy foi jogado em uma estrada em El Monte, região decadente de Los Angeles. O assassino nunca foi encontrado. Sua juventude apontava para um futuro sem perspectivas: Ellroy se viciou em drogas e foi preso diversas vezes por furto. Na década de 1970, recuperado, começou a dedicar-se à literatura e, vinte anos depois, se consagrou como o nome central da ficção policial norte-americana. *Los Angeles cidade proibida*, *O grande deserto*, *Jazz branco* e *Sangue errante* são alguns de seus livros publicados no Brasil. Em 2006, *Dália Negra* ganhou uma adaptação para o cinema, com Josh Hartnett, Aaron Eckhart, Scarlett Johansson, Hilary Swank e Mia Kirshner.

comprou na farmácia. Dormi dezessete horas, acordei e comi que nem um cavalo.

– A culpa é toda sua, por bancar as aulas dela de química. O que acha do "Ruivo"?

– Na pior das hipóteses, um desses que está sempre atrás de um rabo de saia, e no final da semana será um desses divorciados que estão sempre atrás de um rabo de saia. Concorda?

– Em gênero, número e grau.

– Conseguiu alguma coisa ontem?

Ver meu melhor amigo parecer um novo homem tornava mais fácil torcer a verdade.

– Leu o meu relatório sobre os interrogatórios de rua?

– Li, na Universidade. Bom trabalho, o mandado da menor. Conseguiu mais alguma coisa?

Menti descaradamente, com um vulto esbelto em traje colante dançando em minha cabeça.

– Não, e você?

Olhando através do vidro, Lee respondeu:

– Não, mas o que falei sobre o filho da puta ainda está valendo. Deus, olhe só o Harry.

Olhei. O gago de maneiras mansas circulava em torno da mesa da sala de interrogatórios, rodopiando um cassetete com tachas de metal, batendo com força sobre a mesa a cada volta completada. Os "catchacs" ressoavam através do alto-falante; Red Manley, com os braços em torno do peito, estremecia cada vez que o golpe reverberava.

Lee me cutucou.

– Russ tem uma única regra: não bater de verdade. Mas veja...

Afastei a mão de Lee com um gesto de corpo e fitei através do vidro. Sears batia o cassetete na mesa uns poucos centímetros à frente de Manley, com a voz firme escorrendo uma fúria gelada.

– Queria carne nova e achou que Betty era fácil. Foi com tudo e não funcionou, então implorou. Não funcionou, então ofereceu dinheiro a ela. Ela lhe contou que estava naqueles dias, e essa foi a gota que faltava. Você quis fazer com que ela sangrasse de verdade. Conta pra mim o que foi que sentiu ao picotar suas tetas. Conta pra mim...

– Não! – gritou Manley.

Sears bateu com o cassetete no cinzeiro, o vidro quebrou, as pontas de cigarro voaram da mesa. Ruivo mordeu os lábios; o sangue jorrou, depois escorreu pelo queixo. Sears atingiu o monte de vidro quebrado; os cacos explodiram em todas as direções. Manley choramingou.

– Não não não não não!

– Você sabia o que queria – rosnou Sears. – É um caçador experiente, conhece um monte de lugares para levar garotas. Dobrou Betty com alguns drinques, conseguiu que ela falasse dos antigos namorados e bancou o amiguinho, o cabo tão bonzinho disposto a deixar Betty para os homens de verdade, os homens que foram a combate, que mereciam trepar com uma garota gostosa como ela...

– Não!

Sears bateu na mesa.

– Sim, ruivinho. Sim. Acho que a levou para um galpão, talvez um desses armazéns abandonados perto da velha fábrica da Ford em Pico-Rivera. Tinha algumas cordas e um monte de instrumentos cortantes ali por perto, e você teve uma ereção. Aí você gozou nas calças antes de poder enfiar em Betty. Você estava zangado antes, mas agora estava zangado de verdade. Começou a pensar em todas as garotas que riram desse seu pintinho minúsculo e em todas as vezes que a sua mulher disse "Esta noite não, ruivinho, estou com dor de cabeça". Então bateu nela, amarrou-a e espancou-a e cortou-a! Admita, seu tarado filho da puta!

– Não!

A mesa pulou com a força do golpe. Manley quase caiu da cadeira; só a mão de Sears no espaldar o impediu de ir ao chão.

– Sim, ruivinho. Sim. Pensou em cada garota que já lhe disse "Eu não chupo", em cada vez que sua mamãe bateu em você, em cada olhar fulminante que recebeu dos soldados de verdade quando tocava trombone na banda do Exército. Você pensou em todas que te acusaram de fazer corpo mole pra não ir pra guerra, nas que riram do teu pintinho, nas que te bateram. Era por isso que Betty tinha de pagar. Certo?

Manley deixou escorrer sangue e saliva no colo e balbuciou:

– Não. Por favor, Deus é testemunha, não.

– Deus odeia mentirosos – gritou Sears, e bateu na mesa três vezes – Manley abaixou a cabeça e começou a soluçar seco; Sears ajoelhou junto à sua cadeira.

– Conta pra mim como Betty gritava e suplicava, Ruivo. Conta pra mim, depois conta pra Deus.

– Não. Não. Eu não machuquei Betty.

– Teve outra ereção? Você gozou enquanto a cortava?

– Não. Oh, Deus, oh, Deus.

– Isso mesmo, Ruivo. Fale com Deus. Conte tudo a Deus. Ele vai te perdoar.

– Não, Deus, por favor.

– Diga, Ruivo. Conte a Deus como bateu, torturou e retalhou Betty Short durante três dias inteiros, e depois serrou-a ao meio.

Sears golpeou a mesa uma, duas, três vezes, e depois a derrubou no chão. Ruivo saiu desajeitadamente da cadcira e caiu dc joelhos. Juntou as mãos e murmurou:

– O Senhor é meu pastor, nada me faltará – e começou a chorar. Sears olhou direto para o vidro, o autodesprezo delineado em todos os ângulos de seu rosto flácido de alcoólatra. Fez um sinal com o polegar para baixo antes de sair da sala.

Russ Millard encontrou-o à porta e levou-o para longe da multidão de policiais, vindo em minha direção. Bisbilhotando a conversa sussurrada entre eles, peguei a essência da questão: ambos achavam que Manley era inocente, mas queriam injetar pentotal nele e fazer um teste com o detector de mentiras para ter certeza. Olhando novamente através do vidro, vi Lee e outro policial à paisana algemando Ruivo, retirando-o da sala de interrogatórios. Lee dava ao homem o tratamento com luvas de pelica que normalmente reservava às crianças, falando suavemente com ele, com a mão em seu ombro. A multidão se dispersou quando os três desapareceram na ala das celas. Harry Sears voltou ao cubículo e começou a limpar a bagunça; Millard se virou para mim:

– Bom o seu relatório de ontem, Bleichert.

– Obrigado – repliquei, sabendo que estava sendo avaliado. Nossos olhos se encontraram. – E agora?

– Diga-me você.

– Primeiro você me devolve a Capturas, certo?

– Errado, mas vá em frente.

– Tudo bem, então nós fazemos uma investigação na região do Biltmore e tentamos reconstruir os movimentos de Betty Short desde o dia 10, quando o Ruivo a largou lá, até 12 ou 13, quando a sequestraram. Cobrimos a área e confrontamos os depoimentos e esperamos com fervor que os verdadeiros indícios não se percam com todas essas pistas falsas que a publicidade está nos arranjando.

– Prossiga.

– Sabemos que Betty era fã de cinema e promíscua, e que andou contando história sobre ter participado de um filme em novembro passado. Meu palpite é que ela não recusaria um lugar no sofá de seleção de atrizes. Acho que devemos perguntar aos produtores e diretores e ver o que conseguimos.

Millard sorriu.

– Telefonei a Buzz Meeks esta manhã. É ex-policial, trabalha como chefe de segurança da Hughes Aircraft. É o contato extraoficial do departamento com os estúdios, e vai fazer perguntas por aí. Está se saindo bem, Bucky. Bola pra frente.

Titubeei – querendo impressionar um superior e querendo, ao mesmo tempo, pegar sozinho a lésbica rica. O elogio de Millard me soava condescendente, alguns ossinhos para impedir que o jovem tira ficasse latindo em protesto contra uma missão indesejada. Minha mente focalizou Madeleine Cathcart Sprague.

– Tudo o que sei é que deve ficar de olho em Loew e seus rapazes. Não coloquei isso em meu relatório, mas Betty Short se vendia sempre que precisava muito de dinheiro, e Loew está tentando manter isso em segredo. Acho que ele vai varrer pra baixo do tapete qualquer evidência que a faça passar por vagabunda. Quanto mais o público simpatizar com a garota, mais força ele terá como promotor público se um dia esse rolo todo for a julgamento.

Millard riu.

– Espertinho, está acusando o seu próprio chefe de ocultar provas?

Pensei que eu merecia a mesma acusação.

– Isso, e também de ter merda na cabeça e de ser um filho da puta pretensioso.

– *Touché* – disse Millard, e me estendeu um pedaço de papel. – Os lugares onde Betty foi avistada. Restaurantes e bares no distrito de Wilshire. Pode trabalhar sozinho ou com Blanchard, tanto faz.

– Preferia examinar a região do Biltmore.

– Eu sei, mas quero patrulheiros que conheçam a área trabalhando ali, e preciso de espertinhos para eliminar as pistas falsas da lista.

– O que você vai fazer?

Millard sorriu tristemente.

– Vou ficar de olho no filho da puta pretensioso que tem merda na cabeça e oculta provas e em seus comparsas para assegurar-me de que não tentem arrancar uma confissão daquele homem inocente que acaba de ser levado para a cela.

NÃO CONSEGUI ENCONTRAR Lee em lugar algum da delegacia, então fui verificar a lista sozinho. O território a ser examinado centrava-se no distrito de Wilshire, bares e lanchonetes nas ruas Western, Normandie e rua 3. A maioria das pessoas com quem falei eram frequentadoras habituais dos bares, bêbados diurnos loucos para puxar o saco de alguma autoridade ou bater papo com alguém diferente dos velhos companheiros de bar. Se eu insistia em exigir fatos, respondiam-me com pura fantasia – praticamente todos diziam que tinham conversado com Betty Short, e lhe atribuíam um longo discurso tirado dos jornais e do rádio quando na verdade ela estava em Dago com Red Manley ou em algum lugar sendo torturada até a morte. Quanto mais escutava, mais eles falavam de si mesmos, entremeando suas tristes histórias com a da Dália Negra, que acreditavam ser uma vampe glamourosa destinada ao estrelato em Hollywood. Parecia-me que trocariam suas próprias vidas por uma manchete sensacionalista de primeira página sobre suas mortes. Incluí perguntas sobre Linda Martin/Lorna Martilkova, Junior Nash e Madeleine Cathcart Sprague e seu Packard gelo, mas tudo o que consegui foram absurdos espantosos. Decidi que meu relatório consistiria em apenas duas palavras: "Só besteiras".

Terminei um pouco depois de escurecer e fui para a casa de Lee e Kay filar um jantar.

Ao parar o carro, vi Kay se precipitar porta afora e descer os degraus, arremessando uma pilha de papéis no gramado, depois correr para dentro enquanto Lee corria para o seu lado, gritando e agitando os braços. Aproximei-me e ajoelhei-me diante da pilha descartada; os papéis eram cópias dos formulários de relatório do DPLA. Folheando-os, vi relatórios de investigações de rua, listas de provas, relatórios de interrogatórios, listas de pistas e um protocolo de autópsia completo – tudo com "E. Short, cor branca, sexo fem., nasc. 15/1/1947" datilografado no cabeçalho. Haviam sido obviamente pirateados da Delegacia da Universidade – e a simples posse daquilo era suficiente para garantir a Lee uma suspensão.

Kay voltou com outra pilha, gritando:

– Depois de tudo o que aconteceu, tudo o que pode acontecer, como pode fazer isso? É doentio e insano!

Despejou os papéis ao lado da outra pilha; fotos da 39 com a Norton reluziram diante de mim. Lee agarrou-a pelos braços e abraçou-a enquanto ela se debatia.

– Diabo, você sabe o que isso significa para mim. Você sabe. Vou alugar um quarto para guardar o material, mas querida, preciso ter você ao meu lado nessa história. É uma coisa minha e preciso de você... e você sabe.

Então eles notaram a minha presença. Lee falou:

– Bucky, diga a ela. Explique a ela.

Aquela foi a frase mais engraçada que tinha escutado até então em todo aquele circo chamado Dália.

– Kay está certa. Você cometeu pelo menos três delitos e está saindo fora... – parei, pensando no que eu tinha feito, e aonde pretendia ir à meia-noite. Olhando para Kay, mudei de tom. – Prometi a ele uma semana nesse caso. Isso quer dizer mais quatro dias. Na quarta-feira estará acabado.

Kay suspirou.

– Dwight, às vezes você é tão covarde.

Ela entrou em casa. Lee abriu a boca para dizer algo engraçado. Abri caminho até meu carro chutando papéis oficiais do DPLA.

O Packard gelo estava no mesmo lugar da noite anterior. Vigiei-o do meu carro, estacionado bem atrás dele. Abaixado no banco da frente, passei horas irritantes assistindo ao tráfego de entrada e saída nos três bares da quadra – sapatões, mulheres e óbvios policiais do xerife do Condado com aquele olhar desconfiado típico dos recolhedores de caixinha. A meia-noite chegou e passou; o tráfego aumentou – a maioria das lésbicas ia para os motéis da pesada do outro lado da rua. Então ela saiu pela porta do La Verne's Hideaway sozinha, deslumbrante, num vestido verde de seda.

Saí com cuidado pela porta do lado do passageiro no exato instante em que ela descia da calçada, fitando-me de esguelha.

– Visitando os pobres, Srta. Sprague?

Madeleine Sprague parou; diminui a distância entre nós. Ela agarrou a bolsa, retirando as chaves do carro e um maço bem gordo de dinheiro.

– Então papai anda me espionando outra vez. Retomou as suas pequenas cruzadas calvinistas, e disse para você não ser sutil.

Passou a imitar habilmente um sotaque escocês:

– Maddy, minha filha, não devia frequentar locais inadequados como este. Não é bom que seja vista pelas pessoas erradas nesse lugar, mocinha.

Minhas pernas tremiam, como sempre que esperava o gongo do primeiro assalto.

– Sou da polícia.

Madeleine Sprague voltou ao tom normal.

– Hã? Papai agora está comprando policiais?

– Ele não me comprou.

Ofereceu-me o dinheiro e observou-me.

– É, provavelmente não. Estaria mais bem-vestido se trabalhasse para ele. Então vamos ver, deve ser do pessoal do xerife de West Valley. Já extorquiu toda a grana do La Verne's, aí resolveu tentar extorquir a grana dos fregueses.

Peguei o dinheiro, contei mais de 100 dólares e o devolvi.

– Que tal o setor de Homicídios do DPLA? Que tal Elizabeth Short e Linda Martin?

A postura altiva de Madeleine Sprague desmoronou depressa. Seu rosto se desfez em preocupação, e vi que a semelhança com Betty/Beth era mais penteado e maquiagem do que qualquer outra coisa; de modo geral, seus traços eram menos refinados do que os de Dália, e apenas superficialmente similares. Estudei aquele rosto: olhos castanhos aterrorizados sob a luz dos postes da rua; testa enrugada, como se o cérebro estivesse trabalhando ao máximo. Suas mãos tremiam, então agarrei as chaves do carro e o dinheiro, enfiei-os em sua bolsa e joguei-a sobre a capota do Packard. Sabendo que talvez estivesse a um passo de uma pista importante, mas que poderia me escapar por entre os dedos, falei:

– Pode conversar comigo aqui ou no centro, Srta. Sprague. Só não pode mentir. Sei que a conhecia, se tentar me enganar vai para a delegacia e terá um monte de publicidade, exatamente o que não quer.

A garota da alta finalmente se recompôs. Repeti:

– Aqui ou no centro?

Ela abriu a porta do lado do passageiro do Packard e entrou, esgueirando-se por trás do volante. Juntei-me a ela, acendendo uma luz no painel para poder ver seu rosto. Senti cheiro de estofado de couro e de mofo.

– Há quanto tempo conhecia Betty Short?

Madeleine Sprague se remexeu toda sob a luz.

– Como sabe que eu a conhecia?

– Você fugiu a noite passada enquanto eu interrogava a balconista. E quanto a Linda Martin, você a conhece?

Madeleine passou as longas unhas vermelhas sobre o volante.

– Foi apenas uma coincidência. Encontrei Betty e Linda no La Verne's no outono passado. Betty falou que era a primeira vez que vinha. Acho que conversei com ela uma vez depois disso. Com Linda conversei várias vezes, só papo furado de mesa de bar.

– No último outono quando?

– Em novembro, creio.

– Dormiu com alguma das duas?

Madeleine recuou, em sobressalto.

– Não.

– Por que não? É essa a jogada, não é?

– Não é só isso.

Bati com força em seu ombro de seda verde.

– Você é lésbica?

Madeleine voltou ao sotaque escocês do pai:

– Pode-se dizer que o que vier eu traço, meu rapaz.

Sorri e acariciei o mesmo ombro que tinha socado um momento antes.

– Está querendo me dizer que seu contato com Linda Martin e Betty Short resumiu-se a uma ou duas conversas de mesa de bar dois meses atrás, é isso?

– É. É exatamente o que estou lhe dizendo.

– Então por que deu no pé tão rápido a noite passada?

Madeleine revirou os olhos e balbuciou, em sotaque escocês:

– Meu rapaz...

Interrompi.

– Pare de enrolar e vamos direto ao ponto.

A moça da alta despejou:

– Cavalheiro, meu pai é Emmett Sprague. *Aquele* Emmett Sprague. Construiu metade de Hollywood e Long Beach, e o que não construiu ele comprou. Não gosta de publicidade, e eu não gostaria de ver "Filha de Magnata Interrogada no Caso Dália Negra – Flertava com Moça Assassinada em Boate Lésbica" estampado nos jornais. Está vendo o problema?

– Nos mínimos detalhes – respondi, acariciando o ombro de Madeleine.

Ela me empurrou para longe e suspirou.

– Será que meu nome vai parar em todos os arquivos da polícia para ser lido por tiras e jornalistas de imprensa marrom pegajosos?

– Talvez sim, talvez não.

– O que tenho de fazer para mantê-lo fora?

– Convencer-me de algumas coisas.

– Por exemplo?

– Por exemplo, primeiro você me dá as suas impressões sobre Betty e Linda. É uma menina esperta. Pinte o retrato delas para mim.

Madeleine acariciou o volante, depois o painel de carvalho reluzente.

– Bem, elas não eram do ramo, só usavam o Hideaway para descolar bebida e jantares.

– Como pode ter certeza?

– Eu as vi recusando cantadas.

Pensei no sapatão mais velho de que Marjorie Graham falara.

– Alguma proposta que se destacasse? Quer dizer, jogo duro? Machonas persistentes?

Madeleine riu.

– Não, as cantadas que vi eram muito discretas.

– Feitas por quem?

– Por garotas das ruas que eu nunca tinha visto antes.

– Nem viu depois?

– É, nem depois.

– Sobre o que conversava com elas?

Madeleine riu de novo, mais forte.

– Linda falava de um rapaz que ela deixou em Hicktown, Nebraska, ou seja lá de onde for que ela veio, e Betty falava sobre o último número da *Screenworld*. Em termos de nível de conversa, estavam exatamente no seu nível, só que tinham melhor aparência.

Sorri e falei:

– Você é uma gracinha.

Madeleine sorriu e respondeu:

– Você não é. Olhe, estou cansada. Não vai me pedir para provar que não matei Betty? Considerando-se que posso provar, isso não colocaria um ponto final nessa farsa?

– Chegarei nessa questão num minuto. Betty alguma vez falou sobre estar trabalhando em um filme?

– Não, mas era doida por cinema, de modo geral.

– Alguma vez mostrou um visor de cinema? Um dispositivo com uma lente numa corrente?

– Não.

– E quanto a Linda? Alguma vez falou em participar de um filme?

– Não, só no namorado de Hicktown.

– Tem alguma ideia de pra onde ela iria se fosse se esconder?

– Sim. Hicktown, Nebraska.

– Além desse lugar.

– Não. Será que posso...

Toquei no ombro de Madeleine, mais acariciando do que batendo.

– Tudo bem, conte-me seu álibi. Onde você estava e o que estava fazendo entre a última segunda-feira, 13 de janeiro, e quarta-feira, 15?

Madeleine colocou as mãos diante da boca e soprou uma corneta de fanfarra, e depois as descansou no banco junto ao meu joelho.

– Estive em nossa casa em Laguna da noite de domingo até a manhã de quinta-feira. Papai, mamãe e minha irmã Martha estavam lá comigo, assim como nossos criados que dormem em casa. Se quiser verificar, telefone para o papai. Nosso número é Webster 4391. Mas seja discreto. Não lhe conte onde me encontrou. Agora, tem mais alguma pergunta?

Minha pista particular sobre Dália foi para o espaço, mas a luz verde acendeu em outra direção.

– Tenho. Você nunca dorme com homens?

Madeleine tocou meu joelho.

– Não faço isso há muito tempo, mas vou com você para manter meu nome fora dos jornais.

Minhas pernas viraram gelatina.

– Amanhã à noite?

– Tudo bem. Apanhe-me às 20 horas, como um cavalheiro. O endereço é South Muirfield, 482.

– Sei o endereço.

– Isso não me surpreende. Qual é seu nome?

– Bucky Bleichert.

– Combina com seus dentes – falou Madeleine.

– Oito horas – falei, e saí do Packard enquanto minhas pernas ainda funcionavam.

11

— Quer ver filmes de boxe no Wiltern esta noite? – perguntou Lee. – Hoje é com os velhos: Dempsey, Ketchel, Greb. O que acha?

Estávamos sentados em escrivaninhas uma em frente à outra na sala dos detetives da Delegacia da Universidade, atendendo telefones. Os funcionários de escritório designados para o caso Short haviam recebido folga naquele domingo, de modo que os tiras mais graduados estavam fazendo trabalho de escravos, anotando pistas, depois escrevendo bilhetes avaliando os fornecedores das pistas e transmitindo-as, quando era o caso, à divisão de detetives mais próxima. Estávamos nessa havia uma hora sem interrupções, com aquela observação de Kay, "covarde", pairando entre nós. Olhando para Lee, notei que seus olhos começavam a se transfixar, um sinal de que entrava em outra viagem de benzedrina.

– Não posso – respondi.

– Por que não?

– Tenho um encontro.

Lee sorriu.

– É? Com quem?

Mudei de assunto.

– Fez as pazes com Kay?

– Fiz. Aluguei um quarto para guardar o material. No Hotel El Nido, na Santa Monica com a Wilcox. Nove paus por semana, uma ninharia, se a faz se sentir melhor.

– De Witt sai amanhã, Lee. Acho que eu devia ter uma conversinha com ele, talvez levar Vogel e Koenig comigo.

Fixei os olhos sobre meus bilhetes; Lee escutava seu interlocutor. A quarta-feira, dia marcado para o meu grande adeus a Dália, parecia a uma eternidade de distância, e fiquei me perguntando se ele não ia ter de fazer um tratamento para se livrar da benzedrina. Madeleine Sprague, num pulo, entrou em meus pensamentos – era o seu milionésimo pulo desde que disse "Vou com você para manter meu nome fora dos jornais". Lee permaneceu ao telefone por longo tempo sem interpor comentários ou perguntas; comecei a desejar que meu telefone tocasse e fizesse Madeleine pular para longe.

Lee desligou o telefone.

– Alguma coisa interessante? – perguntei.

– Outro pirado. Com quem vai se encontrar esta noite?

– Uma vizinha.

– Bonita?

– Uma gracinha. Parceiro, se encontrar você chapado depois de terça-feira, vamos ter uma revanche: Bleichert contra Blanchard.

Lee lançou-me outro olhar galáctico.

– É Blanchard contra Bleichert, e você vai perder de novo.

– Vou tomar um café. Quer um?

– Preto, sem açúcar.

– É pra já.

REGISTREI UM TOTAL de 46 pistas transmitidas por telefone, quase a metade delas razoavelmente coerentes. Lee partiu no começo da tarde e Ellis Loew incumbiu-me de datilografar o novo relatório de Russ Millard. Este afirmava que Ruivo

Manley tinha sido entregue à sua esposa depois de aprovado nos testes do detector de mentiras e de pentotal, e que as cartas de amor de Betty Short haviam sido exaustivamente analisadas. Alguns de seus pombinhos foram identificados e eliminados como suspeitos, assim como a maioria dos sujeitos que apareciam em suas fotografias. Prosseguiam os esforços para identificar os homens restantes, e os policiais militares de Camp Cooke haviam telefonado com a informação de que o soldado que espancou Betty em 1943 tinha sido morto na invasão da Normandia. Quanto aos vários casamentos e noivados de Betty, uma verificação nos registros dos 48 Estados do país revelou que nenhuma certidão de casamento jamais havia sido expedida em seu nome.

A partir daí, o relatório se mostrava inútil. Os números das placas que Lee tinha avistado da janela do barracão de Junior Nash não deram em nada; mais de trezentas informações sobre Dália afluíam às mesas telefônicas do DPLA e do gabinete do xerife. Havia 93 confissões falsas até o momento, com quatro maníacos completamente pirados e sem álibis detidos nas celas do Palácio da Justiça, aguardando exame psiquiátrico e provável transferência para Camarillo. Os interrogatórios de rua prosseguiam a toda velocidade – 190 homens em tempo integral trabalhavam agora no caso. O único raio de esperança era o resultado dos meus interrogatórios de 17/1: Linda Martin/Lorna Martilkova tinha sido vista em alguns bares de Encino, e se armou uma grande operação centrada naquela área para agarrá-la. Terminei o trabalho de datilografia certo de que o assassino de Elizabeth Short jamais seria encontrado, e apostei uma grana nisso – 20 dólares em "não resolvido – paga 2 contra 1" na lista de apostas da sala dos detetives.

Toquei a campainha na mansão dos Sprague exatamente às 20 horas. Estava usando minha melhor roupa – um blazer azul, camisa branca e calças de flanela cinza – e apostei comigo mesmo que era um tolo por me dobrar aos padrões deles, porque tiraria aquelas roupas assim que Madeleine e eu chegássemos à minha casa. As dez horas que tinha passado ao telefone pareciam coladas à minha pele, apesar do banho que tomei na delegacia. Sentia-me ainda mais deslocado do que deveria me sentir, e minha orelha esquerda ainda doía devido ao bombardeio de conversas sobre Dália.

Madeleine abriu a porta, deslumbrante, com uma saia e um suéter bem justo de cashmere. Examinou-me, pegou minha mão e falou:

– Olhe, detesto aprontar uma dessas, mas papai ouviu falar de você. Insistiu que você ficasse para jantar. Contei a ele que nos conhecemos naquela exposição de arte da livraria Stanley Rose, então se tiver que interrogar alguém para verificar o meu álibi, tente ser sutil. Tudo bem?

– Claro – respondi, e deixei Madeleine passar o braço ao redor do meu e conduzir-me para dentro. O saguão de entrada era tão espanhol quanto o exterior da mansão era Tudor: tapeçarias e espadas de ferro forjado cruzadas nas paredes caiadas, grossos tapetes persas sobre um piso de madeira encerada. O saguão dava para uma sala de estar gigante com uma atmosfera de clube para homens cadeiras de couro verdes arrumadas em torno de mesas baixas e canapés; uma ampla lareira de pedra; pequenos tapetes orientais, multicoloridos, dispostos em ângulos variados, deixando à mostra só alguns pedaços do piso de carvalho. As paredes eram de cerejeira, e estampavam retratos sépia emoldurados da família e de seus ancestrais.

Notei um *spaniel* empalhado postado junto à lareira com um jornal amarelado enrolado dentro da boca. Madeleine explicou:

– É Balto. O jornal é o *Los Angeles Times* de 1º de agosto de 1926. Foi o dia em que papai soube que tinha atingido o seu primeiro milhão. Balto era o nosso cãozinho na época. O contador de papai ligou e disse “Emmett, você é um milionário!”. Papai estava limpando suas pistolas, e Balto entrou com o jornal. Papai quis consagrar esse momento, então atirou nele. Se olhar mais de perto, verá o buraco da bala em seu peito. Contenha a respiração, querido. Eis a família.

De queixo bambo, deixei Madeleine me levar até uma salinha. As paredes estavam cobertas de fotografias emolduradas; o espaço estava tomado pelos três outros Spragues, sentados em poltronas iguais. Todos olharam para cima; ninguém se ergueu. Sorrindo sem expor meus dentes, falei "Olá". Madeleine fez as apresentações enquanto eu fitava, espantado, aquela família natureza-morta.

– Bucky Bleichert, gostaria de apresentar-lhe minha família. Minha mãe, Ramona Cathcart Sprague. Meu pai, Emmett Sprague. Minha irmã, Martha McConville Sprague.

A natureza-morta ganhou vida, manifestando-se em pequenos acenos e sorrisos. Então Emmett Sprague, exultante, levantou-se e estendeu a mão. Apertei-a, fitando-o olho no olho.

– É um prazer, Sr. Sprague.

O patriarca era baixo e barrigudo, com um rosto enrugado curtido pelo sol e a cabeça cheia de cabelos brancos que provavelmente já haviam sido loiros. Calculei a sua idade como algo em torno de 50. O seu aperto de mãos era típico de alguém que já tinha feito bastante trabalho físico. Falava um escocês lapidado, sem aquele sotaque grosseiro da imitação de Madeleine.

– Vi a sua luta contra Mondo Sanchez. Você acabou com ele. Você era um segundo Billy Conn.

Pensei em Sanchez, um cadavérico peso-médio inflado com quem lutei porque meu empresário queria que eu ganhasse a reputação de exterminador de mexicanos.

– Obrigado, Sr. Sprague.

– Obrigado a você, por nos proporcionar um espetáculo de primeira classe. Mondo era um cara legal. O que aconteceu com ele?

– Morreu de overdose de heroína.

– Deus o tenha. Pena que não morreu no ringue, pouparia à família muitas dores. Falando em famílias, por favor, aperte as mãos do resto da minha.

Martha Sprague se ergueu diante da ordem. Era baixa, gordinha e loira, com uma semelhança impressionante com o pai, olhos azuis tão claros que parecia que ela os tinha mandado descolorir e um pescoço cheio de espinhas em carne viva de tanto coçar. Parecia uma adolescente na qual a fofura de nenê nunca se transformou em beleza adulta. Apertei a sua mão firme sentindo pena dela; ela captou o que eu estava pensando imediatamente. Seus olhos pálidos se inflamaram quando retirou a mão.

Ramona Sprague era a única dos três que se parecia com Madeleine; se não fosse por ela, pensaria que minha garota da alta era adotada. Tinha o cabelo negro e brilhoso e a pele clara de Madeleine, numa versão quase cinquentona, mas não havia mais nada atraente nela. Era gorda, o rosto flácido, o ruge e o batom aplicados ligeiramente fora do centro, de forma que seu rosto parecia estranhamente torto. Retirando a mão, ela falou:

– Madeleine disse tantas coisas boas de você – com uma pronúncia não muito clara. Não senti cheiro de álcool nela; fiquei pensando se estaria drogada com comprimidos.

Madeleine suspirou.

– Papai, podemos jantar? Bucky e eu queremos pegar o filme das 21h30.

Emmett Sprague deu uma pancadinha em minhas costas.

– Sempre obedeço a minha filha mais velha. Bucky, vai nos entreter com histórias de boxe e anedotas de polícia?

– Entre uma garfada e outra – respondi.

Sprague bateu nas minhas costas de novo, ainda mais forte.

– Aposto que não levou muitas na cabeça. Você é como Fred Allen. Vamos, pessoal. O jantar está servido.

Entramos em fila indiana numa ampla sala de jantar, revestida de madeira. A mesa, ao centro, era pequena, já com pratos para cinco pessoas. Um carrinho de servir estava estacionado junto à porta, exalando um inconfundível aroma de carne enlatada e repolho. O velho Sprague falou:

– Comida forte cria pessoas fortes, a *haute cuisine* cria degenerados. Divirta-se, meu rapaz. A empregada vai todo domingo à noite a encontros de vodu evangélico, assim não há ninguém em casa além de nós, os bons e velhos brancos.

Apanhei um prato e o enchi de comida. Martha Sprague serviu o vinho e Madeleine se serviu de uma pequena porção de cada item e se sentou à mesa, fazendo um gesto para que eu sentasse a seu lado. Obedeci, e Martha anunciou para toda a sala:

– Quero me sentar na frente do Sr. Bleichert para poder desenhá-lo.

Emmett captou meu olhar e piscou.

– Bucky, prepare-se para uma caricatura cruel. O lápis de Martha nunca vacila. Tem 19 anos e já é uma artista comercial muito bem paga. Maddy é a mais bonita, mas Martha é o gênio da família.

Martha fez uma careta. Colocou seu prato bem a minha frente e sentou-se, ajeitando um lápis e um bloquinho de desenho ao lado do guardanapo. Ramona Sprague pegou o lugar vizinho e deu uma batidinha em seu braço; Emmett, em pé junto à cadeira na cabeceira da mesa, propôs um brinde:

– Aos novos amigos, à prosperidade e ao grande esporte que é o boxe.

Falei "Amém", peguei com o garfo uma fatia da carne enlatada, levei-a à boca e mastiguei-a. Estava gorda e seca, mas fiz uma cara de nham-nham e elogiei:

– Está deliciosa.

Ramona Sprague lançou-me um olhar inexpressivo; Emmett falou:

– Lacey, nossa empregada, acredita em vodu. Um tipo de ramo cristão do vodu. Provavelmente ela enfeitiçou a vaca, e fez um pacto com o Jesus negro para que o animal ficasse gostoso e suculento. Falando em nossos irmãos negros, como se sentiu ao matar aqueles dois crioulos, Bucky?

Madeleine sussurrou.

– Seja bonzinho com ele.

Emmett escutou o comentário e riu.

– É, meu rapaz, seja bonzinho comigo. Na verdade, deve ser bonzinho com todos os ricos com mais de 60. Podem ficar gagás e confundir você com seus herdeiros.

Eu ri, expondo meus dentões; Martha pegou o lápis no ato para capturá-los.

– Não fiquei muito abalado. Éramos nós ou eles.

– E o seu parceiro? Aquele loiro contra quem lutou no ano passado?

– Lee levou bem mais a sério do que eu.

– Os loiros são sensíveis demais. Sendo loiro, posso dizer isso. Graças a Deus que tenho duas morenas na família para manter nosso pragmatismo. Maddy e Ramona têm aquela tenacidade de buldogue que falta a mim e a Martha.

Só a comida que eu mastigava me impediu de cair na gargalhada. Pensei na degenerada lagartixa de esgoto com quem eu ia trepar naquela noite e em sua mãe, que sorria para mim do outro lado da mesa com um ar dopado. O impulso de rir foi ficando cada vez mais forte; finalmente, engoli a porção, arrotei em vez de cair na gargalhada e ergui o copo.

– Ao Sr. Sprague, por me fazer rir pela primeira vez em uma semana.

Ramona me lançou um olhar de repulsa; Martha concentrou-se em seu desenho. Madeleine me acariciava com o pé embaixo da mesa e Emmett brindou comigo.

– Teve uma semana dura, meu rapaz?

– E como! – disse, rindo. – Fui destacado para Homicídios para trabalhar nessa história da Dália Negra. Meus dias de folga foram cancelados, meu parceiro está obcecado com isso, e os loucos vêm a nós como ursos atrás de mel. Há duzentos policiais trabalhando num único caso. É absurdo.

– É trágico, isso é que é – observou Emmett. – Qual é a sua teoria, meu rapaz? Quem, em nome de Deus, poderia ter feito uma coisa dessas a outro ser humano?

Sabia que a família desconhecia a tênue ligação entre Madeleine e Betty Short, e decidi não forçar a barra para confirmar o álibi.

– Acho que foi por acaso. A tal de Short era, como se diz, uma garota fácil. Era uma mentirosa compulsiva, com centenas de namorados. Se pegarmos o assassino será por um golpe de sorte.

– Deus a tenha – disse Emmett. – Espero que pegue o cara e que ele tenha um encontro marcado com aquela salinha verde em San Quentin.

Subindo em minhas pernas com os dedos do pé, Madeleine reclamou:

– Papai, está monopolizando a conversa e obrigando Bucky a cantar para pagar sua comida.

– E eu, devia cantar pela minha comida, mocinha? Eu, que boto o pão nesta mesa?

O velho Sprague estava furioso, o que se evidenciava pela cor cada vez mais vermelha e pelo jeito como cortava a carne. Curioso a respeito dele, indaguei:

– Quando veio para os Estados Unidos?

Emmett exultou.

– Canto com o maior prazer para qualquer um que quiser ouvir a minha história de imigrante bem-sucedido. Que tipo de nome é Bleichert? Holandês?

– Alemão.

Emmett ergueu o copo.

– Um grande povo, os alemães. Hitler foi um pouco longe demais, mas escreva as minhas palavras, algum dia vamos lamentar não ter juntado forças com ele contra os Vermelhos. De que parte da Alemanha é a sua gente, meu rapaz?

– De Munique.

– Ah, München! Surpreendo-me que tenham partido. Se eu tivesse crescido em Edimburgo ou em outro local civilizado ainda estaria usando *kilts*. Mas sou da pavorosa Aberdeen, então vim para a América logo depois da Primeira Guerra. Matei um monte dos seus belos compatriotas alemães durante aquela guerra, meu rapaz. Mas eles estavam tentando me matar, então achei que tinha uma justificativa. Viu Balto, na sala de estar?

Fiz que sim com a cabeça; Madeleine gemeu, Ramona Sprague fez uma careta e espetou uma batata.

– Foi empalhado pelo "Sonhador" Georgie Tilden, meu velho amigo – disse Emmett. – Tem muitos talentos diferentes, o "Sonhador" Georgie. Estivemos juntos num regimento escocês durante a guerra, e salvei a vida de Georgie quando um bando dos seus belos compatriotas alemães resolveu engrossar e nos atacou com baionetas. Georgie era apaixonado por filmes; adorava ir a qualquer cinema barato. Voltamos a Aberdeen depois do armistício, vimos que cidade morta era aquela, e Georgie me convenceu a vir para a Califórnia com ele – queria trabalhar no cinema mudo. Ele era incapaz de fazer qualquer coisa se eu não o puxasse pelo cabresto. Aí dei uma olhada em Aberdeen, vi que ali teria um destino de terceira classe e disse: "Tudo bem, Georgie, vamos para a Califórnia. Talvez fiquemos ricos. Mas se não ficarmos, pelo menos fracassaremos num lugar onde o sol brilha sempre."

Pensei no meu velho, que veio para a América em 1908 com grandes sonhos – mas se casou com a primeira emigrante alemã que encontrou e se tornou escravo assalariado da Pacific Gas and Electric.

– O que aconteceu depois?

Emmett Sprague bateu na mesa com o garfo.

– Bata na madeira, era a época certa pra se chegar. Hollywood não passava de pastagem de vacas, mas o cinema mudo estava chegando ao auge. Georgie conseguiu emprego como iluminador, e eu comecei a construir casas muito, muito boas – muito boas e muito baratas. Reinvestia cada centavo no meu negócio e consegui empréstimos com bancos e agiotas para comprar propriedades muito, muito boas – muito boas e muito baratas. Georgie me apresentou a Mack Sennett, e eu o ajudei a construir os cenários de seu estúdio em Edendale, depois lhe pedi um empréstimo para comprar mais propriedades. O velho Mack conhecia um rapaz de futuro quando via, porque ele mesmo havia sido assim. Emprestou-me o dinheiro com a condição de que eu o ajudasse num projeto imobiliário que estava organizando – Hollywoodland – embaixo daquela horrível placa de mais de 30 metros que erguera em Mount Lee para anunciá-lo. O velho Mack sabia como tirar o máximo de cada dólar, sabia mesmo. Seus extras trabalhavam à noite como operários e vice-versa. Eu os levava para Hollywoodland após 10 ou 12 horas de trabalho numa fita dos Keystone Kops, e trabalhávamos mais seis horas à luz de tochas. Meu nome até apareceu na apresentação de vários filmes como diretor-assistente, de tanto que o velho Mack me era grato pela forma como eu espremia os seus escravos ao máximo.

Madeleine e Ramona beliscavam a comida com rostos carrancudos, como se já tivessem sido forçadas a ouvir aquela história antes; Martha continuava desenhando, olhando com atenção para mim, que era escravo de seu olhar como Madeleine e Ramona da história do velho.

– O que aconteceu com seu amigo? – perguntei.

– Que Deus o abençoe, mas para cada história de sucesso existe uma de fracasso que lhe corresponde. Georgie não adulou as pessoas certas. Não tinha iniciativa para complementar o talento que Deus tinha lhe dado, e ficou no meio do caminho. Ficou desfigurado por uma batida de carro em 1936, e agora é o que se costuma chamar de joão-ninguém. Dou alguns trabalhinhos para ele, ele toma conta de algumas das propriedades que alugo e também transporta lixo para a Prefeitura...

Ouvi um som de arranhão bem forte e olhei para o lado oposto da mesa. Ramona errara a garfada na batata e o garfo deslizara sobre o prato. Emmett perguntou:

– Está se sentindo bem, mamãe? Não está gostando da comida?

– Sim, papai – respondeu Ramona baixando os olhos para o colo. Parecia que Martha estava apertando seu cotovelo. Madeleine começou a esfregar o pé em mim de novo; Emmett disse:

– Mamãe, a senhora e o pequeno gênio da família não estão se esforçando muito para entreter o nosso convidado. Se importaria de participar da conversa?

Madeleine enfiou os dedos por baixo da minha calça, tocando em meus tornozelos no exato instante em que eu ia amenizar o clima com uma piada. Ramona Sprague fincou o garfo numa pequena porção de comida, mastigou-a delicadamente e disse:

– Sabia que o Ramona Boulevard tem esse nome em minha homenagem, Sr. Bleichert?

O rosto torto da mulher se congelou em torno das palavras; pronunciava-as com uma estranha dignidade.

– Não, Sra. Sprague, não sabia. Achei que era uma homenagem à personagem do romance*.

– Eu recebi esse nome em homenagem a ela. Quando Emmett se casou comigo pelo dinheiro de meu pai, prometeu à minha família que usaria sua influência junto ao Conselho de Zoneamento para que uma rua da cidade recebesse o meu nome, já que o dinheiro dele estava todo empregado em bens

---

*Ramona, heroína de um romance de Helen Jackson (1885), sobre a colonização da Califórnia. (*N. do E.*)

imobiliários e não poderia me comprar uma aliança. Papai presumiu que seria uma bela rua residencial, mas tudo o que Emmett pôde conseguir foi um beco sem saída numa zona de prostituição em Lincoln Heights. Conhece a vizinhança, Sr. Bleichert? – agora a voz da mulher-capacho tinha tons de fúria.

– Fui criado lá – respondi.

– Então sabe que as prostitutas mexicanas se exibem nas janelas para atrair clientes. Bem, depois que Emmett conseguiu mudar o nome da rua Rosalinda para Ramona Boulevard, levou-me para um pequeno passeio ali. As prostitutas saudavam-no pelo nome. Algumas até tinham apelidos anatômicos para ele. Aquilo me deixou muito triste e magoada, mas esperei a hora certa e me vinguei. Quando as meninas eram pequenas eu dirigi as minhas próprias encenaçõezinhas, lá fora no gramado da frente da casa. Usei as crianças da vizinhança como extras e encenei episódios do passado do Sr. Sprague que ele preferiria esquecer. Que ele preferiria...

A ponta da mesa recebeu uma pancada violenta; os copos caíram e os pratos chacoalharam. Baixei os olhos para devolver aos contendores familiares um pouco de sua dignidade e vi que Madeleine agarrava o joelho do pai com tanta força que seus dedos ficaram azuis. Segurou meu joelho com a mão livre – com uma força dez vezes maior do que eu a julgava capaz. Um silêncio pavoroso se seguiu, então Ramona Sprague falou:

– Papai, vou cantar para pagar minha comida quando o prefeito Bowron ou o conselheiro Tucker vier jantar aqui, mas não para os gigolôs de Madeleine. Um reles policial. Meu Deus, Emmett, que falta de consideração você tem por mim.

Ouvi cadeiras arranharem o chão; joelhos colidindo contra a mesa, depois passos se afastando da sala de jantar; vi que minha mão agarrava a de Madeleine do mesmo jeito como eu dobrava os dedos numa luva de 250 gramas. A garota da alta sussurrava:

– Desculpe, Bucky, desculpe.

Então uma voz alegre falou "Sr. Bleichert!", e eu olhei em sua direção porque soava tão feliz e sadia.

Era Martha McConville Sprague, estendendo-me um pedaço de papel. Peguei-o com minha mão livre; Martha sorriu e se retirou. Madeleine ainda murmurava desculpas quando olhei para o retrato. Éramos nós dois, nus. Madeleine estava com as pernas abertas. Eu estava entre elas, mordendo-a com meus dentes gigantes de Bucky Bleichert.

LEVAMOS O PACKARD até os motéis de South La Brea. Eu dirigia e Madeleine teve a sabedoria de não falar até passarmos por um motel de blocos de concreto cinza intitulado Red Arrow Inn. Então falou:

– Este aqui. É limpo.

Estacionei ao lado de uma fila de calhambeques de antes da guerra. Madeleine foi até a recepção e voltou com a chave do quarto 11. Abriu a porta; acendi a luz da parede.

O quarto era todo em lúgubres tons marrons e exalava o cheiro de seus ocupantes anteriores. Escutei uma transação envolvendo drogas sendo acertada no número 12; Madeleine começou a parecer-se com a caricatura do desenho de sua irmã. Levei a mão ao interruptor para apagar aquilo tudo. Ela disse:

– Não, por favor. Quero ver você.

A venda de narcótico se transformou em discussão. Vi um rádio na cômoda e liguei-o; um anúncio da loja Gorton de produtos de emagrecer engoliu as palavras furiosas. Madeleine tirou o suéter e as meias em pé; já estava só com as roupas de baixo quando comecei a mexer em minhas roupas. Puxei o zíper e tirei as pernas de dentro das calças; rasguei uma costura da camisa ao desenganchar meu coldre de ombro. Madeleine deitou-se nua na cama – e o retrato desenhado pela irmãzinha desapareceu de minha mente.

Fiquei nu em um segundo e em dois já estava com a minha garota da alta. Ela murmurou algo como "Não odeie minha família, eles não são maus" e eu a silenciei com um beijo violento. Ela correspondeu; nossos lábios e línguas brincaram até termos de parar para respirar. Deslizei as mãos pelos seios dela, chupando e massageando; Madeleine disse alguma coisa, arquejando, sobre compensar pelos outros Sprague. Quanto mais eu a beijava, tocava, mordia, e quanto mais ela gostava, mais murmurava coisas sobre eles – até eu agarrar seu cabelo e rosnar:

– Não eles, eu. Fique comigo, transe comigo.

Madeleine obedeceu, alojando-se entre minhas pernas como que invertendo as posições do desenho de Martha. Assim capturado, senti que estava quase a ponto de explodir. Afastei Madeleine para me segurar, sussurrando "Eu, não eles", acariciando seus cabelos, tentando me concentrar num jingle estúpido de rádio. Madeleine me segurou mais forte do que qualquer das garotas-prêmio das lutas de boxe jamais o tinha feito; quando já estava mais frio e pronto, deitei-a de costas e entrei dentro dela.

Então não havia mais reles policial e garota rica leviana. Éramos nós juntos, corpos arqueados, nos movendo, rígidos, mas com todo o tempo do mundo pela frente. Movemo-nos juntos até que a música e os jingles terminaram, restando só o sinal do rádio até este também se apagar e o quarto de blocos de concreto permanecer em silêncio, a não ser pelos nossos ruídos. Então terminamos – perfeitamente, juntos.

Abraçamo-nos depois, cascatas de suor nos colando da cabeça aos pés. Lembrei que teria de trabalhar em menos de quatro horas e gemi; Madeleine se soltou de meus braços e imitou a minha marca registrada, exibindo seus dentes perfeitos. Rindo, falei:

– Bem, você conseguiu manter seu nome fora dos jornais.

– Até anunciarmos as núpcias de Bleichert e Sprague?

Ri mais ainda.

– A sua mãe ia adorar.

– Mamãe é uma hipócrita. Toma as pílulas que seu médico lhe receita, então não é uma viciada. Eu ando por aí, então sou uma prostituta. Ela está autorizada, eu não.

– Você está, sim. Você é a minha... – não consegui dizer "prostituta".

Madeleine fez cócegas nas minhas costelas.

– Fale. Não seja um tira quadrado. Fale.

Agarrei a mão dela antes que tivesse de me render às cócegas.

– Você é minha amada, minha amante, minha paixão, você é a mulher pela qual eu ocultei uma evidência para...

Madeleine mordeu meu ombro e falou:

– Sou a sua puta.

Eu ri.

– Tudo bem, você é a minha violadora do 234-A PC.

– O que é isso!

– A designação do Código Penal da Califórnia para a prostituição.

Madeleine mexeu as sobrancelhas.

– Código Penal!

Levantei as mãos:

– Eu me rendo.

A garota da alta se aninhou junto a mim.

– Gosto de você, Bucky.

– Também gosto de você.

– No começo não gostava de mim. Diga a verdade, no começo só queria trepar comigo.

– É verdade.

– Então quando é que começou a gostar de mim?

– No momento em que tirou a roupa.

– Filho da puta! Quer saber quando é que eu comecei a gostar de você?

– Diga a verdade.

– Quando contei a papai que tinha encontrado aquele belo policial, Bucky Bleichert. O queixo de papai caiu. Ficou impressionado, e Emmett McConville Sprague é um homem muito difícil de impressionar.

Pensei na crueldade do homem para com a esposa e fiz um comentário neutro:

– É um homem impressionante.

– Diplomata... Ele é um osso duro de roer, um escocês unha de fome, filho da puta, mas é um homem. Sabe como ele ganhou dinheiro, na verdade!

– Como!

– De grana recebida de gângster ou coisa ainda pior. Papai comprava madeira podre e fachadas abandonadas dos cenários de Mack Sennett e construía casas com isso. Tinha casas sem nenhuma segurança em caso de incêndio e barracões espalhados por toda Los Angeles, registrados em nome de falsas empresas. É amigo de Mickey Cohen. O pessoal de Cohen recolhe os aluguéis.

Dei de ombros.

– Mick é íntimo do prefeito Bowron e de metade do Comitê de Fiscalização. Está vendo meu revólver e minhas algemas!

– Estou.

– Foi Cohen quem pagou por eles. Ele levantou a grana para um fundo para ajudar os policiais iniciantes a pagar seu equipamento. É um bom relações-públicas. O fiscal de impostos da Prefeitura nunca verifica seus livros, porque Mick paga a gasolina e o óleo de todos os carros dos inspetores. Então o que você está me contando não é exatamente um choque para mim.

– Quer saber de um segredo! – perguntou Madeleine.

– Quero.

– Meio quarteirão de casas construídas por papai em Long Beach ruiu durante o terremoto de 1933. Doze pessoas morreram. Papai soltou uma grana para que seu nome fosse apagado dos registros de contratos.

Afastei Madeleine e segurei-a a um braço de distância.

– Por que está me contando essas coisas! Acariciando minhas mãos, ela respondeu:

– Porque papai está impressionado com você. Porque é o único rapaz que já levei em casa com quem ele se dignou a conversar. Porque papai valoriza os durões, e acha que você é durão, e se começarmos a namorar sério provavelmente ele mesmo vai lhe contar essas coisas. Essas mortes pesam na consciência dele, e ele descarrega em cima de mamãe porque foi com o dinheiro dela que ele construiu aquele quarteirão. Não quero que julgue papai por esta noite. As primeiras impressões perduram, gosto de você e não quero que...

Puxei Madeleine para mim.

– Fique calma, querida. Você é que está comigo agora, não sua família.

Madeleine me abraçou forte. Queria que ela soubesse que tudo estava ótimo, então ergui o seu queixo. Havia lágrimas em seus olhos.

– Bucky, não te contei tudo sobre Betty Short.

Agarrei os ombros dela com força.

– O quê?

– Não fique zangado comigo. Não é nada, só não quero que isso fique em segredo. Não gostava de você no começo, aí...

– Conte-me agora.

Madeleine olhou para mim, uma faixa de lençóis manchados de suor nos separava.

– No verão passado, eu estava andando bastante pelos bares. Bares normais de Hollywood. Ouvi falar de uma garota que diziam parecer-se muito comigo. Fiquei curiosa a respeito dela e deixei bilhetes em vários lugares, “A sua sósia gostaria de conhecê-la", e meu telefone de casa. Betty me ligou, e nos encontramos. Conversamos, e foi só isso. Encontrei-a de novo com Linda Martin no La Verne's em novembro passado. Foi só coincidência.

– E isso é tudo?

– É.

– Então, querida, é melhor se preparar. Existem uns 50 policiais investigando os bares, e se um deles colocar as mãos no seu numerozinho de sósia, você vai direto para a primeira página. Não há nada neste mundo que eu possa fazer a respeito, e se acontecer, não me peça nada, porque já fiz tudo o que podia fazer.

Afastando-se de mim, Madeleine falou:

– Eu cuido disso.

– Quer dizer, o seu pai cuida?

– Bucky, meu rapaz, por acaso está com ciúme de um homem com o dobro da sua idade e a metade do seu tamanho? – perguntou ela, naquele sotaque escocês.

Lembrei-me da Dália Negra, então, a morte que tinha eclipsado as manchetes do meu tiroteio.

– Por que queria encontrar Betty Short?

Madeleine estremeceu; a flecha de néon vermelho que dava nome ao motel piscou através da janela e passou por seu rosto.

– Dei duro para ser livre e sem compromissos – falou. – Mas do jeito que as pessoas falavam de Betty, parecia que para ela aquilo era natural. Uma garota selvagem mesmo, desde o começo.

Beijei minha garota selvagem. Fizemos amor de novo, e eu a imaginei acoplada a Betty Short o tempo todo – ambas muito naturais.

12

Russ Millard notou minhas roupas amarrotadas e perguntou:

– Um caminhão de 10 toneladas ou uma mulher?

Passei os olhos pela sala dos detetives da Universidade, que começava a se encher de tiras diurnos.

– Betty Short. Nada de atender telefones hoje, tudo bem, chefe?

– Está a fim de um pouco de ar fresco?

– Oba, fale mais.

– Linda Martin foi vista ontem à noite em alguns bares em Encino. Você e Blanchard vão até Valley atrás dela. Comecem na altura do dois mil do Victory Boulevard e sigam na direção oeste. Vou mandar outros homens assim que se apresentarem.

– Quando?

Millard olhou para o relógio.

– Imediatamente, se não der para ser mais rápido.

Olhei ao redor procurando Lee e não o vi, balancei a cabeça em assentimento e peguei o telefone da minha escrivaninha. Telefonei para a casa, para Capturas e para a seção de informações, pedindo o número do Hotel El Nido. Recebi um não como resposta na primeira chamada e dois nada de Blanchard nas outras. Então Millard voltou, com Fritz Vogel e – surpreendentemente – Johnny Vogel à paisana.

Ergui-me.

– Não consigo encontrar Lee, chefe.

– Vá com Fritzie e John – ordenou Millard. – Pegue um carro de radiopatrulha sem emblema, assim poderá manter contato com os outros homens por lá.

Os gordos Vogel olharam para mim, depois um para o outro. O olhar que trocaram queria dizer que a minha aparência desmazelada era um delito em segundo grau.

– Obrigado, Russ – falei.

Seguimos até Valley, os Vogel no banco da frente, eu no de trás. Tentei cochilar, mas o monólogo de Fritzie sobre putas e assassinos de mulheres tornava isso impossível. Johnny concordava com tudo; cada vez que o pai parava para respirar, ele dizia: "Certo, pai." Ao atravessar o Cahuenga Pass, Fritzie esgotou a inspiração verbal; a encenação de apoio de Johnny terminou. Fechei os olhos e apoiei a cabeça na janela. Madeleine fazia um lento strip tease, acompanhando o ronronar do motor, quando ouvi os Vogel sussurrarem.

– ...ele dormiu, papi.

– Não me chame de "papi" quando estivermos trabalhando, já lhe falei um milhão de vezes. Faz você parecer bicha.

– Provei que não sou bicha. Homossexuais não fazem o que eu fiz. Não sou mais virgem, então não me chame de bicha.

– Fique quieto, porra.

– Papi, quero dizer, papai...

– Falei para ficar quieto, Johnny.

O tira gordo e fanfarrão reduzido a uma criança despertou meu interesse; fingi ressonar para que os dois continuassem. Johnny falou baixinho:

– Olha, papai, ele está dormindo. É ele que é bicha, não eu. Provei que nao era. Filho da puta dentuço. Podia acabar com ele, papai. Você sabe que eu podia. Filho da puta ladrão de emprego, eu estava com a Capturas no papo até ele...

– John Charles Vogel, cale a boca neste instante ou vou lhe dar uma surra, seja ou não um policial de 24 anos.

Nesse momento alguém começou a chamar pelo rádio; fingi um enorme bocejo. Johnny se virou e sorriu.

– Pondo o sono em dia, bela adormecida? – perguntou, espalhando o seu legendário mau hálito.

Meu primeiro impulso foi tomar satisfações sobre aquela bravata de que podia acabar comigo, mas o meu senso de diplomacia profissional me conteve.

– É, fui dormir tarde.

Johnny piscou sem conseguir o efeito desejado.

– Eu também adoro uma boa trepada. Uma semana sem e fico louco, subindo pelas paredes.

O transmissor zuniu:

– ...repetindo, 10-A-94, dê sua localização.

Fritzie agarrou o microfone.

– 10-A-94, estamos na esquina de Victory com Saticoy.

– Fale com o barman do Caledonia Lounge, na Victory com Valley View. Linda Martin, procurada, foi vista lá agora. Urgente.

Fritzie ligou a sirene e pisou no acelerador. Os carros à frente se afastavam para o meio-fio; fomos avançando a toda na pista do meio. Fiz uma prece ao Deus Calvinista em que acreditava quando criança: não deixe a tal de Martin mencionar Madeleine Sprague. A avenida Valley View apareceu no vidro da frente; Fritzie virou bruscamente à direita, desligando a sirene em frente a uma cabana de falso bambu.

A porta do bar, também de falso bambu, foi escancarada violentamente; Linda Martin/Lorna Martilkova, com uma cara tão limpa e novinha quanto na foto, saiu porta afora apressadamente. Saí do carro aos trambolhões e cheguei à calçada correndo, com Vogel lufando e bufando atrás de mim. Linda/Lorna corria como um antílope, apertando uma bolsa gigantesca contra o peito; diminuí a distância entre nós correndo a toda. A garota chegou a uma rua transversal muito movimentada e se atirou no meio do tráfego, os carros desviando para não bater nela. Em seguida ela olhou por cima do ombro; esquivei-me de um caminhão de cerveja e de uma motocicleta em rota de colisão, respirei fundo e me lancei à frente. A garota tropeçou ao tentar subir na calçada, a bolsa saiu voando, dei um pulo final e a agarrei.

Ela ergueu-se na calçada cuspindo e batendo em meu peito; agarrei seus punhos minúsculos, puxei-os para as suas costas e algemei os pulsos. Lorna tentou chutar então, desferindo pequenos chutes certeiros em minhas pernas. Um pontapé acertou minha tíbia; a garota, desequilibrada por causa das algemas, caiu de bunda no chão. Ajudei-a a levantar, levando uma bela cuspida na frente da camisa. Lorna gritou:

– Sou menor e se me tocar sem uma supervisora do Juizado de Menores posso processar você!

Recuperando o fôlego, empurrei-a até onde a bolsa caíra. Recolhi-a, surpreso com o volume e o peso. Olhando dentro, vi uma latinha de filme.

– Que filme é esse? – perguntei.

A garota gaguejou:

– Po-por favor, senhor, me-meus pais.

Uma buzina soou; vi Johnny Vogel se inclinar para fora da janela do carro de patrulha.

– Millard disse para levar a garota para o Juizado de Menores da rua Georgia.

Arrastei Lorna e a joguei no banco traseiro. Fritzie ligou a sirene e saímos a toda.

A CORRIDA ATÉ O CENTRO de Los Angeles durou 35 minutos. Millard e Sears nos aguardavam nos degraus da frente do Juizado de Menores da rua Georgia. Conduzi a garota enquanto Vogel e Vogel avançavam à frente. Supervisoras e policiais do Juizado abriram caminho para nós lá dentro; Millard abriu uma porta com a inscrição interrogatório dos detidos. Retirei as algemas dos pulsos de Linda, Sears entrou na sala, puxou cadeiras e arrumou cinzeiros e blocos de anotações.

– Johnny – ordenou Millard –, volte à Delegacia da Universidade e atenda os telefonemas.

O moço gordo ia protestar, mas olhou para o pai. Fritzie fez que sim com a cabeça; Johnny saiu, com um ar ferido. Fritzie anunciou:

– Vou telefonar ao Sr. Loew. Ele deve estar presente nessa ocasião.

– Não – disse Millard. – Não até obtermos uma declaração.

– Entregue-a a mim. Conseguirei uma declaração para vocês. – Uma declaração voluntária, sargento.

Fritzie enrubesceu.

– Considero isso um insulto nojento, Millard.

– Considere a droga que quiser, mas faça a droga que eu disser pra fazer, com o Sr. Loew ou sem ele.

Fritz Vogel permaneceu completamente imóvel. Parecia uma bomba humana pronta para explodir, sendo a sua voz o estopim:

– Você se prostituía junto com a Dália, não é, mocinha? Você e ela vendiam as bocetinhas. Conte-me onde esteve durante os últimos dias dela.

– Vá se foder, Charlie – respondeu Lorna.

Fritzie avançou em sua direção; Millard se interpôs entre eles.

– Deixe que eu faço as perguntas, sargento.

Se um alfinete caísse naquele momento poderíamos ouvir o barulho. Vogel ficou frente a frente com Millard. Os segundos se alongaram, e então Fritzie guinchou:

– Você é um maldito bolchevique, um coração mole.

Millard deu um passo em frente; Vogel deu um passo para trás.

– Saia, Fritzie.

Vogel deu três passos para trás. Seus tornozelos bateram na parede e ele deu meia-volta em direção à porta, batendo-a. O eco reverberou; Harry desarmou os restos da bomba:

– Como se sente estando no centro de todo esse alvoroço, Srta. Martilkova?

– Sou Linda Martin – declarou a garota, e ficou puxando as pregas da saia.

Sentei-me numa cadeira. Meus olhos se cruzaram com os de Millard e apontei para a bolsa sobre a mesa, com a lata do filme saindo para fora. O tenente concordou com um gesto de cabeça e sentou-se junto a Lorna.

– Sabe que é sobre Betty Short, não sabe, meu anjo?

A garota baixou a cabeça e começou a fungar; Harry estendeu-lhe um lenço de papel. Ela o rasgou em tiras e se pôs a alisá-las sobre a mesa.

– Isso significa que vou ter de voltar para a minha família?

Millard balançou a cabeça.

– É.

– Meu pai bate em mim. É um eslovaco idiota, fica bêbado e me bate.

– Meu anjo, quando voltar a Iowa estará sob vigilância judiciária. Diga ao policial responsável que seu pai bate em você e ele colocará um ponto final nisso num instante.

– Se meu pai descobrir o que fiz em Los Angeles, vai me bater pra valer.

– Ele não vai descobrir, Linda. Falei para aqueles outros dois policiais saírem para ter certeza de que isso seria confidencial.

– Se me mandar de volta para Cedar Rapids, simplesmente vou fugir de novo.

– Sei que vai. Agora, quanto mais cedo nos contar o que queremos saber sobre Betty e quanto mais cedo acreditarmos em você, mais cedo estará no trem e poderá escapar. Aí tem você uma boa razão para ser sincera conosco, não é, Linda?

A garota voltou a brincar com o lenço de papel. Senti que o pequeno cérebro exausto considerava todos os ângulos, todas as saídas possíveis. Finalmente, suspirou.

– Chame-me de Lorna. Se vou voltar a Iowa, é melhor me acostumar.

Millard sorriu; Harry Sears acendeu um cigarro e ajeitou a caneta sobre o bloco de estenografia. Meu coração palpitava ao ritmo de "Madeleine não, Madeleine não, Madeleine não".

– Lorna, está pronta para falar conosco? – perguntou Russ.

A ex-Linda Martin respondeu:

– Manda ver.

– Quando e onde conheceu Betty Short? – perguntou Millard.

Lorna amarrotou as tiras de lenço de papel.

– No último outono, naquela pensão de moças na Cherokee.

– North Cherokee, 1.842?

– Ah-hã.

– E se tornaram amigas?

– Ah-hã.

– Diga sim ou não, por favor, Lorna.

– Sim, nos tornamos amigas.

– O que vocês faziam juntas?

Lorna mordeu as cutículas.

– Batíamos papos sobre assuntos de garotas, circulávamos entre o pessoal do cinema, filávamos drinques e jantares nos bares...

Interrompi:

– Que tipo de bar?

– O que quer dizer?

– Quero dizer, bons lugares? Espeluncas? Bares frequentados por soldados?

– Ah. Bares em Hollywood. Bares onde achávamos que ninguém ia me pedir carteira de identidade.

Meu coração desacelerou.

– Contou a Betty sobre a casa de cômodos na Orange Drive, onde você estava morando, certo?

– Ah-hã. Quero dizer, sim.

– Por que Betty se mudou da casa da rua Cherokee?

– Tinha gente demais, e ela tinha pedido emprestado às garotas de lá um dólar aqui outro ali, e todas estavam furiosas com ela.

– Havia alguma especialmente furiosa?

– Não sei.

– Tem certeza de que Betty não se mudou por causa de algum problema com namorado?

– Tenho.

– Lembra-se dos nomes de alguns dos homens com quem Betty andou saindo no último outono?

Lorna deu de ombros.

– Eram só casos de uma noite.

– E os nomes, Lorna?

A garota contou nos dedos, parando ao chegar ao três.

– Bom, havia aqueles dois rapazes do Orange Drive, Don Leyes e Hal Costa, e um marinheiro chamado Chuck.

– Chuck de quê? Lembra-se do sobrenome?

– Não, mas sei que era suboficial da artilharia, de segunda classe.

Millard ia fazer outra pergunta, mas ergui a mão para interrompê-lo.

– Lorna, conversei com Marjorie Graham outro dia, e ela disse que contou a você que a polícia iria a Orange Drive para conversar com os moradores sobre Betty. Aí você fugiu. Por quê?

Lorna mordeu um pedaço da unha e chupou a ferida.

– Porque sabia que se o meu retrato saísse no jornal como amiga de Betty meus pais veriam e fariam a polícia me levar para casa.

– Para onde foi quando fugiu?

– Encontrei um cara num bar e consegui que me alugasse um quarto num motel do Valley.

– Você...

Millard silenciou-me com um gesto de mão:

– Disse que você e Betty circulavam entre o pessoal do cinema. Conseguiram trabalho em algum filme?

Lorna entrelaçou os dedos sobre o colo.

– Não.

– Então pode me dizer o que há nessa lata de filme em sua bolsa?

Com os olhos no chão e vertendo lágrimas, Lorna Martilkova sussurrou:

– Um filme.

– Um filme de sacanagem?

Lorna aquiesceu silenciosamente. As lágrimas da garota eram agora rios de rímel; Millard estendeu-lhe um lenço.

– Meu anjo, você vai ter de nos contar a história toda, desde o princípio. Então pense bem em tudo, não se apresse. Bucky, traga-lhe um copo d'água.

Saí da sala, achei um bebedouro e um porta-copos no saguão, enchi um copo de papel bem grande e retornei com ele. Lorna estava falando com brandura quando coloquei o copo de papel à sua frente.

– ...e eu estava descolando drinques nesse bar em Gardena. Esse mexicano – Raoul, Jorge ou sei lá o quê – começou a conversar comigo. Eu achava que estava grávida, e estava precisando desesperadamente de dinheiro. Ele falou que me daria 200 dólares para aparecer nua num filme.

Lorna parou, bebeu a água de um gole só, respirou fundo e continuou:

– O cara falou que precisava de outra garota, então liguei para Betty lá na Cherokee. Ela aceitou e o mexicano e eu fomos pegá-la. Ele nos encheu de maconha, acho que porque tinha medo que a gente ficasse assustada e desistisse. Fomos até Tijuana, e fizemos o filme numa casa grande, fora da cidade. O mexicano operou as luzes e a câmera, nos disse o que fazer e nos trouxe de volta a Los Angeles e essa é a história toda, desde o princípio, então agora vai chamar os meus pais?

Olhei para Russ, depois para Harry; fitavam a garota, impassíveis. Querendo preencher as lacunas da minha pista particular, indaguei:

– Quando fez o filme, Lorna?

– Perto do dia de Ação de Graças.

– Pode descrever-nos esse mexicano?

Lorna baixou os olhos.

– Era só um mexicano nojento. Uns 30 ou 40 anos, não sei. Estava chapada, não me lembro muito bem.

– Parecia especialmente interessado em Betty?

– Não.

– Tocou em alguma de vocês? Foi rude com vocês? Fez propostas?

– Não. Só nos mandou virar de um lado ou de outro.

– Juntas?

– Sim – choramingou Lorna.

Meu sangue ferveu. Minha voz soou estranha a meus próprios ouvidos, como se fosse um boneco de ventríloquo.

– Então não era só um filme de nudez? Eram você e Betty transando, como lésbicas?

Lorna deu um pequeno soluço seco e concordou; pensei em Madeleine e fui em frente, esquecendo-me de aonde aquilo poderia nos levar.

– Você é sapatão? Betty era? Anda nos bares das lésbicas? Millard vociferou:

– Bleichert, chega!

Lorna se inclinou para a frente na cadeira, agarrou o tira bonzinho e paternal e abraçou-o com força. Russ olhou para mim e fez um sinal baixando a palma da mão devagar, como um maestro pedindo para a orquestra silenciar. Acariciou a cabeça da garota com a mão livre e ergueu o dedo para Sears.

A garota choramingou:

– Não sou lésbica, não sou lésbica, foi só daquela vez.

Millard embalou-a como se fosse um bebê.

– Betty era lésbica, Lorna? – perguntou Sears.

Contive a respiração. Lorna enxugou os olhos na frente do paletó de Millard e olhou para mim.

– Não sou sapatão, e Betty também não era. Só andávamos em bares normais, e foi só essa vez do filme, porque estávamos duras e chapadas, e se isso for parar no jornal meu pai vai me matar.

Lancei um olhar para Millard, senti que ele tinha engolido, e tive a forte sensação de que todos os aspectos do caso referentes a lesbianismo eram só casuais.

– O mexicano deu um visor a Betty? – perguntou Harry.

– Deu – murmurou Lorna, com a cabeça no ombro de Millard.

– Lembra-se do carro dele? Da marca, da cor?

– Acho... acho que era preto, e velho.

– Lembra-se do bar onde o encontrou?

Lorna ergueu a cabeça; vi que as lágrimas haviam secado.

– Acho que foi no Aviation Boulevard, perto daquelas fábricas de aviões.

Dei um gemido; aquela parte de Gardena era mais de 1,50 quilômetro de bares com música, salões de pôquer e casas de prostituição protegidas pela polícia.

– Quando viu Betty pela última vez? – perguntou Harry.

Lorna voltou para a sua cadeira, segurando-se para não dar novamente vazão às emoções – uma reação que indicava uma dureza incomum numa menina de 15 anos.

– A última vez que vi Betty foi há duas semanas. Logo antes dela se mudar para Orange Drive.

– Sabe se Betty viu o mexicano de novo?

Lorna roeu o esmalte lascado das unhas.

– O mexicano era um desses caras que somem na mesma noite. Ele pagou a gente, nos trouxe de volta a Los Angeles e foi embora.

Interferi:

– Mas você o viu de novo, certo? Não poderia ter feito uma cópia do filme antes de voltarem de Tijuana.

Lorna examinou as unhas.

– Fui procurá-lo em Gardena, quando li sobre Betty nos jornais. Ele estava para voltar ao México, e consegui que me desse uma cópia do filme. Entende... ele não leu os jornais, não sabia que de repente Betty ficou famosa. Entende... imaginei que um filme de sacanagem com a Dália Negra agora é artigo de colecionador, e se a polícia tentasse me mandar de volta para a casa de meus pais eu poderia vendê-lo e contratar um advogado para combater a minha extradição. Vão me devolver, não vão? Não vão deixar as pessoas vê-lo?

Dizem que a verdade vem da boca das crianças...

– Você voltou a Gardena e encontrou o cara de novo? – perguntou Harry.

– Ah-hã. Quero dizer, sim.

– Onde?

– Num daqueles bares perto das fábricas de aviões.

– Pode descrever o local?

– Era escuro, com luzes piscando na frente.

– E ele lhe deu de boa vontade uma cópia do filme? Sem nada em troca?

Lorna olhou para o chão.

– Transei com ele e com seus amigos.

– Pode nos dar uma descrição melhor dele, então?

– Era gordo e tinha um cacete pequeno! Era feio, e os amigos dele também!

Millard indicou a porta a Sears; Harry saiu na ponta dos pés.

– Vamos tentar manter isso fora dos jornais e vamos destruir o filme – declarou Russ. – Mais uma pergunta antes que a supervisora a leve para o seu quarto. Se formos a Tijuana, acha que consegue achar a casa onde o filme foi rodado?

Sacudindo a cabeça, Lorna falou:

– Não. Não quero ir àquele lugar horrível. Quero ir pra casa.

– Para que seu pai bata em você?

– Não, para que eu possa fugir de novo.

Sears retornou com uma supervisora; a mulher levou embora a dura/suave/patética/petulante Linda/Lorna. Harry, Russ e eu nos entreolhamos; a tristeza da garota me sufocava. Finalmente, o mais graduado de nós falou:

– Comentários?

Harry arriscou primeiro:

– Está se protegendo do mexicano e do bar de Tijuana. Provavelmente ele a espancou e a forçou a transar com ele e ela tem medo de represálias. Fora isso, assino embaixo da história dela.

Russ sorriu.

– E quanto a você, espertinho?

– Ela está escondendo o jogo na questão do mexicano. Acho que devia estar transando com ele regularmente, e agora está protegendo-o de uma acusação de crime contra a moral. Aposto também que o cara é branco, que esse papo de mexicano é fachada para combinar com a história de Tijuana – na qual acredito – porque o lugar é um lixo, e a maior parte dos vendedores de filmes de sacanagem que prendi quando trabalhava na patrulha pegava seu material lá.

Millard piscou *à la* Lee Blanchard.

– Bucky, hoje você está mais espertinho do que nunca. Harry, quero que fale com o tenente Waters. Diga-lhe para segurar a incomunicabilidade da garota por 72 horas. Quero uma cela individual para ela, e quero que Meg Caufield seja destacada de Wilshire para bancar a companheira de cela. Diga a Meg para dar uma boa sondada nela e nos relatar tudo a cada 24 horas.

– Quando acabar isso – continuou –, ligue para o Setor de Pesquisa e Investigação e para a Divisão de Costumes pedindo as fichas de todos os caras brancos ou mexicanos com condenações por pornografia, depois ligue para Vogel e Koenig e mande-os para Gardena a fim de verificarem os bares à procura do cara do filme de Lorna. Telefone também para o departamento e conte ao capitão Jack que temos um filminho de Dália para assistir. A seguir ligue para o *Times* e passe-lhes a informação sobre o cara do filme de sacanagem antes que Ellis Loew suma com a evidência. Dê a eles Fulana de Tal como nome em vez de Lorna, faça com que acrescentem um apelo pedindo informações a respeito de filmes pornôs e arrume as malas, porque estamos indo para Dago e Tijuana no fim desta noite.

– Russ, sabe que é um tiro no escuro – falei.

– O maior deles, desde que você e Blanchard se bateram até virarem panquecas e se tornaram parceiros, espertinho. Vamos ter filminho pornô esta noite na Prefeitura.

UM PROJETOR E UMA TELA já haviam sido instalados na sala de reuniões; um elenco de primeira esperava por um filme pornô com elenco de primeira. Lee, Ellis Loew, Jack Tierney, Thad Green e o próprio Chefe de Polícia, C.B. Horrall, estavam sentados diante da tela; Millard entregou a lata de filme ao ajudante de escrivão que manejava o projetor, murmurando:

– Cadê a pipoca?

O grande chefe se aproximou e apertou calorosamente a minha mão.

– É um prazer, senhor – falei.

– Igualmente, Sr. Gelo, e minha esposa envia-lhe agradecimentos atrasados pelo aumento de salário que o senhor e o Sr. Fogo nos proporcionaram. – Indicou-me uma cadeira ao lado de Lee. – Luzes! Câmera! Ação!

Sentei ao lado de meu parceiro. Lee parecia tenso, mas não dopado. Tinha um *Daily News* aberto no colo; vi "Cérebro do assalto do Boulevard-Citizens será libertado amanhã – Seguirá para Los Angeles após oito anos de prisão". Lee deu uma olhada em meu péssimo estado:

– E aí?

Ia responder quando as luzes se apagaram. Uma imagem borrada chegou à tela; a fumaça de cigarro a envolveu. Um título surgiu – *Escravas do inferno* –, e depois um quarto amplo, de teto alto e com hieróglifos egípcios nas paredes entrou em cena em preto e branco opaco. Pilares com a forma de serpentes enroladas estavam colocados por todo o quarto; a câmera deu um *close* em duas serpentes de argamassa engolindo suas caudas reciprocamente. Então as serpentes se fundiram em Betty Short, só de meias, executando pessimamente uma dança sensual.

Apertei uma perna contra a outra; ouvi Lee respirar bem fundo. Um braço entrou na tela, passando um objeto cilíndrico para Betty. Ela o pegou; a câmera se aproximou. Era um pênis artificial, coberto de escamas, com presas de serpente saindo da grande cabeça circuncidada. Betty colocou-o na boca e chupou-o, os olhos bem abertos e esgazeados.

Houve um corte abrupto, e então Lorna, nua, apareceu deitada num divã, com as pernas abertas. Betty entrou em cena. Ajoelhou-se entre as pernas de Lorna, enfiou o pênis artificial nela e simulou sexo com ele. Lorna se dobrou e girou os quadris, a tela saiu de foco, houve mais um corte e um *close* – Lorna se contorcendo num êxtase simulado. Até uma criança de 2 anos poderia dizer que seu rosto se contorcia para conter os gritos. Betty reapareceu na tela, entre as coxas de Lorna.

Ela olhou para a câmera, articulando com os lábios "Não, por favor". Mas sua cabeça foi empurrada para baixo e ela passou a língua junto ao pênis artificial numa tomada tão próxima que cada detalhe hediondo parecia aumentado dez milhões de vezes.

Tive vontade de fechar os olhos, mas não consegui. Junto a mim, o chefe Horrall dizia calmamente:

– Russ, o que acha? Acha que isso tem alguma coisa a ver com o assassinato da garota?

Millard respondeu com a voz rouca.

– É um tiro no escuro, chefe. O filme foi feito em novembro e, pelo que esta menina Martilkova disse, o mexicano não tinha pinta de assassino. Mas tem de ser verificado. Talvez o mexicano tenha mostrado o filme a alguém, e essa pessoa tivesse um caso com Betty. O que eu...

Lee deu um pontapé na cadeira e gritou:

– Que se foda se ele não a matou! Mandei escoteiros para a sala verde por muito menos do que isso! Se vocês não vão fazer alguma coisa a respeito disso, eu vou!

Todos ficaram paralisados, em estado de choque. Lee ficou de pé diante da tela, piscando devido à luz branca em seus olhos. Virou-se e deu fim àquela obscenidade com um puxão; a tela e o tripé foram ao chão com grande estrondo. Betty e Lorna continuavam a transar sobre um quadro-negro com inscrições em giz. Lee saiu da sala correndo. Ouvi o projetor ser jogado ao chão atrás de mim; Millard berrou:

– Bleichert, vá atrás dele!

Levantei, tropecei, levantei de novo e saí a toda da sala de reuniões, vendo o vulto de Lee entrar no elevador no fim do saguão. Quando as portas se fecharam e o elevador desceu, corri para as escadas, arremessei-me escada abaixo por seis lances e saí para o estacionamento a tempo de ver Lee cantar pneus e arrancar rumo ao norte da Broadway. Havia uma série de carros de radiopatrulha sem identificação alinhados no lado ocupado pelo departamento; avancei e verifiquei sob o assento do motorista do carro mais próximo. As chaves estavam bem ali. Liguei a ignição, pisei no acelerador e mandei ver.

Ganhei terreno rapidamente, chegando na traseira do Ford de Lee quando passou para a pista do meio na Sunset, rumando para oeste. Toquei a buzina três vezes; ele respondeu tocando a buzina no código do DPLA, que queria dizer "Policial em Perseguição". Os carros abriam para deixá-lo passar – não havia nada que eu pudesse fazer além de tocar a minha buzina e ficar grudado à sua traseira.

Saímos a toda do centro da cidade, atravessamos Hollywood e o Cahuenga Pass até o Valley. Virando no Ventura Boulevard, todos os meus fantasmas saíram do túmulo para me assombrar: estávamos próximos ao quarteirão dos bares das lésbicas. Quando Lee parou o Ford de repente num estacionamento bem no meio do quarteirão, senti-me sufocar num acesso de pânico e pensei: Ele não tem como saber sobre a minha garota rica, não é possível; o filme das lésbicas deve ter virado a cabeça dele.

Em seguida Lee saiu do carro e entrou pela porta do La Verne's Hideaway. Um pânico pior ainda me fez pisar no freio e dei um cavalo de pau com o carro, subindo na calçada; os pensamentos que fervilhavam em minha mente, sobre Madeleine e a supressão de provas, impeliram-me a entrar na espelunca atrás de meu parceiro.

Gritando palavrões, Lee encarava cabines cheias de machonas e suas doces amiguinhas. Vasculhei o lugar com os olhos à procura de Madeleine e da balconista que eu tinha posto contra a parede; não vendo nenhuma delas, criei coragem para nocautear meu melhor amigo.

– Bando de sapatões, suas putas, viram ou não um filminho chamado *Escravas do inferno?* Compram merdas pornôs de um mexicano gordo de uns 40 anos? Vocês...

Agarrei Lee por trás e o fiz dar meia-volta em direção à porta. Seus braços estavam tensos e as costas arqueadas, mas consegui usar o seu peso contra ele mesmo. Saímos pela porta cambaleando, depois nos enroscamos numa confusão de pernas e braços e caímos na calçada. Mantive-o preso com todas as forças até ouvir uma sirene se aproximar e perceber que Lee não estava resistindo – permanecia ali deitado só murmurando "Parceiro, parceiro", sem parar.

A sirene gritou mais alto, depois se extinguiu; ouvi portas de carro batendo. Desvencilhei-me de Lee e ajudei-o a se erguer; estava mole como uma boneca de pano. Então vi Ellis Loew parado ali.

Loew tinha um ódio assassino nos olhos. Ocorreu-me que a explosão de Lee era resultado de sua estranha castidade, de uma semana cheia de mortes e drogas e, para encerrar, daquele filme pornográfico. Vendo-me seguro, coloquei o braço em torno do ombro de meu parceiro.

– Sr. Loew, foi aquele filme maldito. Lee achou que as lésbicas aqui poderiam nos dar uma pista sobre o mexicano.

– Bleichert, cale a boca – rosnou Loew, e voltou a sua ira aveludada contra Lee. – Blanchard, eu trouxe você para a Capturas. Você trabalha para mim, e me fez fazer papel de bobo na frente dos dois homens mais importantes do departamento. As lésbicas não têm nada a ver, as garotas estavam drogadas e odiaram fazer aquilo. Dessa vez eu o defendi diante de Horrall e Green, mas não sei se fiz bem, no fim das contas. Se você não fosse o Sr. Fogo, o Grande Lee Blanchard, já estaria suspenso. Deixou-se envolver de modo pessoal no caso Short, e essa é uma falta de profissionalismo que não vou tolerar. Você vai voltar às suas tarefas em Capturas amanhã de manhã. Apresente-se às 8 horas e traga cartas formais de desculpas ao chefe Horrall e ao chefe Green. Se quiser um dia receber sua pensão, aconselho o a baixar a cabeça e obedecer.

Lee, com o corpo todo mole, falou:

– Quero ir a Tijuana procurar o cara do filme de sacanagem.

Loew sacudiu a cabeça.

– Nas atuais circunstâncias, julgo esse pedido ridículo. Vogel e Koenig irão a Tijuana, você voltará para Capturas e Bleichert, você permanece no caso Short. Tenham um bom dia, policiais.

Loew precipitou-se para dentro de sua viatura; o guarda que dirigia deu meia-volta e entrou no meio do tráfego.

– Tenho de falar com Kay – disse Lee.

Concordei. Uma radiopatrulha do gabinete do xerife passou por nós, com o tira do lado do passageiro mandando beijinhos para as lésbicas paradas à porta do bar. Lee andou em direção ao seu carro murmurando:

– Laurie, Laurie, oh, minha querida.

13

Apareci no escritório às 8 horas do dia seguinte, querendo acalmar Lee pela ignomínia de seu retorno à Equipe de Capturas e compartilhar da dieta de humilhação a que Ellis Loew certamente iria submetê-lo. Havia bilhetes idênticos do chefe Green sobre nossas escrivaninhas: "Apresente-se ao meu escritório amanhã, 22/1/1947, às 18 horas." As palavras escritas a mão pareciam um mau presságio.

Lee não se apresentou às 8 horas; fiquei sentado em minha escrivaninha durante a hora que se seguiu, imaginando-o preocupado com a libertação de Bobby De Witt, prisioneiro de seus próprios fantasmas – e com a caça aos fantasmas proibida, agora que tinha sido afastado do caso Dália. Através das finas divisórias do escritório do promotor, escutei Loew protestando e argumentando ao telefone junto aos diretores do *Mirror* e do *Daily News* – jornais republicanos simpáticos, segundo os boatos, às suas aspirações políticas. A essência do papo era que ele iria ajudá-los a aniquilar o *Times* e o *Herald* com informações em primeira mão sobre o caso Dália com a condição de que amenizassem a sua cobertura a respeito do comportamento leviano de Betty Short e a pintassem como uma jovem doce, mas mal-orientada. Pelas despedidas confiantes do figurão, percebi que os diretores tinham topado, aceitando o lema de Loew de que "Quanto mais simpatia atrairmos para a garota, mais força teremos quando eu processar o assassino".

Quando chegaram, às 10 horas, sem trazer nenhum sinal de meu parceiro, entrei na sala de reuniões e li a volumosa pasta de arquivos sobre E. Short, querendo me certificar de que o nome de Madeleine não aparecia ali. Duas horas e duzentas páginas de formulário mais tarde, pude ter essa certeza – o nome dela não estava listado entre as centenas de pessoas interrogadas, nem tinha sido apontado por informantes. A única menção a lésbicas partia de gente obviamente pirada – maníacos religiosos transmitindo pistas anônimas por telefone, denunciando membros das seitas rivais como "freiras lésbicas que haviam sacrificado a moça ao papa Pio XII" e "lésbicas realizando rituais comunistas anticristo".

Perto do meio-dia, Lee ainda não tinha dado o ar de sua graça. Telefonei para a casa, para a Delegacia da Universidade e para o Hotel El Nido, sem nenhum sucesso. Querendo parecer ocupado para que ninguém me mandasse trabalhar, fiquei rondando o quadro de avisos lendo relatórios.

Russ Millard havia compilado um novo relatório atualizado antes de partir para San Diego e Tijuana na noite anterior. Afirmava que ele e Harry Sears iriam verificar os arquivos do Setor de Pesquisa e Investigação, a P&I, e da Delegacia de Costumes relativos a condenados ou suspeitos de trabalhar com pornografia, e procurariam o local de filmagem do pornô em Tijuana. Vogel e Koenig não tinham conseguido localizar o "mexicano" de Lorna Martilkova em Gardena e seguiam também para Tijuana para trabalhar na questão do filme pornô. A audiência do Juiz de Instrução tinha se realizado no dia anterior; a mãe de Elizabeth Short estava presente e identificou o corpo. Marjorie Graham e Sheryl Saddon testemunharam sobre a vida de Betty em Hollywood, Red Manley sobre como tinha trazido Betty de Dago e a deixado na frente do Hotel Biltmore em 10 de janeiro. A operação de esquadrinhamento da área ao redor do Biltmore não havia localizado até o momento qualquer testemunha que dissesse tê-la visto, os registros de maníacos sexuais condenados e de agressores sexuais fichados ainda estavam sendo analisados, os quatro malucos que confessaram ainda estavam presos na cadeia municipal aguardando verificação de álibis, exame psiquiátrico e mais interrogatórios. O circo continuava a todo vapor, jorravam pistas por telefone que resultavam em interrogatórios em terceira, quarta ou quinta mão – policiais conversando com pessoas que conheciam pessoas que conheciam pessoas que conheciam a ilustre Dália. Agulhas no palheiro, do princípio ao fim.

O pessoal que trabalhava nas escrivaninhas lançava-me olhares que me acusavam de estar fazendo corpo mole, então voltei ao meu cubículo. Madeleine me veio à lembrança subitamente; peguei o telefone e liguei para ela.

– Residência dos Sprague – ela disse ao terceiro toque.

– Sou eu. Quer me ver?

– Quando?

– Agora. Chego aí em 45 minutos.

– Não venha até aqui, papai está tendo uma reunião de negócios. Encontro você no Red Arrow?

Suspirei.

– Eu tenho um apartamento, sabia?

– Só transo em motéis. É uma das minhas idiossincrasias de moça rica. Quarto 11 em 45 minutos?

– Estarei lá – respondi, e desliguei.

Ellis Loew bateu na divisória.

– Vá trabalhar, Bleichert. Ficou enrolando a manhã toda, e está me dando nos nervos. E quando encontrar o seu parceiro fantasma, diga-lhe que seu joguinho lhe custou três dias de salário. Agora pegue um carro de radiopatrulha e se mande.

Me mandei direto para o motel. O Packard de Madeleine estava estacionado na aleia atrás dos bangalôs; a porta do quarto 11 não estava trancada. Entrei, senti o perfume dela e forcei os olhos para enxergar na escuridão até ser recompensado com uma risadinha. Enquanto me despia, meus olhos se acostumavam com a falta de luz; vi Madeleine – uma baliza nua sobre uma colcha esfarrapada.

Juntamo-nos com tanta violência que as molas da cama tocaram no chão. Madeleine foi cobrindo de beijos todo o meu corpo, de cima a baixo até chegar entre minhas pernas, me fez ficar duro e se virou rapidamente de costas. Entrei nela pensando em Betty e naquele pau imitando uma serpente, então o risquei da mente, concentrando-me no papel de parede rasgado diante de meus olhos. Queria ir devagar, mas Madeleine arquejou:

– Não segure, estou pronta.

Fui com tudo, fazendo nossos corpos se chocarem um contra o outro, com as mãos apoiadas na grade da cama. Madeleine fechou as pernas em torno de minhas costas, puxou a grade para cima de sua cabeça e empurrou, puxou e girou contra o meu corpo. Gozamos com intervalo de alguns segundos, movendo-nos num longo e avassalador contraponto; quando minha cabeça caiu sobre o travesseiro, eu o mordi para estancar o tremor.

Madeleine saiu deslizando debaixo de mim.

– Amor, você está bem?

Eu estava vendo aquela cobra. Madeleine fez cócegas em mim; virei-me e olhei para ela para espantar o pesadelo.

– Sorria para mim. Seja doce e terna.

Madeleine me deu um sorriso de Pollyanna. O seu batom vermelho borrado me lembrava o sorriso de morte da Dália; fechei os olhos e apertei-a com força. Ela acariciou minhas costas suavemente, murmurando:

– Bucky, o que foi?

Fitei as cortinas na parede mais distante.

– Pegamos Linda Martin ontem. Ela tinha uma cópia de um filme de sacanagem na bolsa, com ela e Betty Short transando como lésbicas. O filme foi rodado em Tijuana e era chocante. Fiquei chocado, e meu parceiro mais ainda.

Madeleine interrompeu as carícias.

– Linda mencionou o meu nome?

– Não, e verifiquei os arquivos do caso. Não há nenhuma menção àquela história que você aprontou, do bilhete com o seu telefone. Mas colocaram uma polícia feminina na cela da garota para extrair informações, e se ela abrir o bico, você está frita.

– Não estou preocupada, amor. Linda provavelmente nem se lembra de mim.

Desloquei-me até uma posição de onde pudesse observar Madeleine de perto. O batom se espalhava como uma mancha de sangue, e eu o removi com o travesseiro.

– Querida, estou ocultando provas por sua causa. É um preço bem barato pelo que estou ganhando, mas mesmo assim me apavora. Então é melhor que você não tenha mesmo nenhuma culpa no cartório. Vou perguntar uma vez só. Existe ainda alguma coisa que não tenha me contado sobre você, Betty e Linda?

Madeleine passou os dedos pelo meu tórax, explorando as cicatrizes da minha luta contra Blanchard.

– Querido, Betty e eu fizemos amor uma vez, naquela única vez em que nos encontramos, no último verão. Fiz isso só para ver como seria estar com uma garota que parecia tanto comigo.

Senti como se estivesse afundando; como se a cama estivesse saindo debaixo de mim. Via Madeleine como se ela estivesse no final de um túnel comprido e eu a observasse através de algum truque de câmera bizarro.

– Bucky, foi só isso, juro que foi só isso – ela falava, e sua voz vinha, trêmula, de um lugar profundo e que eu não conseguia identificar. Levantei e me vesti, e só quando arrumei meu 38 e as algemas foi que senti como se estivesse saindo da areia movediça.

– Fique, amor, fique – suplicou Madeleine; saí porta afora antes que pudesse sucumbir. Em meu carro, liguei o rádio em busca de um bom e velho ruído policial que me distraísse. O emissor gritou: "Código quatro todas as unidades na Creenshaw com a Stocker. Óbvio caso de arrombamento, dois mortos, suspeito morto, unidade 4-A-82 informa que suspeito é Raymond Douglas Nash, branco, sexo masculino, objeto de mandado de prisão número..."

Puxei o fio do rádio, liguei a ignição e a sirene e pisei no acelerador, tudo isso praticamente num só movimento. Arrancando, ouvi a voz de Lee tentando me acalmar dizendo "Não me diga que não sabe que a garota morta é um prato mais suculento do que Junior Nash"; enquanto acelerava a toda rumo ao centro, vi que eu tinha baixado a cabeça diante dos fantasmas de meu parceiro mesmo sabendo que o assassino de Oklahoma era um assassino de verdade, um monstro. Ao entrar espremido no estacionamento do prédio da Prefeitura, vi Lee me amaciando, lisonjeando, pressionando, puxando e me virando para cá e para lá para me fazer ir para onde queria; eu estava furioso quando corria para a delegacia.

Saí das escadarias berrando "Blanchard!". Dick Cavanaugh, que deixava a sala dos detetives, apontou para o banheiro. Chutei a porta; Lee estava lavando as mãos na pia.

Ergueu as mãos para mostrá-las a mim, com sangue escorrendo de cortes nos nós.

– Bati na parede. Em penitência por causa de Nash.

Não era o bastante. Deixei que a raiva tomasse conta de mim, estraçalhando meu melhor amigo até que minhas próprias mãos ficassem inutilizadas e ele caísse sem sentidos a meus pés.

14

Perder a primeira luta Bleichert x Blanchard fez com que eu me tornasse uma celebridade local, ganhasse o emprego em Capturas e 9 mil dólares em dinheiro vivo; ganhar a revanche proporcionou-me um deslocamento no pulso esquerdo e em dois nós dos dedos e um dia na cama, completamente tonto devido a uma reação alérgica às pílulas de codeína que o capitão Jack me deu quando soube do nocaute e me viu na minha salinha tentando colocar uma bandagem no pulso. A única coisa boa que adveio de minha "vitória" foi uma trégua de 24 horas no caso de Elizabeth Short; o pior ainda estava por vir – enfrentar Lee e Kay para ver se poderia salvar a união entre nós três sem ter de me rebaixar.

Fui até a casa na tarde de quarta-feira, o dia de me despedir de Dália e aniversário de uma semana da primeira aparição do célebre cadáver. A conversa com Thad Green estava marcada para as 18 horas daquela tarde, e se houvesse um jeito de acertar os ponteiros com Lee antes disso, tinha de ser tentado.

A porta da frente estava escancarada; a mesa do café ostentava um exemplar do *Herald* aberto nas páginas dois e três. Os detritos de minha vida confusa estavam espalhados por ali – a Dália, o rosto fino e comprido de Bobby De Witt voltando para casa, Junior Nash morto por um detetive do gabinete do xerife em folga depois de ter roubado uma quitanda japonesa, matando o proprietário e seu filho de 14 anos.

– Estamos famosos, Dwight.

Kay estava em pé no corredor. Eu ri; os nós de meus dedos feridos latejaram.

– Má fama, quem sabe. Onde está Lee?

– Não sei. Saiu ontem à tarde.

– Sabe que ele está numa encrenca, não sabe?

– Sei que você bateu nele.

Aproximei-me. Kay cheirava a cigarro, seu rosto estava manchado de choro. Abracei-a; ela também me abraçou e disse:

– Não o culpo por isso.

Enrolei-me em seus cabelos.

– De Witt provavelmente já está em Los Angeles. Se Lee não voltar até a noite, virei ficar com você.

Kay me empurrou para longe.

– Não venha, a não ser que queira dormir comigo.

– Kay, não posso.

– Por quê? Por causa da vizinha com quem está saindo? Lembrei da mentira que tinha pregado em Lee.

– É... não, não é isso. É só que...

– É só que o quê, Dwight?

Agarrei Kay para que não pudesse olhar dentro dos meus olhos e perceber que metade do que eu dizia era infantil, metade era mentira.

– É só que você e Lee são a minha família, e Lee é meu parceiro, e até resolvermos essa encrenca em que ele está metido e ver se ainda somos parceiros, você e eu juntos não é uma boa. A garota com quem estou me encontrando não é nada. Não significa nada para mim.

– Você simplesmente tem medo de qualquer coisa que não envolva lutas e policiais e armas e essa coisa toda – disse Kay, me abraçando com mais força. Deixei que me abraçasse, sabendo que ela tinha acertado na mosca. Depois me separei dela e segui para o centro, rumo "àquela coisa toda".

O RELÓGIO NA SALA de espera de Thad Green marcava 18 horas, e nada de Lee; às 18h01 a secretária de Green abriu a porta dele e me pediu que entrasse. O chefe dos detetives levantou os olhos, sentado atrás de sua escrivaninha.

– Onde está Blanchard? Era com ele que eu queria falar.

– Não sei, senhor – respondi, e fiquei em posição de descanso; Green me indicou uma cadeira. Sentei, e o chefe dos detetives me fitou com um olhar duro.

– Você tem cinquenta palavras no máximo para explicar o comportamento de seu parceiro na noite de segunda-feira. Vá em frente.

– Senhor, a irmã mais nova de Lee foi assassinada quando ele ainda era criança, e o caso Dália é, digamos, uma obsessão para ele. Bobby De Witt, o homem que ele mandou para a prisão no caso do Boulevard-Citizens, saiu ontem da cadeia, e há uma semana matamos aqueles quatro bandidos. O filme de sacanagem foi a gota-d'água. Lee ficou revoltado e armou aquela no bar das lésbicas porque achou que poderia conseguir uma pista sobre o cara que rodou o filme.

Green parou de balançar a cabeça em sinal de assentimento.

– Parece um advogado tentando justificar as ações de seu cliente. No meu departamento, ou o cara arruma a sua bagagem emocional quando coloca o distintivo ou cai fora. Mas para que saiba que não sou totalmente insensível, vou lhe dizer o seguinte. Vou suspender Blanchard e ele irá a julgamento pelo conselho, mas não por causa do acesso de raiva da noite de segunda-feira. Vou suspendê-lo por um memorando que ele apresentou afirmando que Junior Nash tinha saído de nossa jurisdição. Acho que era falso. O que acha, policial?

Senti minhas pernas amolecerem.

– Eu acreditei, senhor.

– Então não é tão inteligente quanto as suas notas na Academia me levaram a pensar. Quando vir Blanchard, diga-lhe para devolver o revólver e o distintivo. Você permanece na investigação do caso Short, e queira ter a bondade de não se meter em brigas de socos nas dependências da Prefeitura. Boa noite, policial.

Levantei-me, bati continência e sai do escritório dando meia-volta, mantendo a postura militar de marcha até chegar ao saguão da sala de reuniões. Pegando um telefone, liguei para a casa, para a Delegacia da Universidade e para o Hotel El Nido – tudo sem nenhum resultado. Então um pensamento sombrio passou pela minha cabeça, e disquei o número do escritório da condicional.

Um homem atendeu.

– Condicional do Condado de Los Angeles, em que posso ajudá-lo?

– Aqui é o policial Bleichert, do DPLA. Queria as coordenadas de um prisioneiro libertado recentemente.

– Pode falar, policial.

– Robert "Bobby" De Witt. Saiu de Quentin ontem.

– Fácil. Não se apresentou ainda ao responsável por sua condicional. Telefonamos à estação rodoviária de Santa Rosa e descobrimos que De Witt não comprou passagem para Los Angeles, e sim para San Diego, com conexão para Tijuana. Ainda não expedimos um mandado de prisão por violação da condicional. O responsável imagina que ele tenha ido a Tijuana para transar. Vai dar-lhe um tempo até amanhã para se apresentar.

Desliguei, aliviado por De Witt não ter vindo direto para Los Angeles. Pensando em dar umas voltas à procura de Lee, peguei o elevador para descer até o estacionamento e vi Russ Millard e Harry Sears andando em direção à escada dos fundos. Russ me viu e me chamou com o dedo; fui rapidinho.

– O que aconteceu em Tijuana? – perguntei.

Harry, com hálito de Sen-Sen, respondeu:

– Quanto ao filme pornô, um zero bem redondo. Procuramos a casa e não achamos, encostamos na parede alguns revendedores de pornôs. Outro zero redondinho. Fomos atrás de alguns conhecidos de Betty em Dago: triplo zero. Eu...

Millard pôs a mão no ombro do parceiro.

– Bucky, Blanchard está lá em Tijuana. Um patrulheiro da fronteira com quem conversamos o viu, reconheceu-o por causa de toda aquela propaganda da luta. Estava confabulando com um bando de Rurales mal-encarados.

Lembrei que De Witt tinha seguido para Tijuana e fiquei me perguntando por que Lee estaria conversando com a polícia mexicana.

– Quando?

– A noite passada – respondeu Sears. – Loew e Vogel e Koenig estão lá também, no Hotel Divisidero. Andaram falando com os tiras de Tijuana. Russ acha que estão procurando um mexicano para bode expiatório do caso Dália.

Lee espantou os demônios pornográficos de minha mente; vi-o sangrando a meus pés e estremeci.

– O que é uma babaquice, porque Meg Caufield conseguiu a informação correta sobre o cara do pornô com a Martilkova. É um cara branco, chamado Walter "Duke" Wellington. Verificamos a sua ficha na Divisão de Costumes e ele tem meia dúzia de condenações por proxenetismo e pornografia. Tudo muito bom, exceto pelo fato de que o capitão Jack recebeu uma carta de Wellington, com carimbo de três dias atrás. Ele está se escondendo, com medo de toda a publicidade em torno de Dália, e admite ter feito o filme com Betty Short e Lorna. Está com medo de ser acusado pelo assassinato, então enviou um álibi detalhado para os dias em que Betty esteve desaparecida. Jack verificou o álibi pessoalmente e é irrefutável. Wellington enviou uma cópia da carta ao Herald e eles vão publicá-la amanhã.

– Então Lorna estava mentindo para protegê-lo?

– Parece que é isso – concordou Sears. – Mas Wellington é procurado pelas velhas condenações de proxenetismo, e Lorna fechou o bico quando sacou qual era a de Meg. E aí é que está o X da questão: telefonamos a Loew para lhe dizer que a história do mexicano era furada, mas um camaradinha nosso dos Rurales falou que Vogel e Koenig ainda estão atrás de otários.

O circo estava se transformando numa farsa.

– Se a carta no jornal furar o plano mexicano deles, vão procurar bodes expiatórios aqui mesmo – falei. – É melhor não passarmos todas as informações para eles. Lee foi suspenso, mas fez cópias dos arquivos do caso e guardou-as num quarto de hotel em Hollywood. Devemos ficar com o quarto e usá-lo para guardar nosso material.

Millard e Sears concordaram balançando a cabeça devagar; de repente vi qual era o verdadeiro X da questão.

– O pessoal da condicional disse que Bobby De Witt comprou uma passagem para Tijuana. Se Lee está lá também, pode haver encrenca.

Millard estremeceu.

– Não gosto nada disso. De Witt é um cara da pesada, e talvez tenha descoberto que Lee estava indo para lá. Vou telefonar para a Patrulha da Fronteira para que transmitam ordens para prendê-lo.

De repente percebi que tudo ia cair em cima de mim.

– Eu vou.

15

Atravessei a fronteira ao amanhecer. Tijuana mal começava a acordar quando entrei na Revolución, sua principal artéria.

Crianças pobres procuravam seu desjejum em latas de lixo, vendedores de *tacos* remexiam panelas com guisado de carne de cachorro, marinheiros e fuzileiros navais eram escoltados para fora de bordéis no fim de mais uma noitada de 5 dólares. Os mais espertos cambaleavam até a Calle Colon, onde ficavam os vendedores de penicilina; os estúpidos corriam em direção ao leste de Tijuana, para o Blue Fax e o Chicago Club – certamente ávidos para pegar o primeiro espetáculo da manhã. Os carros dos turistas já se alinhavam em frente às lojas de tapeçarias baratas; os Rurales circulavam como abutres em Chevrolets de antes da guerra, usando uniformes pretos semelhantes aos trajes nazistas.

Também comecei a circular, procurando Lee e seu Ford 40. Pensei em parar na guarita da Patrulha da Fronteira ou na Subdelegacia dos Rurales para buscar ajuda, mas me lembrei que meu parceiro estava suspenso, portando armas ilegalmente e provavelmente com os nervos à flor da pele, a tal ponto que uma palavra errada vinda de um mexicano qualquer poderia provocar uma catástrofe. Eu me lembrava do Hotel Divisidero por causa das excursões que fazíamos ao sul nos tempos de colégio e, assim, segui até os limites da cidade para buscar ajuda americana.

A monstruosidade *art déco* cor-de-rosa ficava num penhasco, acima de uma favela com telhado de zinco. Encostei o recepcionista na parede; ele me contou que o "grupo de Loew" estava na suíte 462. Encontrei-a nos fundos do térreo. Vozes iradas ribombavam do outro lado da porta.

Fritzie Vogel berrava:

– Continuo dizendo que a gente tem de pegar um mexicano! A carta ao *Herald* não fala em filme pornô, só diz que Wellington viu Dália e a outra garota em novembro! Ainda podemos...

Ellis Loew replicou aos gritos:

– Não podemos fazer isso! Wellington admitiu a Tierney que fez o filme! Tierney é o supervisor, não podemos passar por cima de sua autoridade!

Abri a porta e vi Loew, Vogel e Koenig sentados, todos segurando a última edição do *Herald*, nitidamente recém-saída das máquinas. O conluio silenciou. Koenig ficou boquiaberto; Loew e Vogel murmuraram "Bleichert", simultaneamente.

– Foda-se a puta da Dália – falei. – Lee está aqui. Bobby De Witt também e a coisa vai ficar preta. Vocês...

– Foda-se o Blanchard, ele foi suspenso – disse Loew.

Avancei em direção a ele. Koenig e Vogel se colocaram entre nós; tentar passar através deles era como investir contra uma parede de tijolos. O promotor recuou para o outro lado do quarto, Koenig agarrou meus braços, Vogel colocou as mãos em meu peito e me empurrou para fora. Loew, à porta, fuzilou-me com os olhos, e então Fritzie deu pancadinhas no meu queixo.

– Tenho um fraco por meio-pesados. Se prometer não bater em Billy, vou ajudá-lo a encontrar seu parceiro.

Concordei, e Koenig me soltou.

– Vamos no meu carro – disse Fritzie. – Você não parece em condições de dirigir.

FRITZIE DIRIGIA; eu ia vasculhando tudo com os olhos. Ele embarcou num papo sobre o caso Short e a ascensão ao posto de tenente que aquilo iria lhe proporcionar; eu observava os mendigos cercando os turistas, as putas chupando os fregueses nos bancos da frente dos carros e os jovens em ternos *zoot* caçando bêbados para roubar. Depois de quatro horas infrutíferas, as ruas ficaram cheias demais de carros para que pudéssemos manobrar. Resolvemos andar a pé.

A pé, a imundície era pior. Os meninos mendigos ficavam bem ali, cara a cara, matraqueando, tentando te empurrar um crucifixo. Fritzie dava tapas e chutes para afastá-los, mas seus rostos marcados pela fome não saíam de minha cabeça, então troquei uma nota de 5 dólares por pesos e fiquei jogando punhados de moedas na sarjeta quando convergiam em minha direção. Isso provocava uma luta generalizada de arranhões, mordidas e empurrões, mas era melhor do que olhar dentro de olhos encovados e ver o nada.

Uma hora de busca, lado a lado, e nada de Lee, nada do Ford 40 de Lee e nenhum gringo que se parecesse com Bobby De Witt. De repente um policial de camisa preta e bota de cano alto, recostado numa porta, trocou olhares comigo.

– *Policia?* – perguntou.

Parei e mostrei meu distintivo em resposta.

O tira enfiou a mão nos bolsos e tirou uma foto de teletipo. O retrato estava borrado demais para identificar, mas o "Robert Richard De Witt" estava claro como o dia. Fritzie bateu nas dragonas do tira.

– Onde, almirante?

O mexicano bateu os calcanhares e bradou:

– *Estación, vamonos!*

Saiu marchando à nossa frente, entrando numa ruela cheia de clínicas de doenças venéreas, apontando para um galpão de blocos de concreto com uma cerca de arame farpado. Fritzie lhe estendeu 1 dólar; o mexicano bateu continência como Mussolini e deu meia-volta, afastando-se. Apertei o passo rumo à delegacia, me contendo para não correr.

Rurales empunhando metralhadoras ladeavam a porta de entrada. Mostrei-lhes o distintivo; bateram os calcanhares e se afastaram para que eu entrasse. Fritzie me alcançou lá dentro; com a nota de 1 dólar na mão, foi direto à recepção. O guarda pegou a nota e Fritzie tentou falar em espanhol:

– Fugitivo? Americano? De Witt?

O guarda sorriu e mexeu num interruptor ao lado de sua cadeira, e as trancas das portas da parede lateral se abriram.

– O que exatamente queremos que esse porco nos fale? – perguntou Fritzie.

– Lee está aqui, por conta própria, provavelmente em busca de pistas sobre o filme de sacanagem. De Witt veio de Quentin direto para cá – expliquei.

– Sem falar com o responsável por sua condicional?

– Exatamente.

– E De Witt tem contas a acertar com Blanchard por causa do caso do Boulevard-Citizens?

– Exatamente.

– Não precisa dizer mais nada.

Atravessamos um corredor cheio de celas. De Witt estava sozinho na última cela, sentado no chão. A porta se abriu com um zumbido; o corruptor de Kay Lake se levantou. Os anos de detenção não lhe tinham sido amenos: o cara durão de rosto fino e comprido do jornal de 1939 tinha se transformado num traste velho, com o corpo inchado, o rosto acinzentado, o corte de cabelo de *pachuco* tão fora de moda quanto o terno do Exército de Salvação.

Fritzie e eu entramos. De Witt nos saudou numa típica bravata de presidiário, temperada com a dose certa de subserviência.

– Tiras, hein? Bem, pelo menos são americanos. Nunca pensei que um dia fosse ficar contente em vê-los, rapazes.

– Por que ficar contente? – perguntou Fritzie, dando um chute no saco de De Witt. Ele se curvou todo; Fritzie o agarrou pela nuca e deu-lhe um forte safanão com as costas da mão. De Witt começou a espumar pela boca; Fritzie soltou o pescoço dele e limpou a brilhantina na manga. De Witt foi ao chão, arrastou-se até o vaso sanitário e vomitou. Quando tentou se levantar de novo, Fritzie empurrou sua cabeça para dentro do vaso e o segurou ali com um grande borzeguim envernizado com biqueira em forma de asa. O ex-assaltante de banco e cafetão bebeu água de mijo e vômito.

– Lee Blanchard está aqui em Tijuana, e você veio direto para cá quando saiu da Grande Q. É uma coincidência estranha pra caralho, e não gosto disso. Não gosto de você, não gosto da puta sifilítica que te pariu, não gosto de estar aqui num país estrangeiro infestado de ratos quando poderia estar em casa com minha família. Gosto mesmo é de machucar criminosos, então é melhor responder às minhas perguntas com sinceridade, senão vou te machucar pra valer.

Fritzie afrouxou o pé; De Witt ergueu a cabeça, sufocando com falta de ar. Peguei uma camiseta suja no chão e estava a ponto de estender a ele quando me lembrei das cicatrizes de chicote nas pernas de Kay. Aquela lembrança me fez jogar a camiseta no rosto de De Witt, agarrar uma cadeira no corredor e pegar minhas algemas. Fritzie limpou o rosto do ex-presidiário, eu o empurrei para a cadeira e algemei seus pulsos às tábuas das costas da cadeira.

De Witt olhou para nós; as pernas de suas calças foram escurecendo enquanto a bexiga se esvaziava.

– Sabia que o sargento Blanchard está aqui em Tijuana? – perguntou Fritzie.

– Não vejo Blanchard desde aquela porra de julgamento!

Fritzie deu-lhe um tapa, leve, com as costas da mão, e seu anel maçônico cortou uma veia da bochecha.

– Não use palavrões quando fala comigo, e dirija-se a mim como "senhor". Agora responda, sabia que o sargento Blanchard está aqui em Tijuana?

De Witt balbuciou:

– Não.

– Não, senhor – corrigiu Fritzie, esbofeteando-o. De Witt deixou a cabeça pender, encostando o queixo no peito. Fritzie a levantou com um dedo.

– Não o quê?

– Não, senhor!

Mesmo através das névoas do meu ódio percebi que estava dizendo a verdade.

– Blanchard tem medo de você – falei. – Por quê?

Contorcendo-se na cadeira, com o Pompadour cheio de brilhantina caído sobre a testa, De Witt riu. Um riso selvagem, do tipo que estanca a dor, depois a torna mais intensa. Lívido, Fritzie armou um soco para puni-lo. Falei:

– Deixa.

Vogel se acalmou; as gargalhadas alucinadas de De Witt foram se extinguindo.

Tomando fôlego, De Witt falou:

– Cara, isso é que é risada. Lee o belo deve morrer de medo de mim por causa do que falei no julgamento, mas tudo o que sei é o que li nos jornais, e devo dizer pra vocês que o que ele fez com aqueles negrinhos só por causa de uns baseados me deixou morto de medo e quero ser mico de circo se estou mentindo. Talvez estivesse pensando em vingança até aquele momento, talvez estivesse falando besteiras para os meus coleguinhas de cela, mas quando Lee, o belo matou aqueles negros e...

Vogel deu um gancho de direita em De Witt, derrubando-o, com cadeira e tudo, ao chão. Cuspindo sangue e dentes, o velho gigolô gemeu e riu ao mesmo tempo; Fritzie se ajoelhou a seu lado e apertou a artéria carótida, impedindo o sangue de chegar ao cérebro.

– Bobby, meu irmão, eu não gosto do sargento Blanchard, mas ele é um colega, policial, e não vou aceitar que porcos sifilíticos como você o difamem. Está se arriscando a uma acusação de violação da condicional e a uma viagem de volta a Quentin para mais uma temporada lá. Quando soltar o seu pescoço, vai me dizer por quê, senão vou apertá-lo de novo até que as suas células cinzentas estalem e façam crac e pop como sucrilhos da Kellogg's.

Fritzie soltou-o; o rosto de De Witt passou de azul a vermelho-escuro. Com uma das mãos, Vogel agarrou o suspeito e a cadeira e colocou-os em pé. O gigolô Bobby começou a rir de novo, então cuspiu sangue e parou. Olhou para Fritzie com um ar de cachorro que ama seu dono cruel porque é o único que tem. Sua voz era o gemido de um cachorro espancado:

– ...vim para pegar um pouco de heroína e levar para Los Angeles antes de me apresentar ao responsável pela condicional. Me falaram que é um cara bonzinho, que a gente diz "Pô, fiquei preso oito anos, preciso desenferrujar os músculos" e ele não liga se a gente se atrasa.

De Witt respirou fundo; Fritzie falou:

– Crac, pop...

O cachorrinho Bobby choramingou o resto de sua confissão rapidamente.

– Meu contato aqui é um *cholo** chamado Felix Chasco. Deveria me encontrar no motel Jardins Calexico esta noite. O contato em Los Angeles é o irmão desse cara, que conheci em Quentin. Não vou encontrá-lo e, por favor, não me machuque mais.

Fritzie deu um grito de triunfo e saiu correndo da cela para relatar a sua conquista; De Witt lambeu o sangue dos lábios e olhou para mim, que agora era seu dono, já que Vogel se fora.

– Termine a história sobre você e Blanchard – mandei. – E dessa vez não fique histérico.

– Senhor, a única coisa que há entre mim e Blanchard é que eu trepava com aquela puta da Kay Lake.

Lembro-me de ter avançado em sua direção e de ter apertado seu pescoço com as duas mãos, pensando no quanto teria de apertar a garganta de um cachorro para fazer seus olhos saltarem fora. Lembro-me de que ele mudou de cor, de vozes em espanhol e de Fritzie gritando "A história dele bate". Então me lembro de ter sido arremessado para trás e de pensar "Então é assim que se sente um carrasco". Depois não me lembro de mais nada.

Voltei a mim pensando que fora nocauteado numa terceira luta Bleichert x Blanchard, me perguntando o quanto teria machucado meu parceiro. Balbuciei:

– Lee? Lee? Você está bem?

Então avistei dois tiras mexicanos com ridículas insígnias baratas sobre a camisa preta. Fritzie Vogel, mais alto do que todos, falava:

---

*Mestiço ou mexicano das camadas mais baixas. (*N. da T.*)

– Deixei Bobby ir para que pudéssemos segui-lo e pegar o amigo dele. Mas ele conseguiu fugir da nossa mira enquanto você dava uma de bela adormecida aí, o que foi bem ruim para ele.

Alguém tremendamente forte me ergueu do chão da cela; saindo de meu estado de atordoamento, compreendi que tinha de ser o Grande Bill Koenig. Tonto e de pernas bambas, deixei que Fritzie e os tiras mexicanos me conduzissem dentro e fora da delegacia. Anoitecia, e o céu de Tijuana já tinha se iluminado com os néons. Um Studebaker da patrulha parou diante de nós; Fritzie e Bill me fizeram entrar no banco de trás. O motorista tocou a sirene mais alta que o mundo já havia escutado e pisou no acelerador.

Seguimos para o limite leste da cidade, parando no centro do estacionamento de cascalho de um motel com a forma de uma ferradura. Tiras de Tijuana em uniformes cáqui e culotes montavam guarda na frente de um pavilhão nos fundos, empunhando espingardas. Fritzie deu uma piscadela e me ofereceu o braço para eu me apoiar; recusei e saí do carro com minhas próprias pernas. Fritzie liderou o grupo; os tiras nos saudaram com o cano de suas espingardas e abriram a porta.

O quarto era um matadouro cheirando a cordite. Bobby De Witt e um mexicano jaziam mortos no chão, com buracos de tiros jorrando sangue por todo o corpo. Pedaços de cérebro escorrendo líquidos cobriam uma parede inteira; o pescoço de De Witt estava contundido no local onde eu o havia sufocado. Meu primeiro pensamento coerente foi que eu tinha feito aquilo tudo enquanto estava fora de sintonia, numa vingança de justiceiro para proteger as duas únicas pessoas que eu amava. Fritzie devia saber ler pensamentos, porque riu e falou:

– Não foi você, garoto. O mexicano é Felix Chasco, conhecido traficante. Talvez tenha sido outro traficante, talvez

Lee, talvez Deus. Ouçam o que eu digo, vamos deixar nossos colegas mexicanos lavarem sua roupa suja em casa e voltar a Los Angeles para pegar aquele filho da puta que cortou a Dália ao meio.

16

O assassinato de Bobby De Witt mereceu meia coluna no *Mirror* de Los Angeles. Ellis Loew, surpreendentemente solícito, achou que eu merecia um dia de folga e o desaparecimento de Lee mereceu uma esquadrão inteiro de policiais da Divisão Metropolitana trabalhando em tempo integral.

Passei quase todo o dia de folga no escritório do capitão Jack, sendo interrogado por ele. Fizeram-me centenas de perguntas sobre Lee – desde os motivos da sua explosão no filme pornô e no La Verne's Hideaway até a sua obsessão pelo caso Short, passando pelo memorando referente a Nash e ao fato de morar junto com Kay. Esquivei-me de algumas perguntas e menti por omissão – fiquei de bico calado sobre o fato de Lee usar benzedrina, sobre o quarto-arquivo no Hotel El Nido e sobre a sua coabitação assexuada com Kay. Os tiras da Metropolitana me perguntavam insistentemente se eu achava que Lee tinha matado Bobby De Witt e Felix Chasco; eu repetia insistentemente que ele era incapaz de cometer um assassinato. Quando me pediram uma interpretação sobre a fuga de meu parceiro, contei a eles que tinha batido em Lee por causa do caso Nash, acrescentando que ele era ex-boxeador, talvez logo se transformasse num ex-tira, velho demais para poder voltar a lutar, instável demais para levar uma vida comum – e que o interior do México talvez fosse um lugar tão bom quanto qualquer outro para um cara como ele. Enquanto o interrogatório se arrastava, senti que os policiais não estavam interessados em garantir a segurança de Lee, mas em juntar argumentos para um processo de expulsão do DPLA. Repetiram insistentemente para eu não meter o nariz na investigação, e toda vez que concordava eu fincava a unha na palma da mão para não gritar insultos ou coisa pior.

Quando saí da Prefeitura, fui ver Kay. Dois valentões da DM já tinham ido visitá-la, colocando-a contra a parede para que contasse sobre sua vida com Lee, remexendo em sua vida passada com Bobby De Witt. O olhar gelado que me lançou mostrava que eu era um lixo por pertencer à polícia como eles; quando tentei reconfortá-la e pronunciar palavras de encorajamento a respeito da volta de Lee, ela falou "E mais essa coisa toda", e me empurrou para longe.

Aí fui ver o quarto 204 do Hotel El Nido, esperando encontrar algum tipo de mensagem, alguma pista que dissesse: "Voltarei, e nós três continuaremos juntos." O que encontrei foi um santuário devotado a Elizabeth Short.

O quarto era um típico apartamento de solteiro de Hollywood: sofá, pia, armário minúsculo. Mas as paredes estavam enfeitadas com retratos de Betty. Fotos de jornais e revistas, fotos de horror da 39 com a Norton, dezenas delas ampliadas para revelar algum detalhe medonho. A cama estava coberta de caixas de papelão – um arquivo inteiro do caso, com cópias de uma miscelânea de memorandos, listas de informações, catálogos de provas, relatórios de interrogatórios, tudo arquivado em ordem alfabética.

Não tendo nada para fazer e ninguém para me ajudar a matar o tempo, comecei a folhear as pastas. O volume de informações era impressionante, a força humana empregada naquilo era impressionante, e o mais impressionante era o motivo daquilo tudo ser apenas uma garota estúpida. Não sabia se erguia um brinde a Betty Short ou se a arrancava das paredes. Assim, mostrei meu distintivo ao recepcionista na hora de sair, paguei-lhe um mês de aluguel adiantado e fiquei com o quarto, como tinha prometido a Millard e Sears – embora, na verdade, estivesse guardando-o para o sargento Leland C. Blanchard.

Que estava em alguma parte do Grande Lugar Nenhum.

Telefonei para os classificados do *Times*, do *Mirror*, do *Herald* e do *Daily News*, para botar um anúncio pessoal a ser publicado por tempo indeterminado: "Fogo – o quarto da flor noturna permanecerá intacto. Mande-me uma mensagem – Gelo." Tendo feito isso, segui para o único lugar em que pude pensar para deixar a minha mensagem.

A esquina da 39 com a Norton era agora só uma quadra de terrenos baldios. Nada de lâmpadas de arco voltaico, nada de viaturas, nada de desocupados noturnos. O vento soprava enquanto eu estava ali parado, e quanto mais torcia para que Lee voltasse, mais tomava consciência de que minha vida de supertira estava tão morta quanto a garota assassinada favorita de todos nós.

17

Na manhã seguinte, escrevi uma mensagem aos chefes. Escondido num depósito que ficava a alguns metros de meu cubículo, mais adiante no corredor, datilografei cópias de uma carta requerendo transferência; uma cópia para Loew, outra para Russ Millard e a terceira para o capitão Jack. A carta dizia:

Solicito ser afastado da investigação do caso de Elizabeth Short imediatamente, e retornar a meus encargos no setor de Capturas da Divisão Central. Creio que o caso Short está mais do que adequadamente coberto, por policiais bem mais experientes do que eu, e que posso servir com mais eficácia ao Departamento de Capturas. Além do mais, com o desaparecimento de meu parceiro, o sargento L.C. Blanchard, assumirei a posição de policial mais antigo, e terei de treinar um substituto numa época em que muito provavelmente há um grande volume de mandados prioritários de captura a serem executados. A fim de me preparar para meus deveres como policial mais graduado da Equipe de Capturas, tenho estudado para a seleção para sargento, e espero ser avaliado junto ao conselho encarregado das próximas promoções nesta primavera. Isso irá, acredito, proporcionar-me o necessário treinamento de liderança, compensando minha relativa falta de experiência como policial civil.

Respeitosamente,
Dwight W. Bleichert, Registro 1611
Detetive, Div. Central de Detetives

Quando terminei, li a carta toda, achando que continha a mistura certa de respeito e exasperação, com a meia verdade sobre a seleção para sargento como um bom fecho. Estava assinando as cópias quando ouvi ruídos de um gigantesco tumulto vindos da sala dos detetives.

Coloquei as folhas dobradas no bolso do paletó e fui investigar. Um grupo de detetives e técnicos de laboratório em aventais brancos rodeava uma mesa, fitando-a, tagarelando e gesticulando. Juntei-me à multidão, murmurando "Puta merda!" quando vi o que os estava agitando.

Havia um envelope sobre uma bandeja de metal de coletar provas. Selado, carimbado e com um leve cheiro de gasolina. A frente estava coberta de letras cortadas de jornais e revistas, coladas à superfície completamente branca. As palavras diziam:

AO HERALD E OUTROS JORNAIS DE LOS ANGELES
AQUI ESTÃO OS OBJETOS PESSOAIS DE DÁLIA
SEGUE UMA CARTA

Um técnico do laboratório com luvas de borracha rasgou o envelope e retirou o conteúdo – um livrinho de endereços preto, uma carteira plastificada da previdência social e um pequeno maço de fotografias. Forçando os olhos, li o nome na carteira – Elizabeth Ann Short – e vi que o caso Dália ia estourar em todas as paradas de sucesso. O homem a meu lado contava como havia sido a entrega – um carteiro tinha encontrado o envelope numa caixa de coleta perto da biblioteca central, quase sofrera um ataque cardíaco, depois encontrou dois tiras da radiopatrulha, que trouxeram o butim a toda velocidade, código 3.

Ellis Loew abriu caminho entre os técnicos de laboratório, com Fritzie Vogel nos calcanhares. O técnico-chefe sacudiu as mãos cheio de raiva; uma cacofonia de especulações tomou conta da sala. Então se ouviu um assobio forte, e Russ Millard gritou:

– Maldição, saiam do caminho para que eles possam trabalhar. E façam um pouco de silêncio.

Obedecemos.

Os técnicos caíram sobre o envelope, enchendo-o de pó para verificar impressões digitais, folheando o livro de endereços, examinando os instantâneos e gritando suas descobertas como cirurgiões numa mesa de operações:

– Duas impressões parciais na aba de trás, borradas, não mais do que um ou dois pontos de comparação, não o bastante para uma identificação, mas suficiente para comparar com as dos suspeitos detidos...

– Nenhuma impressão na carteira da previdência...

– Folhas do livro de endereços legíveis, mas saturadas de gasolina, sem possibilidade de conterem impressões. Nomes e números de telefones em sua maioria de homens, não listados alfabeticamente, algumas páginas arrancadas...

– As fotografias são da Short com soldados de uniforme, os rostos dos homens riscados...

Atordoado, pensei: será que vai mesmo vir uma carta? Estaria furada a minha hipótese de um assassinato casual? Já que o material tinha sido, obviamente, enviado pelo assassino, seria ele um dos soldados das fotos? Aquele envelope era um joguinho de gato e rato ou o prenúncio de uma rendição e confissão? Todos a meu redor, todos os policiais, partilhavam das mesmas dúvidas, das mesmas perguntas, discutindo-as em grupos de dois ou três, ou com ar absorto, como se estivessem conversando consigo mesmos. Os técnicos de laboratório partiram com a pletora de novas pistas, abraçando as com as mãos em luvas de borracha. Então o único homem calmo da sala assobiou de novo.

E de novo o tumulto se congelou. Russ Millard, com o rosto impassível, contou as cabeças e nos apontou o quadro de avisos nos fundos. Alinhamo-nos lá; ele falou:

– Não sei o que isso significa, a não ser que tenho certeza absoluta de que foi o assassino que mandou as coisas. Os rapazes do laboratório vão precisar de mais um tempo para trabalhar no envelope, depois vão fotografar as páginas e nos dar uma lista de nomes para entrevistarmos.

– Russ, o cara tá brincando com a gente – disse Dick Cavanaugh. – Algumas páginas foram arrancadas, e aposto dez contra um que o nome dele estava numa delas.

Millard sorriu.

– Talvez sim, talvez não. Talvez seja louco e queira ser apanhado, talvez algumas pessoas no livro o conhecessem. Talvez os técnicos consigam impressões nas fotos ou consigam identificar alguns dos soldados pelas insígnias do uniforme. Talvez o filho da mãe mande mesmo a carta. Temos um monte de "talvez", por isso vou lhes dizer o que temos como certo: todos vocês vão largar o que estão fazendo e esquadrinhar a área ao redor da caixa de coleta em que o envelope foi encontrado. Harry e eu vamos verificar os arquivos do caso para ver se algum dos nossos suspeitos anteriores mora ou trabalha ali por perto. Então, quando tivermos a lista de nomes do livro, vamos agir cautelosamente. Betty andava com muitos homens, e sair por aí destruindo lares não é o meu estilo. Harry?

Sears estava postado junto ao mapa do centro de Los Angeles, de caneta e prancheta na mão. Gaguejou:

– Va-va-vamos fa-fazer pa-patrulhas a pé.

Vi o meu pedido de transferência com o carimbo de "Rejeitado". Então ouvi uma discussão do outro lado da sala.

Eram Ellis Loew e Jack Tierney, ambos tentando marcar pontos e falar em voz baixa. Eles se esconderam atrás de uma coluna em busca de privacidade, e eu me escondi numa cabine telefônica adjacente para bisbilhotar – esperando ouvir algo sobre Lee.

Não era sobre Lee – era sobre Ela.

– ...Jack, Horrall quer retirar três quartos dos homens da investigação. Com ou sem a aprovação da verba suplementar, acha que já deu circo bastante para os eleitores. Podemos convencê-lo a mudar de ideia se explorarmos até o fim a questão dos nomes do livro. Quanto mais publicidade o caso tiver, mais força teremos junto a Horrall...

– Que diabo, Ellis...

– Não, ouça o que digo. Antes, eu queria silenciar essa história da garota ser uma devassa. Agora a minha opinião é que a coisa já foi longe demais, ficou exposta demais para ser abafada. Sabemos o que ela era, e isso vai ser confirmado centenas de vezes pelos homens daquele livrinho preto. Vamos pôr nossos homens para interrogá-los, eu continuo alimentando meus contatos jornalísticos com os nomes, mantemos nossas forças centradas nesse caso até pegarmos o assassino.

– É uma isca falsa, Ellis. O nome do assassino provavelmente não está no livro. É um psicopata, está nos mostrando o traseiro e dizendo: "Quero ver se conseguem fazer alguma coisa com isso." A garota era uma dessas que vão com qualquer um, Ellis. Soube disso desde o começo, tanto quanto você. Mas isso vai acabar caindo em cima de nós. Estou trabalhando em meia dúzia de outros homicídios com equipes reduzidas, e se os nomes dos homens casados daquele livro saírem no jornal, suas vidas vão virar uma merda só porque saíram para uma trepada com Betty Short.

Houve um longo período de silêncio. Então Loew falou:

– Jack, sabe que serei promotor público titular mais cedo ou mais tarde. Se não no ano que vem, em 1952. E sabe que Green vai se aposentar em poucos anos, e sabe quem eu quero que o substitua. Jack, tenho 36 anos e você tem 49. Posso ter outra oportunidade de dar com um caso dessas proporções. Você não. Pelo amor de Deus, tente ver as coisas de modo mais abrangente.

Mais silêncio. Imaginei o capitão Jack Tierney pesando os prós e os contras de vender a alma àquele Satã cheio de tesão pela Prefeitura de Los Angeles. Quando ele disse "Está bem, Ellis", rasguei meu pedido de transferência e voltei para juntar-me ao circo.

18

Durante os dez dias seguintes o circo se transformou numa farsa total, com uma tragédia incluída de vez em quando.

A "Carta de Morte" não forneceu nenhuma outra pista, e os 243 nomes no livro foram divididos entre quatro equipes de detetives – um número reduzido de tiras, parte da manobra de Jack Tierney para prolongar essa parte da investigação e ampliar a cobertura dos jornais e das rádios. Russ Millard queria vinte equipes numa operação rápida e eficiente; apoiado pelo Promotor Satânico, o capitão Jack recusou. Quando Bill Koenig foi considerado inflamável demais para participar dos interrogatórios e passou a fazer serviços de escritório, resolveram me colocar como parceiro de Fritz Vogel. Juntos, interrogamos umas cinquenta pessoas, a maioria homens, sobre suas ligações com Elizabeth Short. Ouvimos histórias previsíveis – eles se encontravam com Betty em bares, pagavam drinques e o jantar, escutavam as suas fantasias de ser noiva ou viúva de heróis de guerra, dormiam com ela ou não. Alguns nem mesmo conheciam a célebre Dália – eram "amigos de amigos", seus nomes tinham sido transmitidos a ela pela confraria dos lobos caçadores de franguinhas.

Da nossa cota de nomes, 16 correspondiam ao que Fritzie rotulara de "Fodedores Comprovados de Dália". Eram, em sua maioria, gente de baixo escalão da indústria cinematográfica: empresários, caçadores de talentos e diretores que frequentavam a Schwab's Drugstore à cata de aspirantes a atrizes bobinhas, cheios de promessas vazias nos lábios e de camisinhas baratas nos bolsos. Contavam, com orgulho ou vergonha, histórias de sofás tão tristes quanto as lendas maravilhosas de Betty com seus garanhões de uniforme. No final da história, os homens do livrinho negro de Elizabeth Short tinham duas coisas em comum: seus nomes saíram nos jornais de Los Angeles e todos desencavaram álibis que os eliminavam como suspeitos. E corria entre o esquadrão o boato de que a publicidade tinha eliminado boa parte deles como maridos.

As mulheres eram um saco de gatos. Em sua maioria eram só amigas – de bate-papos entre garotas, de descolar drinques nos bares, aspirantes a atrizes sem nenhuma perspectiva. Cerca de uma dezena eram prostitutas e semiprostitutas classe B, almas gêmeas que Betty encontrava nos bares. Forneceram pistas que deram em nada, à medida que a investigação avançava – basicamente, a informação de que Betty se vendia, como *freelance,* a delegados de convenções em vários hotéis baratos do centro. Frisaram que Betty raramente se oferecia nas ruas, e não conseguiam identificar nenhum dos clientes pelo nome; a investigação que Fritzie realizou nos hotéis resultou num irritante zero, e o fato de várias outras mulheres – confirmadas como prostitutas pelos arquivos – não poderem ser localizadas o deixou ainda mais furioso.

O nome de Madeleine Sprague não aparecia no livro, nem foi mencionado em nenhum de meus interrogatórios subsequentes. Nenhuma pista referente a lésbicas ou a bares de lésbicas surgiu dos 243 nomes, e todas as noites eu verificava os quadros de avisos da sala dos detetives na Delegacia da Universidade para ver se alguma das outras equipes tinha dado com o seu nome. Nenhuma delas tinha, e comecei a me sentir seguro em relação a meu joguinho de ocultação de provas.

Enquanto a investigação do livrinho produzia mais manchetes, o resto do circo prosseguia: pistas, pistas e mais pistas roubavam milhares de horas de trabalho da polícia; telefonemas e cartas anônimas obrigavam os tiras a lidar com lunáticos rancorosos querendo implicar seus inimigos em centenas de delitos graves e leves. Trajes femininos abandonados eram examinados minuciosamente no laboratório da Central, e toda peça feminina preta número 40 encontrada provocava uma nova operação pente-fino nas vizinhanças do local.

A maior surpresa da minha excursão pelo livrinho negro foi Fritz Vogel. Livre de Bill Koenig, ele possuía uma inteligência surpreendente e, em seu estilo de força, era um inquiridor tão eficiente quanto Russ Millard. Sabia quando bater para conseguir uma informação, sendo rápido e duro, alimentado pelo rancor pessoal mas capaz de afastá-lo da mente quando o interrogado despejava o que queríamos. Às vezes eu sentia que ele estava se contendo em respeito a meu estilo bonzinho, que o pragmático que havia nele sabia ser a melhor forma de obter resultados. Logo nos tornamos uma dupla de policial bom e mau muito eficaz, e eu sabia que exercia uma influência moderadora sobre Fritzie, freio e contrapeso ao prazer confesso que ele sentia em machucar criminosos. Tinha certo respeito por mim pelo que eu tinha feito a Bobby De Witt, e depois de uns poucos dias de parceria já estávamos falando bobagens num alemão estropiado, um modo de matar o tempo nas idas e vindas dos interrogatórios. Comigo, Fritzie falava com menos violência e se mostrava como um tira comum – com tendências malévolas. Falava sobre Dália e sobre sua ambicionada promoção a tenente, mas não falava em armar nenhum rolo, e como nunca tirara nenhuma carta da manga e era correto nos relatórios, achei que Loew tinha desistido da ideia ou estava dando um tempo. Percebia também que Fritzie me estudava o tempo todo, que sabia que Koenig não servia como parceiro aos olhos do alto escalão e que, com o desaparecimento de Lee, eu serviria. Esse processo de avaliação me envaidecia, e fazia questão de mostrar-me afiado nos interrogatórios. Eu tinha bancado o coadjuvante banana com Lee em Capturas, e se Fritzie e eu fôssemos ser parceiros, queria que ele soubesse que não bancaria o ajudante – ou lacaio – como Harry Sears para Russ Millard.

Millard, a antítese de Fritzie como policial, também exercia influência sobre mim. Acostumou-se a usar o quarto 204 do El Nido como seu escritório externo, indo para lá ao final do expediente para ler a coleção de documentos soberbamente organizada por Lee. Sem Lee, o tempo pesava muito sobre mim, então ia me encontrar com Millard quase todas as tardes. Quando ele olhava para as fotos macabras de Dália, sempre fazia o sinal da cruz e murmurava "Elizabeth" com reverência; ao sair, dizia "Vou pegá-lo, querida". Sempre saía às oito em ponto, para ir para casa reunir-se à esposa e aos filhos. O fato de um homem se importar tanto com algo e ao mesmo tempo deixar aquilo de lado com tanta facilidade me intrigava. Perguntei-lhe sobre isso; ele respondeu: "Não vou deixar a brutalidade governar minha vida."

Das oito em diante, minha própria vida era governada por duas mulheres, num fogo cruzado entre os seus desejos estranhos e fortes.

Saindo do El Nido, ia ver Kay. Como Lee tinha desaparecido e não pagava mais as contas, ela teve de procurar trabalho em período integral e conseguiu uma vaga de professora do sexto ano de uma escola primária a algumas quadras da Strip. Encontrava-a corrigindo provas e examinando estoicamente os trabalhos artísticos da criançada, feliz em me ver mas arrasada por dentro, como se manter uma fachada de pessoa sempre ocupada afastasse a dor pela ausência de Lee e o desprezo pela minha relutância. Tentava desmontar aquela fachada dizendo-lhe que a queria, mas que só ia dar o passo decisivo quando o desaparecimento de Lee estivesse esclarecido, ela respondia com um papo furado psicológico superintelectualizado sobre o desaparecimento de nosso terceiro elemento, virando contra Lee a educação que ele havia lhe patrocinado, usando-a como arma. Explodi ao ouvir frases como "tendências paranoicas" e "egoísmo patológico", respondendo com "ele salvou você, ele fez você". A réplica de Kay a isso foi "Ele apenas me ajudou". Fiquei sem resposta diante da verdade por trás dos jargões e do fato de que, sem Lee como peça central, nós dois éramos duas pontas que não se encaixavam, uma família sem patriarca. Foi essa sensação de estagnação que me levou a sair por aquela porta durante dez noites seguidas – direto para o motel Red Arrow.

Assim, levava Kay comigo até Madeleine.

Transávamos primeiro, conversávamos depois. A conversa era sempre sobre a família de Madeleine, seguida das fantasias que eu inventava para não ficar para trás em termos de histórias. A garota da alta tinha Papai, o barão do crime, o verdadeiro Emmett Sprague, sócio de Mack Sennet nos primórdios de Hollywood; Mamãe, com pose de artista e esvaziando frascos de comprimidos, descendente direta dos verdadeiros Cathcart, donos de terras na Califórnia; a irmã Martha, o pequeno gênio, ilustradora de primeira, com um futuro promissor nas agências de publicidade do centro. Como coadjuvantes, havia o prefeito Fletcher Bowron; o gângster Mickey Cohen e sua habilidade como relações-públicas; o "Sonhador" Georgie Tilden, antigo escudeiro de Emmett, filho de um famoso anatomista escocês e artista de filmes baratos. Os Doheny e Sepulveda e Mulholland também eram amigos íntimos, assim como o governador Earl Warren e o promotor público Buron Fitts. Tendo apenas o senil Dolph Bleichert, a finada Greta Heilbrunner Bleichert, os japas que entreguei e o pessoal que conheci através das lutas, eu contava as maiores lorotas: as medalhas e os bailes de fim de ano na escola; o tempo em que fui guarda-costas de Roosevelt, em 1943. Ia inventando até a hora de trepar de novo, agradecendo aos céus por mantermos as luzes apagadas nos intervalos, pois assim Madeleine não poderia ver meu rosto e perceber que era a carência que me levava até ela.

Ou a Dália.

A primeira vez que aconteceu foi por acaso. Estávamos fazendo amor, ambos próximos do clímax. Minha mão escorregou da cabeceira da cama e tocou no interruptor na parede, iluminando Betty Short embaixo de mim. Por alguns segundos acreditei que fosse ela, e chamei por Lee e Kay para me ajudarem. Quando minha amante voltou a ser Madeleine, estendi as mãos buscando o interruptor, o que a fez agarrar meu pulso. Movendo-me com violência, as molas rangendo, a luz brilhando, transformei Madeleine em Betty – tornei seus olhos azuis em vez de castanhos, transformei o seu corpo no corpo de Betty no filme pornô, sua boca articulando, sem som, aquele "Não, por favor". Quando gozei, vi que nunca poderia ser tão bom só com Madeleine; quando a garota da alta sussurrou "sabia que ela ia te pegar mais cedo ou mais tarde", solucei e contei que todas as minhas histórias não passavam de mentiras e despejei num fôlego só toda a verdadeira história de Lee, Kay e Bucky até a fixação do Sr. Fogo pela garota morta e o seu sumiço da face da Terra. Quando terminei, Madeleine falou:

– Nunca serei uma professorinha de Sioux Falls, Dakota do Sul, mas posso ser Betty ou qualquer outra que você queira que eu seja.

Deixei que acariciasse minha cabeça, grato por não ter mais de mentir, mas triste por ser ela – e não Kay – a minha confessora.

Assim, Elizabeth Short e eu nos unimos formalmente.

19

Lee continuou desaparecido, Madeleine continuou sendo Betty e não havia nada que eu pudesse fazer a respeito de nenhuma dessas transformações. Atendendo aos avisos dos tiras da Metropolitana, mantive meu nariz longe de suas investigações, perguntando-me constantemente se o Sr. Fogo tinha tomado chá de sumiço premeditada ou acidentalmente. Verifiquei seu saldo no banco, que era de 800 dólares sem nenhuma retirada recente, e quando soube que haviam expedido um boletim geral – de alcance nacional e atingindo também o México – de localização de Lee e de seu Ford 40, e que este não tinha produzido nenhum resultado, meus instintos me disseram que ele havia fugido pela fronteira rumo ao sul, onde os Rurales usavam os boletins policiais dos gringos como papel higiênico. Russ Millard me contou que dois mexicanos, ambos conhecidos traficantes, haviam sido presos em Juarez pelo assassinato de Bobby De Witt e Felix Chasco, o que me tranquilizou quanto à tentativa dos tiras metropolitanos de culpar Lee – mas então surgiu um rumor vindo dos altos, altíssimos escalões. O chefe Horrall tinha suspendido o boletim geral e decretado: "Não vamos mexer em casa de marimbondo." A secretária de Thad Green contou a Harry Sears que soube que Lee seria demitido do departamento se não aparecesse nos trinta dias que se seguiam ao seu desaparecimento.

Janeiro foi escorrendo devagar, dias chuvosos com uma única faísca de excitação. Um envelope vindo pelo correio para a Delegacia de Homicídios. O endereço era formado de palavras recortadas, com uma carta de palavras recortadas, coladas num papel de carta comum dentro:

MUDEI DE IDEIA
VOCÊS NÃO IAM JOGAR LIMPO COMIGO
O ASSASSINATO DE DÁLIA ESTÁ JUSTIFICADO
VINGADOR DA DÁLIA NEGRA

Afixada à folha, havia uma foto de um homem baixo, atarracado, usando um terno de executivo, com o rosto rasurado. Nenhuma impressão nem outra pista criminalística foi encontrada na foto ou no envelope, e como as fotos dos soldados da primeira carta haviam sido ocultadas da imprensa para serem usadas como recurso para eliminar suspeitos, sabíamos que a carta número 2 era legítima. Era consenso entre o pessoal que a foto era do assassino, que, assim, eliminava a si próprio, simbolicamente, do quadro geral.

Com as pistas da carta de morte e do filme pornô reduzidas a pó, um segundo consenso brotou: nunca iríamos pegar o filho da puta. As apostas em "não resolvido" subiram a tal ponto que só pagavam um por um; Thad Green contou a Russ e ao capitão Jack que Horrall ia pôr ordem na confusão Dália em 5 de fevereiro, devolvendo grande número de policiais a seus deveres normais. Corriam boatos de que eu seria um dos que retornariam, com Johnny Vogel como parceiro. Johnny Mau Hálito era um pé no saco, mas voltar à Capturas parecia um regresso ao paraíso. Betty Short então só existiria no único lugar onde eu a queria – como uma faísca cintilante em minha imaginação.

20

Os seguintes policiais da Divisão Central e do Departamento de Detetives temporariamente designados para a investigação de E. Short devem retornar a suas atribuições normais a partir de amanhã, 6/2/1947:

Sgto. T. Anders – ret. à Div. Fraudes

Det. J. Arcola – ret. à Div. Furtos

Sgto. R. Cavanaugh – ret. à Div. Roubos

Det. G. Ellison – ret. a Dep. Detet.

Det. A. Grimes – ret. a Dep. Detet.

Det. C. Liggett – ret. à Del. Menores, Div. Cent.

Det. R. Navarette – ret. à Div. Fraudes

Sgto. J. Pratt – ret. a Homic., Div. Cent. (falar com o ten. Ruley para atribuição de funções)

Det. J. Smith – ret. a Homic., Div. Cent. (falar com o ten. Ruley)

Det. W. Smith – ret. a Dep. Detet.

O chefe Horrall e o chefe-assistente Green pedem que eu lhes agradeça por sua ajuda nessa investigação, especialmente pelas muitas horas extras dedicadas. Todos receberão cartas de recomendação.

Recebam também os meus agradecimentos.

Cap. J.V. Tierney, Comandante, Detetives, Div. Cent.

A distância entre o quadro de avisos e o escritório de Millard era de cerca de 10 metros; cobri-a em menos de um décimo de segundo. Russ ergueu os olhos de sua escrivaninha.

– Oi, Bucky. Tudo bem?

– Por que não estou na lista de transferência?

– Pedi a Jack para manter você no caso Short.

– Por quê?

– Por que você vai dar um detetive dos diabos, e Harry vai se aposentar. Chega ou quer mais?

Estava pensando no que responder quando o telefone tocou. Russ atendeu dizendo: "Homicídios, Millard", ficou escutando por alguns instantes e apontou para a extensão na escrivaninha em frente à dele. Agarrei o fone, captando uma voz grave masculina no meio de uma frase:

– ...ligado ao setor de investigações aqui de Fort Dix. Sei que vocês já estão cheios de confissões, mas essa me pareceu quente.

– Prossiga, major – disse Russ.

– O nome do soldado é Joseph Dulange. É da PE, vinculado à companhia do QG de Dix. Fez a confissão para seu oficial comandante, após uma bebedeira. Seus colegas dizem que anda com uma faca, e voou para Los Angeles em licença no dia 8 de janeiro. Além de tudo, encontramos manchas de sangue numa de suas calças – em quantidade pequena demais para identificar o grupo sanguíneo. Acho que ele não é boa gente. Envolveu-se num monte de brigas no além-mar, e seu comandante afirma que bate na mulher.

– Major, Dulange está aí perto agora?

– Está. Numa cela do outro lado do corredor.

– Faça o seguinte, por favor. Peça-lhe que descreva para você as marcas de nascença de Elizabeth Short. Se o fizer com precisão, meu parceiro e eu pegaremos o próximo voo em Camp MacArthur.

– Sim, senhor – respondeu o major.

– Harry está gripado. O que acha de uma viagem a Nova Jersey, espertinho?

– Está falando sério?

– Se esse soldado falar dos sinais no traseiro de Elizabeth, estou.

– Pergunte sobre as marcas de chicote, os dados que não saíram nos jornais.

Russ sacudiu a cabeça.

– Não. Poderia deixá-lo muito excitado. Se isso for quente, vamos voar para lá em sigilo e só comunicar a partir de Nova Jersey. Se Jack ou Ellis ficarem sabendo, vão mandar Fritzie, e o soldado estará na cadeira elétrica amanhã de manhã, culpado ou não.

A piadinha contra Fritzie me irritou.

– Ele não é tão mau assim. E acho que Loew desistiu da armação. – Então você é um otário. É difícil alguém ser pior do que Fritzie, e Ellis...

O major voltou ao telefone:

– Senhor, Dulange disse que a moça tinha três sinais escuros do lado esquerdo do... ahn, da nádega.

– Podia ter dito rabo, major. E já estamos a caminho.

O CABO JOSEPH DULANGE era um homem alto e musculoso de 29 anos, cabelos escuros, cara de cavalo e bigode bem fino. Vestindo uniforme de faxina oliva opaco, estava sentado diante de nós, atrás de uma mesa no gabinete do chefe da PE de Fort

Dix, com um ar de vilão incorrigível. Um capitão comissário das Forças Armadas estava sentado a seu lado, provavelmente para assegurar-se de que Russ e eu não tentássemos usar pressões não previstas no livrinho. O voo de oito horas tinha sido turbulento; às 4 horas eu ainda estava no horário de Los Angeles, exausto mas ligado. No caminho, o major com quem tínhamos falado ao telefone nos deu a ficha de Dulange. Era um veterano de guerra casado duas vezes, beberrão, temido provocador de brigas. Seu depoimento estava incompleto, mas se escorava em dois fatos concretos: tinha voado para Los Angeles em 8 de janeiro e foi preso por bebedeira na estação Pensilvânia, na cidade de Nova York, em 17 de janeiro.

Russ deu o chute inicial.

– Cabo, meu nome é Millard e este é o detetive Bleichert. Somos do Departamento de Polícia de Los Angeles, e se nos convencer de que matou Elizabeth Short, vamos prendê-lo e levá-lo conosco.

Dulange se remexeu na cadeira.

– Cortei ela – declarou, com uma voz alta e nasalada.

Russ suspirou.

– Muitas outras pessoas nos disseram o mesmo.

– Comi ela, também.

– Mesmo? Traiu sua mulher?

– Eu sou francês.

Assumi o papel de tira malvado.

– Eu sou alemão, e daí? O que isso tem a ver com trair a mulher? Dulange desenrolou a língua como um réptil.

– Faço à moda francesa. Minha mulher não gosta desse jeito. Russ me deu um cutucão.

– Cabo, por que foi passar sua licença em Los Angeles? Em que estava interessado?

– Bocetas. Johnnie Red Label. Emoção.

– Podia encontrar tudo isso do outro lado do rio, em Manhattan.

– Sol. Estrelas de cinema. Palmeiras.

Russ riu.

– Los Angeles tem tudo isso de sobra. Parece que a sua mulher dá muita folga pra você, Joe. Entende o que digo, passar a licença solteiro...

– Ela sabe que sou francês. Faço tudo como ela quer quando estou em casa. Papai e mamãe, sessenta e nove. Ela não tem do que reclamar.

– E se reclamasse, Joe? O que iria fazer com ela?

Com o rosto impassível, Dulange respondeu:

– Primeira reclamação, uso os punhos. Segunda reclamação, corto ela no meio.

Entrei na conversa.

– Está me dizendo que voou quase 5 mil quilômetros pra chupar uma boceta?

– Sou francês.

– Pra mim você parece bicha. Chupadores são sempre bichas enrustidas, está provado. Tem uma resposta para isso, bundão?

O soldado-advogado levantou-se e sussurrou no ouvido de Russ; Russ me cutucou por baixo da mesa. Dulange trocou o rosto de estátua por um grande esgar.

– A minha resposta está aqui debaixo, 25 centímetros bem duros, guardinha.

– Deve desculpar o detetive Bleichert, Joe – falou Russ.

– Ele tem pavio curto.

– O pau dele é que é curto. Todos os boches têm pau pequeno. Eu sou francês, e posso dizer isso.

Russ riu estrondosamente, como se tivesse acabado de ouvir uma piada daquelas de rolar de rir no Elks Club.

– Joe, você é foda.

Dulange mostrou a língua.

– Eu sou francês.

– Joe, você é um tipo difícil, e o major Carroll me contou que bate em sua mulher. É verdade?

– Os negros sabem dançar?

– Sabem, com certeza. Gosta de bater em mulheres, Joe?

– Quando elas pedem por isso.

– Com que frequência a sua mulher pede?

– Ela pede o grandão de 25 centímetros toda noite.

– Não. Quando é que pede para apanhar.

– Toda vez que ando com meu chapa Johnnie Red e ela faz alguma piadinha, aí ela está pedindo.

– Você e Johnnie andam juntos há muito tempo?

– Johnnie Red é meu melhor amigo.

– Johnnie foi com você para Los Angeles?

– No meu bolso.

Boxear contra um bêbado psicótico estava me deixando esgotado; pensei em Fritzie e em sua abordagem direta.

– Está em *delirium tremens*, bundão? Quer um tapinha na cabeça para clarear as ideias?

– Bleichert, chega!

Calei-me. O advogado me fuzilou com os olhos; Russ ajeitou o nó da gravata – o sinal para que eu ficasse de bico calado. Dulange estalou um por um os dedos da mão esquerda. Russ jogou um maço de cigarros sobre a mesa, o mais velho truque do livrinho para bancar o tira camarada.

– Johnnie Red não gosta que eu fume, a não ser em sua companhia. Se trouxer Johnnie para cá, fumarei. Confesso melhor na companhia de Johnnie, também. Pergunte ao capelão católico em North Posto. Ele me falou que sempre sente o cheiro de Johnnie quando vou ao confessionário.

Comecei a achar que o cabo Joseph Dulange cheirava era àquele tipo de maníaco que faz tudo para chamar a atenção.

– Confissões regadas a álcool não são válidas no tribunal, Joe. Mas vou dizer uma coisa. Se me convencer que matou Betty Short, vou providenciar para que Johnnie volte a Los

Angeles conosco. Um bom voo de oito horas vai dar bastante tempo para renovar a amizade entre vocês. O que me diz? – perguntou Russ.

– Digo que cortei a Dália em pedacinhos.

– E eu digo que não cortou. Digo que você e Johnnie vão ficar separados por uns tempos.

– Cortei ela.

– Como?

– Nas tetas, de orelha a orelha, e na metade. Pá, pá, pá.

Russ suspirou.

– Vamos voltar ao princípio, Joe. Você saiu de Dix na quarta-feira, 8 de janeiro, aterrissou em Camp MacArthur à noite. Você e Johnnie estão em Los Angeles, ansiosos para cair na farra. Aonde vão primeiro? Ao Hollywood Boulevard? À Sunset Strip? À praia? Aonde?

Dulange estalou as juntas.

– Ao Salão de Tatuagem Nathan, North Alvarado 463.

– O que foi fazer lá?

Joe, o louco, arregaçou a manga direita, revelando uma língua bifurcada de cobra com a palavra "Frenchy" gravada embaixo. Flexionando o bíceps, a tatuagem se distendia.

– Sou francës – declarou Dulange.

Millard colocou em ação a sua típica virada.

– E eu sou um tira e estou ficando chateado. Quando fico chateado o detetive Bleichert assume. O detetive Bleichert já foi o décimo colocado entre os pesos meio-pesados do mundo inteiro, e não é nada bonzinho. Certo, parceiro?

– Eu sou alemão – disse, cerrando os punhos.

Dulange riu.

– Sem entrada, sem espetáculo. Sem Johnnie, sem história.

Quase pulei a mesa para cair em cima dele. Russ agarrou meu cotovelo e segurou-o, firme como um torno, enquanto barganhava.

– Joe, vamos fazer um trato. Primeiro você nos convence de que conhecia Betty Short. Nos dá alguns fatos. Nomes, datas, descrições. Faça isso, e em nosso primeiro intervalo você e Johnnie podem voltar para a sua cela e se reencontrar. O que acha?

– Johnnie meio litro?

– Não, o irmão mais velho, Johnnie três quartos.

O francês apanhou o maço de cigarros e puxou um; Russ tirou o isqueiro e estendeu para ele. Dulange deu uma tragada monumental, exalando uma rajada de palavras junto com a fumaça:

– Depois da tatuagem, eu e Johnnie pegamos um táxi para o centro e arranjamos um quarto. No Hotel Havana, na rua 9 com a Olive, 2 paus por noite, baratas gigantes. Elas começaram a fazer bagunça, então armei umas ratoeiras. Acabei com elas. Johnnie e eu caímos na cama, e no outro dia fomos caçar bocetas, mas não tivemos sorte. No dia seguinte achei aquela filipina na estação rodoviária. Ela falou que precisava de grana para uma passagem para Frisco, aí ofereci 5 paus para ela ir comigo e com Johnnie.

"Ela falou 10 no mínimo para dois caras. Falei que o de Johnnie era grande como Deus, que ela é que devia me pagar. Voltamos para o hotel, todas as baratas tinham escapado das ratoeiras. Apresento ela ao Johnnie, falo pra ela que ele vai primeiro. Ela fica com medo, fala 'Quem você pensa que é, Fatty Arbuckle?'. Falo pra ela que eu sou francês, quem ela pensa que é, acha que pode esnobar Johnnie Red?

"As baratas começam a uivar como negros. A filipina diz que Johnnie tem dentes afiados, comigo não. Sai correndo a toda, eu e Johnnie hibernamos até a noite de sábado. A gente quer muito uma boceta. Vamos até aquela loja para marinheiros e soldados na Broadway e compro umas fitas para a minha jaqueta Eisenhower. Medalha Cruz do Mérito com folha de carvalho, estrela de prata, estrela de bronze, fitas de todas as campanhas contra os japas. Fico parecendo George S. Patton, só que o meu pau é bem maior. Eu e Johnnie vamos para aquele bar chamado Night Owl. A Dália entra se requebrando toda. Johnnie fala 'Sim senhor, essa é a minha garota, não senhor, nada de talvez, sim senhor, é a minha garota agora'.

Dulange esmagou o cigarro e estendeu a mão para pegar o maço. Russ rabiscou algumas anotações; imaginei a hora e o local, lembrando-me do Night Owl dos tempos em que trabalhava na patrulha do centro. Era na rua 6 com a Hill – a duas quadras do Hotel Biltmore, onde Red Manley tinha deixado Betty Short na sexta-feira, 10 de janeiro. O francês, apesar de suas lembranças *delirium tremens*, ganhou mais um ponto em credibilidade.

– Joe – perguntou Russ –, é de sábado dia 11 para domingo 12 que está falando?

Dulange acendeu outro cigarro

– Eu sou um francês, não um calendário. Domingo vem depois de sábado, agora você calcula aí.

– Vá em frente.

– Em todo caso, Dália, eu e Johnnie batemos um papinho e convido ela pra ir pro hotel. Chegamos lá e as baratas estão soltas, cantando e roendo a madeira. Dália fala que não vai abrir as pernas se eu não matar elas. Pego Johnnie e começo a bater nelas com ele, Johnnie me falou que não doía. Mas a Dália não quer saber de abrir as pernas enquanto as baratas não forem eliminadas de modo científico. Desço até a rua e trago aquele doutor. Ele dá injeções de veneno nas baratas por 5 paus. Eu e Dália fodemos que nem coelhinhos, Johnnie Red assiste. Ele fica furioso, porque Dália é tão gostosa que não quero lhe dar nem um pedacinho.

Mandei uma pergunta para cortar aquela merda toda.

– Descreva o corpo dela. Faça um bom trabalho, senão não vai ver Johnnie Red enquanto não sair da cadeia.

O rosto de Dulange suavizou-se; parecia um menininho ameaçado de perder o urso de pelúcia.

– Responda à pergunta dele, Joe – insistiu Russ.

Dulange sorriu:

– Até eu cortar, as tetinhas dela eram empinadas, com mamilos cor-de-rosa. Pernas grossas, lindo bosque de pentelhos. Tinha aqueles sinais de que falei ao major Carroll, e todas aquelas cicatrizes nas costas, bem frescas, como se tivesse acabado de ser chicoteada.

Estremeci, lembrando-me das "leves marcas de chicote" que o médico-legista tinha mencionado na autópsia.

– Prossiga, Joe – pediu Russ.

Dulange sorriu sarcasticamente.

– Então a Dália começou a dar uma de louca, falando "Como é que você é só cabo se ganhou todas essas medalhas?" Começou a me chamar de Matt e de Gordon e a falar de nosso bebê, embora a gente tivesse acabado de trepar e eu usasse preservativo. Johnnie ficou pirado e ele e as baratas começaram a cantar "Não senhor, esta não é minha garota". Eu queria mais uma trepada, então levei Dália para a rua para ver o doutor-barata. Passei uma nota de 10 pra ele, e ele fingiu que a examinava e falou pra ela: "O bebê vai ser saudável e virá em seis meses."

Mais confirmações, bem no meio das nuvens de um *delirium tremens.* Matt e Gordon eram, obviamente, Matt Gordon e Joseph Gordon Fickling, dois dos maridos fantasmas de Betty Short. Pensei, 50 por cento a favor, 50 por cento contra, vamos fechar esse caso em nome do Grande Lee Blanchard.

– E depois, Joe? – perguntou Russ.

Dulange pareceu genuinamente intrigado – algo que ultrapassava a bravata, as lembranças de um cérebro alcoolizado e o desejo de se unir a Johnnie Red.

– Depois eu cortei ela.

– Onde?

– Pela metade.

– Não, Joe. Onde cometeu o crime?

– Ah. No hotel.

– Qual o número do quarto?

– 116.

– Como levou o corpo até a 39 com a Norton?

– Roubei um carro.

– Que tipo de carro?

– Um Chevrolet.

– Modelo e ano?

– Um sedã 1943.

– Não foram fabricados carros americanos durante a guerra, Joe. Tente outra vez.

– Um sedã 1947.

– Alguém deixou as chaves num carro novo e bom como esse? No centro de Los Angeles?

– Fiz uma ligação direta.

– Como se faz uma ligação direta num carro, Joe?

– O quê?

– Explique o processo para mim.

– Esqueci como é que fiz. Estava bêbado.

– Onde fica a 39 com a Norton? – interrompi.

Dulange brincou com o maço de cigarros.

– Perto do Creenshaw Boulevard e da rua Coliseum.

– Conte-me alguma coisa que não saiu nos jornais.

– Eu a cortei de orelha a orelha.

– Todo mundo sabe disso.

– Eu e Johnnie estupramos ela.

– Ela não foi estuprada, e Johnnie teria deixado marcas. Não havia nenhuma. Por que a matou?

– Ela era ruim de cama.

– Besteira. Você falou que você e Betty foderam que nem coelhinhos.

– Um coelhinho ruim de cama.

– À noite todos os gatos são pardos, seu desgraçado. Por que a matou?

– Ela não queria fazer à francesa.

– Isso não é motivo. Pode fazer à francesa por 5 dólares em qualquer prostíbulo. Um francês como você devia saber disso.

– O jeito dela dar à francesa era ruim.

– Isso não existe, seu desgraçado.

– Eu cortei ela!

Bati na mesa *à la* Harry Sears.

– Você é um francês mentiroso e filho da puta!

O soldado-advogado se levantou; Dulange gemeu:

– Quero meu Johnnie.

– Traga-o de volta aqui em seis horas – disse Russ ao capitão, e sorriu para mim. Jamais tinha visto Russ sorrir de modo tão doce.

A ESTA ALTURA, quando paramos, a coisa estava 50 por cento a favor, 50 por cento contra; indo para 75 por cento contra, 25 por cento a favor. Russ saiu para transmitir o informe e mandar uma equipe da perícia para o quarto 116 do Hotel Havana para verificar se havia manchas de sangue; fui dormir no quarto para oficiais solteiros que o major Carroll tinha nos designado. Sonhei com Betty Short e Fatty Arbuckle em preto e branco; quando o despertador tocou, procurei por Madeleine.

Abrindo os olhos, vi Russ, vestindo um terno limpo. Estendeu me um jornal e falou:

– Nunca subestime Ellis Loew.

Era um tabloide de Newark com a manchete "Soldado de Fort Dix Culpado do Sensacional Assassinato de Los Angeles". Embaixo da manchete em letras garrafais, havia, lado a lado, fotos do francês Joe Dulange e de Loew, postado teatralmente atrás de sua escrivaninha. O texto dizia:

Num furo de reportagem para nosso coirmão, o *Los Angeles Mirror*, o promotor assistente de Los Angeles, Ellis Loew, responsável jurídico pelo atordoante caso do assassinato da "Dália Negra", anunciou um grande avanço a noite passada. "Fui informado por dois de meus colegas mais próximos, o tenente Russell Millard e o policial Dwight Bleichert, que o cabo Joseph Dulange, de Fort Dix, Nova Jersey, confessou o assassinato de Elizabeth Short, e que a confissão foi validada por fatos que apenas o assassino poderia saber. O cabo Dulange é um conhecido degenerado, e estarei fornecendo à imprensa mais dados sobre a confissão tão logo meus homens tragam Dulange até Los Angeles para a citação."

O caso Elizabeth Short desafiou as autoridades desde a manhã do dia 15 de janeiro, quando o corpo nu e mutilado da Srta. Short, cortado ao meio na cintura, foi encontrado num terreno baldio de Los Angeles. O promotor assistente Loew não quis revelar detalhes da confissão do cabo Dulange, mas disse que Dulange era conhecido íntimo da Srta. Short. "Os detalhes virão em seguida", afirmou. "O mais importante é que o demônio está detido, e não matará de novo."

Eu ri.

– O que contou a Loew, na verdade?

– Nada. Quando falei com o capitão Jack, da primeira vez, contei-lhe que Dulange era um forte suspeito. Ele me deu uma bronca por não ter comunicado antes de partirmos, e foi só. Da segunda vez que liguei, disse-lhe que Dulange estava começando a dar mostras de ser outro maluco. Ele ficou muito chateado, e agora sei por quê.

Levantei e espreguicei-me.

– Vamos esperar que ele a tenha matado mesmo.

Russ sacudiu a cabeça.

– A perícia disse que não havia manchas de sangue no quarto de hotel, nem água corrente para lavar o corpo. E Carroll tem boletins de três Estados sobre o paradeiro de Dulange de 10 a 17 de janeiro: detenção por bebedeira, hospitais, o serviço completo. Acabamos de receber a informação: o francesinho estava numa cela do hospital de Sr. Patrick, no Brooklyn, de 14 a 17 de janeiro. Crise aguda de *delirium tremens.* Foi libertado naquela manhã e apanhado na estação Pensilvânia duas horas depois. O cara está limpo.

Não sabia com quem me zangar. Loew e companhia queriam limpar a lousa de qualquer forma possível, Millard queria justiça, eu voltaria para casa e encontraria manchetes que iam me fazer passar por idiota.

– E quanto a Dulange? Quer dar mais uma apertada nele?

– E ouvir mais histórias de baratas cantoras? Não. Carroll o colocou diante das informações que recebemos. Ele falou que armou a história do assassinato para arranjar publicidade. Quer se reconciliar com sua primeira mulher, e achou que o destaque iria granjear-lhe alguma simpatia. Falei com ele de novo, e foi *delirium tremens* direto. Não há mais nada que possa nós dizer.

– Jesus Cristo.

– É, Jesus Cristo mesmo. Joe será dispensado rapidamente e nós vamos pegar um avião de volta para Los Angeles em 45 minutos. É melhor se vestir, parceiro.

Vesti minhas roupas usadas, em seguida Russ e eu andamos até a porta de saída do quartel e esperamos o jipe que nos levaria à pista de pouso. A distância, pude ver um vulto alto uniformizado se aproximar. Tremi de frio; o homem alto chegou mais perto. Vi que não era outro senão o cabo Joseph Dulange.

Chegando à porta, mostrou um tabloide matutino e apontou para a sua foto na primeira página.

– O cartaz é todo meu, você está aqui embaixo, em letras pequenininhas, que é o que merecem os boches.

Senti o cheiro de Johnnie Red nele e mandei um soco bem em sua queixada. Dulange desmoronou como uma pilha de tijolos; minha mão direita latejou. O olhar de Russ Millard lembrou-me Jesus se preparando para repreender os pagãos.

– Não seja tão certinho – falei. – Pare de ser santo, porra.

21

— Convoquei essa pequena reunião por diversas razões, Bucky – declarou Ellis Loew. – A primeira é desculpar-me por ter colocado o carro na frente dos bois na questão Dulange. Precipitei-me ao falar com meus amigos dos jornais e você saiu prejudicado. Peço desculpas por isso.

Olhei para Loew e Fritz Vogel sentado a seu lado. A "pequena reunião" era na sala de estar da casa de Fritzie; os dois dias de manchetes sobre Dulange tinham me pintado simplesmente como um tira apressado demais procurando pelo em casca de ovo.

– O que deseja, Sr. Loew?

Fritzie riu.

– Chame-me de Ellis.

Essa postura nos conduzia a um andar superior no departamento da sutileza – muito acima dos uísque-sodas e das porções de salgadinhos que a *hausfrau* de Fritzie tinha servido por cortesia. Deveria encontrar Madeleine dentro de uma hora – e uma confraternização depois do serviço com meu chefe era a última coisa que queria no mundo.

– Tudo bem, Ellis.

Loew ficou arrepiado diante do meu tom.

– Bucky, tivemos alguns conflitos no passado. Talvez mesmo agora estejamos em conflito. Mas acho que concordamos em algumas coisas. Ambos gostaríamos de ver o caso Short encerrado e de voltar ao trabalho normal. Você quer voltar à Equipe de Capturas e, por mais que eu queira processar o assassino, minha participação na investigação está encerrada e é hora de retornar aos velhos casos da minha agenda.

Senti-me como um trapaceiro de segunda categoria com um *royal flush* na mão.

– O que você quer, Ellis?

– Quero que volte amanhã para Capturas, e quero fazer uma última tentativa no caso Short antes de voltar aos meus velhos arquivos. Nós dois temos futuro, Bucky. Fritzie quer você como parceiro quando for tenente e...

– Russ Millard me quer quando Harry Sears se aposentar.

Fritzie tomou um bom gole de seu uísque.

– Você é bruto demais para ele, menino. Ele tem dito por aí que você não consegue se controlar. O velho Russ é um coração mole, eu faço muito mais o seu tipo.

Era uma boa cartada, a dele. Pensei no olhar de repulsa que Russ me lançou depois que nocauteei Joe Dulange.

– O que você quer, Ellis?

– Muito bem, Dwight, vou dizer. Ainda existem quatro caras que confessaram na cadeia municipal. Não têm álibis para os dias de desaparecimento de Betty Short, não foram coerentes no primeiro interrogatório e são todos violentos, desses lunáticos que espumam pela boca. Quero que sejam reinterrogados, com o que poderíamos chamar de "equipamento adequado". É um trabalho que exige músculos, e Fritzie queria Bill Koenig, mas ele gosta de violência um pouco além do necessário, então escolhemos você. Então, Dwight, é sim ou não. Volta a Capturas ou fica na merda de Homicídios até que Russ Millard se canse de você? Millard é um cara paciente, indulgente, Dwight. Pode levar um longo tempo.

Meu *royal flush* desmoronou.

– Sim.

Loew exultou.

– Vá à cadeia municipal agora. O carcereiro da noite está com as autorizações para soltar os quatro. Há uma viatura no estacionamento dos patrulheiros noturnos, chaves embaixo do tapete. Leve os suspeitos para a South Alameda, 1701, encontre com Fritzie. Bem-vindo de volta à Equipe de Capturas, Dwight.

Levantei. Loew pegou um salgadinho e o mordiscou com enorme prazer; Fritzie esvaziou o copo, com as mãos tremendo.

OS LOUCOS ESPERAVAM por mim na cela, usando uniformes de presidiários, acorrentados um ao outro e algemados nos tornozelos. As autorizações de soltura que o carcereiro tinha me dado vinham acompanhadas de fotos e cópias das fichas; quando a porta da cela foi aberta eletronicamente, liguei as fotos aos rostos.

Paul David Orchard era baixo e corpulento, com um nariz achatado espalhando-se pela metade do rosto e cabelos loiros compridos cheios de brilhantina; Cecil Thomas Durkin era um mulato de uns 50 anos, careca, sardento, com quase 2 metros de altura. Charles Michael Issler tinha enormes olhos castanhos encovados, e Loren Bidwell era um velho de aparência frágil, de mãos trêmulas e entrevadas, com manchas amarelas na pele. Tinha um ar tão patético que verifiquei novamente a sua ficha para me assegurar de que era o homem certo; as queixas por molestar crianças, que remontavam a 1911, me mostraram que sim.

– Saiam para o corredor – ordenei. – Vamos, mexam-se.

Os quatro se arrastaram para fora, andando de lado em passo de tesoura, as correntes se arrastando pelo chão. Apontei-lhes uma saída lateral junto ao corredor; o carcereiro abriu a porta do lado de fora. A fileira de conga foi andando em passo de tesoura até o estacionamento. O carcereiro tomou conta deles enquanto eu encontrava a viatura e a trazia de marcha à ré.

O carcereiro abriu a porta de trás da viatura, arrumei o espelho retrovisor e vi a minha carga subir a bordo. Cochichavam entre si, sorvendo golfadas do ar fresco da noite enquanto entravam tropeçando. O carcereiro fechou a porta atrás deles e sinalizou para mim com o cano de sua arma; arranquei.

South Alameda 1701 era no leste de Los Angeles, no distrito industrial, a cerca de 2 quilômetros da cadeia municipal. Cinco minutos depois, encontrei o local: um armazém gigante bem no meio de uma quadra de armazéns gigantes, o único com a fachada iluminada: CASA DE CARNES REI DO KONDADO – SERVINDO O CONDADO DE LOS ANGELES COM PRODUTOS DE QUALIDADE, DESDE 1923. Toquei a buzina enquanto estacionava; uma porta se abriu sob o anúncio, a luz se apagou, Fritzie Vogel estava ali em pé com os polegares enfiados no cinto.

Saí do carro e abri a porta traseira. Os loucos saíram tropeçando; Fritzie chamou:

– Por aqui, cavalheiros.

Os quatro foram em direção à voz a passo de tesoura; a luz se acendeu atrás de Fritzie. Fechei a viatura e me aproximei.

Fritzie fez o último louco entrar e saudou-me à porta.

– O Condado está pagando suas dívidas, menino. O cara que é dono deste lugar tem uma dívida com o xerife Biscailuz, e ele tem um tenente-detetive que tem um irmão médico que tem uma dívida comigo. Logo vai ver do que estou falando.

Fechei a porta e passei a tranca; Fritzie me levou, passando pelo quarteto-tesoura e por um corredor cheirando a carne. No final, o corredor desembocava numa sala ampla – piso de cimento coberto de serragem, fileiras e fileiras de ganchos de carne enferrujados pendendo do teto. Pedaços de carne balançavam em mais da metade deles, sem nenhuma proteção, à temperatura ambiente, enquanto as moscas faziam a festa. Meu estômago se revirou todo; então, nos fundos, vi quatro cadeiras colocadas bem embaixo de quatro ganchos desocupados e captei a ideia geral da coisa.

Fritzie estava soltando os ferros que ligavam os loucos e algemando suas mãos na frente. Fiquei de lado e estudei as reações. Os tremores do velho Bidwell estavam ultrapassando todos os limites; Durkin ficava murmurando para si próprio; Orchard escarnecia, a cabeça virada para o lado, como se o seu Pompadour cheio de brilhantina estivesse pesando. Apenas Charles Issler parecia lúcido o bastante para se preocupar – esfregava as mãos e olhava para Fritzie, depois para mim, com os olhos virando de um lado para o outro sem parar.

Fritzie pegou um rolo de fita adesiva no bolso e jogou-o para mim.

– Cole as fichas na parede ao lado dos ganchos. Em ordem alfabética, do outro lado.

Obedeci, notando uma maca coberta com um lençol postada diagonalmente numa porta a alguns metros de distância. Fritzie conduziu os prisioneiros e os fez ficar em pé sobre as cadeiras, depois pendurou as correntes de suas algemas nos ganchos de carne. Passei os olhos pelas fichas, procurando fatos que me fizessem odiar os quatro o bastante para aguentar aquela noite e voltar para Capturas.

Loren Bidwell foi preso três vezes em Atascadero, condenado por violência sexual contra menores com circunstâncias agravantes. Entre os períodos de prisão, tinha confessado todos os grandes crimes sexuais, sendo até um dos principais suspeitos no caso do assassinato do filho de Hickman, nos anos 1920. Cecil Durkin era viciado, brigava de faca, estuprava presos na cadeia e tocava bateria em bons conjuntos de jazz; tinha pegado duas penas em Quentin por incêndio criminoso e foi apanhado masturbando-se diante das chamas de seu último incêndio – na casa de um líder de conjunto que teria deixado de lhe pagar por uma apresentação numa boate. Essa condenação tinha lhe custado 12 anos na prisão; desde que saiu, trabalhava como lavador de pratos, morando num alojamento do Exército de Salvação.

Charles Issler era cafetão e viciado em confissões, tendo se especializado em assumir homicídios de prostitutas. Suas três condenações por cafetinagem lhe renderam um ano nas celas do condado; suas confissões falsas, dois períodos de noventa dias de observação no asilo para loucos de Camarillo. Paul Orchard roubava bêbados, prostituía-se e tinha sido assistente do xerife no Condado de San Bernardino. Além dos crimes contra os costumes, tinha duas condenações por agressão violenta com circunstâncias agravantes.

Uma leve onda de ódio começou a me invadir. Era tênue, como quando chegava a hora de entrar no ringue para enfrentar um cara que eu não tinha muita certeza de ser capaz de vencer.

– Uma belezinha de quarteto, hein, menino? – disse Fritzie. – Menininhos do coro.

Fritzie fez um sinal convidativo com o dedo; cheguei mais perto e encarei os quatro suspeitos. Minha onda de ódio continuou firme quando ele falou:

– Vocês todos confessaram que mataram a Dália. Não podemos provar que mataram, então vocês têm de nos convencer. Bucky, você faz as perguntas sobre os dias em que a garota esteve desaparecida. Vou ficar escutando até ouvir alguma mentira sifilítica.

Ataquei Bidwell primeiro. Os espasmos de tremor faziam a cadeira chacoalhar embaixo dele; levantei o braço e agarrei o gancho para mantê-lo firme.

– Me conte sobre Betty Short, vovô. Por que matou a garota?

O velho me fitou com olhos de súplica; desviei o olhar. Fritzie, examinando as fichas na parede, quebrou o silêncio:

– Não seja tímido, menino. Esse sujeito fazia os menininhos chuparem o pau dele.

Minha mão tremeu e deslocou o gancho.

– Desembuche, vovô. Por que apagou a garota?

Bidwell respondeu com uma voz de velhote sem fôlego:

– Não a matei, senhor. Só queria ir para o asilo na fazenda. Casa e comida é tudo o que eu queria. Por favor, senhor.

O velho não parecia forte o bastante nem para levantar uma faca, quanto mais para amarrar uma mulher e carregar as duas metades de seu cadáver até um carro. Passei para Cecil Durkin.

– Conte a sua história, Cecil.

O malandro tirou sarro da minha cara.

– Contar a minha história? Tirou essa frase do *Dick Tracy* ou dos *Gangbusters*?

Com o canto do olho, vi Fritzie observando, me avaliando.

– Mais uma vez, bundão. Conte a sua história com Betty Short.

Durkin deu uma risadinha.

– Fodi Betty Short e a sua mamãezinha também! Sou o seu papai!

Mandei um golpe em seu plexo solar, socos curtos e duros. As pernas de Durkin bambearam, mas se manteve em pé na cadeira. Arquejou em busca de ar, encheu os pulmões e voltou às bravatas:

– Pensa que é esperto, não é? Você é o tira malvado, o seu parceiro é o bonzinho. Você me bate, ele me salva. Seus palhaços, não sabem que essa é mais velha que a minha avó?

Massageei a mão direita, ainda contundida pelos socos em Lee Blanchard e em Joe Dulange.

– Eu sou o tira bonzinho, Cecil. Lembre-se disso.

Era uma bela réplica. Durkin ficou pensando numa resposta; voltei minha atenção para Charles Michael Issler.

Ele baixou os olhos e falou:

– Não matei Liz. Não sei por que faço essas coisas, e peço que me desculpe. E por favor, não deixe aquele cara me machucar.

O seu jeito era bem sincero, mas por alguma razão não ia com a cara dele.

– Convença-me – falei.

– Não... não posso. Simplesmente não fui eu.

Lembrei que Issler era cafetão, que Betty às vezes se prostituía e fiquei pensando se haveria alguma conexão entre eles – então me lembrei de que as prostitutas do livrinho negro haviam dito que ela tinha sempre trabalhado por conta própria.

– Conhecia Betty Short? – perguntei.

– Não.

– Já tinha ouvido falar nela?

– Não.

– Por que confessou o assassinato?

– Ela... ela parecia tão doce e bonita e me senti tão mal quando vi a foto dela nos jornais. Eu... sempre confesso quando elas são bonitas.

– A sua ficha diz que você só confessa os assassinatos de prostitutas. Por quê?

– Bem, eu...

– Bate nas suas garotas, Charlie? Você as droga? Faz elas servirem os seus amiguinhos...

Parei, pensando em Kay e Bobby De Witt. Issler balançava a cabeça para cima e para baixo, devagar a princípio, depois cada vez mais depressa. Logo estava soluçando.

– Eu faço coisas tão ruins, tão nojentas. Nojentas, nojentas, nojentas.

Fritzie se aproximou e ficou a meu lado, com um soco-inglês em cada mão.

– Esse estilo luvas de pelica não está nos levando a lugar algum – falou, e chutou a cadeira de Issler de debaixo dele. O cafetão confesso gritou e desabou como um peixe empalado; os ossos estalaram quando as algemas sofreram o impacto de todo o seu peso.

– Assista só, menino – anunciou Fritzie.

Gritando "Ladrão de bêbados!", "Negão!", "Estuprador de bebês!", derrubou as outras três cadeiras no chão com um pontapé. Agora tínhamos quatro réus confessos pendurados um ao lado do outro, guinchando, agarrando-se uns aos outros com as pernas, um polvo com uniforme de presidiário. Os gritos saíam em uníssono até Fritzie se concentrar em Charles Michael Issler.

Desferiu ganchos com o soco-inglês no corpo dele, esquerda-direita, esquerda-direita, esquerda-direita. Issler gritava e balbuciava; Fritzie berrava:

– Fale sobre os últimos dias de Dália, seu degenerado sifilítico!

Minhas pernas pareciam a ponto de sucumbir. Issler gania:

– Eu... não... sei... de... nada.

Fritzie desferiu um *upper* no meio das pernas dele.

– *Conte* o *que sabe!*

– Conheci você na Divisão de Costumes!

Fritzie deu-lhe vários tapas na nuca.

– Conte o que sabe! Conte o que as garotas falaram para você, seu degenerado sifilítico!

Issler teve ânsia de vômito; Fritzie chegou mais perto e começou a trabalhar em seu corpo. Ouvi costelas quebrando, então olhei para a minha esquerda, para uma alavanca de alarme contra roubos na parede junto à porta de conexão interna. Fiquei olhando para ela, olhando, olhando; Fritzie entrou correndo em meu campo de visão e empurrou a maca coberta com um lençol que eu tinha notado anteriormente.

Os lunáticos balançavam em seus ganchos, gemendo baixinho. Fritzie veio para bem junto de mim, riu na minha cara e tirou o lençol com um puxão.

A maca exibia um cadáver nu de mulher, cortado ao meio na cintura – uma garota rechonchuda penteada e maquiada para parecer Elizabeth Short. Fritzie agarrou Charlie Issler pelo cangote, vociferando:

– Para o seu prazer de cortadores de mulheres, eu lhes apresento Fulana de Tal número 43. Vocês todos vão cortá-la, e o melhor cortador ganha o bilhete de ingresso!

Issler fechou os olhos e mordeu o lábio inferior. O velho Bidwell ficou roxo, começando a espumar pela boca. Senti o cheiro de fezes em Durkin e vi os punhos de Orchard quebrados, torcidos em ângulo reto, com ossos e tendões expostos. Fritzie mostrou um canivete grande, de *pachuco,* e tirou a lâmina para fora.

– Mostrem-me como fizeram, seus sujos. Mostrem-me o que não saiu nos jornais. Mostrem-me e serei bonzinho com vocês e farei todas as dores acabarem. Bucky, tire as algemas deles.

Minhas pernas cederam. Cambaleei para cima de Fritzie, arremessei-o ao chão, corri até o alarme e puxei a alavanca. Em resposta, uma sirene em código 3 soou, tão alto, com tanta força, que senti como se as ondas do som me impelissem para fora do depósito, para dentro da viatura e durante todo o caminho até chegar à porta de Kay, sem nenhuma desculpa e sem palavras de lealdade a Lee.

E foi assim que Kay Lake e eu nos unimos formalmente.

22

Disparar aquele alarme foi o ato que me custou mais caro em toda a minha vida.

Loew e Vogel conseguiram abafar o caso. Fui chutado da Equipe de Capturas e voltei a usar uniforme – rondas a pé, meio período diurno, meio período noturno para a Delegacia Central, meu antigo lar. O chefe das patrulhas, tenente Jastrow, era íntimo do Promotor Demoníaco. Percebia que ele vigiava cada ato meu – esperando que eu dedasse, fugisse ou levasse adiante de alguma forma aquele passo em falso gigantesco que eu tive de dar.

Não fiz nada a respeito. Era a palavra de um policial de cinco anos de carreira contra a de um de 22 e do futuro promotor público da cidade, sustentada por um golpe secreto; os policiais da radiopatrulha que responderam ao alarme foram transformados na nova Equipe de Capturas, uma "feliz coincidência" para assegurar que ficassem quietos e felizes. Dois consolos me impediram de enlouquecer: Fritzie não tinha matado ninguém, e quando verifiquei os registros de soltura da cadeia municipal soube que os quatro lunáticos haviam sido tratados no hospital Queen of Angels devido a "ferimentos em acidentes de carro" e enviados a diferentes asilos para "observação". E meu horror me forçou a buscar abrigo onde, por muito, muito tempo, eu tinha sido medroso e estúpido demais para ir.

Kay.

Naquela primeira noite, ela foi o meu amparo tanto quanto minha amante. Eu tinha medo dos ruídos e dos movimentos bruscos, então ela me despiu e me fez ficar quieto, murmurando "E essa coisa toda" cada vez que eu tentava falar sobre Fritzie ou Dália. Tocou em mim com tanta suavidade que quase nem era um toque; toquei em todas as partes inteiras e saudáveis dela até sentir meu próprio corpo deixar de ser punhos e músculos de tira. Então, devagar, fomos nos excitando mutuamente e fizemos amor, com Betty Short muito, muito distante.

Uma semana depois rompi com Madeleine, a "vizinha" cuja identidade mantive secreta para Lee e Kay. Não dei nenhuma razão, e a garota rica que rastejava pelos esgotos disse a última palavra quando eu ia desligar o telefone.

– Encontrou alguém seguro? Vai voltar pra mim, sabe disso. Eu pareço com ela.

Ela.

Um mês se passou. Lee não voltou, os dois traficantes foram condenados e enforcados pelos assassinatos de De Witt e Chasco, meu anúncio de Gelo para Fogo continuou a sair em todos os jornais de Los Angeles. O caso Short passou da primeira para as últimas páginas, as pistas se reduziram quase a zero, todos, exceto Russ Millard e Harry Sears, voltaram a suas tarefas normais. Ainda dedicados a Ela, Russ e Harry continuavam trabalhando oito horas no departamento e nas ruas e passando as noites no El Nido, estudando o arquivo. Quando saía do trabalho às 21 horas, fazia-lhes uma visita rápida a caminho da casa de Kay, e, sem dizer nada, me surpreendia em ver como o Sr. Homicídio estava ficando obcecado, negligenciando a família, folheando papéis até a meia-noite. Era um cara que atraía confissões; quando lhe contei a história de Fritzie e do depósito, deu-me a absolvição com um abraço paternal e um conselho: "Participe da seleção para sargento. Daqui a cerca de um ano irei falar com Thad Green. Ele me deve favores, e quando Harry se aposentar você será meu parceiro."

Era uma promessa a ser cultivada, e era ela que me levava de volta ao arquivo. Com os dias livres e Kay no trabalho, não tinha nada a fazer, então lia e relia aquele arquivo. As letras "R", "S" e "T" estavam desaparecidas, o que era um aborrecimento, mas, fora isso, era uma perfeição. Minha mulher de verdade tinha empurrado Betty Short para trás da Linha Maginot da curiosidade profissional, e eu ficava lendo, pensando e conjecturando, com o objetivo de me tornar um bom detetive – o caminho que estava seguindo até disparar aquele alarme. Às vezes notava conexões que pareciam implorar para serem estabelecidas, às vezes me amaldiçoava por não ter mais 10 por cento de massa cinzenta, às vezes as cópias só me faziam pensar em Lee.

Continuei com a mulher que ele tinha salvado de um pesadelo. Kay e eu brincávamos de casinha três ou quatro vezes por semana, à noite, agora que eu trabalhava meio período de dia, meio período à noite. Fazíamos amor do nosso jeito terno e conversávamos sobre os maus acontecimentos dos últimos meses, e por mais gentil e bom que eu fosse, continuava a ferver por dentro, querendo uma conclusão externa – a volta de

Lee, o assassino de Dália de bandeja, mais uma trepada com Madeleine no Red Arrow, Ellis Loew e Fritzie Vogel pregados numa cruz. O que sempre acompanhava essa sensação era a lembrança, forte e horrível, do momento em que tinha batido em Cecil Durkin, seguida da pergunta: até onde eu teria ido naquela noite?

Era na patrulha que isso mais me atormentava. Cobria a rua 5 Leste da Main até a Stanford, zona de marginais. Bancos de sangue, lojas de bebidas, albergues a 50 centavos por noite e missões abandonadas. A regra implícita ali era que a ronda a pé era para ser feita na porrada. A gente dissolvia brigas de garrafa dando cacetada nos bêbados; tinha de puxar os negros para fora dos pontos de trabalho diurno quando insistiam em ser contratados. Prendia bêbados e vagabundos indiscriminadamente só para cumprir a cota do município, e batia neles se tentassem fugir da viatura, o chamado "carroção dos bêbados". Era um trabalho desgastante e os únicos policiais bons nisso eram os caipiras chutadores de bosta contratados devido à escassez de mão de obra durante a guerra. Eu patrulhava sem entusiasmo: dava pequenos golpes com o porrete, passava-lhes uns trocos para tirá-los das ruas e fazê-los entrar em bares onde não precisaria prendê-los e, assim, a minha cota de prisão de bêbados era baixa. Ganhei reputação na Central como o "coração mole" do turno; duas vezes Johnny Vogel me viu passando uns trocados a bêbados e me vaiou sonoramente. O tenente Jastrow classificou-me na categoria O no boletim do meu primeiro mês de volta ao uniforme – um escrivão me contou que ele tinha mencionado a minha "Relutância em empregar a força necessária com os pequenos delinquentes recalcitrantes". Kay zombou muito dessa frase, mas imaginei uma pilha tão alta de papéis classificando-me como relapso que nem toda a influência de Russ Millard bastaria para me levar de volta à Homicídios.

Assim, tinha retornado ao ponto onde estava antes da luta e da aprovação da verba suplementar, só que mais ao leste e a pé. Os boatos haviam explodido em minha ascensão à Equipe de Capturas; agora as especulações eram sobre a minha queda. Uma das histórias dizia que tinham me rebaixado porque eu tinha batido em Lee; outras que eu tinha excedido a minha competência, expedindo mandados que caberiam à Divisão de East Valley; que havia lutado contra o novato da rua 77 que tinha ganhado as Luvas de Ouro de 1946; que tinha despertado a raiva de Ellis Loew deixando escapar informações sobre Dália a uma estação de rádio contrária a sua iminente candidatura a promotor público. Todos os boatos me pintavam como um traidor, um bolchevique, um covarde e um idiota; quando o boletim de meu segundo mês terminou com a frase "O comportamento passivo deste policial na patrulha tem-lhe rendido a inimizade de todo policial cumpridor das normas de seu turno", comecei a pensar em dar 5 dólares para os bêbados e porradas em cada tira que olhasse para mim de modo suspeito, mesmo que só levemente suspeito.

E então ela voltou.

Nunca pensava nela durante a ronda; quando estudava o arquivo, era só o trabalho rotineiro de um detetive, fatos e especulações sobre um caso comum de pessoa encontrada morta. Quando fazer amor com Kay se tornava algo demasiadamente envolto em afeição, ela vinha ajudar, cumpria sua função e era banida assim que chegávamos ao fim. Era quando eu estava adormecido e desprotegido que ela vivia.

Era sempre o mesmo sonho. Eu estava no depósito com Fritz Vogel, espancando Cecil Durkin pra valer. Ela observava, gritando que nenhum daqueles maníacos a havia matado, prometendo me amar se eu fizesse Fritzie parar de bater em Charlie Issler. Eu parava, querendo sexo. Fritzie continuava a carnificina, e Betty chorava por Charlie enquanto eu a possuía.

Sempre despertava grato pela luz do dia, especialmente quando Kay estava a meu lado.

Em 4 de abril, quase dois meses e meio após o desaparecimento de Lee, Kay recebeu uma carta em papel oficial do OPLA:

> 3/4/1947
> Cara Srta. Lake:
> Esta é para informá-la de que Leland C. Blanchard foi demitido formalmente do Departamento de Polícia de Los Angeles, sob a acusação de indignidade moral. A demissão foi efetivada em 15/3/1947. A senhorita é beneficiária da sua conta no Los Angeles City Credit Union, e como o Sr. Blanchard continua incomunicável, acreditamos que seria justo enviar-lhe o saldo remanescente.
>
> Com meus melhores votos,
> Leonard V. Strock,
> Sargento,
> Seção de Pessoal.

Um cheque de 14,11 dólares vinha incluído. Aquilo me deixou louco de raiva e resolvi atacar o arquivo para não querer atacar o meu novo inimigo – a burocracia que me tinha em suas mãos.

23

Dois dias depois a conexão saltou da cópia carbono e me atingiu em cheio.

Era do meu próprio relatório, arquivado em 17/1/1947. Sob "Marjorie Graham", eu escrevera: "M.G. afirma que E. Short usava variações do nome 'Elizabeth' como apelido conforme a companhia em que estivesse."

Bingo.

Tinha ouvido Elizabeth Short ser chamada de "Betty", "Beth" e uma ou duas vezes "Betsy", mas apenas Charles Michael Issler, um cafetão, a havia chamado de "Liz". No depósito ele tinha negado conhecê-la. Lembrei-me de que ele não me pareceu um assassino, mas que ainda assim o achei suspeito. Quando pensava antes no depósito, era de Durkin e do cadáver que me lembrava com mais força; agora revivi a cena estritamente em busca de fatos:

Fritzie tinha batido em Issler quase até a morte, ignorando os outros três lunáticos.

Havia enfatizado questões menores, gritando: "Fale sobre os últimos dias de Dália", "Conte o que sabe", "Me conte o que as garotas lhe falaram".

Issler respondera: "Conheci você na Divisão de Costumes."

Pensei nas mãos de Fritzie tremendo no começo daquela noite; lembrei-me dele gritando para Lorna Martilkova: "Você se prostituía junto com a Dália, não é, mocinha? Conte-me onde esteve durante os últimos dias dela." Então o toque final: Fritzie e Johnny Vogel sussurrando a caminho do Valley.

"Provei que não sou bicha. Homossexuais não fazem o que eu fiz." "Fique quieto, porra!"

Saí correndo para o saguão, coloquei uma moeda de 5 centavos no telefone e disquei o número de Russ na delegacia.

– Homicídios, tenente Millard.

– Russ, é Bucky.

– Algum problema, espertinho? Parece nervoso.

– Russ, acho que tenho uma pista. Não posso lhe falar agora, mas preciso de dois favores.

– É sobre Elizabeth?

– É. Nossa, Russ...

– Anda logo, me conte essa história.

– Preciso que me arranje a ficha de Charles Michael Issler nos arquivos da Divisão de Costumes. Ele tem três condenações por cafetinagem, então acho que deve ter algum registro.

– E aí?

Engoli em seco.

– Quero que verifique o paradeiro de Fritz Vogel e de John Vogel de 10 a 15 de janeiro.

– Está querendo me dizer que...

– Estou lhe dizendo que é possível. Talvez muito possível.

Houve um longo silêncio, e depois:

– Onde você está?

– No El Nido.

– Fique aí. Ligo de volta dentro de meia hora.

Desliguei e esperei, pensando no doce sabor da glória e da vingança. Dezessete minutos depois o telefone tocou e me lancei sobre ele.

– Russ, o quê...

– A ficha desapareceu. Verifiquei a letra "I" pessoalmente. Todos estão colocados fora de ordem, de modo que suponho que foi roubado recentemente. Quanto à outra questão, Fritzie esteve em serviço no Bureau durante todos aqueles dias, trabalhando até além do seu turno normal em velhos casos, e Johnny estava de férias, não sei onde. Agora, será que dá pra explicar o que é tudo isso?

Tive uma ideia.

– Agora não. Encontre-me aqui esta noite. Bem tarde. Se eu não estiver aqui, espere por mim.

– Bucky...

– Mais tarde, padre.

TELEFONEI NAQUELA TARDE alegando doença; à noite cometi dois delitos de invasão de domicílio.

Minha primeira vítima trabalhava em turno misto; telefonei à Seção de Pessoal e fingi ser funcionário municipal da folha de pagamentos para conseguir seu endereço e número de telefone. O policial que atendeu deu todo o serviço; ao anoitecer, estacionei do outro lado da rua e fui dar uma olhada naquilo que John Vogel chamava de lar.

Era um prédio de estuque de quatro andares na Mentone, perto da divisa entre Los Angeles e Culver, uma estrutura rosa-salmão ladeada por prédios idênticos pintados de verde-claro e marrom. Havia um telefone público na esquina; usei-o para discar o número de Johnny Mau Hálito, uma precaução extra para me assegurar de que o filho da puta não ia estar em casa. Vinte toques soaram sem resposta. Fui entrando devagar, encontrei uma porta no andar inferior com "Vogel" na fenda para jogar a correspondência, enfiei um grampo de cabelo dobrado em dois na fechadura e entrei.

Uma vez lá dentro, prendi a respiração, como se esperasse que um cachorro assassino pulasse em cima de mim. Verifiquei o mostrador luminoso de meu relógio, decidi que dez minutos eram o máximo e forcei os olhos procurando uma luz para acender.

Dei com um abajur de pé. Fui até ele e puxei a corda, iluminando uma sala de estar minúscula. Havia um sofá barato bem pequeno com poltronas combinando, uma imitação de lareira, pôsteres sensuais de Rita Hayworth, Betty Grable e Ann Sheridan pregados com fita adesiva nas paredes, e algo que parecia uma bandeira japonesa genuína, capturada, servindo de toalha sobre a mesinha de centro. O telefone ficava no chão ao lado do sofá, com um caderno de endereços ao lado; dediquei metade do meu tempo a ele.

Verifiquei página por página. Não havia nenhuma Betty Short nem Charles Issler, e nenhum dos nomes listados era repetição de algum dos nomes do arquivo ou do "livrinho negro" de Betty. Cinco minutos se passaram, restavam cinco.

Adjacentes à sala de estar, uma cozinha, uma salinha de jantar e um quarto de dormir. Apaguei a lâmpada, andei no escuro até a porta entreaberta do quarto e tateei a parede de dentro em busca de um interruptor. Ao encontrá-lo, acendi a luz.

Uma cama desfeita, quatro paredes decoradas com bandeiras japonesas e uma cômoda grande em estado lamentável surgiram diante de mim. Abri a gaveta de cima, vi três Lugers alemãs, pentes de bala sobressalentes e cartuchos espalhados – e ri do gosto pró-Eixo de Johnny. Então abri a gaveta do meio e fiquei todo arrepiado.

Arreios de couro negro, correntes, chicotes, coleiras de cachorro com tachas de metal, preservativos de Tijuana que lhe davam mais 15 centímetros com uma clava na ponta. Livros de sacanagem com fotos de mulheres nuas sendo chicoteadas por outras mulheres enquanto chupavam caras de cacetes imensos que usavam arreios. Fotos em *close* que mostravam a gordura, marcas de agulha, unhas com esmalte lascado e olhos esgazeados pelas drogas. Nada de Betty Short, nem Lorna Martilkova, nenhum cenário egípcio de *Escravas* do *Inferno* nem qualquer vínculo que o ligasse a Duke Wellington, mas toda uma parafernália – chicotes para as "leves marcas de chicote" do médico-legista – suficiente para colocar Johnny Vogel como o suspeito número 1 no caso Dália.

Fechei as gavetas, apaguei a luz, voltei todo agitado até a sala de estar e acendi o abajur para pegar o caderno de endereços. O número de "Papai e Mamãe" era Granite-9401; se ninguém atendesse, a segunda invasão a domicílio estava a dez minutos de distância de carro.

Disquei; o telefone de Fritz Vogel tocou 25 vezes. Apaguei a luz e me mandei.

A casinha de madeira do Vogel pai estava totalmente escura quando estacionei à sua frente. Fiquei sentado ao volante me lembrando da disposição das peças em minha visita anterior, recordando-me de dois quartos ao longo de um corredor comprido, da cozinha, da área de serviço e de uma porta fechada no corredor do lado oposto ao banheiro. Se Fritzie possuía um esconderijo secreto, tinha de ser ali.

Segui pela aleia que conduzia aos fundos da casa. A porta gradeada que dava para a área de serviço estava aberta; esgueirei-me por trás de uma máquina de lavar e cheguei à entrada da casa. A porta era de madeira sólida, mas, sondando o batente, senti que era ligada à parede por um reles gancho e um ilhós. Mexi na maçaneta e vi que a porta cedeu um bocado. Se conseguisse retirar a pecinha de metal, estaria lá dentro.

Ajoelhei-me e passei a mão pelo chão, parando ao tocar num pedacinho de metal. Tateando como um cego, percebi que encontrara uma vareta de verificar o nível do óleo. Sorri diante da minha sorte, levantei e consegui abrir a porta.

Fixando 15 minutos como o tempo máximo, atravessei a cozinha, cheguei ao corredor e segui por ele, com as mãos à frente para desviar de obstáculos no caminho. Através da porta do banheiro, o brilho do luar me conduziu direto ao que eu esperava que fosse o esconderijo de Fritzie. Forcei a maçaneta – e a porta abriu.

O quartinho estava totalmente às escuras. Fui batendo nas paredes, em molduras de quadros, sentindo um terror gelado até minha perna roçar num objeto alto e vacilante. Estava a ponto de tombar quando entendi que era uma luminária com haste flexível; peguei-a pela parte de cima e liguei o interruptor.

Luz.

Os quadros eram fotografias de Fritzie de uniforme, à paisana ou em posição de sentido com o resto da classe de 1925 na Academia. Havia uma escrivaninha encostada na parede dos fundos, de frente para uma janela coberta com uma cortina de veludo, uma cadeira giratória e um armário de arquivo.

Abri o compartimento superior e passei os dedos pelas pastas de papel-manilha com os títulos “Serviço Secreto – Div. de Fraudes”, “Serviço Secreto – Div. de Furtos”, “Serviço Secreto – Div. de Roubos”, todas com nomes de indivíduos datilografados em etiquetas laterais que se salientavam. Procurando algum tipo de denominador comum, verifiquei as primeiras fichas das três pastas seguintes, encontrando apenas uma cópia em cada uma delas.

Mas aquelas folhinhas de papel bastavam.

Eram extratos de contas, listas de extratos bancários e outros valores, transações de criminosos conhecidos que o departamento não conseguia punir legalmente. As designações no topo de cada ficha indicavam isso claramente – o DPLA mandava ao FBI informações quentes para que pudessem iniciar investigações sobre sonegação de impostos. Notas escritas a mão – números de telefone, nomes e endereços – enchiam as margens, e reconheci a caligrafia da Parker de Fritzie.

Minha respiração vinha aos trancos enquanto pensava: extorsão. Ou ele está enfiando a faca nos criminosos baseado em informações do resto do arquivo ou está vendendo aos caras pistas sobre as futuras prisões que os federais vão efetuar.

Extorsão, primeiro grau.

Roubo e retenção de documentos oficiais do DPLA.

Obstrução de investigações federais.

Mas nada de Johnny Vogel, Charlie Issler ou Betty Short.

Folheei avidamente mais 14 pastas, encontrando os mesmos boletins financeiros rabiscados em todas elas. Memorizei os nomes nas etiquetas laterais, depois passei ao compartimento inferior. Li "Fichas de Infratores Conhecidos – Divisão de Costumes" na primeira pasta – e percebi que tinha encontrado a mina de ouro.

A página 1 especificava as prisões, o *modus operandi* e as confissões falsas de Charles Michael Issler, branco, sexo masculino, nascido em Joplin, Missouri, em 1911; a página 2 listava os seus "associados conhecidos". Uma verificação em seu "livro de putas" realizada em junho de 1946 pelo responsável por sua condicional fornecia o nome de seis garotas, que apareciam seguidos de seus números de telefone e das datas de suas detenções e das decisões judiciais referentes a suas condenações por prostituição. Havia, em adendo, mais quatro nomes de mulheres sob o título? – "Sem Ficha por Prostituição". O terceiro nome era "Liz Short – temporária?".

Virei até a página 3 e li toda a coluna com o título "Assoc. Conh., cont."; um nome me chamou a atenção. "Sally Stinson" estava no livrinho negro de Betty Short, e nenhuma das quatro equipes de interrogatório conseguiu localizá-la. Entre colchetes, ao lado de seu nome, algum tira da Divisão de Costumes tinha anotado a lápis: "Ponto no bar Biltmore – clientes de convenções." Rabiscos com a cor de tinta de Fritzie cercavam a inscrição.

Obriguei-me a pensar como detetive, e não como um menininho louco por vingança. Deixando de lado a questão da extorsão, era certo que Charles Issler conhecia Betty Short. Betty conhecia Sally Stinson, que se virava no Biltmore. Fritz Vogel não queria que ninguém soubesse disso. Provavelmente tinha arranjado aquela armação do depósito para descobrir o quanto Sally e/ou as outras garotas contaram a Issler sobre Betty e os homens com quem tinham saído recentemente.

"Provei que não sou bicha. Homossexuais não fazem o que eu fiz. Não sou mais virgem, então não me chame de bicha."

Coloquei as pastas de volta no lugar, em ordem, fechei o arquivo, apaguei a luz e tranquei de novo a porta dos fundos antes de sair pela frente como se fosse o dono da casa, pensando, por um instante, se haveria alguma conexão entre Sally Stinson e os "S" perdidos do arquivo. Andando nas nuvens até meu carro, pensei que não era possível – Fritzie não sabia da existência do quarto do El Nido. Então outro pensamento me ocorreu: se Issler tivesse dado com a língua nos dentes sobre Liz e suas peripécias, eu teria ouvido demais. Fritzie estava confiante de que me faria ficar calado. Ele tinha me subestimado, e ia pagar caro por isso.

Russ Millard esperava por mim com duas palavras:

– Relatório, policial.

Contei-lhe a história toda em detalhes. Quando terminei, ele saudou Elizabeth Short na parede, falando:

– Estamos progredindo, querida – e estendeu a mão formalmente para mim.

Apertamos as mãos, como pai e filho após um grande jogo.

– E agora, padre?

– Agora você volta ao trabalho como se nada tivesse acontecido. Harry e eu damos um aperto em Issler lá no asilo de loucos, e vou destacar alguns homens para procurarem Sally Stinson em sigilo.

Engoli em seco.

– E Fritzie?

– Vou ter de pensar sobre isso.

– Quero ele preso.

– Eu sei que quer. Mas não se esqueça de uma coisa. Os homens que ele extorquiu são criminosos que jamais irão testemunhar contra ele no tribunal, e se ele perceber alguma coisa e destruir as cópias, não conseguiremos pegá-lo sequer por transgressão às ordens interdepartamentais. Tudo isso vai exigir corroboração, e por enquanto somos só nós dois. E quanto a você, é melhor ficar quieto e se acalmar até que tudo acabe.

– Quero participar da prisão.

Russ concordou com a cabeça.

– Não consigo imaginar a coisa de outro modo.

Saudou Elizabeth com o chapéu a caminho da porta.

Voltei ao meu turno misto e banquei o coração mole; Russ colocou homens no rastro de Sally Stinson. Um dia depois, ligou para a minha casa com duas notícias, uma ruim e outra boa:

Charles Issler havia conseguido um advogado que apresentou um pedido de *habeas-corpus* para ele; tinha sido libertado do asilo de Mira Loma havia três semanas. Seu apartamento em Los Angeles foi completamente esvaziado e ninguém conseguia encontrá-lo. Era de deixar qualquer um arrasado, mas a confirmação da extorsão de Vogel serviu como compensação.

Harry Sears tinha verificado os registros das prisões por delito efetuadas por Fritzie – desde a Divisão de Fraudes em 1934 até o seu cargo atual com os detetives da Central. Numa ocasião ou noutra, Vogel tinha prendido todos os homens citados nas cópias de extratos do departamento e do FBI. E os federais não indiciaram nenhum deles.

No dia seguinte era a minha folga por revezamento, e passei-a junto ao arquivo, pensando em corroborações. Russ ligou para dizer que não tinha nenhuma pista de Charles Issler, que tudo levava a crer que ele tinha saído da cidade. Harry mantinha Johnny Vogel sob vigilância discreta, dentro e fora do serviço; um cara que trabalhava na Divisão de Costumes do xerife de West Hollywood tinha soltado os endereços de alguns dos associados conhecidos amigos de Sally Stinson. Russ me disse uma dezena de vezes para ir com calma e não me precipitar. Sabia muito bem que eu já estava vendo Fritzie na penitenciária de Folsom e Johnny na Salinha Verde.

Fui escalado para voltar ao trabalho na quinta-feira, e acordei cedo a fim de passar uma longa manhã com o arquivo. Estava fazendo o café quando o telefone tocou.

Atendi.

– Sim?

– É Russ. Achamos Sally Stinson. Encontre-me no 1.546 da North Havenhurst em meia hora.

Estou indo.

O ENDEREÇO ERA de um prédio estilo castelo espanhol: cimento caiado em forma de torreões, sacadas cobertas com toldos desbotados. Escadarias conduziam aos apartamentos individuais; Russ estava postado diante de uma delas, nos fundos, do lado direito.

Deixei o carro numa zona vermelha e andei em passos rápidos. Um homem com um terno amassado e chapéu de palhaço descia as escadas se pavoneando, com um sorriso imenso no rosto. Balbuciou:

– Segundo turno, hein? Dois de uma vez só, hein!

Russ me conduziu escada acima. Bati de leve na porta; uma loira nada jovem com o cabelo emaranhado e a maquiagem borrada a abriu de supetão e despejou:

– O que se esqueceu dessa vez? Que merda.

Russ mostrou o distintivo.

– DPLA. A senhorita é Sally Stinson?

– Não, sou Eleanor Roosevelt. Escute, fui boazinha com o pessoal do xerife de mais de uma vez nos últimos dias e estou sem um puto. Está interessado em outro tipo de pagamento?

Comecei a abrir caminho com o cotovelo para entrar; Russ segurou meu braço.

– Srta. Stinson, é sobre Liz Short e Charlie Issler, e vai ser aqui ou na penitenciária feminina.

Ela fechou a frente do roupão e apertou-o contra o corpete.

– Escute, falei ao outro cara...

Ela cortou a frase no meio e abraçou seu próprio corpo. Parecia a prostituta vítima diante do monstro nos velhos filmes de horror; eu sabia exatamente quem era o monstro *dela*.

– Não estamos com ele. Só queremos conversar sobre Betty.

Sally nos estudou.

– E ele não vai ficar sabendo?

Russ exibiu o seu sorriso de padre confessor e mentiu:

– Não, isso é estritamente confidencial.

Sally abriu caminho. Russ e eu entramos num típico quarto de prostituição – mobília barata, paredes nuas, malas amontoadas num canto para uma fuga rápida. Sally passou a tranca na porta.

– Quem é esse cara de que estamos falando, Srta. Stinson? – perguntei.

Russ arrumou o nó da gravata; fechei o bico. Sally apontou para o sofá.

– Vamos rápido com isso. Reviver velhas mágoas é contra a minha religião.

Sentei-me; o estofo e a ponta de uma mola saltaram para fora a alguns centímetros do meu joelho. Russ se ajeitou numa cadeira e pegou seu caderno de notas; Sally se empoleirou em cima das malas, de costas para a parede e com os olhos fixos na porta como uma artista especialista em fugas. Principiou com a frase mais citada em todo o caso Short:

– Não sei quem a matou.

– Muito bem – disse Russ –, mas vamos começar do princípio. Quando conheceu Liz Short?

Sally coçou uma espinha entre os seios.

– No último verão. Em junho, acho.

– Onde?

– No bar do Yorkshire House Grill, no centro. Eu já tinha um programa quase acertado, e esperava o meu... esperava Charlie I. Liz estava dando em cima daquele velho com cara de rico, mas ela exagerou. Afugentou o cara. Então começamos a conversar e Charlie apareceu.

– E aí? – perguntei.

– Aí todos descobrimos que tínhamos muito em comum. Liz falou que estava dura, Charlie falou "Você quer ganhar 40 paus rapidinho?", Liz falou "Claro", Charlie nos mandou para um encontro em dupla na convenção dos vendedores de produtos têxteis no Hotel Mayflower.

– E aí?

– E aí que Liz era muuuuito boa. Se quer detalhes, espere até eu publicar minhas memórias. Mas vou lhes dizer uma coisa. Sou muito boa em fingir que estou gostando, mas Liz era genial. Tinha aquela mania de ficar de meias, mas era uma verdadeira *virtuose*. Merecia o Oscar da Academia.

Lembrei do filme pornô – e do estranho corte na coxa esquerda de Betty.

– Sabe se Liz apareceu alguma vez em filmes pornográficos?

Sally sacudiu a cabeça.

– Não, mas se aparecesse ela ia ser muuuuito boa.

– Conhece um cara chamado Walter "Duke" Wellington?

– Não.

– Linda Martin?

– Negativo.

Russ assumiu.

– Trabalhou em dupla com Liz mais alguma vez?

– Umas quatro ou cinco vezes, no último verão. Transas de hotel. Todos participantes de convenções.

– Lembra-se dos nomes? Organizações? Descrições?

Sally riu e coçou a espinha entre os seios.

– Senhor policial, meu primeiro mandamento é manter os olhos fechados e tentar esquecer. Sou boa nisso.

– Alguma dessas transas de hotel foi no Biltmore?

– Não, no Mayflower, no Hacienda House. Talvez no Rexford.

– Algum dos clientes reagiu de forma estranha a Liz? Tratou-a de modo ríspido?

Sally assobiou.

– A maioria ficava feliz de verdade porque ela fingia tão bem.

Ansioso para chegar em Vogel, mudei de assunto.

– Conte-me seu relacionamento com Charlie Issler. Sabia que ele tinha confessado o assassinato de Dália?

– Não, no começo não sabia. Depois... bem, de qualquer forma, não fiquei surpresa quando soube. Charlie tem isso que vocês chamam de compulsão de confessar. Então se uma puta é assassinada e isso vai parar nos jornais, é bom ir dizendo adeusinho a Charlie e preparar o iodo para quando ele voltar, porque sempre dá um jeito de levar porrada.

– Por que acha que ele faz isso? – perguntou Russ.

– Que tal consciência pesada?

Perguntei:

– Que tal se nos falasse onde estava de 10 a 15 de janeiro, e que tal se nos falasse sobre esse cara de quem nenhum de nós gosta?

– Falando assim até parece que tenho escolha.

– E tem. Pode falar aqui ou para alguma policial feminina machona lá no centro.

Russ puxou a gravata – com força.

– Lembra-se de onde estava nessas datas, Srta. Stinson?

Sally procurou fósforos no bolso e acendeu um cigarro.

– Todo mundo que conhecia Liz lembra onde estava. Sabe, como quando Roosevelt morreu. Você fica desejando poder voltar ao passado, entende, e mudá-lo.

Pensei em me desculpar pela minha tática; Russ foi mais rápido.

– Meu parceiro não tinha a intenção de ser grosseiro, Srta. Stinson. É que para ele é uma questão pessoal.

Foi a saída perfeita. Sally Stinson jogou o cigarro no chão, esmagou-o com o pé descalço e bateu com a mão nas malas.

– Estou me mandando assim que saírem por aquela porta. Vou falar pra vocês, mas não vou falar pra nenhum promotor, nenhum júri de instrução, pra mais nenhum tira. É sério. Quando saírem por aquela porta, adeusinho, Sally.

– Negócio fechado – falou Russ.

O rosto de Sally recuperou a cor; isso e a raiva em seus olhos faziam com que parecesse uns dez anos mais jovem.

– Na sexta-feira, dia 10, recebi uma ligação nesse hotel onde eu estava parando. Um cara disse que era amigo de Charlie e que queria me comprar para um jovem que ainda era virgem. Dois dias de sessão no Biltmore, 150 dólares. Falo que faz tempo que não vejo Charlie e pergunto como conseguiu meu telefone. O cara diz: "Não se preocupe, encontre comigo e com o rapaz no Biltmore amanhã à tarde." Estou dura, então digo que aceito, e encontro os dois caras. Dois gordões, um a cara do outro, carregando armas; logo vejo que são tiras, pai e filho. O pai me passa a grana, o filho tem mau hálito, mas já vi casos piores. Ele me diz o nome do seu papi e fico um pouco assustada, mas papi dá o fora e o filho é tão panaca que sei que vou conseguir cuidar dele.

Sally acendeu outro cigarro. Russ me passou as fotos dos Vogel da Seção de Pessoal; passei-as a ela.

– Na mosca – declarou Sally, queimando seus rostos com a ponta de seu Chesterfield. Então continuou: – Tinham reservado uma suíte. O filho e eu brincamos, e ele tentou me fazer brincar com aqueles aparelhos de sexo horrorosos que tinha levado. Falei "Nãnãnã, nada disso". Ele falou que me daria mais 20 se deixasse ele me chicotear de leve só para se divertir. Falei "Nem que a vaca tussa". Então ele...

Interrompi a história.

– Ele falou sobre filmes de sacanagem? Transas de lésbicas?

Sally riu alto.

– Ele falou sobre beisebol e sobre seu pinto. Chamava-o de Grande Schnitzel, mas... querem saber? Não era lá essas coisas.

– Prossiga, Srta. Stinson – pediu Russ.

– Bom, a gente trepou a tarde toda, e fiquei ouvindo o papo do garoto sobre os Brooklyn Dodgers e o Grande Schnitzel até não aguentar mais. Aí falei "Vamos jantar e tomar um pouco de ar fresco" e descemos para o saguão.

"E lá estava Liz, sozinha, sentada. Me falou que precisava de dinheiro, e como logo vi que o filhinho tinha gostado dela, arranjei uma transa dentro da transa. Voltamos para a suíte e fui descansar um pouco enquanto eles iam para o quarto. Liz deu o fora pela meia-noite e meia, sussurrando 'Pequeno Schnitzel' para mim, e nunca mais a vi até ver a sua foto em todos os jornais.

Olhei para Russ. Formou com os lábios a palavra "Dulange"; concordei, imaginando Betty Short solta por aí até encontrar Joe o Francês na manhã do dia 12. Começávamos a preencher a agenda dos dias em que Dália ficou desaparecida.

– E a senhorita e John Vogel, continuaram no dia seguinte? – perguntou Russ.

Sally jogou as fotos da Seção de Pessoal no chão.

– Sim.

– Ele lhe falou sobre Liz?

– Falou que ela tinha adorado o Grande Schnitzel.

– Disse se tinha planos para encontrá-la de novo?

– Não.

– Mencionou seu pai e Liz de alguma forma?

– Não.

– O que falou sobre Liz?

Sally abraçou a si mesma.

– Falou que ela gostava do tipo de jogos que ele gostava. Perguntei que tipo de jogos, e o filhinho respondeu "Mestre e Escravo" e "Tira e Puta".

– Termine a história, por favor – falei.

Sally fitou a porta.

– Dois dias depois de Liz sair em todos os jornais, Fritz Vogel foi ao meu hotel e me contou que o filho disse que tinha transado com ela. Ele me contou que tinha conseguido o meu nome num arquivo da polícia, e me interrogou sobre meus... cafetões. Mencionei Charlie Issler, e Vogel se lembrava dele de quando trabalhava num grupo de elite da Divisão de Costumes. Aí ele ficou assustado, porque se lembrou de que Charlie tinha essa mania de confessar. Pegou meu telefone, ligou para um parceiro dele e falou para ele roubar a ficha de Charlie na Divisão de Costumes, aí fez outra ligação e ficou maluco, porque a pessoa que atendeu disse que Charlie já estava detido, que já tinha confessado o assassinato de Liz.

"Aí ele me bateu. Me fez todas aquelas perguntas, do tipo se Liz teria contado a Charlie que havia transado com o filho de um tira. Falei que Charlie e Liz eram só conhecidos, que ele só tinha arrumado clientes para ela algumas vezes, meses atrás, mas continuou me batendo e falou que me mataria se contasse à polícia sobre seu filho e a Dália.

Levantei-me para sair; Russ permaneceu imóvel.

– Srta. Stinson, disse que quando John Vogel lhe contou o nome de seu pai, a senhorita ficou assustada. Por quê?

Sally murmurou:

– Uma história que ouvi.

De repente, ela me pareceu mais do que desgastada – uma verdadeira relíquia antiga.

– Que tipo de história?

O murmúrio de Sally tornou-se dissonante.

– De como ele foi chutado daquele grupo de elite da Divisão de Costumes.

Lembrei-me do que Bill Koenig havia deixado escapar – que Fritzie tinha adquirido sífilis das putas quando trabalhava na Divisão de Costumes e que o tinham mandado embora para se tratar com mercúrio.

– Ele pegou uma doença, não foi?

Sally pigarreou e sua voz se tornou límpida:

– Ouvi dizer que ele pegou sífilis e ficou louco. Achava que uma moça negra lhe tinha passado o bicho, então pôs abaixo a casa da rua Watts e fez todas as garotas darem para ele antes de se curar. Fez elas esfregarem aquela coisa nos olhos, e duas garotas ficaram cegas.

Minhas pernas estavam mais bambas do que na noite do depósito.

Russ disse:

– Obrigado, Sally.

– Vamos pegar o Johnny – falei.

PEGAMOS MEU CARRO para ir para o centro. Johnny estava trabalhando de dia, fazendo sua ronda a pé que, com hora extra, se estendia até o início do turno seguinte. Então, às 11 horas achei que havia uma boa chance de encontrá-lo sozinho.

Eu dirigia devagar, procurando o seu vulto familiar em uniforme de sarja azul. Russ colocou sobre o painel do carro uma seringa e uma ampola de pentotal que tinha guardado do interrogatório do Ruivo Manley; até ele sabia que ia ser um caso para usar a força. Estávamos passando por um beco nos fundos da Missão Jesus Salva quando o avistei – prendendo sozinho um par de vagabundos que mexiam numa lata de lixo.

Saí do carro e gritei:

– Ei, Johnny!

Vogel Junior repreendeu os bêbados com o indicador e veio andando de lado, os polegares enfiados no cinto Sam Browne.

– O que está fazendo à paisana, Bleichert? – perguntou.

Mandei um gancho em seu estômago. Ele se dobrou. Agarrei sua cabeça e bati-a contra o capô do carro. Johnny baqueou, apagando. Amparei-o; Russ arregaçou a manga esquerda e injetou aquele xarope esquisito na veia da dobra do cotovelo.

Aí ele ficou inconsciente. Tirei o 38 de seu coldre, joguei-o no banco da frente e Johnny no de trás. Entrei e fiquei junto com ele; Russ assumiu o volante. Saímos cantando pneu no beco, enquanto os vagabundos acenavam para nós com os garrafões.

O trajeto até o El Nido levou uma meia hora. Johnny sorria em seu sono dopado, quase acordando por duas vezes; Russ dirigia em silêncio. Quando chegamos ao hotel, Russ deu uma olhada no saguão, viu que estava deserto e, da porta, fez sinal de positivo para mim. Joguei Johnny por cima do ombro e levei-o para cima, até o quarto 204 – o minuto de trabalho mais difícil da minha vida.

A viagem escada acima deixou-o semiacordado; seus olhos piscaram quando o depositei numa cadeira e algemei seu pulso esquerdo a um cano do aquecimento.

– O pentotal vai ter efeito por mais algumas horas – explicou Russ. – Não há jeito de ele mentir.

Molhei uma toalha de banho na pia e enrolei o rosto de Johnny nela. Quando ele tossiu, retirei a toalha.

Johnny sorriu.

– Elizabeth Short – falei, apontando as fotos na parede.

Johnny, com o rosto impassível, balbuciou:

– O que tem ela?

Dei-lhe uma outra dose da toalha, um estimulante para limpar as teias de aranha do cérebro dele. Johnny espirrou; deixei o bolo de pano felpudo frio cair sobre seu colo.

– E quanto a Liz Short? Lembra-se dela?

Johnny riu; Russ fez um gesto me mandando sentar a seu lado na barra da cama.

– Há um método para se fazer isso. Deixe-me fazer as perguntas. Só cuide para não perder o controle.

Concordei com a cabeça. Johnny focalizava nós dois agora, mas seus olhos estavam vidrados e as feições moles e apatetadas.

– Qual é o seu nome, filho? – perguntou Russ.

– O senhor me conhece, tenente – respondeu, arrastando menos a voz.

– Fale mesmo assim.

– Vogel. John Charles.

– Quando nasceu?

– 6 de maio de 1922.

– Quanto é 16 mais 56?

Johnny pensou por um instante e respondeu:

– Setenta e dois.

Então fixou os olhos em mim.

– Por que me bateu, Bleichert? Nunca fiz nada de ruim pra você.

O gordinho parecia realmente tonto. Fiquei de bico calado; Russ falou:

– Qual é o nome do seu pai, filho?

– O senhor conhece ele, tenente. Ahn... Friedrich Vogel. Fritzie, pra encurtar.

– Pra encurtar assim como "Liz", de Liz Short?

– Ahn... é, claro... como Liz, Betty, Beth, Dália... todos esses apelidos.

– Pense em janeiro passado, Johnny. O seu pai queria que você perdesse o cabaço, não é?

– Ahn... é.

– Ele te comprou uma mulher para dois dias, certo?

– Uma mulher não. Não uma mulher de verdade. Uma puta. Uma puuuuta – a sílaba alongada se transformou numa risada; Johnny tentou bater palmas. Uma das mãos bateu no peito, a outra foi puxada para trás quando acabou a corrente da algema.

– Isso não está certo – protestou. – Vou contar ao papi.

Russ respondeu-lhe com calma:

– É só um pouquinho. Encontrou-se com a prostituta no Biltmore, certo?

– É. Papi conseguiu um lugar porque conhecia o tira do hotel.

– E você encontrou Liz Short no Biltmore também. Certo?

O rosto de Johnny se contorceu em espasmos musculares – tiques de olho, tremores nos lábios, veias saltando na testa. Lembrava-me um boxeador nocauteado tentando se levantar da lona.

– Ahn... certo.

– Quem apresentou vocês?

– Qual era o nome dela? A... a puta.

– E o que você e Liz fizeram então, Johnny? Conte-me.

– Nós... acertamos 10 paus por 3 horas e brincamos. Dei o Grande Schnitz pra ela. Brincamos de "Cavalo e Cavaleiro" e gostei de Liz, então chicoteei ela só de leve. Ela era mais legal que a puta loira. Ficava de meias, porque dizia que tinha um sinal de nascença que ninguém podia ver. Gostou do Schnitz e me deixou beijá-la sem o antisséptico contra mau hálito que a loira me fez gargarejar.

Pensei no entalhe na coxa de Betty e contive a respiração. Russ falou:

– Johnny, você matou Liz?

O gordinho se remexeu na cadeira.

– Não! Não não não não não não! Não!

– Sssh. Calma, filho, calma. Quando Liz foi embora?

– Eu não cortei ela!

– Acredito em você, filho. Agora diga, quando Liz foi embora?

– Tarde. No fim do sábado. Talvez à meia-noite, talvez à 1 hora.

– Quer dizer, no início do domingo?

– É.

– Ela falou para onde estava indo?

– Não.

– Mencionou o nome de algum homem? Namorados? Homens que iria encontrar?

– Ahn... um aviador que era casado com ela.

– Só isso?

– Só.

– Encontrou-a novamente?

– Não.

– O seu pai conhece Liz?

– Não.

– Ele forçou o detetive do hotel a mudar o nome no livro de registros depois que o corpo de Liz foi encontrado?

– Ahn... sim.

– Sabe quem matou Liz Short?

– Não! Não!

Johnny começava a suar. Eu também – ansioso por fatos que o inculpassem, agora que parecia que ele e a Dália tinham sido um caso de uma noite só.

– Contou a seu pai sobre Liz quando ela foi parar no jornal, certo? – perguntei.

– Ahn... sim.

– E ele falou a você sobre um cara chamado Charles Issler? Um cafetão para quem Liz às vezes trabalhava?

– Sim.

– E ele falou que Issler estava detido por haver confessado? – Ahn... sim.

– Agora me diga o que ele falou que ia fazer a respeito disso, bundão. Fale tudo direitinho e devagar.

A coragem barata do gordinho se inflamou diante do desafio.

– Papi tentou fazer o judeuzinho Ellis soltar Issler, mas não conseguiu. Papi conhecia um cara do depósito de carnes que lhe devia um favor, arranjou aquela garota morta e convenceu o judeuzinho. Papi queria que o tio Bill fosse com ele, mas o judeuzinho disse que não, disse para levar você. Papi disse que você iria porque sem Blanchard pra lhe dizer o que fazer você era gelatina. Papi falou que você era coração mole, fracote, dentuço...

Johnny começou a rir histericamente, sacudindo a cabeça, pingando suor, chacoalhando o pulso algemado como um animal de zoológico com um novo brinquedo. Russ veio até mim.

– Vou fazer com que ele assine uma declaração. Saia por uma hora, mais ou menos, para se acalmar. Vou dar café a ele, e aí, quando você voltar, veremos o que fazer a seguir.

Andei até a escada de incêndio, sentei e coloquei as pernas para fora. Fiquei vendo os carros subirem a Wilcox em direção a Hollywood e pensei em tudo aquilo, o que tinha me custado, a confusão toda. Comecei a brincar de vinte-e-um com os números das placas, os que iam para o sul contra os que iam para o norte, carros de outro Estado funcionando como coringas. Os carros rumo ao sul eram eu, a banca; os rumo ao norte eram Lee e Kay. Os rumo ao sul ficaram num reles 17; os rumo ao norte conseguiram um ás e uma dama, vinte-e-um. Dedicando a partida a nós três, voltei ao quarto.

Johnny Vogel estava assinando a declaração de Russ, corado e suado, com um ataque sério de tremores. Li a confissão por cima do seu ombro: falava do Biltmore, de Betty e da surra que Fritzie tinha dado em Sally Stinson sucintamente, o que totalizava quatro delitos leves e dois graves.

– Quero dar um tempo, segurar isso e falar com um advogado – declarou Russ.

– Não, padre – falei, e me virei para Johnny. – Você está preso por suborno de prostitutas, ocultação de provas, obstrução da justiça e cumplicidade em ataque e agressão em primeiro grau.

Johnny balbuciou "Papi" e olhou para Russ. Russ olhou para mim – e me entregou a declaração. Coloquei-a no bolso e algemei os pulsos de Johnny às suas costas enquanto ele soluçava em silêncio.

Russ suspirou.

– Você vai ficar na merda até se aposentar.

– Eu sei.

– Nunca vai voltar à delegacia.

– Já conheço o gosto da merda, padre. Acho que não vai ser tão mau assim

LEVEI JOHNNY ATÉ meu carro e percorremos as quatro quadras até a Delegacia de Hollywood. Repórteres e fotógrafos perambulavam pelos degraus da entrada; foram à loucura ao ver o cara à paisana com o tira de uniforme algemado. Flashes estouraram, caçadores de notícias me reconheceram e gritaram meu nome. Gritei em resposta: "Sem comentários." Lá dentro, os policiais de azul me fitaram de olhos esbugalhados. Empurrei Johnny até a recepção e sussurrei em seu ouvido:

– Diga ao papi que sei do seu golpe de extorsão com as fichas dos federais, e sobre a sífilis e o prostíbulo da Watts. Diga a ele que irei levar isso aos jornais amanhã.

Johnny recomeçou a soluçar em silêncio. Um tenente uniformizado aproximou-se e vociferou:

– Que diabo está acontecendo aqui?

Um flash estourou diante de meus olhos; lá estava Bevo Means com seu bloco de anotações preparado. Falei:

– Sou o policial Bleichert e este é o policial John Vogel. Entregando a declaração para o tenente, dei uma piscadela:

– Pode fichá-lo.

FIQUEI UM BOM TEMPO me divertindo com meu almoço, um bife bem grande, depois segui para a Delegacia Central, para meu trabalho rotineiro. Ao entrar no vestiário, ouvi o intercomunicador rugir:

"Policial Bleichert, apresente-se no escritório da chefia."

Dei meia-volta e bati à porta do tenente Jastrow.

– Está aberta – gritou ele.

Entrei e bati continência como um novato esforçado. Jastrow se levantou, ignorou minha continência e ajustou seus óculos de aros de chifre como se estivesse me vendo pela primeira vez.

– Está em licença de férias de duas semanas a partir de agora, Bleichert. Quando voltar ao serviço, apresente-se ao chefe Green. Ele vai transferi-lo para outra divisão.

Querendo desfrutar o momento, perguntei:

– Por quê?

– Fritz Vogel acaba de estourar os miolos. Eis por quê.

Minha continência de despedida foi duas vezes mais firme do que a primeira. Jastrow ignorou-a de novo. Atravessei o corredor pensando nas prostitutas cegas, pensando se elas iriam descobrir, se se importariam ou não. A sala de reuniões estava apinhada de tiras de azul esperando a chamada – um último obstáculo antes de chegar ao estacionamento e ir para casa. Fui devagar, empertigado como um recruta, encarando os que me encaravam e fazendo-os baixar os olhos. Os sussurros de "traidor" e "bolchevique" se espalharam quando virei as costas. Estava quase chegando à porta quando ouvi aplausos. Voltei-me e vi Russ Millard e Thad Green me saudando em despedida.

24

Mergulhado na merda e orgulhoso disso; duas semanas para matar tempo antes de começar a cumprir a minha sentença em algum posto nojento da periferia do DPLA. A versão maquiada da prisão-suicídio dos Vogel era a de uma infração interdepartamental e da vergonha de um pai diante da ignomínia. Encerrei meus dias de glória do único modo que me pareceu decente – saí à procura do homem desaparecido.

Comecei por Los Angeles, investigando tudo que se referia ao seu desaparecimento.

Não cheguei a lugar algum lendo diversas vezes os recortes de jornal sobre a suspensão de Lee; interroguei as lésbicas do La Verne's Hideaway, perguntando se o Sr. Fogo aparecera para ofendê-las uma segunda vez – e recebi nãos e gozações em resposta. O padre surrupiou para mim uma cópia do arquivo completo de prisões de Blanchard – não me disse nada de novo. Kay, satisfeita com a nossa monogamia, falou que eu era um completo idiota por fazer o que estava fazendo – e sabia que aquilo a amedrontava.

Desvendar a conexão Issler/Stinson/Vogel tinha me convencido de uma coisa: eu era um detetive. Pensar como um quando se tratava de Lee eram outros quinhentos, mas me forcei a fazer isso. A crueldade que eu sempre vi nele – e admirava secretamente – surgia com mais força ainda, fazendo com que me importasse com ele de modo ainda mais inequívoco. O mesmo acontecia com os fatos aos quais sempre tinha de voltar:

Lee havia desaparecido quando a Dália, a benzedrina e a liberdade condicional de Bobby De Witt convergiam sobre ele;

Tinha sido visto pela última vez em Tijuana no momento em que De Witt estava seguindo para lá e que o caso Short tinha se concentrado na fronteira dos Estados Unidos com o México;

De Witt e seu parceiro traficante Felix Chasco foram assassinados naquela ocasião, embora dois cidadãos mexicanos tivessem sido presos pelo crime, aquilo podia ser uma armação – os Rurales eliminando de seus arquivos um homicídio indesejado;

Conclusão: Lee Blanchard podia ter matado De Witt e Chasco, tendo por motivo o desejo de proteger a si mesmo de tentativas de vingança e a Kay de um possível ataque do gigolô Bobby. Conclusão dentro da conclusão: eu não me importava.

Meu próximo passo foi estudar a transcrição do julgamento de De Witt. Nos arquivos, mais fatos.

Lee nomeou os informantes que haviam lhe dado a dica sobre De Witt ser o "cérebro" do caso do Boulevard-Citizens, e falou que tinham saído da cidade para evitar represálias dos amigos do gigolô. A ligação que fiz para a P&I para confirmar foi perturbadora – não havia nenhum registro dos dedos-duros. De Witt tinha alegado que havia uma armação da polícia por causa das suas prisões anteriores por drogas, e a acusação fundou sua argumentação no dinheiro marcado do assalto encontrado na casa de De Witt e no fato de que ele não tinha álibi para a hora do crime. Do bando de quatro homens, dois foram mortos na cena do crime, De Witt tinha sido capturado e o quarto permanecia solto. De Witt alegou não saber quem era – mesmo sabendo que se o denunciasse conseguiria uma redução na pena.

Conclusão: talvez fosse uma armação do departamento, talvez Lee tivesse participado dela, talvez até a tivesse engendrado para cair nas boas graças de Benny Siegel, cujo dinheiro tinha sido afanado pelos verdadeiros assaltantes, e de quem Lee sentia um medo terrível por boas razões – tinha dado o cano no gângster no contrato de suas lutas. Então Lee conheceu Kay no julgamento de De Witt, apaixonou-se por ela a seu modo casto e cheio de sentimento de culpa e começou a odiar Bobby de verdade. Conclusão dentro da conclusão: Kay não saberia de nada. De Witt era um canalha e tinha recebido o que merecia.

E a conclusão final: eu tinha de ouvir a confirmação ou a negação da boca do próprio Lee.

Depois de quatro dias de "férias", parti para o México. Em Tijuana, distribuí pesos e moedinhas americanas e mostrei fotos de Lee, guardando as moedas maiores, de um quarto de dólar, para trocar por "información importante". Ganhei um séquito, nenhuma pista e a certeza de que seria triturado se continuasse a exibir moedas. A partir de então, aderi ao esquema tradicional tira gringo/tira mexicano, 1 dólar por informação confidencial.

Os tiras de Tijuana eram abutres de camisa preta que só falavam um inglês estropiado – mas entendiam a linguagem internacional muito bem. Parei diversos "patrulheiros" que trabalhavam sozinhos nas ruas, mostrei meu distintivo e as fotos, coloquei notas de 1 dólar nas mãos deles e fiz perguntas no meu melhor inglês-espanhol. As notas desapareciam rapidamente, eu recebia negativas, uma saraivada bilíngue de absurdos e uma estranha série de histórias que soavam verdadeiras.

Segundo uma delas, "el blanco explosivo" tinha chorado numa sessão privada de um filme de sacanagem no Chicago Club no fim de janeiro; segundo outra, um loiro grandalhão tinha espancado violentamente três assaltantes de bêbados, depois comprou os tiras com duas notas de 10 dólares retiradas de um maço bem gordo. A melhor era a que dizia que Lee tinha doado 200 paus a um sacerdote de leprosos que encontrou num bar, comprou bebidas para todos e partiu para Ensenada. Quando recebi essa informação, tirei 5 paus do bolso para pagar o tira e exigi mais detalhes. O tira falou: "O sacerdote era meu irmão. Ele ordenou a si próprio. *Vaya con Dios*. Fique com seu dinhciro."

Peguei a estrada costeira para ir a Ensenada, 130 quilômetros ao sul, me perguntando onde Lee tinha arranjado tanto dinheiro para jogar fora. A viagem foi agradável – penhascos tomados por vegetação cerrada terminando sobre o oceano à minha direita, montanhas e vales cobertos com densa folhagem à esquerda. O tráfego de carros era reduzido, e uma fila constante de pedestres seguia para o norte: famílias inteiras arrastando malas, parecendo assustadas e felizes ao mesmo tempo, como se não soubessem o que a travessia da fronteira iria lhes trazer, mas soubessem que tinha de ser melhor do que a sujeira mexicana e a esmola dos turistas.

Ao me aproximar de Ensenada ao cair da noite, a fila tinha se transformado numa marcha migratória. Uma única linha de pessoas tomava a estrada para o norte, com seus pertences enrolados em cobertores e atirados por cima dos ombros. Todo quinto ou sexto caminhante carregava uma tocha ou uma lanterna, e todas as crianças pequenas vinham presas às costas da mãe como bebês índios. Ultrapassando a última montanha fora dos limites da cidade, vi Ensenada, uma mancha de néon abaixo de mim; as luzes das tochas pontuavam a escuridão até uma fluorescência global as engolir.

Mergulhei dentro dela, sentindo logo que a cidade era uma versão de Tijuana com brisa marítima, destinada a uma classe superior de turista. Os gringos eram bem comportados, não havia crianças mendigando nas ruas nem pregoeiros em frente à profusão de lojas de bebidas. A fila de imigrantes clandestinos que tinha se iniciado no cerrado só atravessava Ensenada para chegar à estrada costeira – mas pagava aos Rurales um tributo para poder fazer a travessia.

Era a extorsão mais explícita que eu já tinha visto. Os Rurales em camisas marrons, culotes e botas de cano alto falavam com os camponeses um a um, pegavam o dinheiro e fixavam etiquetas em seus ombros com grampeadores; tiras à paisana vendiam pedaços de charque e frutas secas, pondo as moedas que recebiam em máquinas de trocar dinheiro presas no cinto ao lado do coldre. Outros Rurales se posicionavam um em cada quadra para verificar as etiquetas; quando saí da rua principal, entrando numa típica rua de prostituição, avistei dois camisas-marrons colocando um cara para dormir com a coronha da arma: escopetas de cano serrado.

Achei que seria prudente falar com a polícia antes de sair interrogando os cidadãos de Ensenada. Além disso, Lee tinha sido avistado conversando com um grupo de Rurales perto da fronteira pouco antes de sair de Los Angeles; talvez fosse possível extrair alguma informação dos Rurales locais.

Segui uma caravana de uns vinte carros de radiopatrulha, todos dos anos 1930, descendo a quadra de prostituição até virar numa rua paralela à praia – e lá estava a delegacia. Era uma igreja reformada: janelas com barras, a palavra *policía* pintada em negro sobre cenas religiosas esculpidas na fachada de adobe branco. Havia um holofote postado sobre a grama; quando saí do carro, com o distintivo na mão e um sorriso americano nos lábios, o holofote foi apontado para mim.

Avancei em sua direção, protegendo os olhos, com o rosto ardendo devido ao jato de calor. Um homem matraqueou:

– Tira ianque, J. Edgar, Texas Rangers.

Estendeu a mão quando passei por ele. Empurrei uma nota de 1 dólar para dentro dela e entrei na delegacia.

O interior parecia ainda mais uma igreja: tapeçarias de veludo retratando Jesus e suas aventuras decoravam as paredes do saguão de entrada; os bancos, cheios de camisas-marrons ociosos, pareciam bancos de igreja. A escrivaninha da recepção era um bloco grande de madeira escura onde Jesus aparecia esculpido pregado à cruz, provavelmente um altar aposentado. O policial gordo de sentinela ali lambeu os lábios quando me viu chegando – achei que ele tinha cara de um desses tarados que nunca se aposentam.

Mostrei a obrigatória nota de 1 dólar, mas fiquei segurando-a.

– Polícia de Los Angeles. Quero ver o chefe.

O camisa-marrom esfregou o polegar no indicador, depois apontou para o meu porta-distintivo. Entreguei-o a ele junto com o dólar; ele me conduziu através de um corredor com afrescos de Jesus até uma porta com a placa *Capitán*. Fiquei ali enquanto ele entrava e conversava num espanhol velocíssimo; quando saiu, recebi uma batida de calcanhares e uma saudação tardia.

– Policial Bleichert, entre, por favor.

As palavras sem sotaque me surpreenderam; entrei para respondê-las. Um mexicano alto trajando terno cinza estava ali, em pé, com a mão estendida para mim – para um cumprimento, não para receber 1 dólar.

Apertamos as mãos. O homem se sentou atrás de uma escrivaninha grande e apontou uma placa que dizia *Capitán* Vasquez.

– Como posso ajudá-lo, policial?

Peguei o meu porta-distintivo da escrivaninha e pus uma foto de Lee em seu lugar.

– Este homem é da polícia de Los Angeles. Está desaparecido desde o fim de janeiro, e quando foi visto pela última vez estava vindo para cá.

Vasquez examinou a fotografia. Os cantos de sua boca se contorceram; tentou imediatamente esconder a reação transformando-a num sacudir de cabeça negativo.

– Não, não vi esse homem. Vou expedir um boletim para meus policiais e fazer com que interroguem a comunidade americana local.

Respondi à mentira.

– É um homem difícil de não se notar, capitão. Loiro, 1,83 metro, sólido como uma parede de tijolos.

– Ensenada atrai gente perigosa, policial. É por isso que o contingente policial daqui é tão bem armado e vigilante. Vai ficar aqui por uns tempos?

– Pelo menos esta noite. Talvez os seus homens o tenham visto, e eu possa conseguir algumas indicações.

Vasquez sorriu.

– Duvido muito. Está sozinho?

– Tenho dois parceiros esperando por mim em Tijuana.

– Em que divisão trabalha?

Menti grande.

– A Metropolitana.

– É muito jovem para um cargo de tanto prestígio.

Recolhi a foto.

– Nepotismo, capitão. Meu pai é vice-delegado e meu irmão trabalha no consulado na Cidade do México. Boa noite.

– Boa sorte, Bleichert.

Aluguei um quarto num hotel a uma distância que me permitia ir a pé até o trecho das boates e das prostitutas. Por 2 dólares, consegui um quarto no térreo com vista para o oceano, uma cama com um colchão fino como uma panqueca, uma pia e uma chave para o banheiro comum externo. Larguei minha valise sobre a cômoda e, como precaução, antes de sair, arranquei dois fios de cabelo da cabeça e grudei-os com cuspe no espaço que ligava a porta ao batente. Se os *fascisti* resolvessem invadir, eu saberia.

Andei até o centro da mancha de néon que tinha avistado da estrada.

As ruas estavam cheias de homens de uniforme: camisas-marrons, marinheiros e fuzileiros navais americanos. Não havia nativos mexicanos à vista, e todos pareciam se comportar bem – até os grupos de fuzileiros navais bêbados cambaleando. Julguei que era o arsenal dos Rurales que mantinha tudo em ordem. A maioria dos camisas-marrons eram pesos-galo esqueléticos, mas seu poder de fogo era grande: espingardas serradas, metralhadoras, 45 automáticas e socos-ingleses pendurados em suas cartucheiras.

Letreiros fluorescentes pulsavam diante de mim: Flame Klub, Arturo's Oven, Club Boxeo, Falcon's Lair, Chico's Klub, Imperial. "Boxeo" queria dizer "boxe" em espanhol – resolvi que aquela espelunca seria a minha primeira parada.

Esperando escuridão, entrei numa sala espalhafatosamente iluminada, repleta de marinheiros. Garotas mexicanas dançavam seminuas em cima de um balcão comprido, com dólares enfiados em seus tapa-sexos. Música de marimba gravada e assobios tornavam o local ensurdecedor; fiquei bem ligado, procurando alguém com cara de proprietário. Nos fundos, vi um recanto com as paredes forradas de anúncios publicitários de boxe. Aquilo me atraiu como um ímã, e abri caminho entre as mulheres nuas para chegar até lá.

E ali estava eu, em companhia de grandes meio-pesados, ensanduichado entre Gus Lesnevich e Billy Cohn;

E lá estava Lee, à direita de Joe Louis, com quem poderia ter lutado se tivesse feito o jogo de Benny Siegel e perdido aquelas lutas.

Bleichert e Blanchard, duas esperanças brancas fracassadas.

Fiquei olhando as fotos por um bom tempo, até todos aqueles ruídos ao meu redor se dissiparem, até não estar mais numa pocilga atapetada e voltar aos anos 1940 e 1941, ganhando lutas e transando com garotas que me davam de graça e pareciam com Betty Short. E Lee colecionava nocautes e vivia com Kay – e, por estranho que pareça, éramos de novo uma família.

– Primeiro Blanchard, agora você. Quem vai ser o próximo? Willie Pep?

Voltei à pocilga imediatamente e perguntei, de modo abrupto:

– Quando? Quando o viu?

Dando meia-volta, vi um velho corpulento. Seu rosto não passava de couro rachado e ossos quebrados – um saco de pancadas mas a voz não parecia a de um velho alquebrado.

– Há uns dois meses. Durante as chuvas fortes de fevereiro. Acho que conversamos sobre boxe umas dez horas direto.

– Onde ele está agora?

– Não o vi mais desde aquela vez, e talvez ele não queira vê-lo. Tentei conversar sobre aquela luta de vocês, mas o Grande Lee não quis saber. Falou "Não somos mais parceiros" e começou a me falar que os pesos-pena são a melhor categoria na relação entre peso e força. Falei "Nada a ver, os médios é que são os melhores. Zale, Graziano, La Motta, Cerdan, tá gozando da minha cara?"

– Ele ainda está na cidade?

– Acho que não. Sou o dono deste lugar, e ele não voltou aqui. Está querendo acertar as contas? Uma luta de revanche, quem sabe?

– Quero tirá-lo da merda de confusão em que se meteu.

O velho pugilista mediu minhas palavras, então falou:

– Sou louco por pugilistas técnicos, bailarinos, como você, então vou lhe dar a única informação que tenho. Ouvi dizer que Blanchard arrumou uma confusão no Club Satan, que teve de soltar uma grana para o capitão Vasquez libertá-lo. Se andar cinco quadras para o sul em direção à praia encontrará o Satan. Fale com Ernie, o cozinheiro. Ele viu tudo. Diga-lhe que eu falei pra ele ser legal com você, e respire fundo antes de entrar, porque não há lugar pior do que aquele no mundo.

O Club Satan era uma cabana de adobe com telhado de ardósia ostentando um anúncio em néon bastante engenhoso: um diabinho vermelho com um pau ereto com cabeça em forma de tridente. Tinha um porteiro de camisa marrom, um mexicano pequeno que examinava os fregueses que entravam enquanto acariciava o gatilho de uma metralhadora. Suas dragonas estavam recheadas de notas de 1 dólar; acrescentei uma à coleção e entrei, enchendo-me de coragem.

Da pocilga para a merda total.

O bar era um tanque de urina. Fuzileiros navais e marinheiros se masturbavam enquanto caíam de boca nas garotas nuas sentadas sobre o balcão. As chupadas rolavam por baixo das mesas na frente da sala e do estrado da banda. Um cara vestido de Satã trepava com uma mulher gorda sobre um colchão. Um burro com chifres de diabo de veludo vermelho pregados às orelhas comia feno de uma tigela no chão. À direita do palco, um gringo de smoking cantava num microfone: "Tenho uma garota rica, seu nome é Cecilia, como diafragma ela usa uma *tortilla!* Hey! Hey! Eu tenho uma garota, ela se chama Sue, com ela não dá outra, adora dar o cu! Hey! Hey! Eu tenho uma garota que se chama Ana, ela sabe tirar suco da minha banana! Hey! Hey!..."

A "música" foi abafada pela cantoria das mesas – "Burro! Burro!" Estava ali, levando cotoveladas dos foliões, quando um hálito de alho me sufocou.

– Cê qué alguma coisa do bar, lindo? Sucrilhos, 1 dólar. Cê me qué? Volta ao mundo, 2 dólares.

Criei coragem de olhar para ela. Era velha, gorda, com os lábios incrustados de feridas ulceradas. Peguei umas notas no bolso e empurrei para ela, sem ligar para o valor. A puta fez uma genuflexão diante de seu Jesus Cristo de boate; gritei:

– Ernie. Tenho de vê-lo agora. O cara do Club Boxeo me mandou.

Mamacita exclamou "*Vamonos!*" e abriu caminho para mim através de uma fila de fuzileiros que esperavam lugares para jantar no balcão. Levou-me até uma passagem protegida por uma cortina ao lado do palco que conduzia à cozinha. Um aroma de especiarias ativou minhas papilas gustativas – até ver o traseiro de uma carcaça de cachorro pendendo para fora de um panelão. A mulher falou em espanhol com o cozinheiro – um sujeito de aparência estranha, com cara de mestiço de mexicano e chinês. Ele concordou com um gesto de cabeça e se aproximou. Mostrei a foto de Lee.

– Ouvi dizer que esse cara lhe causou problemas uns tempos atrás.

O sujeito passou os olhos pela foto de relance.

– Quem está interessado em saber?

Mostrei meu distintivo, deixando que o mestiço visse minha arma.

– Seu amigo, ele? – perguntou.

– Meu melhor amigo.

O mestiço enfiou as mãos sob o avental; sabia que uma delas segurava uma faca.

– Seu amigo bebeu 14 doses do meu melhor Mescal, recorde da casa. Disso eu gostei. Fez um monte de brindes a mulheres mortas. Com isso eu não me importei. Mas tentou foder o meu espetáculo, com burro e tudo, e essa eu não engoli.

– O que aconteceu?

– Ele pôde com quatro dos meus rapazes, mas não com cinco. Os Rurales o levaram para casa para ele dormir até passar o efeito.

– Só isso?

O mestiço sacou um estilete, soltou a lâmina e passou o lado cego no pescoço.

– *Finito.*

Saí para uma ruela pela porta dos fundos, temendo por Lee. Dois homens em ternos brilhantes vagavam sob a luz das luminárias da rua; quando me viram, aceleraram o ritmo dos passos, arrastando os pés e analisando o chão como se a sujeira de repente tivesse ficado fascinante. Saí correndo; os ruídos de cascalho arranhado atrás de mim me diziam que os dois me perseguiam a toda.

A ruela terminava numa bifurcação entre uma rua que levava à quadra das prostitutas e outra rua suja quase impraticável que seguia em direção à praia. Entrei por essa última voando, com meus ombros roçando em cercas de arame farpado e os cachorros presos querendo me alcançar de todos os lados. Os latidos afogaram os outros ruídos da rua; não tinha a menor ideia se os dois ainda estavam na minha cola. Vi o bulevar junto à praia surgir diante de mim, o que me forneceu um ponto de orientação; calculei que o hotel devia estar uma quadra à direita e desacelerei, começando a andar em vez de correr.

Tinha meia quadra de vantagem, no mínimo.

A espelunca estava a uns 90 metros de distância. Tomando fôlego, dei uma de turista, o típico Sr. Americano Comum saracoteando pelos bairros pobres. O pátio estava vazio; peguei a chave do meu quarto. Então a luz do segundo andar passou pela porta onde não havia mais a minha armadilha de fio grudado com saliva.

Saquei o meu 38 e abri a porta com um pontapé. Um homem branco sentado na cadeira junto à cama já tinha as mãos erguidas e uma oferta de paz nos lábios:

– Ôoo, rapaz. Sou amigo. Não estou armado, e se não acredita em mim pode me revistar agora mesmo.

Apontei a arma para a parede. O homem se levantou e colocou as palmas contra ela, mãos sobre a cabeça, pernas separadas. Revistei-o com o 38 em sua espinha, encontrei uma carteira, chaves e um pente oleoso. Forçando o cano da arma contra sua espinha, examinei a carteira. Estava cheia de dinheiro americano; havia uma licença de investigador particular da Califórnia num estojo laminado. Dizia que o nome do cara era Milton Dolphine, e que seu endereço comercial era Copa de Oro 986, em San Diego.

Joguei a carteira em cima da cama e afrouxei a pressão da arma; Dolphine se remexeu.

– Esse dinheiro é fichinha perto do que Blanchard tinha com ele. Se fizer um trato comigo, vai ser moleza.

Passei-lhe uma rasteira. Dolphine caiu no chão e comeu a poeira do tapete.

– Conte essa história direitinho e cuidado com o que fala do meu parceiro, senão prendo você por invasão de domicílio e você vai para a cadeia de Ensenada.

Dolphine fez um esforço e se ajoelhou. Arquejou.

– Bleichert, como diabos acha que eu soube que estava aqui? Já lhe ocorreu que talvez eu estivesse por perto quando foi lá contar sua historinha de tira gringo pro Vasquez?

Avaliei o cara. Tinha mais de 40, era gordo e careca, mas provavelmente forte – como um ex-atleta cuja força se transforma em esperteza quando o corpo não ajuda mais.

– Tem mais gente me seguindo – falei. – Quem é?

Dolphine cuspiu teias de aranha.

– Os Rurales. Vasquez tem grande interesse em que você não descubra nada sobre Blanchard.

– Sabem que estou parando aqui?

– Não. Falei ao capitão que começaria a busca. Os outros rapazes dele devem tê-lo encontrado. Perdeu os caras de vista?

Fiz que sim com a cabeça e balancei o nó da gravata de Dolphine com o revólver.

– Por que está tão interessado em ajudar?

Dolphine pôs a mão de leve sobre o cano e afastou-o de si.

– Eu também tenho meus interesses, e costumo me sair bem jogando dos dois lados. Também costumo falar melhor quando estou sentado. Acha que dá pra dar um jeito nisso?

Agarrei a cadeira e coloquei-a na frente dele. Dolphine se levantou, tirou a poeira do terno com a mão e se jogou na cadeira. Enfiei o revólver no coldre.

– Devagar e do princípio.

Dolphine soprou em suas unhas e esfregou-as na camisa. Peguei a única outra cadeira no quarto e sentei nela ao contrário, de frente para as ripas, para ter algo para segurar.

– Fale, caramba.

Dolphine obedeceu.

– Cerca de um mês atrás, uma mexicana entrou no meu escritório em Dago. Gorducha, usando dez tons de maquiagem mas vestida com elegância. Ofereceu-me 500 para localizar Blanchard, e me contou que achava que ele estava em algum lugar perto de Tijuana ou de Ensenada. Falou que ele era um tira de Los Angeles, fugitivo ou algo assim. Sabendo que os tiras de Los Angeles adoram aquelas notinhas verdes, comecei de cara a pensar em grana.

"Perguntei aos meus informantes de Tijuana sobre ele, mostrei aquela foto de jornal que a mulher me deu. Soube que Blanchard esteve em Tijuana no fim de janeiro, que tinha se metido em brigas e bebedeiras e gastado montes de dinheiro. Aí surge um amigo meu da patrulha da fronteira que fala que ele está escondido em Ensenada, sob a proteção dos Rurales – que, na verdade, o deixam beber à vontade e aprontar as maiores brigas na cidade, coisa que Vasquez dificilmente toleraria.

"Tudo bem, então vim para cá e comecei a seguir Blanchard, que banca o gringo rico direto. Vejo-o bater em dois mexicanos que insultam uma *señorita*, e os Rurales só olhando, sem fazer nada. Isso indica que aquela história de proteção é quente, e começo a pensar em grana, grana, grana.

Dolphine traçou o símbolo do dólar nos ares; agarrei as ripas da cadeira com tanta força que pude sentir a madeira começar a ceder.

– Aí é que a história fica interessante. Um tira zangado que não está na lista de pagamentos de Blanchard me conta que ouviu dizer que Blanchard contratou uma dupla de Rurales à paisana para matar dois inimigos seus em Tijuana no fim de janeiro. Volto a Tijuana, passo umas gorjetas para os tiras locais e descubro que dois caras chamados Robert De Witt e Felix

Chasco foram liquidados em Tijuana no dia 23. O nome De Witt soou familiar, então liguei para um amigo que trabalha no DP de San Diego. Ele deu uma verificada e me ligou de volta. Agora ouve essa, se é que já não sabe. Blanchard mandou De Witt para a cadeia em 1939, e De Witt jurou se vingar. Imagino que De Witt tenha saído antes do tempo, em condicional, e que Blanchard o tenha apagado para se proteger. Telefonei ao meu parceiro em Dago e deixei uma mensagem para a mexicana: "Blanchard está em Ensenada, protegido pelos Rurales, que provavelmente liquidaram De Witt e Chasco para ele."

Soltei as ripas, com as mãos dormentes.

– Como se chamava a mulher?

Dolphine deu de ombros.

– Disse que se chamava Dolores Garcia, mas provavelmente era falso. Depois que soube da questão De Witt-Chasco, imaginei que fosse uma das putas de Chasco. Parece que ele era um gigolô com muitas putas mexicanas ricas nas suas fileiras, e acho que a dama queria vingar o assassinato. Acho que já sabia de algum modo que Blanchard era o responsável, e só queria que eu confirmasse.

– Já ouviu falar do caso Dália, de Los Angeles? – perguntei.

– O Papa é italiano?

– Lee estava trabalhando no caso logo antes de vir para cá, e no fim de janeiro surgiram pistas relacionando o caso a Tijuana. Ouviu-o fazer perguntas sobre a Dália?

– Nada – respondeu Dolphine. – Quer ouvir o resto?

– Rapidamente.

– Tudo bem. Voltei para Dago, e meu parceiro me contou que a dama mexicana recebeu a mensagem. Fui de férias para Reno e gastei nos dados todo o dinheiro que ela me pagou. Comecei a pensar em Blanchard e em todo o dinheiro que ele tinha, me perguntando o que a mexicana teria em mente para ele. A coisa não saía da minha cabeça. Voltei a Dago, trabalhei em alguns casos de pessoas desaparecidas e voltei a Ensenada cerca de duas semanas depois. E quer saber de uma coisa? Não havia mais nem sombra de Blanchard.

"Só um idiota iria perguntar sobre ele a Vasquez ou aos Rurales, então fiquei aí pela cidade recolhendo pistas. Vi um marginal usando a jaqueta de atleta de Blanchard e um outro com o suéter do Legion Stadium. Recebi a informação de que dois caras tinham sido enforcados em Juarez pelo assassinato de De Witt e Chasco, e pensei, queima de arquivo dos Rurales, sem nenhuma dúvida. Fico na cidade puxando o saco de Vasquez, denunciando viciados a ele para ficar nas suas boas graças. Finalmente, monto o quebra-cabeça Blanchard. Então, se era seu amigo, se prepare.

Diante do "era" minhas mãos quebraram a ripa que eu agarrava.

– Ôoo, rapaz – disse Dolphine.

Falei, com voz ofegante:

– Termine.

O detetive particular falou devagar e com calma, como se estivesse segurando uma granada de mão.

– Ele está morto. Cortado com um machado. Uns marginais o encontraram. Entraram na casa onde ele morava, e um deles contou para os Rurales com medo de serem responsabilizados. Vasquez silenciou-os com dinheiro e alguns dos pertences de Blanchard; depois os Rurales enterraram o corpo fora da cidade. Ouvi boatos de que nenhum dinheiro foi encontrado, e fiquei por aqui porque sabia que Blanchard era um tratante e que mais cedo ou mais tarde algum tira americano ia aparecer procurando por ele. Quando você chegou na delegacia com aquele papo furado sobre trabalhar na Metropolitana, soube que era o cara.

Tentei dizer que não, mas meus lábios não se moveram; Dolphine despejou o resto da história:

– Talvez tenham sido os Rurales, talvez tenha sido a mulher ou os amigos dela. Talvez um deles tenha pego o dinheiro, mas talvez não, e aí nós podemos pegá-lo. Você conhecia Blanchard, pode ter alguma ideia de quem...

Levantei de um salto e golpeei Dolphine com a ripa da cadeira; recebeu o golpe no pescoço, caiu ao chão e comeu poeira de novo. Mirei o revólver em sua nuca; o detetive bundão choramingou; depois, mais que depressa, procurou conquistar minha piedade.

– Olha, eu não sabia que era tão importante para você. Não matei o cara, e posso ajudar se quiser pegar o culpado. Por favor, Bleichert, que diabo.

Eu também choraminguei.

– Como vou saber se é verdade?

– Tem um fosso nas areias da praia. Os Rurales jogam os cadáveres lá. Um menino me contou que viu um grupo de tiras enterrando um homem branco grandalhão por ali bem na época em que Blanchard bateu as botas. Porra, Bleichert, é verdade!

Soltei o cão do 38.

– Então me mostre.

O depósito de cadáveres ficava a uns 15 quilômetros de Ensenada, perto da estrada costeira num penhasco junto ao mar. Uma grande cruz flamejante assinalava o local. Dolphine estacionou junto a ela e desligou o motor.

– Não é o que você pensa. A população conserva essa coisa maldita queimando porque não sabe quem está enterrado aqui, e muitos perderam entes queridos. É um ritual entre eles. Queimam as cruzes, e os Rurales toleram, como um tipo de panaceia para que o povão não pegue em armas contra eles. Falando nisso, quer virar essa coisa para o outro lado?

Meu revólver de serviço estava apontado para o corpo de Dolphine; perguntei-me há quanto tempo o estaria apontando.

– Não. Você tem ferramentas?

Dolphine engoliu em seco.

– Utensílios de jardinagem. Escute...

– Não. Me leve ao local de que o menino falou, e aí nós cavamos. Dolphine desceu, deu a volta no carro e abriu o porta-malas.

Fui atrás e o vi tirar uma pá bem grande. O fulgor da chama iluminava o velho Dodge cupê do detetive particular; notei uma pilha de estacas de cerca e pedaços de pano junto ao pneu sobressalente. Enfiando o 38 em meu cinto, improvisei duas tochas com eles, enrolando os panos ao redor da ponta das estacas, depois as acendi na cruz. Entregando uma a Dolphin, falei:

– Ande na minha frente.

Entramos no fosso de areia, fora da lei empunhando bolas de fogo sobre uma vareta. A suavidade da areia nos fazia ir devagar; a luz da tocha me permitia ver as oferendas aos mortos – ramalhetes e estátuas religiosas espalhados no alto das dunas. Dolphine explicava, sussurrando, que os gringos eram enterrados no lado mais afastado; senti ossos se quebrando embaixo dos meus pés. Chegamos num monte particularmente alto, e Dolphine apontou com a tocha uma bandeira americana esfarrapada desfraldada sobre a areia.

– Aqui. O marginal falou perto de *el bañero.*

Chutei a bandeira para longe; um bando de insetos começou a revoar, zumbindo. Dolphine gritou "Merda" e bateu neles com a tocha.

Um fedor pútrido exalava de uma enorme cratera a nossos pés.

– Cave – ordenei.

Dolphine pôs mãos à obra; pensei em fantasmas – Betty Short e Laurie Blanchard – esperando que a pá batesse em ossos. Da primeira vez que aconteceu recitei um salmo que o velho havia me feito aprender à força; da segunda, pensei no "Pai-Nosso" que Danny Boyland costumava recitar antes das nossas sessões de treinamento. Quando Dolphine disse "Marinheiro. Estou vendo a jaqueta", não sabia se queria que Lee estivesse vivo e sofrendo ou morto e em lugar nenhum – então empurrei Dolphine para o lado e cavei eu mesmo.

Meu primeiro golpe decepou a caveira do marinheiro, o segundo rasgou a frente de sua túnica e arrancou o torso fora do resto do esqueleto. As pernas estavam esmigalhadas em pedaços; continuei cavando embaixo delas na areia pura com brilho de mica. Depois, ninhos de vermes, vísceras, um vestido de crinolina coberto de sangue, areia, ossos esparsos e nada – e então uma pele rósea queimada de sol e sobrancelhas loiras cobertas de cicatrizes que pareciam familiares. Lee estava sorrindo como a Dália, com vermes rastejando na boca e nos buracos onde seus olhos costumavam ficar.

Larguei a pá e saí correndo. Dolphine gritou "A grana!" atrás de mim; arranquei a cruz ardente pensando que tinha sido eu quem tinha colocado aquelas cicatrizes em Lee, eu que tinha feito aquilo nele. Chegando ao carro, entrei, acelerei em marcha à ré, enterrei o crucifixo na areia, engatei a primeira, segunda, terceira marcha e fui em frente. Ouvi gritos de "Meu carro! A grana!" enquanto dava um cavalo de pau e entrava na estrada costeira rumo ao norte, estendendo a mão para ligar o botão da sirene e esmurrando o painel ao me lembrar de que veículos particulares não têm esse acessório.

Segui para Ensenada, voando no dobro do limite de velocidade permitido. Larguei o Dodge na rua, diante do hotel, e corri para pegar o meu carro – mas desacelerei ao ver três homens se aproximando de mim pelos flancos, com as mãos enfiadas nos paletós.

Meu Chevrolet a 10 metros de distância; o cara do meio eu reconheci quando entrou em meu foco de visão – era o capitão Vasquez; os outros dois se desdobravam em leque para se aproximar de mim pelas laterais. O único abrigo era uma cabine telefônica perto da primeira porta no lado esquerdo do pátio. Bucky Bleichert a ponto de ser largado morto num fosso nas areias mexicanas, na companhia de seu melhor amigo. Decidi deixar Vasquez chegar bem perto de mim e estourar seus miolos à queima-roupa. Então uma mulher branca saiu pela porta da esquerda, e vi que seria a minha tábua de salvação.

Corri e agarrei-a pela garganta. Ela começou a gritar. Abafei o som, tapando sua boca com a mão direita. A mulher sacudiu os braços, depois ficou rígida como uma pedra. Saquei meu 38 e apontei para a sua cabeça.

Os Rurales avançaram cautelosamente, com as pistolas comprimidas junto aos flancos. Empurrei a mulher para dentro da cabine telefônica, sussurrando:

– Se gritar você morre. Se gritar você morre.

Uma vez lá dentro, apertei-a contra a parede com os joelhos e retirei a mão; os gritos que ela deu foram silenciosos. Mirei a arma em sua boca para que permanecesse assim, apanhei o fone, coloquei uma moeda no aparelho e disquei "0". Vasquez estava agora postado diante da cabine, lívido, cheirando à colônia americana barata. A telefonista entrou na linha dizendo "Quê?". Despejei:

– *Habla inglês?*

– Sim, senhor.

Segurei o fone entre o queixo e o ombro e enfiei todas as moedas do meu bolso no aparelho; mantive o 38 colado ao rosto da mulher. Quando um monte de pesos foi engolido, falei:

– FBI, gabinete de San Diego. É uma emergência.

O telefonista murmurou "Sim, senhor". Ouvi o chamado. Os dentes da mulher batiam contra o cano do revólver. Vasquez tentou o suborno.

– Blanchard era muito rico, meu amigo. Podemos encontrar o dinheiro dele. Poderia viver muito bem aqui. Você...

– FBI, agente especial Rice.

Fuzilei Vasquez com os olhos.

– Aqui é o policial Dwight Bleichert, Departamento de Polícia de Los Angeles. Estou em Ensenada, e me desentendi com alguns Rurales. Eles estão a ponto de me matar por nada, e acho que o senhor poderia conversar com o capitão Vasquez aqui a respeito disso.

– Que diabos...

– Senhor, sou um legítimo policial de Los Angeles e é melhor o senhor fazer logo o que eu disse.

– Está me dando ordens, filho?

– Pelo amor de Deus, quer uma prova? Trabalhei no Bureau Homicídios com Russ Millard e Harry Sears. Trabalhei no setor de Capturas da Promotoria, trabalhei...

– Coloque o mexicano na linha, filho.

Estendi o fone a Vasquez. Ele o pegou e levantou a sua pistola automática para mim; mantive o 38 em cima da mulher. Os segundos se escoavam; a situação se manteve naquele pé enquanto o chefe dos Rurales escutava o federal, ficando cada vez mais pálido.

Finalmente, largou o fone e baixou a arma.

– Vá embora, seu puto. Saia da minha cidade e do meu país.

Enfiei o revólver no coldre e me esgueirei para fora da cabine; a mulher guinchou. Vasquez ficou por lá e fez sinal a seus homens para se afastarem. Entrei em meu carro e arranquei de Ensenada deixando que o medo me guiasse a toda velocidade. Só quando entrei nos Estados Unidos é que voltei a obedecer aos limites de velocidade c foi aí que me senti mesmo mal com a história de Lee.

A AURORA SURGIA por trás das montanhas de Hollywood quando bati à porta de Kay. Fiquei tremendo na varanda. As nuvens de tempestade e os primeiros raios de sol pareciam coisas estranhas que eu não queria ver. Ouvi um "Dwight?" vir lá de dentro, seguido de som de trancas sendo abertas. Então o outro membro restante do trio Blanchard/Bleichert/Lake apareceu ali, dizendo:

– E essa coisa toda.

Era um epitáfio que eu não queria ouvir.

Entrei na casa, espantado por achar tão estranha e bela a sala de estar. Kay perguntou:

– Lee está morto?

Sentei na cadeira favorita dele pela primeira vez.

– Os Rurales ou uma mulher mexicana ou os amigos dela o mataram. Oh, meu bem, eu...

Usar o modo com que Lee a tratava me deixou abalado. Olhei para Kay, em pé junto à porta, iluminada pelos estranhos raios de sol que vinham por trás.

– Ele contratou os Rurales para matar De Witt, mas isso não significa porra nenhuma. Temos de colocar Russ Millard e uns tiras mexicanos decentes no caso e...

Parei, notando o telefone sobre a mesinha de centro. Comecei a discar o número da casa do padre. A mão de Kay me deteve.

– Não. Quero falar com você primeiro.

Passei da cadeira ao sofá; Kay sentou-se a meu lado.

– Vai magoar Lee se ficar louco com isso.

Foi então que vi que ela estava esperando aquilo; foi então que vi que ela sabia mais do que eu.

– Não pode magoar alguém que está morto.

– Ah, sim, posso sim, meu bem.

– Não me chame assim! Ele é quem falava assim.

Kay chegou mais perto e tocou meu rosto.

– Pode magoar a ele e a nós.

Afastei-me da carícia.

– Diga-me por quê, meu bem.

Kay apertou o cinto de seu roupão e me fitou de modo frio.

– Não conheci Lee no julgamento de Bobby. Eu o conheci antes. Ficamos amigos, e menti a respeito do lugar onde vivia para que Lee não soubesse sobre Bobby. Mas Lee descobriu, e contei a ele a barra que era, e ele me falou de uma grande oportunidade que tinha pintado. Não quis entrar em detalhes. Aí Bobby foi detido pelo assalto e tudo virou um caos.

"Lee planejou o assalto e arranjou três caras para ajudá-lo. Havia comprado o seu contrato de Ben Siegel, e isso tinha lhe custado cada centavo ganho como boxeador. Dois homens foram mortos durante o assalto, um fugiu para o Canadá, e Lee era o quarto. Lee armou a acusação contra Bobby porque o odiava pelo que fazia comigo. Bobby não sabia que estávamos nos encontrando, e fizemos com que parecesse que tínhamos nos conhecido no julgamento. Bobby sabia que era uma armação, mas não suspeitava de Lee, só do departamento em geral.

"Lee queria me dar um lar, e fez isso. Era muito cauteloso com a sua parte do dinheiro do assalto, e sempre contava vantagem sobre o que tinha ganhado com o boxe e com as apostas nos cavalos para que o alto escalão não pensasse que vivia acima de suas possibilidades. Prejudicou sua carreira decidindo morar com uma mulher, embora não vivêssemos juntos desse modo. Foi como um feliz conto de fadas até o último outono, depois que você e Lee se tornaram parceiros.

Cheguei mais perto de Kay, admirando Lee como o mais audacioso tira corrupto da história.

– Sabia que ele tinha algo de especial.

Kay se afastou de mim.

– Deixe que eu termine antes de ficar sentimental. Quando Lee soube que Bobby ia sair da prisão antes do tempo, em condicional, foi falar com Ben Siegel para mandar matá-lo. Tinha medo de que Bobby viesse falar sobre mim, estragando o nosso conto de fadas com todas aquelas coisas feias que sabia sobre esta sua Kay Lake. Siegel não quis fazer isso, e eu disse a Lee que não importava, que agora nós éramos três e que a verdade não iria nos machucar. Então, logo antes do ano-novo, o terceiro homem do assalto apareceu. Sabia que Bobby De Witt estava saindo em condicional e fez chantagem: Lee devia pagar 10 mil dólares a ele, ou contaria a Bobby que Lee tinha arquitetado o assalto e jogado a culpa nele.

"O cara disse que o prazo final de Lee era o dia da libertação de Bobby. Lee pediu para ele esperar e foi falar com Ben Siegel para tentar arranjar o dinheiro emprestado. Siegel não quis emprestar, e Lee implorou-lhe que mandasse matar o cara. Não quis fazer isso também. Lee soube que o cara andava com uns negros que vendiam maconha e...

Vi a coisa chegando, imensa e negra como as manchetes que tinha me rendido; as palavras de Kay eram as letras miúdas da notícia:

– O nome desse cara era Baxter Fitch. Siegel não quis ajudar Lee, então ele levou você. Os caras estavam armados, então acho que vocês tinham justificativa legal, e acho que tiveram uma puta sorte que ninguém tenha resolvido ir fundo no caso. É a única coisa pela qual não posso perdoá-lo, a única coisa que me faz odiar a mim mesma por ter tolerado. Continua sentimental, pistoleiro?

Não consegui responder; Kay o fez por mim:

– Acho que não. Vou terminar, e aí você me diz se ainda quer se vingar.

"Aí aconteceu o caso Short, e Lee se agarrou a ele por causa da irmãzinha e sabe-se lá o que mais. Morria de medo de que Fitch já tivesse falado com Bobby, que Bobby soubesse da armação. Queria matá-lo ou mandar alguém matá-lo, e eu implorei e supliquei a ele que deixasse pra lá, que ninguém ia acreditar em Bobby, que não machucasse mais ninguém. Se não fosse essa garota morta filha da puta, poderia tê-lo convencido. Mas o caso foi parar no México, assim como Bobby, Lee e você. Percebi que o conto de fadas tinha chegado ao fim. E tinha chegado mesmo.

FOGO E GELO NOCAUTEIAM BANDIDOS NEGROS.
TIROTEIO NO SUL DA CIDADE
– TIRAS 4, DESORDEIROS 0.
QUATRO DROGADOS ABATIDOS POR
POLICIAIS PUGILISTAS EM TIROTEIO
SANGRENTO EM LOS ANGELES.

Completamente atordoado, comecei a levantar; Kay agarrou meu cinto com as duas mãos e me puxou para baixo.

– Não! Não me venha com a típica retirada *à la* Bucky Bleichert dessa vez! Bobby tirou fotos de mim com animais, e

Lee acabou com isso. Ele fazia eu me prostituir para seus amigos e me batia com um couro de afiar navalha, e Lee acabou com isso. Lee queria me amar, não trepar comigo, e queria que nós ficássemos juntos, e se você não se sentisse tão intimidado diante dele saberia disso. Não podemos jogar o seu nome na lama. Temos de deixar as coisas como estão e perdoá-lo e continuar, só nós dois, e...

Bati em retirada, antes que Kay destruísse o resto da tríade.

O PISTOLEIRO.

Marionete.

Merda de detetive, tão cego que era incapaz de elucidar um caso de homicídio em que foi cúmplice.

O ponto fraco de um triângulo de contos de fadas.

Melhor amigo de um tira assaltante de banco, agora guardião de seus segredos.

"Deixar as coisas como estão."

Fiquei recluso em meu apartamento durante a semana seguinte, gastando o que tinha sobrado das minhas "férias". Soquei o saco de areia, pulei corda e ouvi música; ficava sentado nos degraus dos fundos e mirava com o dedo os gaios que pousavam no varal da minha senhoria. Condenei Lee pelos quatro homicídios ligados ao assalto do banco do Boulevard-Citizens e lhe concedi o perdão baseado no homicídio número 5: o seu próprio. Pensei em Betty Short e Kay até elas se transformarem num borrão só; reavaliei a parceria como uma sedução mútua e achei que desejava tanto a Dália porque sabia tudo sobre ela, e que amava Kay porque ela sabia tudo sobre mim.

E examinei os últimos seis meses. Estava tudo ali:

O dinheiro que Lee tinha gastado no México provavelmente vinha de uma parte escondida da grana do assalto.

Na véspera de ano-novo o ouvi chorando; Baxter Fitch tinha feito a chantagem poucos dias antes.

Naquele outono, Lee procurava Benny Siegel – em particular – todas as vezes que íamos às lutas no Olympic; estava tentando convencê-lo a matar Bobby De Witt.

Logo antes do tiroteio, Lee tinha falado ao telefone com um informante – pretensamente sobre Junior Nash. O "informante" dedou Fitch e os negros, e Lee voltou ao carro com um ar assustado. Dez minutos depois quatro homens estavam mortos.

Na noite em que encontrei Madeleine Sprague, Kay tinha gritado para Lee: "Depois de tudo, o que pode acontecer" – uma frase admirável, provavelmente ela previa desastre com Bobby De Witt. Durante o tempo em que trabalhamos no caso Dália, ela andou nervosa, rabugenta, preocupada com o bem-estar de Lee, mas, estranhamente, aceitava o seu comportamento lunático. Eu pensava que ela estava aborrecida com a obsessão de Lee com o assassinato de Betty Short; na verdade já previa e temia o fim do conto de fadas.

Estava tudo ali.

"Deixar as coisas como estão."

Quando meu refrigerador ficou vazio, apliquei a minha típica retirada *à la* Bucky Bleichert e fui ao armazém reabastecê-lo. Ao entrar, vi o menino dos pacotes lendo a seção local do *Herald* matutino. A foto de Johnny Vogel estava ao pé da página; olhei por cima do ombro do menino e vi que ele tinha sido demitido do DPLA após ser declarado inocente. Uma coluna acima, o nome de Ellis Loew chamou a minha atenção – Bevo Means citava-o dizendo que "A investigação do caso Elizabeth Short não é mais a minha *raison d'être* – tenho peixes mais consistentes para fritar". Esqueci a comida completamente e rumei para West Hollywood.

Era hora do recreio. Kay estava no meio do pátio, supervisionando as crianças que se divertiam numa carga de areia. Observei-a um pouco do carro, depois me aproximei.

As crianças me viram primeiro. Mostrei meus dentões a elas até começarem a rir. Kay se virou então. Falei:

– É o típico ataque *à la* Bucky Bleichert.

– Dwight – disse Kay, e as crianças olharam para nós como se soubessem que era um grande momento. Kay se recobrou um segundo depois. – Veio me dizer alguma coisa?

Eu ri; as crianças riram de contentamento diante de outra exibição dos meus dentões.

– Isso. Decidi deixar as coisas como estão. Quer se casar comigo?

Sem alterar a expressão, Kay falou:

– E enterramos todo o resto? Até aquela garota morta f.d.p.?

– É. Até ela.

Kay caiu em meus braços.

– Então, sim.

Nós nos abraçamos. As crianças gritaram:

– A Srta. Lake tem um namorado, a Srta. Lake tem um namorado!

NÓS NOS CASAMOS três dias depois, em 2 de maio de 1947. Foi uma cerimônia rápida, no pátio da casa de Lee Blanchard, celebrada pelo capelão protestante do DPLA. Kay trajava um vestido rosa para satirizar o fato de não ser virgem; eu vestia meu uniforme azul. Russ Millard foi o padrinho, e Harry Sears apareceu como convidado. No começo ele gaguejava, e pela primeira vez vi que era precisamente o quarto drinque que eliminava a gagueira. Consegui autorização para tirar o velho do asilo; ele não sabia quem diabos eu era, mas parecia se divertir – bebendo da garrafinha de Harry, passando a mão em Kay, saltitando com a música do rádio. Havia uma mesa posta com sanduíches e ponche, forte e suave. Nós seis comemos e bebemos, e pessoas totalmente estranhas que passavam pela Strip ouviam a música e os risos e entravam na festa. Ao crepúsculo, o pátio estava cheio de pessoas que eu não conhecia, e Harry deu um pulo no mercado de Hollywood Ranch para trazer mais comida e mais bebida. Tirei os cartuchos de meu revólver de serviço e deixei civis desconhecidos brincarem com ele, e Kay dançava polcas com o capelão. Quando a noite caiu, não queria que aquilo terminasse; tomei emprestados dos vizinhos fios de lâmpadas de Natal e pendurei-os sobre a porta dos fundos, o varal e a árvore favorita de Lee. Dançamos, bebemos e comemos sob um simulacro de constelação, com estrelas vermelhas, azuis e amarelas. Pelas 2 horas da madrugada, as boates da Strip se esvaziaram, os foliões de Trocadero e Mocambo invadiram a festa e Errol Flynn passou algum tempo entre nós, tirando o smoking e vestindo meu paletó repleto de insígnias e medalhas de tiro. Se não fosse a tempestade que caiu, poderia ter durado para sempre – e eu queria que durasse. Mas a multidão se dispersou em meio a beijos e abraços frenéticos, e Russ levou o velho de volta ao asilo. Kay Lake Bleichert e eu nos retiramos ao quarto para fazer amor, e deixei o rádio ligado para não pensar em Betty Short. Não foi necessário – ela nem me passou pela cabeça.

Parte III

Kay e Madeleine

25

O tempo passou. Kay e eu trabalhávamos e brincávamos de jovem casal.

Depois de nossa rápida lua de mel em São Francisco, voltei para o que tinha restado de minha carreira policial. Thad Green foi sincero comigo: admirava o que eu tinha feito com os Vogel, mas me considerava inútil como patrulheiro – eu havia ganhado a inimizade dos patrulheiros comuns, e minha presença numa divisão uniformizada só causaria problemas. Como em meu primeiro ano de faculdade eu só tirei "A" em Química e em Matemática, ele me nomeou para a Equipe de Investigações Científicas como técnico laboratorial.

O trabalho era quase à paisana – guarda-pó no laboratório e terno cinza nas ruas. Classificava os grupos sanguíneos, espalhava pó para tirar impressões digitais ocultas e escrevia relatórios balísticos; raspava o limo das paredes na cena dos crimes e o examinava ao microscópio, para que os tiras de Homicídios tivessem um ponto de partida para suas investigações. Tubos de ensaio, bécheres e sangue coagulado – uma intimidade com a morte à qual nunca me habituei; um lembrete constante de que não era um detetive, de que não era confiável a ponto de me deixarem ir atrás de minhas próprias descobertas.

De perto ou de longe, acompanhava os amigos e inimigos que o caso Dália tinha me dado.

Russ e Harry mantiveram o arquivo do El Nido intacto, continuando a trabalhar depois das horas de expediente na investigação Short. Eu tinha uma chave do quarto, mas não a usava – devido à promessa a Kay de enterrar "aquela garota morta f.d.p.". Às vezes almoçava com o padre e lhe perguntava como iam as coisas; ele sempre dizia "Devagar", e eu sabia que ele nunca encontraria o assassino e nunca desistiria de tentar.

Em junho de 1947, Ben Siegel foi assassinado a tiros na sala de estar de sua namorada em Beverly Hills. No começo de 1948 Bill Koenig, transferido para a Delegacia da Rua 77 após o suicídio de Vogel, levou uma descarga de fuzil de caça no rosto numa esquina da Watts. Nenhum dos dois crimes foi resolvido. Ellis Loew sofreu uma fragorosa derrota na primária republicana de junho de 1948, e eu comemorei destilando bécheres de bebida forte em meu bico de Bunsen, deixando todo mundo bêbado no laboratório.

A eleição geral de 1948 me trouxe notícias dos Sprague. Uma chapa de Democratas reformistas concorria a cadeiras no Conselho Municipal e no Comitê de Supervisão, tendo o "planejamento urbano" como principal tema de campanha. Asseguravam que por toda Los Angeles havia residências inseguras por falhas de projetos, e clamavam por uma sindicância judicial sobre os empreiteiros que haviam construído essas residências durante o grande *boom* imobiliário dos anos 1920. Os tabloides sensacionalistas encamparam o grito de protesto, publicando artigos sobre os "barões do *boom*" – inclusive Mack Sennett e Emmett Sprague – e seus "laços com gângsteres". A revista *Confidential* publicou uma série sobre o projeto da Hollywoodland de Sennett e sobre como a Câmara do Comércio de Hollywood queria amputar o L-A-N-D do anúncio gigantesco de Hollywoodland em Mount Lee, e havia fotografias do diretor dos Keystone Kops ao lado de um homem atarracado com uma bela menininha nos ombros. Não tinha certeza se eram Emmett e Madeleine, mas recortei as fotos, em todo caso.

Meus inimigos;

Meus amigos;

Minha esposa.

Eu processava provas e Kay dava aulas na escola, e por algum tempo nos divertimos com aquela novidade de estarmos vivendo uma vida normal, caretona. Com a casa totalmente paga e dois salários, havia bastante dinheiro para gastar e a gente gastava mesmo, tentando esquecer Lee Blanchard e o inverno de 1947. Viajávamos nos fins de semana para o deserto e para as montanhas; comíamos em restaurantes três ou quatro dias por semana. Nós nos registrávamos em hotéis fingindo sermos amantes ilícitos, e levei mais de um ano para entender que fazíamos essas coisas para nos afastarmos da casa comprada com o dinheiro do banco do Boulevard-Citizens. E eu era tão distraído em meu anseio de ser mimado que foi preciso um choque brutal para acordar.

Uma tábua do assoalho do corredor se soltou; tirei-a fora para poder colar de novo. Olhando pelo buraco, encontrei um maço de dinheiro, 2 mil dólares em notas de 100, presas com um elástico. Não fiquei contente nem espantado; meu cérebro fez tic, tic, tic, e levantou questões que a minha ânsia de vida normal havia varrido para baixo do tapete.

Se Lee tinha esse dinheiro, mais a grana que andara gastando no México, por que não pagou Baxter Fitch?

Se tinha o dinheiro, por que foi procurar Ben Siegel para tentar conseguir 10 mil emprestados para pagar o que Fitch havia pedido?

Como Lee poderia ter comprado e mobiliado aquela casa, pagar a faculdade de Kay e ainda ter ficado com uma soma considerável se a sua parte no assalto frustrado certamente não ultrapassaria uns 50 mil dólares?

Claro que contei a Kay; claro que ela não pôde responder às perguntas, claro que me detestou por estar remexendo no passado. Disse-lhe que podíamos vender a casa e arranjar um apartamento como qualquer casal normal – e é claro que ela não quis saber. A casa era conforto, estilo, uma ligação com a sua vida antiga a que não queria renunciar.

Queimei o dinheiro na lareira *art déco* de Lee Blanchard. Kay nunca perguntou o que fiz com ele. Aquele simples ato me devolveu uma parte nebulosa de mim mesmo, roubou-me quase tudo o que eu partilhava com minha esposa – e me devolveu aos meus fantasmas.

Kay e eu fazíamos amor cada vez menos. Quando o fazíamos, era uma reafirmação formal para ela e uma explosão sem entusiasmo para mim. Comecei a encarar Kay Lake Bleichert como desgastada pela obscenidade de sua vida anterior, mal chegando aos 30 e já ficando casta. Então levei a sarjeta para nossa cama, os rostos das putas que tinha visto no centro colados ao corpo de Kay no escuro. Funcionou nas primeiras vezes, até eu ver aonde queria chegar de verdade. Quando finalmente tomei a iniciativa e cheguei arfando ao clímax, Kay me acariciou com mãos maternais, e senti que ela sabia que eu tinha quebrado meu voto matrimonial – com ela, naquele exato instante.

1948 virou 1949. Transformei a garagem num ginásio de boxe completo, com saco de areia de couro e bola de treinar velocidade, cordas de pular e halteres. Recuperei a forma e decorei as paredes da garagem com fotos do jovem Bucky Bleichert lutando nos anos 1940 e 1941. Minha própria imagem vista através de olhos cobertos de faixas de suor me levava para mais perto dela, e eu ia em sebos à procura de suplementos de domingo e revistas de atualidades. Encontrei fotos sépia não posadas na *Colliers;* alguns instantâneos da família reproduzidos em velhos números do *Globe* de Boston. Mantive-as ocultas na garagem, e a pilha ia crescendo. Até que, numa tarde, desapareceu. Ouvi Kay soluçando dentro da casa naquela noite, e quando fui falar com ela encontrei a porta do quarto trancada.

26

O telefone tocou. Estendi a mão para pegar a extensão na cabeceira da cama, então lembrei que fazia um mês que estava dormindo no sofá e tateei com o braço até achar a mesinha de centro.

– Alô?

– Está dormindo? – era Ray Pinker, meu chefe na EIC.

– Estava dormindo.

– Verbo no passado, muito bem. Está me ouvindo?

– Vá em frente.

– Tivemos um suicídio com espingarda ontem. Rua South June, 514, em Hancock Park. Corpo removido, parece um caso claro, sem erro. Faça um exame completo e entregue o relatório ao tenente Reddin, dos detetives de Wilshire. Entendido?

– Entendido. O local foi interditado? – respondi, bocejando.

– A mulher do presunto vai te mostrar o local. Seja cortês, estamos lidando com gente podre de rica.

Desliguei e gemi. Aí me ocorreu que a mansão dos Sprague ficava a uma quadra do endereço na rua June. De repente, a tarefa me pareceu fascinante.

Toquei a campainha da mansão colonial com pilares uma hora depois. Uma bela mulher de cabelos grisalhos e cerca de 50 anos abriu a porta, vestindo trajes de trabalho empoeirados.

– Sou o policial Bleichert, DPLA Meus pêsames, Sra...

Ray Pinker não tinha me dado nomes.

– Aceito os pêsames, e me chamo Jane Chambers. É o técnico do laboratório? – disse a mulher, tremendo por baixo de sua rudeza.

Gostei dela imediatamente.

– Sou. Se me indicar o lugar, cuido de tudo e a deixo em paz. Conduziu-me a um saguão sóbrio, todo em madeira.

– É no escritório, atrás da sala de jantar. Vai ver o cordão. Agora, se me der licença, gostaria de trabalhar um pouco no quintal.

Retirou-se esfregando os olhos. Encontrei a peça, ultrapassei o cordão de isolamento e me perguntei por que o filho da puta tinha se matado num lugar em que todos a quem amava veriam o sangue.

Parecia um caso clássico de tiro autoinfligido: poltrona de couro virada, o contorno do cadáver assinalado a giz no piso a seu lado. A arma, uma espingarda calibre 12 de dois canos, estava bem ali onde deveria estar – um metro à frente do corpo, com a boca coberta de sangue e de tecido despedaçado. As paredes e o teto de reboco claro exibiam sangue e cérebro esmigalhado à vontade, os fragmentos de dentes e de chumbo grosso eram prova irrefutável de que a vítima tinha colocado os dois canos dentro da boca.

Passei uma hora medindo trajetórias e marcas de respingos, raspando material para dentro de tubos de ensaio e colocando pó na arma do suicida para tirar as impressões digitais. Quando terminei, tirei um saco do meu estojo de equipamentos e envolvi a espingarda, sabendo muito bem que ia terminar como propriedade de algum aficcionado da caça do DPLA. Então andei até o saguão de entrada, parando ao ver uma pintura emoldurada pendurada ao nível dos olhos.

Era o retrato de um palhaço, um garotinho vestido com trajes de bobo da corte muito, muito antigos. Seu corpo estava retorcido e curvado; ostentava um sorriso escancarado e estúpido que parecia uma cicatriz profunda e contínua.

Fitei-o paralisado, pensando em Elizabeth Short, o cadáver da 39 com a Norton. Quanto mais fitava mais os dois se fundiam; finalmente, desviei os olhos e fixei-os numa foto de duas mulheres jovens de braços dados que se pareciam muito com Jane Chambers.

– As outras sobreviventes. Bonitas, não é?

Voltei-me. A viúva estava duas vezes mais suja do que antes, cheirando a inseticida e a terra fresca.

– Como a mãe delas. Que idade têm?

– Linda tem 23 e Carol 20. Terminou no escritório?

Pensei nas garotas como contemporâneas das Sprague.

– Sim. Diga a quem quer que vá limpá-lo que use amônia pura. Sra. Chambers...

– Jane.

– Jane, conhece Madeleine e Martha Sprague?

Jane Chambers bufou com desdém.

– Aquelas garotas e sua família! Como as conhece?

– Fiz um trabalho para eles certa vez.

– Considere-se feliz por ter sido um encontro breve.

– O que quer dizer?

O telefone do saguão tocou. Jane Chambers comentou:

– De volta aos pêsames. Obrigado por ser tão gentil, Sr...

– Bucky. Tchau, Jane.

– Tchau.

Escrevi meu relatório na Delegacia de Wilshire; depois, no arquivo regular de suicídios, verifiquei a ficha de Chambers, Eldridge Thomas, falecido em 4/2/1949. Não me disse muito: Jane Chambers tinha ouvido a detonação da espingarda, encontrou o corpo e chamou a polícia imediatamente. Quando os detetives chegaram, ela lhes contou que o marido estava deprimido com o declínio de sua saúde e do casamento da filha mais velha. Suicídio: caso encerrado, dependendo do resultado das análises criminalísticas no local do crime.

Minhas análises confirmaram o veredicto, pura e simplesmente. Mas não me parecia o bastante. Gostei da viúva, os Sprague moravam a uma quadra de distância, eu ainda estava curioso. Peguei um telefone da sala do pelotão e telefonei para os contatos de jornal de Russ Millard, dando-lhes dois nomes: Eldridge Chambers e Emmett Sprague. Fizeram suas pesquisas, deram seus telefonemas e me ligaram de volta na extensão que eu ocupava na delegacia. Quatro horas mais tarde, fiquei sabendo:

Que Eldridge Chambers tinha morrido imensamente rico;

Que de 1930 a 1934 foi presidente do Conselho Imobiliário da Califórnia do Sul;

Que tinha indicado Sprague para membro do Clube Campestre de Wilshire em 1929, mas que o escocês foi rejeitado devido a seus "negócios com judeus" – i.e., os gângsteres da Costa Leste;

E o melhor de tudo: Chambers, através de intermediários, tinha conseguido que Sprague fosse chutado para fora do Conselho Imobiliário quando diversas de suas casas ruíram durante o terremoto de 1933.

Era o bastante para um obituário picante nos jornais, mas não para um tira de laboratório com o casamento desmoronando e um monte de tempo disponível. Esperei quatro dias; então, quando os jornais me contaram que Eldridge Chambers estava enterrado, voltei para conversar com a viúva.

Ela atendeu à porta em trajes de jardinagem.

– Esqueceu alguma coisa ou é tão curioso quanto imaginei?

– O último.

Jane riu e limpou a sujeira do rosto.

– Depois que você saiu, me lembrei do seu nome. Você não era uma espécie de atleta?

Eu ri.

– Fui boxeador. Suas filhas estão? Tem alguém com você?

Jane sacudiu a cabeça.

– Não, e prefiro assim. Me acompanha num chá no quintal?

Concordei. Jane me levou através da casa até um terraço coberto que se elevava sobre um grande quintal gramado em declive com sulcos escavados em mais da metade do terreno. Sentei-me numa espreguiçadeira; ela serviu chá gelado.

– Fiz todo esse trabalho de jardinagem desde domingo. Acho que me ajudou mais do que todos os telefonemas de condolências.

– Você está aguentando bem.

Jane sentou ao meu lado.

– Eldridge tinha câncer, então eu esperava isso. Não esperava, contudo, um tiro em nossa própria casa.

– Vocês eram muito apegados?

– Não, não éramos mais. Com as meninas crescidas, iríamos nos divorciar mais cedo ou mais tarde. Você é casado?

– Sou. Há quase dois anos.

Jane sorveu o chá.

– Deus, um recém-casado. Não existe nada melhor, existe?

Meu rosto deve ter-me traído.

– Desculpe – falou Jane, e mudou de assunto. – Como conheceu os Sprague?

– Me envolvi com Madeleine antes de conhecer minha esposa. Você os conhece bem?

Jane refletiu na minha pergunta, fitando o quintal esburacado.

– Eldridge e Emmett se conheciam há muito tempo – respondeu, finalmente. – Os dois ganharam um monte de dinheiro com imóveis e trabalhavam juntos no Conselho Imobiliário da Califórnia do Sul. Talvez eu não devesse dizer isso, já que você é policial, mas Emmett era um grande vigarista. Várias das casas que ele construiu ruíram durante o grande terremoto de 1933, e Eldridge disse que ele tinha montes de outras propriedades que iriam a pique mais cedo ou mais tarde – casas feitas com o pior material possível, mas o pior mesmo. Eldridge fez com que Emmett fosse chutado para fora do Conselho quando descobriu que empresas fantasmas controlavam os aluguéis e as vendas – ficava danado de ver que Emmett nunca seria considerado responsável se mais vidas fossem perdidas.

Lembrei de ter conversado com Madeleine sobre o assunto.

– Parece que o seu marido era um bom homem.

Os lábios de Jane se reviraram num sorriso – aparentemente contra a sua vontade.

– Tinha seus bons momentos.

– Ele nunca foi à polícia denunciar Emmett?

– Não. Tinha medo de seus amigos gângsteres. Ele fez o que podia, causou um leve aborrecimento na vida de Emmett. Ter sido removido do Conselho provavelmente lhe custou alguns negócios.

– "Ele fez o que podia" não é um mau epitáfio.

Dessa vez os lábios de Jane se recurvaram num escárnio.

– Era por causa do sentimento de culpa. Eldridge tinha quadras de verdadeiras favelas em San Pedro. Quando soube que tinha câncer, começou a se sentir culpado de verdade. Votou nos Democratas no ano passado e, quando foram eleitos, teve encontros com alguns dos novos membros do Conselho Municipal. Tenho certeza de que contou a eles todos os podres que sabia de Emmett.

Pensei na investigação que os jornais sensacionalistas previam.

– Talvez Emmett esteja a caminho da queda. O seu marido pode ter sido...

Jane bateu com o anular em cima da mesa.

– Meu marido era rico e bonito e dançava *charleston* como um deus. Amei-o até descobrir que me traía, e agora estou começando a amá-lo de novo. É tão estranho.

– Não é tão estranho – falei.

Jane sorriu com muita suavidade.

– Que idade você tem, Bucky?

– Trinta e dois.

– Bem, eu tenho 51, e acho que é estranho, então é estranho. Não devia ser tão condescendente com o coração humano na sua idade. Devia ter ilusões.

– Está brincando? Sou um tira. Tiras não têm ilusões.

Jane riu abertamente.

– *Touché*. Agora eu estou curiosa. Como é que um tira ex-boxeador se envolveu com Madeleine Sprague?

Dessa vez eu menti.

– Tive de pará-la por ter passado um sinal vermelho e uma coisa levou à outra.

Com o estômago apertando, perguntei, afetando indiferença:

– O que sabe sobre ela?

Jane bateu com o pé para um corvo que olhava para as roseiras na beirada do terraço.

– O que sei sobre o ramo feminino dos Sprague data de pelo menos dez anos e é bastante estranho. Quase barroco, eu diria.

– Sou todo ouvidos.

– Alguém poderia dizer que você é todo dentes – disse Jane. Como eu não risse, olhou através do quintal esburacado para a Muirfield Road e para a propriedade do barão do *boom*. – Quando minhas meninas e Maddy e Martha eram pequenas, Ramona encenava números e cerimônias naquele imenso gramado do jardim deles. Pequenas encenações, as meninas vestindo aventais e fantasias de animais. Levei Linda e Carol para participar, mesmo sabendo que Ramona era uma mulher perturbada. Quando as meninas ficaram um pouco mais velhas – na adolescência –, as peças foram ficando mais estranhas. Ramona e Maddy eram muitos boas na maquiagem, e Ramona encenava aqueles... épicos, revivendo coisas que aconteceram com Emmett e seu amigo Georgie Tilden durante a Primeira Guerra Mundial.

"Assim, ela fazia as crianças vestirem *kilts* de soldado, usarem maquiagem pesada e carregarem mosquetes de brinquedo. Às vezes esfregava sangue falso nelas, e às vezes Georgie filmava tudo de verdade. Foi ficando tão estranho, tão fora de propósito, que fiz com que Linda e Carol deixassem de brincar com as meninas dos Sprague. Então um dia Carol chegou em casa com umas fotos que Georgie tinha tirado dela. Estava fingindo de morta, toda coberta de tinta vermelha. Isso foi a gota-d'água. Precipitei-me para a casa dos Sprague e repreendi Georgie, sabendo que Ramona não era realmente responsável por suas ações. O pobre homem ficou ali só ouvindo a minha bronca e mais tarde me senti bem mal por causa daquilo – ele foi desfigurado por um desastre de carro e isso fez com que se transformasse num vagabundo. Costumava tomar conta das propriedades para Emmett, agora só trabalha no jardim e capina terrenos para a Prefeitura.

– E o que aconteceu com Madeleine e Martha?

Jane deu de ombros.

– Martha virou uma espécie de artista-prodígio e Madeleine virou uma vai-com-qualquer-um, como você já deve saber.

– Não seja maldosa, Jane.

Batendo na mesa com o anel, Jane falou:

– Peço desculpas. Talvez, no fundo, eu desejasse ser algo diferente. Com certeza não posso passar o resto da minha vida trabalhando no jardim e sou orgulhosa demais para gigolôs. O que acha?

– Vai encontrar um outro milionário.

– Improvável, e, além disso, um foi o bastante em minha vida. Sabe o que fico pensando? Que estamos quase em 1950 e eu nasci em 1898. Isso me deixa arrasada.

Disse o que estava pensando durante a última meia hora.

– Você me faz desejar que as coisas fossem diferentes. Que o tempo fosse diferente.

Jane sorriu e suspirou.

– Bucky, isso é o melhor que posso esperar de você?

Também suspirei.

– Acho que é o melhor que qualquer um pode esperar.

– Você é um pouco *voyeur*, sabia?

– E você é um pouco bisbilhoteira.

– *Touché.* Vamos lá, eu o levo até a porta.

Apertamos as mãos no meio do caminho. No saguão de entrada, a pintura do palhaço com aquela boca em cicatriz me chamou a atenção de novo. Apontando para ele, falei:

– Deus, isso é assustador.

– Mas tem valor, também. Eldridge me deu quando fiz 49 anos, mas eu o odeio. Gostaria de levá-lo com você?

– Obrigado, mas não, muito obrigado.

– Obrigada, então. Você foi o meu melhor consolador.

– E você a minha.

Abraçamo-nos por um momento, então parti.

27

O carinha do bico de Bunsen.

O que dorme no sofá da sala.

O detetive sem nenhum caso.

Representei todos os três papéis durante a primavera de 1949. Kay saía cedo todas as manhãs para ir à escola; eu fingia estar dormindo até que ela saísse. A sós na casa dos contos de fadas, tocava nas coisas de minha mulher – nos suéteres de cashmere que Lee tinha comprado para ela, nos trabalhos a serem corrigidos, nos livros que ela empilhava até ter tempo para a leitura. Insistia em procurar um diário, mas nunca encontrei nenhum. No laboratório, ficava imaginando Kay remexendo nas minhas coisas. Brincava com a ideia de escrever um diário e deixá-lo à vista para ela encontrar relatos detalhados das minhas transas com Madeleine Sprague –, esfregar aquilo no nariz dela para que perdoasse a minha fixação pela Dália ou para que nosso casamento explodisse de vez e saíssemos daquela estagnação. Cheguei a escrever um rascunho de cinco páginas na minha salinha, mas parei quando senti o perfume de Madeleine misturar-se ao cheiro de lisol do motel Red Arrow. E amassar os papéis e jogá-los no lixo foi como soprar numa pequena chama até que uma labareda se formasse.

Durante quatro noites seguidas, mantive a mansão da Muirfield Road sob vigilância. Estacionado do outro lado da rua, via as luzes se acenderem e apagarem, via sombras bruxuleando atrás das vidraças das janelas. Brincava com ideias de invadir a vida familiar dos Sprague, ganhar pontos bancando o durão com Emmett, dormindo com Madeleine em todos os motéis da cidade. Ninguém da família saiu da mansão durante aquelas noites – todos os quatro carros permaneceram no passeio circular. Ficava me perguntando o que estariam fazendo, que história familiar estariam revivendo, que probabilidade haveria de alguém mencionar o tira que tinha ido jantar com eles dois anos atrás.

Na quinta noite, Madeleine, de calças compridas e um suéter cor-de-rosa, foi até a esquina para enviar uma carta. Quando voltava, vi que notou meu carro, as luzes dos faróis dianteiros iluminaram a surpresa em seu rosto. Esperei até que ela entrasse apressada na fortaleza Tudor e depois segui para casa, com a voz mordaz de Jane Chambers martelando em minha cabeça: "*Voyeur, voyeur.*"

Quando entrei, ouvi o barulho do chuveiro; a porta do quarto estava aberta. Um quinteto de Brahms, o favorito de Kay, rodava no toca-discos. Lembrando-me da primeira vez que vi minha mulher nua, me despi e deitei na cama.

O chuveiro foi desligado; Brahms se aproveitou da situação e começou a tocar mais alto. Kay apareceu à porta enrolada numa toalha. Eu disse "Meu bem". Ela falou "Oh, Dwight", e deixou a toalha cair. Começamos a falar ao mesmo tempo, desculpas de ambos os lados. Quase não conseguia distinguir as palavras dela, e sabia que ela não conseguia decifrar as minhas. Ia me levantar para desligar a vitrola, mas Kay chegou à cama primeiro.

Trocamos beijos desajeitados. Abri a boca rápido demais, me esquecendo de que Kay gostava de ser seduzida. Sentindo sua língua, desviei, sabendo que ela odiava aquilo. Fechando os olhos, deslizei os lábios pelo seu pescoço; ela gemeu, e eu sabia que era fingimento. Os ruídos de amor ficaram piores ainda – como os que se espera de uma atriz de filme pornô. Os seios de Kay estavam flácidos em minhas mãos, as pernas fechadas, com os joelhos levantados contra mim. Separei-as com meu joelho – a resposta foi abrupta, espasmódica. Eu já estava duro, molhei Kay com minha boca e entrei dentro dela.

Fixei os olhos abertos nela, para que soubesse que éramos só nós dois; Kay desviou os olhos, e vi que ela tinha percebido o truque. Queria me acalmar e ir devagar, suavemente, mas a visão de uma veia pulsando no pescoço de Kay me fez ficar mais duro do que nunca. Gozei grunhindo "Desculpe, que merda, desculpe", e o que quer que ela tenha respondido foi sufocado pelo travesseiro em que enterrara a cabeça.

28

Na noite seguinte eu estava estacionado do outro lado da rua em frente à mansão Sprague, dessa vez no Ford sem identificação que eu usava quando saía para trabalhos de campo. Não tinha nenhuma noção de tempo, mas sabia que a cada segundo estava mais perto de bater à porta ou de cair fora.

Em minha mente, brincava com Madeleine nua; entretia os outros Sprague com tiradas mortais. Então uma luz atravessou o passeio, a porta foi batida e os faróis dianteiros do Packard se acenderam. O carro seguiu para a Muirfield, virou rapidamente à esquerda na rua 6 e foi para o leste. Esperei uns discretos três segundos e fui atrás.

O Packard se manteve na pista central; segui-o na pista da direita, a uns bons quatro carros de distância. Saímos de Hancock Park para o distrito de Wilshire, seguimos para o sul pela Normandie e para o leste pela rua 8. Vi anúncios luminosos de bares se sucederem por mais de 1 quilômetro – e sabia que Madeleine estava chegando aonde queria chegar.

O Packard parou em frente ao Zimba Room, uma espelunca com espadas de néon cruzadas sobre a entrada. A única outra vaga era bem atrás do Packard, então deslizei devagar para lá. Meus faróis dianteiros pegaram a motorista fechando a porta, meus neurônios se desconectaram todos quando vi quem não era e quem era.

Elizabeth Short. Betty Short. Liz Short. A Dália Negra. Meus joelhos bateram no volante; minhas mãos trêmulas tocaram a buzina. A aparição protegeu os olhos e tentou enxergar através, de meus faróis, depois deu de ombros. Vi umas covinhas familiares se contorcerem, e regressei de sabe-se lá onde andava minha cabeça.

Era Madeleine Sprague, encarnando cem por cento o papel de Dália. Trajava um vestido colante inteiramente preto, com maquiagem e penteado idênticos aos de Betty Short em suas melhores fotos. Observei quando ela entrou se requebrando no bar, vi uma mancha de amarelo em seus cachos negros puxados para cima e percebi que tinha levado a transformação tão a sério que estava com o pregador que Dália usava. Esse detalhe me atingiu em cheio, como um soco de Lee Blanchard. Com pernas trôpegas de pugilista atingido, persegui o fantasma.

O interior do Zimba Room era uma fumaça só. Recrutas e jazz de *juke box;* Madeleine estava no balcão bebendo um drinque. Olhando em torno, vi que era a única mulher no local e já estava criando alvoroço – soldados e marinheiros se cutucavam uns aos outros transmitindo a boa nova, apontando para a figura de preto e trocando cochichos.

Encontrei uma cabine com listas zebradas nos fundos; estava cheia de marinheiros dividindo uma garrafa. Um olhar de relance em seus rostos aveludados como pêssegos bastou para ver que eram menores. Mostrei meu distintivo e falei:

– Caiam fora, senão a Patrulha Naval estará aqui num minuto. Os três jovens partiram num redemoinho azul, deixando a garrafa para trás. Sentei-me para assistir ao desempenho de Madeleine no papel de Betty.

Beber meio copo de *bourbon* acalmou meus nervos. Tinha uma visão em diagonal de Madeleine no balcão, cercada por candidatos a amantes prestando atenção em cada palavra que dizia. Eu estava longe demais para ouvir alguma coisa – mas cada gesto que a vi fazer não era dela, mas de uma outra mulher. E cada vez que ela tocava em alguém do seu séquito minha mão descia em sobressalto em direção ao 38.

O tempo foi se estendendo, numa neblina azul e cáqui com um centro negro azeviche.

Madeleine bebia, tagarelava e driblava os mais ousados, com a atenção se fixando num marinheiro atarracado. A roda começou a minguar quando o homem passou a lançar-lhes olhares fulminantes; matei a garrafa. Fitar o balcão me impedia de pensar, o jazz bem alto me obrigava a aguçar os ouvidos para captar o som das vozes, o álcool me impedia de ir prender o homem atarracado alegando uma meia dúzia de falsas acusações. Então a mulher de preto e o marinheiro de azul saíram porta afora, de braços dados, Madeleine vários centímetros mais alta por causa do salto.

Com a minha calma regada a *bourbon*, dei-lhes uma vantagem de uns cinco segundos e depois arranquei. O Packard estava virando à direita na esquina quando sentei atrás do volante; acelerando e virando com tudo à direita eu também, vi rastros de luz no fim da quadra. Voei em perseguição, quase encostando no para-choque traseiro; o braço de Madeleine fazendo sinal apareceu na janela, e ela deu uma guinada para dentro do estacionamento de um motel esplendidamente iluminado.

Freei com uma derrapada, então dei ré e apaguei os faróis. Da rua, pude ver o rapaz da Marinha em pé junto ao Packard fumando um cigarro, enquanto Madeleine entrava em contato com a recepção do motel para pegar a chave do quarto. Saiu com a chave um minuto depois, exatamente como costumávamos fazer; fez o marinheiro andar à sua frente, como fazia comigo. As luzes se acenderam e apagaram dentro do quarto, e quando saí para escutar, as cortinas estavam fechadas e era a nossa velha estação que tocava no rádio.

VIGILÂNCIA CONSTANTE.

Interrogatórios.

O cara do bico de Bunsen era agora um detetive com um caso.

Fiquei de olho nas encenações de Madeleine representando a Dália durante mais quatro noites; ela utilizou o mesmo *modus operandi* todas as vezes: espelunca na rua 8, cara durão cheio de medalhas no peito, trepódromo da rua 9 com a Irolo. Quando os dois começavam a festa lá dentro, eu voltava e interrogava os balconistas e os soldados que ela tinha deixado a ver navios.

Que nome dava a mulher de preto?

Nenhum.

Sobre o que falava?

Sobre a guerra e sobre entrar no cinema.

Notou a sua semelhança com a Dália Negra, aquela moça assassinada uns dois anos atrás e, se notou, o que acha que ela estava tentando provar?

Respostas negativas e teorias: era uma louca que achava que era a Dália Negra; era uma puta se aproveitando da semelhança com a Dália; era uma isca, uma polícia feminina querendo descobrir o assassino da Dália; era uma louca que sofria de câncer tentando atrair o matador da Dália e lograr o Grande C.

Sabia que o próximo passo era apertar os amantes de Madeleine – mas não confiava em mim mesmo para fazer isso de forma racional. Se dissessem a coisa errada ou a coisa certa, ou se me indicassem a direção errada ou certa, sabia que não poderia me responsabilizar pelos meus próprios atos.

As quatro noites de álcool, cochilos no carro e mais cochilos no sofá em casa, com Kay reclusa no quarto, pesaram sobre mim. No trabalho, derrubava lâminas de microscópio, trocava os rótulos das amostras de sangue, escrevia exausto relatórios de próprio punho, e por duas vezes peguei no sono debruçado sobre um microscópio de balística, despertando com fotos recortadas de Madeleine de preto. Sabendo que não poderia aguentar a quinta noite com minhas próprias forças nem simplesmente deixá-la passar em branco, roubei alguns comprimidos de benzedrina que aguardavam o exame da Divisão de Narcóticos. Eles acabaram com a minha fadiga e me fizeram mergulhar num sentimento viscoso de repulsa pelo que andava fazendo comigo mesmo – e me deram a ideia genial para me salvar de Madeleine/Dália e me transformar novamente num tira de verdade.

Thad Green concordava com a cabeça enquanto eu expunha meu pedido e meus argumentos: tinha sete anos de departamento, minha rixa com os Vogel tinha sido dois anos atrás e estava quase esquecida, odiava trabalhar na EIC e queria voltar a uma divisão uniformizada – de preferência na patrulha noturna. Estava estudando para a seleção para sargento, a EIC tinha me servido bem como treinamento para o meu objetivo máximo – o Departamento de Detetives. Comecei a proferir um longo discurso sobre a merda do meu casamento e sobre como a patrulha noturna iria manter-me longe de minha esposa, gaguejando quando imagens da dama de preto surgiram diante de mim e percebi que estava quase implorando. O chefe dos detetives finalmente me silenciou com um olhar longo e profundo, e me perguntei se a droga estaria me denunciando. Então ele falou "Tudo bem, Bucky", e me indicou a porta. Esperei no lado de fora por uma eternidade benzedrínica; quando Green saiu sorrindo, quase pulei fora da minha pele.

– Patrulha na rua Newton a partir de amanhã – anunciou. – E tente ser gentil com nossos irmãos negros lá do bairro. Você grita forte demais e não quero que machuque os ouvidos deles.

A Divisão da Rua Newton era ao sul do centro de Los Angeles, 95 por cento miserável, 95 por cento negros, só problemas. Havia bandos de bêbados e jogo de dados em todas as esquinas; lojas de bebidas, salões de beleza especializados em alisamento de cabelo e saunas em todas as quadras, chamados em código 3 para a delegacia 24 horas por dia. Os guardas da patrulha a pé tinham cassetetes com tachas de metal; os tiras do pelotão andavam com 45 automáticas carregadas com balas dunduns, não permitidas pelo regulamento. Os bêbados tomavam "Lagarto Verde" (água-de-colônia misturada com porto branco Old Monterey), e o preço usual de uma prostituta era 1 dólar, 1,25 se fosse no "lugar dela" – os carros abandonados no cemitério de automóveis da rua 56 com a Central. Os meninos nas ruas eram magricelas e inchados, os vira-latas tinham sarna e dentes à mostra o tempo todo, os comerciantes guardavam espingardas atrás do balcão. A Divisão da Rua Newton era zona de guerra.

Apresentei-me para o trabalho depois de 22 horas de cama, curando a benzedrina com álcool. O chefe da delegacia, um velho tenente chamado Getchell, me recebeu calorosamente, dizendo que Thad Green tinha falado que eu era um cara legal, e que aceitaria a palavra dele até eu foder tudo e provar o contrário. Pessoalmente ele odiava boxeadores e delatores, mas estava disposto a esquecer o passado. Meus colegas, contudo, provavelmente teriam de ser persuadidos; odiavam de verdade tiras célebres, boxeadores e bolcheviques, e Fritzie Vogel tinha deixado boas recordações de sua passagem pela rua Newton anos atrás. O cordial comandante designou-me para a patrulha a pé solitária, e saí daquela primeira sessão de instruções determinado a ser um cara mais legal do que o próprio Deus.

A primeira chamada foi pior.

Apresentado aos patrulheiros pelo sargento encarregado da chamada, não recebi nenhum aplauso, mas uma ampla variedade de olhares desconfiados, olhares fulminantes e olhares desviados. Após a leitura do boletim criminal, sete dos cerca de 55 homens pararam para me cumprimentar e desejar boa sorte. O sargento me levou para uma excursão silenciosa pela divisão e me largou com um mapa das ruas no extremo leste da minha região de patrulha. Sua despedida foi:

– Não deixe os negros te jogarem merda.

Quando agradeci, ele respondeu, antes de cair fora:

– Fritz Vogel era um bom amigo meu.

Decidi que tinha de virar logo um cara legal.

Minha primeira semana na Newton foi de prisões na base do músculo e coleta de informações sobre quem eram os caras da pesada mesmo por ali. Dissolvi festinhas de "Lagarto Verde" com meu cassetete, prometendo não prender os bêbados se me dessem os nomes. Se não abriam o bico, prendia-os; se abriam, prendia-os do mesmo jeito. Senti cheiro de maconha na calçada em frente à espelunca de alisar cabelo da rua 68 com a Beach, entrei dando um chute na porta e dei com três maconheiros de posse de uma quantidade de erva suficiente para uma acusação de tráfico. Eles dedaram seus fornecedores e uma futura briga entre as gangues dos Slausons e dos Choppers em troca de minha promessa de clemência; transmiti a dica ao pelotão e fiz sinal para uma viatura parar, a fim de levar os viciados à delegacia. A ronda pelo cemitério de automóveis me rendeu a prisão de prostitutas, e as ameaças aos clientes das garotas de que ligaria para suas esposas me renderam mais nomes.

No final da semana, tinha um crédito de 22 detenções, nove delas por crimes graves. E tinha os nomes. Nomes com que testar minha coragem. Nomes para compensar aqueles acontecimentos importantes dos quais eu me esquivara. Nomes para que os tiras que me odiavam tivessem medo de mim.

Peguei Downtown Willy Brown saindo do bar Lucky Time.

– Tua mãe é a maior chupadora de rola da zona, crioulo – falei.

Willy partiu pra cima de mim. Levei três para dar seis; quando tudo acabou, Brown estava soltando dentes pelo nariz. E dois tiras que passavam tranquilamente do outro lado da rua viram tudo.

Roosevelt Williams, estuprador, cafetão e chefe de jogo clandestino solto em condicional, foi um osso mais duro de roer. Sua resposta para "Oi, bundão" foi "Seu branquelo filho da puta" – e ele bateu primeiro. Trocamos golpes durante quase um minuto, bem na frente de um grupo de Choppers coçando o saco no alpendre de uma casa. Ele estava levando a melhor e eu quase peguei o porrete – mas não é assim que a gente se torna uma lenda. Finalmente, dei uma de Lee Blanchard, desferindo uma série de *uppers* e ganchos de baixo para cima, pam-pam-pam-pam, e o último soco mandou Williams para a terra dos sonhos e Bucky Bleichert para a enfermaria da delegacia a fim de colocar duas talas nos dedos.

Dedos nus, agora, fora de questão. Meus dois últimos nomes, Crawford Johnson e seu irmão Willis, dirigiam um jogo de cartas fraudulento na sala de recreação da Igreja Batista do Poderoso Redentor na rua 61 com a Enterprise, numa diagonal em relação à pocilga onde os tiras da Newton comiam pela metade do preço. Quando entrei pela janela, Willis estava dando as cartas. Olhou para cima e grunhiu "Ahn?"; meu porrete esvaziou suas mãos e a mesa de cartas. Crawford tentou alcançar o cinto; meu segundo golpe de porrete derrubou um 45 munido de silenciador de suas garras. Os dois irmãos escaparam porta afora uivando de dor; recolhi minha nova arma extrasserviço e disse aos outros jogadores para pegarem seu dinheiro e irem para casa. Quando saí da igreja, tinha uma plateia: tiras de uniforme azul mastigando sanduíches na calçada, assistindo à disparada dos irmãos Johnson segurando suas patas quebradas.

– Tem gente que não entende quando a gente usa boas maneiras! – gritei.

Um velho sargento que, segundo os boatos, me odiava berrou em resposta:

– Bleichert, você é membro honorário dos brancos!

Então soube que fazia parte do grupo, que era um cara legal.

O CERCO AOS IRMÃOS Johnson me transformou numa pequena lenda. Meus colegas foram se aproximando aos poucos – do jeito como a gente faz com caras loucos demais para pensar em sua própria segurança, caras que você fica grato por não ser igual a eles. Era como ser novamente uma celebridade local.

Tirei 100 no boletim de desempenho do primeiro mês, e o tenente Getchell recompensou-me com um carro de radiopatrulha. Era uma espécie de promoção, tanto quanto o território que veio com ele.

Corriam boatos de que tanto os Slausons quanto os Choppers queriam acabar comigo e, se falhassem, Crawford e Willis Johnson seriam os próximos da lista a tentar. Getchell queria que eu caísse fora da zona de perigo até esfriarem, então me designou para um setor no extremo oeste da divisão.

A nova ronda era um convite ao tédio. Brancos e negros misturados, pequenas fábricas e casas minúsculas, o mais violento que se podia esperar eram motoristas bêbados e prostitutas caroneiras tentando atrair motoristas e recolher alguns dólares a caminho dos pontos de droga do bairro negro.

Eu prendia motoristas embriagados e impedia os encontros clandestinos piscando o farolete vermelho, redigia multas de trânsito aos montes e normalmente vagava à procura de algo fora do comum. Restaurantes drive-in brotavam da noite para o dia na Hoover com a Vermont, lugares modernos e reluzentes onde se podia comer no carro e ouvir música em alto-falantes presos na janela. Passava horas estacionado neles, com a KGFJ detonando *bebops,* meu rádio transmissor com volume baixo para o caso de vir alguma notícia quente pelo ar. Corria os olhos pela rua enquanto ficava ali sentado escutando, espreitando prostitutas brancas, dizendo para mim mesmo que, se visse alguma parecida com Betty Short, avisaria que a 39 com a Norton ficava só a alguns quilômetros de distância e recomendaria que tivesse cuidado.

Mas, em sua maioria, as prostitutas eram negras e loiras oxigenadas que não valiam um conselho e só mereciam uma detenção quando minha cota andava baixa. Eram mulheres, contudo, lugares seguros para deixar minha mente errar, substitutas seguras para minha esposa sozinha em casa e para Madeleine se arrastando nas sarjetas da rua 8. Brincava com a ideia de pegar uma sósia de Dália/Madeleine para transar, mas sempre a afastava da mente – aquilo parecia demais com Johnny Vogel e Betty no Biltmore.

Quando saía do trabalho, à meia-noite, estava sempre ansioso, inquieto, sem vontade de ir para casa dormir. Às vezes ia aos cinemas do centro que ficavam abertos a noite toda, às vezes às boates de jazz em South Central. O *bop* estava chegando ao auge, e as sessões noturnas com uma dose de bebida legal geralmente bastavam para me ajudar a voltar para casa e cair num sono sem sonhos um pouco depois de Kay sair para trabalhar de manhã.

Mas quando não funcionava, vinham os suores e o palhaço sorridente de Jane Chambers e o francês Joe Dulange esmagando baratas e Johnny Vogel e seu chicote e Betty me implorando para trepar com ela ou para matar seu assassino;

qualquer uma das alternativas servia. E o pior de tudo era acordar sozinho na casa de contos de fadas.

O verão chegou. Dias quentes passados no sofá; noites quentes patrulhando o oeste do bairro negro, uísque legal, o Royal Flush e o Bido Lito's, Hampton Hawes, Dizzy Gillespie, Wardell Gray e Dexter Gordon. Tentativas impacientes de estudar para a seleção para sargento e o impulso de largar Kay e a casa de conto de fadas e arranjar um lugar barato em algum ponto da minha ronda. Não fosse aquele bêbado espectral, talvez aquilo continuasse para sempre.

Estava estacionado no Duke's Drive-In, olhando para uma turma de garotas com ar vadio perto da parada do ônibus cerca de 10 metros à minha frente. Meu transmissor estava desligado, *riffs* selvagens de Kenton saíam do alto-falante. A umidade do ar, sem uma brisa sequer, fazia com que meu uniforme ficasse colado ao corpo; não prendia ninguém há uma semana. As moças acenavam para os carros que passavam; uma loira oxigenada remexia os quadris para eles. Comecei a sincronizar o requebrado e as contorções com a música, brincando com a ideia de dar uma geral, mandar seus nomes para os arquivos da P&I para ver se havia mandados contra elas. Então um velho bêbado esquelético entrou em cena, uma das mãos segurando um garrafão pequeno, a outra estendida pedindo esmola.

A loira oxigenada parou de dançar para conversar com ele; a música perdeu todo o pique – eram só gritos – sem o seu acompanhamento. Acendi meus faróis dianteiros; o bêbado protegeu os olhos, depois levantou o dedo do meio para mim. Saí da viatura e caí em cima dele, com a banda de Stan Kenton como acompanhamento.

Ganchos de esquerda e direita, socos na nuca. Os guinchos da moça ultrapassando em decibéis o Grande Stan. O bêbado me xingando, xingando minha mãe, meu pai. Sirenes em minha cabeça, cheiro da carne apodrecendo do depósito, mesmo sabendo que era impossível. O velho mendigo balbuciando "Por favooooor".

Cambaleei até o telefone público na esquina, coloquei uma moeda e disquei meu próprio número. Dez toques, nada de Kay, WE-4391 sem pensar. A voz dela:

– Alô, residência dos Sprague.

Minha gagueira, então.

– Bucky? Bucky, é você?

O bêbado acenando para mim, sugando a garrafa com lábios sangrando. Minhas mãos nos bolsos, pegando notas para jogar para ele, dinheiro na calçada.

– Venha, amor. Os outros foram para Laguna. Vai ser como nos velhos...

Deixei o fone pendurado, e o bêbado catando a maior parte do meu último salário. Rumando para Hancock Park, corri, só dessa vez, só para entrar na casa de novo. Ao bater na porta, me senti persuadido. Então lá estava Madeleine, seda negra, cabelo penteado para o alto, pregador amarelo. Estendi os braços para ela; ela recuou, soltou os cabelos e deixou-os cair nos ombros.

– Não. Ainda não. É só o que tenho para manter você preso a mim.

Parte IV
Elizabeth

29

Durante um mês ela me segurou com mão de ferro em luvas de pelica.

Emmett, Ramona e Martha passavam o mês de junho na casa de praia da família no Condado de Orange, deixando Madeleine para cuidar da mansão da Muirfield Road. Tínhamos 22 cômodos onde brincar, uma casa de sonhos construída com ambição de imigrante. Era um grande progresso em relação ao Red Arrow, ao monumento de Lee Blanchard ao assalto a banco e ao assassinato.

Madeleine e eu fizemos amor em cada quarto, rasgando todos os lençóis de seda e colchas de brocado, cercados de Picassos e mestres holandeses e vasos Ming que valiam centenas de milhares de dólares. Dormíamos no fim das manhãs e no começo das tardes, antes de eu seguir para o bairro negro; os olhares que recebia dos vizinhos dela quando andava até meu carro de uniforme completo eram impagáveis.

Era uma união de vagabundos confessos, animais no cio que sabiam que com ninguém mais poderia ser tão bom. Madeleine justificou o seu disfarce de Dália como uma estratégia para me trazer de volta; tinha me visto no carro estacionado em frente à sua casa naquela noite, e sabia que uma sedução estilo Betty Short iria me fazer voltar. O desejo por trás daquilo me comoveu, embora o requinte da astúcia me causasse repulsa.

Ela abandonou o disfarce assim que a porta se fechou daquela primeira vez. Uma lavagem rápida devolveu a seu cabelo o castanho-escuro normal, o corte estilo pajem retornou, o vestido negro colante saiu de cena. Tentei tudo, exceto ameaças de ir embora e súplicas; Madeleine me apaziguou com um “Talvez algum dia”. Nosso compromisso implícito era falar de Betty.

Fiz perguntas, ela desviou do assunto. Esgotamos os fatos reais rapidamente; a partir daí, era pura interpretação.

Madeleine falou da extrema maleabilidade de Betty, o camaleão que seria qualquer um para agradar a qualquer um. Convidei-a a entrar no centro do caso detetivesco mais atordoante que já tinha aparecido no departamento, o caso que havia estraçalhado a vida da maior parte das pessoas próximas a mim, o enigma humano sobre o qual eu tinha de saber tudo. Esta era a minha perspectiva final, e estava entranhada até a medula.

Depois de Betty, dirigi a conversa para os próprios Sprague. Jamais contei a Madeleine que tinha conhecido Jane Chambers, abordando as revelações de Jane de modo indireto. Madeleine disse que Emmett estava levemente preocupado com as próximas demolições perto do letreiro de Hollywoodland; que as encenações de sua mãe e seu amor por livros estranhos e questões medievais não eram nada além de manias de viciada, “Mama tem muito tempo livre e enche a cara de remédio controlado”. Depois de algum tempo, ela se ressentiu com a minha sondagem e pediu para trocarmos de papéis. Contei mentiras e fiquei pensando o que faria se não me restasse nada além de meu próprio passado.

30

Parando em frente a casa, vi um caminhão de mudanças na entrada de automóveis e o Plymouth de Kay, com a capota abaixada, abarrotado de caixas. A passada rápida para pegar uniformes limpos estava se transformando em outra coisa.

Estacionei em fila dupla e subi correndo os degraus, sentindo o cheiro do perfume de Madeleine em mim mesmo. O caminhão começou a dar ré para sair; gritei:

– Ei! Que diabos, volte aqui!

O motorista me ignorou; palavras vindas da varanda me impediram de ir atrás dele.

– Não toquei nas suas coisas. E pode ficar com os móveis.

Kay estava usando a jaqueta Eisenhower e uma saia de tweed, exatamente como no dia em que a conheci. Falei "Meu bem" e comecei a perguntar "Por quê?". Minha esposa contra-atacou:

– Acha que vou deixar meu marido desaparecer por três semanas e não fazer nada a respeito? Coloquei detetives para seguirem você, Dwight. Ela parece com aquela garota morta filha da puta, então fique com ela. Comigo é que não vai ficar.

Os olhos secos de Kay e a voz calma eram piores do que o que ela dizia. Senti convulsões chegando, negócio feio.

– Meu bem, pelo amor de Deus...

Kay saiu de meu alcance.

– Freguês de puta. Covarde. *Necrófilo.*

Os tremores ficaram piores; Kay se virou e seguiu em direção ao carro, saindo de minha vida com uma pirueta hábil e rápida. Senti novamente o perfume de Madeleine e entrei na casa.

A mobília de madeira curvada parecia igual, mas não havia revistas literárias na mesinha de centro nem suéteres de cashmere dobrados no armário da sala de jantar. As almofadas do meu sofá-cama estavam impecáveis, como se eu nunca houvesse dormido ali. Minha vitrola ainda estava junto à lareira, mas todos os discos de Kay tinham ido embora.

Peguei a cadeira favorita de Lee e joguei-a contra a parede; arremessei a cadeira de balanço de Kay contra o armário, reduzindo-o a cacos de vidro. Levantei a mesa de centro e usei-a como aríete contra a janela da frente, depois lancei-a na varanda. Chutei os tapetes formando pilhas emaranhadas, tirei as gavetas para fora, virei o refrigerador de cabeça para baixo e fui com um martelo até a pia do banheiro, destroçando-a completamente, só deixando os canos. Era como ter lutado dez assaltos a todo vapor; quando meus braços ficaram tão fracos que não conseguiam causar mais danos, peguei meus uniformes e meu 45 com silenciador e saí, deixando a porta aberta para que os assaltantes limpassem o local.

Como os outros Sprague estavam para voltar a Los Angeles a qualquer momento, só havia um lugar para ir. Dirigi até o El Nido, mostrei o distintivo ao recepcionista e lhe contei que tinha um novo morador. Arranjou a contragosto uma chave extra; segundos depois, estava sentindo o cheiro rançoso da fumaça do cigarro de Russ Millard e do uísque derramado de Harry Sears. E me vi frente a frente com Elizabeth Short em todas as quatro paredes: viva e sorrindo, absorta com sonhos baratos, dissecada num terreno baldio cheio de mato.

E mesmo sem dizer isso a mim mesmo, sabia o que ia fazer.

Removi as pastas de arquivo da cama, empilhei-as no armário e arranquei os lençóis e cobertores. As fotos de Dália estavam pregadas à parede; era fácil colocar a roupa de cama sobre elas até estarem completamente cobertas. Com o quarto preparado, saí à procura de acessórios.

Encontrei uma peruca de cabelos penteados para cima em tom preto-azeviche na Western Costume, um pregador de cabelos amarelo numa loja de variedades no Boulevard. Os tremores voltaram, piores do que nunca. Fui de carro até o Firefly

Lounge, esperando que ainda tivesse a aprovação da Divisão de Costumes de Hollywood.

Uma simples olhada lá dentro me mostrou que sim. Sentei encostado no balcão, pedi um Old Forester duplo e fiquei olhando as garotas reunidas num estrado do tamanho de uma caixa de fósforos. Refletores colocados junto ao piso iluminavam-nas; elas eram o único ponto iluminado na espelunca.

Esvaziei o copo. Todas pareciam típicas – prostitutas viciadas em quimonos baratos abertos na frente. Contando cinco delas, observei as garotas fumando cigarros e ajeitando a abertura do roupão para mostrar mais as pernas. Nenhuma delas parecia nem um pouco.

Então uma morena magra num vestido esporte chique cheio de babados subiu ao estrado. Piscou devido à iluminação, coçou o narizinho atrevido e desenhou um oito no chão com o dedão do pé.

Chamei o balconista com o dedo. Ele veio com uma garrafa; tapei a boca do copo com a mão.

– A garota de rosa. Quanto sai se eu a levar comigo para o meu apartamento por uma hora mais ou menos?

O balconista suspirou.

– Senhor, nós temos três quartos aqui. Elas não gostam de...

Calei a boca dele com uma nota novinha de 50.

– Vai abrir uma exceção para mim. Seja generoso consigo mesmo.

Os 50 desapareceram, depois o próprio homem. Enchi meu copo e o esvaziei, de olho no balcão até sentir uma mão em meu ombro.

– Oi, eu sou Lorraine.

Voltei-me. De perto ela podia ser qualquer morena bonita – uma argila perfeitamente moldável.

– Oi, Lorraine. Eu sou... B-B-Bill.

A garota deu um risinho abafado.

– Oi, Bill. Quer ir agora?

Fiz que sim com a cabeça; Lorraine saiu à minha frente. A plena luz do dia revelou os fios puxados de suas meias de náilon e velhas cicatrizes de agulha nos braços. Quando entrou no carro vi que seus olhos eram de um marrom opaco; quando tamborilou com os dedos no painel vi que o que havia de mais próximo entre ela e Betty era o esmalte lascado de suas unhas.

Era o bastante.

Seguimos para o El Nido e subimos para o quarto sem dizer uma palavra. Abri a porta e me afastei para o lado para deixá-la entrar; ela revirou os olhos diante do gesto, depois deu um assobio baixinho para me dizer que o lugar era um verdadeiro antro. Fechei a porta, desembrulhei a peruca e estendi-a a ela.

– Olhe. Tire as roupas e ponha isso na cabeça.

Lorraine tirou as roupas desajeitadamente. Os sapatos caíram ao chão com um estrondo; prendeu o fio das meias ao tirá-las. Ia abrir o zíper de seu vestido, mas ela viu o que eu pretendia, afastou-se e abriu-o sozinha. De costas para mim, soltou o sutiã, tirou as calcinhas e remexeu na peruca. Encarando-me, falou:

– Essa é a sua ideia de uma aventura emocionante?

O penteado estava torto, como uma peruca de personagem das comédias de *vaudeville;* só combinava com os seios dela. Tirei o paletó e comecei a mexer no cinto. Algo nos olhos de Lorraine me fez parar; percebi que estava com medo do revólver e das algemas. Tive vontade de acalmá-la dizendo-lhe que era policial – então vi que o olhar a tornava mais parecida com Betty, e resolvi não dizer nada.

– Você não vai machucar... – falou a garota.

– Não fale – ordenei, e endireitei a peruca, enfiando seus cabelos castanhos lisos dentro dela. O conjunto continuava todo desajeitado, vulgar e desarrumado. Lorraine agora tremia; calafrios da cabeça aos pés enquanto eu colocava o pregador amarelo na peruca para acertar as coisas. O pregador só serviu para arrancar mechas de preto tão secas quanto palha e jogar tudo para um lado, como se a garota fosse o palhaço da boca de cicatriz, e não a minha Betty.

– Deite-se na cama.

A garota obedeceu, com as pernas rígidas e apertadas uma contra a outra, as mãos sob o corpo magro assaltado por tiques e convulsões. A peruca estava metade sobre sua cabeça, metade sobre o travesseiro. Sabendo que as fotos na parede dariam aquele toque de perfeição, retirei os lençóis que as cobriam.

Mirei um perfeito retrato de Betty/Beth/Liz; a garota gritou:

– *Não! Assassino! Polícia!*

Virando-me num giro, vi uma fraude nua petrificada diante da 39 com a Norton. Atirei-me na cama, apertei as mãos contra sua boca e mantive-a presa, falando com perfeita clareza:

– É que ela tinha todos esses nomes diferentes para ser, e aquela mulher não quer ser ela para mim, e simplesmente não posso ser alguém como ela, e todas as vezes que tento eu me fodo, e meu amigo enlouqueceu porque sua irmãzinha poderia ter sido ela se alguém não a tivesse matado...

– ASSASS...

A peruca desarrumada sobre a cama.

Minhas mãos no pescoço da garota.

Soltei-a e levantei devagar, com as palmas voltadas para ela, mostrando que não queria machucar. As cordas vocais da garota se distenderam, mas não conseguiu emitir nenhum som. Esfregou o pescoço no local onde eu pusera as mãos, a marca ainda bem vermelha. Recuei até a parede mais distante, incapaz de falar.

Impasse.

A garota massageava o pescoço; algo semelhante a gelo surgiu em seus olhos. Saiu da cama e vestiu as roupas encarando-me, o gelo ficando cada vez mais frio e mais profundo. Era um olhar que eu sabia não poder enfrentar, então peguei minha carteira de identidade e mostrei a ela o distintivo 1.611 do DPLA. Ela sorriu; tentei imitá-la; aproximou-se de mim e cuspiu na placa de metal. A porta foi batida, as fotos na parede tremeram, minha voz voltou em espasmos de dor.

– Vou pegar ele pra você, ele não vai mais machucar você, vou fazer isso pra você, oh, Betty, porra, juro por Deus que vou.

31

O avião voava para leste, cortando formações de nuvens e o céu azul brilhante. Meus bolsos estavam recheados de dinheiro da minha conta bancária agora zerada, o tenente Getchell tinha engolido a minha história sobre um colega de escola gravemente doente em Boston e me concedeu uma semana de licenças de saúde acumuladas. Eu tinha no colo uma pilha de notas sobre verificações de antecedentes efetuadas pelo DP de Boston – cuidadosamente copiadas do arquivo do El Nido. Já tinha um itinerário de interrogatórios traçado, feito com o auxílio de um guia metropolitano de Boston que tinha comprado no aeroporto de Los Angeles. Quando o avião pousasse, teria pela frente Medford/Cambridge/Stoneham e o passado de Elizabeth Short – a parte que não havia sido manchada pelas primeiras páginas dos jornais.

Eu tinha mergulhado no arquivo na tarde do dia anterior, assim que parei de tremer e consegui tirar da cabeça o quão perto tinha chegado do desastre – pelo menos a parte visível, menos profunda, da coisa toda. Uma folheada rápida me mostrou que a parte do inquérito relativa a Los Angeles estava esgotada, uma segunda e terceira folheada confirmaram que estava mais do que esgotada, uma quarta me convenceu de que se ficasse na cidade ia ficar louco com Madeleine e Kay. Tinha de fugir, e se minha promessa a Elizabeth Short significava alguma coisa, tinha de ser em sua direção. E se era um tiro no escuro, pelo menos era uma viagem a um território limpo – onde meu distintivo e minhas mulheres não me colocariam em encrencas.

A repulsa no rosto da prostituta não me saía da cabeça; ainda podia sentir seu perfume barato e imaginava-a cuspindo acusações, as mesmas palavras que Kay tinha usado no começo daquele dia, só que piores – porque ela sabia o que eu era: uma puta com um distintivo. Pensar nela era como esfregar os joelhos no fundo do poço da minha vida – o único consolo era saber que não poderia descer mais baixo, que antes disso iria morder o cano de meu 38.

O avião aterrissou às 19h35; eu era o primeiro da fila de desembarque, com caderno e maleta nas mãos. Havia uma agência de aluguel de carros no terminal; aluguei um Chevrolet cupê e rumei para a metrópole, ansioso por aproveitar o que me restava de dia claro – cerca de uma hora.

Meu itinerário incluía os endereços da mãe de Elizabeth, de duas irmãs, de sua escola de segundo grau, de uma espelunca na praça Harvard onde ela tinha lavado pratos em 1942 e do cinema onde havia trabalhado como vendedora de doces em 1939 e 1940. Decidi dar uma volta em Boston, depois em Cambridge, depois em Medford, a verdadeira terra natal de Betty.

Boston, velha e exótica, me parecia uma balbúrdia. Segui as placas de rua até a ponte sobre o rio Charles e atravessei até Cambridge: casas chiques em estilo georgiano e ruas lotadas de estudantes universitários. Outras placas me levaram à praça Harvard; lá seria a minha parada número um – a *hofbrau* de Otto, uma construção de mau gosto exalando aroma de repolho e cerveja.

Estacionei junto a um parquímetro e entrei. A decoração inspirada na história de João e Maria se estendia a todo o local – cabines talhadas em madeira, canecas de cerveja enfileiradas nas paredes, garçonetes usando saias camponesas. Olhei em torno procurando o chefe, e meus olhos se fixaram num homem mais velho de guarda-pó junto à caixa registradora.

Aproximei-me, e algo me disse para não mostrar o distintivo.

– Por favor. Sou repórter, e estou escrevendo uma história sobre Elizabeth Short. Ouvi dizer que trabalhou aqui em 1942, e achei que o senhor poderia me contar um pouco sobre como ela era.

– Elizabeth de quê? É alguma artista de cinema?

– Foi assassinada em Los Angeles alguns anos atrás. É um caso famoso. O senhor...

– Comprei este lugar em 1946 e a única empregada que sobrou dos tempos de antes da guerra é Roz. Rozzie, venha cá! Tem um cara aqui querendo falar com você!

A garçonete mais antiga se materializou – um bebê-elefante com saias que iam até a metade das coxas. O chefe disse:

– Esse cara é repórter. Quer falar sobre Elizabeth Short. Lembra-se dela?

Rozzie estourou uma bola de chiclete na minha cara.

– Falei com o *Globe,* com o *Sentinel* e com os tiras da primeira vez e não vou mudar minha história. Betsy Short era uma derrubadora de pratos e uma sonhadora, e se não trouxesse tantos clientes de Harvard para cá não teria durado nem um dia. Ouvi dizer que adorava rapazes fardados, mas não conheci nenhum de seus namorados. Fim da história. E você não é repórter, é tira.

– Obrigado pelo comentário tão perspicaz – declarei, saindo.

Meu guia situava Medford a 20 quilômetros de distância, em linha reta pela avenida Massachusetts. Cheguei lá quando começou a anoitecer, e percebi que tinha chegado através do olfato em primeiro lugar, depois da visão.

Medford era uma cidade industrial, cujo perímetro era formado por chaminés de fornos de fundição expelindo fumaça. Fechei a janela para fugir do cheiro de enxofre; a área industrial foi cedendo lugar a quadras de casas estreitas de cimento vermelho aglomeradas com menos de 30 centímetros entre si. Cada quadra tinha pelo menos dois botecos, e quando vi o Swasey Boulevard – a rua onde ficava o cinema – abri o quebra-vento para ver se o cheiro das fundições tinha se dissipado. Não tinha – e o para-brisa já ostentava uma camada de fuligem oleosa.

Encontrei o Majestic algumas quadras adiante, uma típica construção de tijolos vermelhos de Medford, com o cartaz na marquise anunciando *Baixeza* com Burt Lancaster e *Duelo ao sol* – "grande elenco". A bilheteria estava vazia, assim fui direto à entrada e subi até o balcão de guloseimas. O balconista perguntou:

– Algo errado, policial?

Dei um gemido ao ver que todo mundo na cidade sabia quem eu era – a 5 mil quilômetros de casa.

– Não, nada de errado. É o gerente?

– O proprietário. Ted Carmody. É da Polícia de Boston? Com relutância, mostrei meu distintivo.

– Polícia de Los Angeles. É sobre Betty Short.

Ted Carmody persignou-se.

– Pobre Lizzie. Tem alguma pista nova? Foi por isso que veio aqui?

Coloquei uma moeda sobre o balcão, peguei uma barra de Snickers e desembrulhei a.

– Vamos dizer que devo algo a Betty, e que tenho algumas perguntas a fazer.

– Pode perguntar.

– Primeiro: vi o arquivo de verificação de antecedentes da polícia de Boston, e seu nome não está listado no relatório de entrevistas. Não conversaram com o senhor?

Carmody me devolveu a moeda.

– Cortesia da casa. E não falei com os tiras de Boston porque falavam de Lizzie como se fosse uma espécie de vagabunda. Não coopero com difamadores.

– Admirável, Sr. Carmody. Mas o que teria a dizer a eles?

– Nada de sujo, isso posso lhe assegurar. Para mim Lizzie era uma ótima garota. Se os tiras tivessem respeitado convenientemente os mortos, eu lhes teria dito isso.

O cara estava me deixando exausto.

– Sou um cara respeitador. Finja que estamos dois anos atrás e me conte.

Carmody custou a entender, então mordi com vontade a barra de doce para ver se ele relaxava.

– Eu teria dito a eles que Lizzie era uma péssima empregada – falou ele, enfim. – E teria dito que não me importava. Ela atraía rapazes como um ímã, e se ficava saindo para ir espiar o filme, e daí? Por 50 centavos a hora não poderia esperar que trabalhasse como escrava.

– E quanto aos namorados? – perguntei.

Carmody esmurrou o balcão; as jujubas e as balinhas de leite caíram.

– Lizzie não era uma leviana! O único namorado que sei que ela teve foi aquele cara cego, e sei que era mais amizade. Escute, quer saber que tipo de moça era Lizzie? Vou lhe contar. Eu costumava deixar o cego entrar de graça, para que pudesse escutar o filme, e Lizzie ficava dando suas saidinhas para contar a ele o que se passava na tela. Entende, ela descrevia o filme para ele. Isso lhe parece o comportamento de uma vagabunda?

Aquilo me atingiu como um direto bem no coração.

– Não, não parece. Lembra-se do nome do cara?

– Tommy qualquer coisa. Tem um quarto no prédio dos veteranos de guerra, mais adiante nesta quadra, e se for o assassino bato as asas e voo para Nantucket.

Estendi-lhe a mão.

– Obrigado pelo doce, Sr. Carmody.

Apertamos as mãos. Carmody falou:

– Pegue o cara que matou Lizzie e eu lhe compro a fábrica que faz esses malditos docinhos.

Ao responder a ele, senti que era um dos melhores momentos de toda a minha vida:

– Vou pegar.

O prédio dos veteranos era do outro lado da rua, um pouco adiante. Outra construção de tijolos vermelhos manchada de fuligem. Entrei pensando que a conversa com o cego Tommy também não ia dar em nada, que era alguém com quem eu tinha de falar para acalmar Betty, fazer com que ela vivesse mais tranquila dentro de mim.

Uma escada lateral me levou para cima, até uma caixa de correspondência com o nome T. GILFOYLE. Ao tocar a campainha, ouvi música; olhando pela única janela vi uma escuridão profunda. Então uma voz masculina suave veio do lado de dentro da porta:

– Sim? Quem é?

– Polícia de Los Angeles, Sr. Gilfoyle. É sobre Elizabeth Short.

A luz chegou à janela, a música silenciou. A porta se abriu e um homem alto e gorducho usando óculos escuros fez sinal para que entrasse. Estava impecável, com uma camisa esporte listrada e calças esporte, mas o quarto era uma pocilga, poeira e fuligem por todo o canto, um exército de percevejos se dispersando diante do incomum jato de luminosidade.

Tommy Gilfoyle falou:

– Meu professor de braile leu os jornais de Los Angeles para mim. Por que diziam coisas tão nojentas sobre Beth?

Tentei ser diplomata.

– Porque não a conheciam tão bem quanto o senhor.

Tommy sorriu e afundou numa poltrona esfarrapada.

– O apartamento está realmente vergonhoso?

O sofá estava coberto de discos; afastei uma pilha para o lado e me sentei.

– Uma limpezinha não ia fazer mal algum.

– Às vezes fico preguiçoso. A investigação do assassinato de Beth foi reativada? Ganhou prioridade?

– Não, estou aqui por conta própria. Onde aprendeu o jargão policial?

– Tenho um amigo na polícia.

Varri com a mão um percevejo gordo da minha manga.

– Tommy, fale-me sobre você e Beth. Fale alguma coisa que não saiu nos jornais. Algo de bom.

– É uma questão pessoal para você? Como uma *vendetta?*

– É mais do que isso.

– Meu amigo diz que os policiais que levam o trabalho para o lado pessoal se metem em encrencas.

Esmaguei uma barata que explorava meu sapato.

– Só quero pegar o filho da puta.

– Não precisa gritar. Sou cego, não surdo, e também não era cego diante dos pequenos defeitos de Beth.

– Como assim?

Tommy remexeu na bengala largada ao lado da poltrona.

– Bem, não vou me alongar nesse assunto, mas Beth era promíscua, exatamente como os jornais sugeriram. Sei o motivo, mas fiquei quieto porque não queria sujar sua memória, e sei que isso não ajudaria a polícia a encontrar o assassino.

O homem agora tentava ser persuasivo, indeciso entre a vontade de se abrir e a de guardar segredo.

– Deixe que eu julgue isso – falei. – Sou um detetive experiente.

– Na sua idade? Sei, pela sua voz, que é jovem. Meu amigo disse que para ser detetive é preciso trabalhar pelo menos dez anos na polícia.

– Que droga, pare de me investigar. Vim aqui por conta própria e não vim para...

Parei ao ver que o homem estava amedrontado, com uma das mãos procurando o telefone.

– Olhe, me desculpe. Tive um dia cheio e estou muito longe de casa.

Fiquei surpreso ao ver Tommy sorrir.

– Também devo pedir desculpas. Só estava bancando o tímido para prolongar a conversa, e isso foi rude da minha parte. Então vou lhe contar sobre Beth, sobre suas fraquezas e tudo o mais.

"Provavelmente você soube que ela queria muito ser atriz, e isso é verdade. Provavelmente imaginou que não tivesse muito talento, e isso também é verdade. Beth lia peças para mim fazendo todos os papéis, e era uma canastrona terrível, simplesmente pavorosa. Tenho conhecimento profundo da palavra falada, então pode acreditar em mim, eu sei.

"O talento de Beth era para a escrita. Eu costumava ir aos filmes do Majestic, e Beth costumava descrever as cenas para eu ter alguma coisa em que me apoiar para acompanhar os diálogos. Ela era brilhante, e eu a encorajava a escrever para o cinema, mas ela só queria ser atriz, como qualquer outra garota bobinha que quer sair de Medford.

Eu seria capaz de cometer um genocídio para cair fora.

– Tommy, você disse que sabia a razão pela qual Beth era promíscua.

Tommy suspirou.

– Quando Beth tinha 16 ou 17 anos, dois bandidos a atacaram, em algum lugar de Boston. Um deles chegou a estuprá-la, e o outro ia fazer o mesmo, mas um marinheiro e um fuzileiro naval apareceram e os afugentaram.

"Beth pensou que o cara talvez a tivesse engravidado, então foi ao médico fazer um exame. Ele lhe disse que ela tinha cistos benignos no ovário, benignos, mas que jamais poderia ter filhos. Beth ficou louca, porque sempre quis ter um monte de bebês. Foi procurar o marinheiro e o fuzileiro que a tinham salvo, e implorou-lhes para serem pais de sua criança. O fuzileiro recusou, e o marinheiro... se aproveitou de Beth até ser enviado para o ultramar.

Pensei imediatamente no francês Joe Dulange – o seu relato sobre a obsessão de Dália com a gravidez, sobre como ele a havia acalmado com um "amiguinho médico" e um exame falso. Aquela parte da história de Dulange obviamente não era tão delirante quanto Russ Millard e eu havíamos pensado – era agora uma pista sólida sobre os dias em que Dália esteve desaparecida, sendo o "amiguinho médico" no mínimo uma testemunha fundamental, mas talvez até um *forte* suspeito.

– Tommy, você sabe os nomes do marinheiro e do fuzileiro? E do médico?

Tommy balançou a cabeça.

– Não. Mas foi a partir daí que Betty começou a ficar íntima de soldados. Achava que eram os seus salvadores, que podiam lhe dar um filho, uma menininha para ser uma grande atriz no caso de ela própria não conseguir. É triste, mas ouvi dizer que o único lugar em que Beth era uma grande atriz era na cama.

Levantei-me.

– O que aconteceu com você e Beth então?

– Perdemos contato. Ela saiu de Medford.

– Você me deu uma boa pista, Tommy. Obrigado.

O homem cego bateu a bengala ao som da minha voz.

– Então pegue o cara que fez isso, mas não deixe que magoem Beth mais.

– Não vou deixar.

32

O caso Short tinha voltado a pegar fogo – pelo menos para mim. Horas percorrendo os pubs de Medford me mostraram a Betty promíscua, estilo Costa Leste – um grande anticlímax após as revelações de Tommy Gilfoyle. Tomei o voo da meia-noite de volta a Los Angeles e liguei para Russ Millard do aeroporto. Ele concordou: o "doutor-barata" de Joe Dulange provavelmente era legítimo, independentemente do *delirium tremens* de Dulange. Propôs um telefonema ao DIC de Fort Dix para tentar conseguir mais detalhes do maluco libertado, depois uma vasculhada em três dos consultórios médicos no centro, concentrando-se na área em torno do Hotel Havana, onde Dulange tinha transado com Betty. Sugeri que o "médico" devia ser um frequentador de bares, um aborteiro ou um charlatão; Russ concordou. Disse que iria consultar os arquivos e os seus informantes, e que ele e Harry Sears estariam batendo nas portas em uma hora. Dividimos o território: da Figueroa até a Hill e da rua 6 até a 9 para mim; da Figueroa até a Hill, da rua 5 até a 1 para eles. Desliguei, peguei o carro e segui direto para o centro.

Roubei um catálogo de *Páginas amarelas* e fiz uma lista: médicos legítimos e quiropráticos, vendedores de ervas e místicos sanguessugas que vendem religião e medicamentos registrados sob o nome de "médicos". O livro tinha uma lista curta de obstetras e ginecologistas, mas o instinto me dizia que a manobra de Joe Dulange ao usar um médico era produto do acaso, e não resultado da busca consciente de um especialista para acalmar Betty. Com o sangue cheio de adrenalina, comecei a trabalhar.

Peguei a maior parte dos médicos no início do seu dia de trabalho, e recebi a mais ampla variedade de negativas sinceras que já tinha encontrado como tira. Todo cidadão respeitável praticante da medicina com quem falava me convencia um pouco mais de que o amigo do francesinho devia ser pelo menos um pouco ilegal. Depois de devorar um sanduíche como almoço, passei à lista de "pseudos".

Os vendedores de ervas eram todos chineses; a metade dos místicos era formada por mulheres, a outra metade por tipos comuns não muito convincentes. Acreditei em todos os seus nãos perplexos; imaginei todos aterrorizados demais pelo francês para considerar sua oferta. Estava quase a ponto de começar a passar nos bares procurando pistas de fregueses médicos quando a exaustão tomou conta de mim. Segui para "casa", para o El Nido, e dormi – durante vinte minutos inteiros.

Inquieto demais para tentar dormir de novo, tentei pensar logicamente. Eram 18 horas, os consultórios dos médicos estavam se fechando, os bares só estariam maduros para um esquadrinhamento dali a três horas no mínimo. Russ e Harry teriam telefonado se tivessem algo quente de verdade. Peguei as pastas do arquivo e comecei a ler.

O tempo voou; nomes, datas e locais mantiveram-me acordado. Então vi algo que já tinha visto dezenas de vezes antes, mas que dessa vez me chamou a atenção.

Eram dois bilhetes:

18/1/1947: Harry – Telefone p/ Buzz Meeks na Hughes e peça-lhe para verificar qualquer possível ligação de E. Short com empresas de cinema. Bleichert diz que a moça queria ser atriz. Faça isso independentemente de Loew – Russ.

22/1/1947: Russ – Meeks diz que não descobriu nada. Que pena. Ele estava ansioso para ajudar – Harry.

Com a mania de Betty pelo cinema fresca em minha memória, os bilhetes me transmitiam uma impressão diferente. Lembrei de Russ me falando que ia interrogar Meeks, o chefe de segurança da Hughes e "ligação não oficial" do departamento com a comunidade de Hollywood; recordei que isso tinha ocorrido durante a época em que Ellis Loew andava ocultando provas sobre a promiscuidade de Betty a fim de assegurar para si próprio um caso melhor e mais espetacular como promotor. Além disso, o livrinho negro de Betty continha vários nomes de gente ligada aos escalões inferiores do cinema – nomes que foram verificados durante os interrogatórios sobre o livrinho negro em 1947.

A grande pergunta:

Se Meeks havia realmente feito uma verificação, por que não tinha encontrado pelo menos alguns dos nomes do livro negro e os transmitido a Russ e Harry?

Fui até o saguão do hotel, peguei o número da segurança da Hughes na lista telefônica e disquei-o. Uma mulher de voz monótona atendeu:

– Segurança. Em que posso ajudá-lo?

– Buzz Meeks, por favor.

– O Sr. Meeks está fora no momento. É da parte de quem?

– Detetive Bleichert, do DPLA. Quando ele volta?

– Quando a reunião do orçamento terminar. Posso saber qual é o assunto?

– Assunto policial. Diga-lhe que estarei em seu escritório em meia hora.

Desliguei e pisei no acelerador, chegando a Santa Monica em 25 minutos. O guarda do portão abriu para que eu entrasse no estacionamento da empresa, indicando-me os escritórios do pessoal da segurança – um edifício metálico em semicírculo no fim de uma longa série de hangares. Estacionei e bati à porta; a mulher de voz monótona abriu-a.

– O Sr. Meeks disse para o senhor esperar em seu escritório. Não vai demorar muito.

Entrei; a mulher saiu, parecendo aliviada porque o dia de trabalho tinha terminado. As paredes internas do edifício eram cobertas de pinturas de aviões da Hughes, arte militar comparável aos desenhos de caixas de cereal. O escritório de Meeks era mais bem decorado: fotos de um homem corpulento de cabelo cortado à escovinha com vários astros de Hollywood – atrizes que não soube identificar pelo nome junto com George Raft e Mickey Rooney.

Sentei. O homem corpulento apareceu poucos minutos depois, estendeu a mão automaticamente, como alguém cujo trabalho era 95 por cento relações públicas.

– Olá. Detetive Blyewell, não é?

Levantei. Apertamos as mãos; vi que Meeks tinha ficado desconcertado diante das minhas roupas de dois dias e minha barba de três.

– É Bleichert.

– Ah, claro. Em que posso ajudá-lo?

– Tenho algumas perguntas sobre um velho caso no qual o senhor ajudou a Delegacia de Homicídios.

– Entendo. Trabalha na delegacia, então?

– Sou patrulheiro da Newton.

Meeks se sentou atrás da escrivaninha.

– Um pouco fora da sua jurisdição, não é? E a minha secretária disse que era detetive.

Fechei a porta e me apoiei contra ela.

– É um caso pessoal para mim.

– Então vai se aposentar correndo atrás de negros vagabundos. Será que ninguém lhe falou que os tiras que levam os casos para o lado pessoal acabam morrendo de fome?

– Eles ficam me dizendo isso, e eu insisto em responder que isso é problema meu. Você come muitas aspirantes a atrizes, Meeks?

– Comi Carole Lombard. Daria o número dela pra você, mas ela está morta.

– Comeu Elizabeth Short?

Touché, bingo, na mosca, detector de mentiras ligado enquanto Meeks corava e folheava uns papéis sobre o mata-borrão; uma voz ofegante, para completar:

– Levou porrada demais na luta contra Blanchard? A puta da Short está morta.

Puxei meu paletó de lado para mostrar a Meeks o 45 que eu carregava.

– Não a chame assim de novo.

– Tudo bem, valentão. Agora que tal me dizer o que quer? Aí a gente acerta e acaba com essa charadinha antes que saia de controle. Compreende?

– Em 1947 Harry Sears lhe pediu para interrogar os seus contatos no cinema a respeito de Betty Short. A resposta que você deu foi que não tinha dado em nada. Estava mentindo. Por quê?

Meeks pegou um abri dor de cartas. Passou o dedo pela lâmina, percebeu o que estava fazendo e largou-o.

– Não a matei e não sei quem foi que fez isso.

– Convença-me, senão telefonarei a Hedda Hopper para lhe dar de presente a coluna de amanhã. Como acha que soa: "Bicão de Hollywood oculta provas no caso Dália porque pontinho, pontinho, pontinho"? Agora preencha os pontinhos para mim, senão eu mesmo os preencho para Hedda. Compreende?

Meeks tentou outra bravata.

– Bleichert, está querendo foder o cara errado.

Saquei o 45, assegurei-me de que o silenciador estava firme e coloquei uma bala na câmara.

– Não, você é que está.

Meeks estendeu a mão para pegar uma garrafa num dos lados da escrivaninha; serviu uma dose e tomou de um gole só.

– O que eu consegui foi uma pista que não levava a lugar algum, mas posso dá-la a você, se a quer tanto assim.

Balancei o revólver pelo aro em torno do gatilho.

– Mal posso esperar, bundão. Vá em frente.

Meeks abriu um cofre embutido em sua escrivaninha e retirou um maço de papéis. Estudou-os, girou a cadeira e falou para as paredes:

– Recebi uma pista sobre Burt Lindscott, produtor da Universal. Quem me passou essa foi um cara que odiava Scotty Bennett, o amigo de Lindscott. Scotty era cafetão e *bookmaker*, e dava o número do telefone da casa de Lindscott em Malibu para qualquer garota de boa aparência que fizesse testes na Universal. Essa tal de Short recebeu um dos cartões de Scotty e telefonou a Lindscott.

"O resto, as datas e tudo mais, quem me passou foi o próprio Lindscott. Na noite de 10 de janeiro, a garota telefonou do Biltmore, no Centro. Burty fez ela descrever a si própria, e gostou do que ouviu. Falou para a garota que lhe faria um teste pela manhã, quando voltasse de uma partida de pôquer no seu clube. A garota disse que não tinha para onde ir até a hora do teste, então Lindscott falou para ela ir passar a noite em sua casa – o seu criado lhe daria comida e lhe faria companhia. Ela pegou um ônibus para Malibu, e o criado – era um homossexual – fez realmente companhia a ela. Então, no dia seguinte perto do meio-dia, Lindscott e três amiguinhos seus chegaram em casa bêbados.

"Os caras estavam a fim de se divertir e fizeram o tal do teste com a garota, lendo um roteiro que Burt tinha por ali. Ela era péssima, e eles riram dela, então Lindscott lhe fez uma oferta: ela daria para os quatro e ele lhe arranjaria uma ponta em seu próximo filme. A garota ainda estava furiosa com eles porque tinham rido de seu teste, e armou uma confusão. Chamou-os de desertores e traidores e disse que jamais conseguiriam ser soldados. Burt chutou-a para fora pelas duas e meia da tarde, no dia 11, sábado. O criado disse que ela estava sem um tostão e que tinha dito que ia voltar a pé para o centro.

Então Betty andou os 40 quilômetros até o centro, ou pegou uma carona, encontrando Sally Stinson e Johnny Vogel no saguão do Biltmore mais ou menos seis horas depois.

– Meeks, por que não contou essa história? E olhe para mim.

Meeks girou na cadeira; sua fisionomia era a de um homem profundamente envergonhado.

– Tentei entrar em contato com Russ e Harry, mas eles estavam fazendo interrogatórios de rua, então liguei para Ellis Loew. Ele me disse para não relatar o que tinha descoberto, e ameaçou revogar minha autorização para trabalhar na segurança. Mais tarde descobri que Lindscott era um dos mandachuvas do Partido Republicano, e que tinha prometido a Loew uma grana preta para a sua candidatura a promotor público. Loew não queria vê-lo implicado no caso Dália.

Fechei os olhos para não ter de olhar para o cara; Meeks tentava barganhar enquanto eu imaginava Betty sendo vaiada, cantada e chutada até morrer.

– Bleichert, verifiquei Lindscott, o criado e os amiguinhos. Aqui estão depoimentos legítimos que recolhi, a papelada toda. Nenhum deles podia tê-la assassinado. Estavam todos em casa e em seus trabalhos desde o dia 12 até sexta-feira, dia 17. Nenhum deles podia ter feito aquilo, e eu não teria ficado em silêncio se algum desses filhos da puta a tivesse apagado. Tenho os depoimentos aqui, e vou lhe mostrar.

Abri os olhos; Meeks girava o segredo de um cofre na parede.

– Quanto Loew lhe pagou para ficar calado? – perguntei.

Meeks balbuciou "Mil" e recuou como que temendo um golpe. Tinha nojo demais dele para lhe dar a satisfação de um castigo, e saí deixando no ar a etiqueta com o seu preço.

Tinha agora a agenda dos dias de desaparecimento de Elizabeth Short semipreenchida:

Manley, o Ruivo, largou-a na frente do Biltmore no entardecer da sexta-feira, 10 de janeiro; ela ligou a Burt Lindscott dali e suas aventuras em Malibu duraram até as 14h30 da tarde do dia seguinte. Voltou ao Biltmore naquela noite, no sábado, dia 11, encontrou Sally Stinson e Johnny Vogel no saguão do hotel, brincou com Johnny até um pouco depois da meia-noite e partiu. Encontrou o cabo Joseph Dulange então, ou algumas horas depois, no Night Owl Bar na rua 6 com a Hill – a duas quadras do Biltmore. Ficou com Dulange, lá e no hotel Havana, até a tarde ou a noite de domingo, 12 de janeiro, quando ele a levou para falar com o seu "amiguinho médico".

Enquanto voltava para o El Nido, senti, apesar da exaustão, que poderia fazer novas investigações. A ideia me ocorreu quando passava por uma cabine telefônica: se Betty tinha telefonado a Lindscott em Malibu – uma ligação interurbana – haveria um registro na Companhia Telefônica da Costa do Pacífico. Se ela tinha feito outras chamadas interurbanas, naquele dia ou no dia 11, antes ou depois de trepar com Johnny Vogel, a companhia teria a informação em seus registros, já que costuma anotar as ligações de telefones públicos para estudos de custo e preço.

Minha fadiga cedeu de novo. Peguei ruas secundárias pelo resto do caminho, ultrapassando sinais de "pare" e faróis vermelhos; ao chegar, estacionei na frente de um hidrante e subi correndo ao quarto para pegar um caderno. Estava indo para o telefone do saguão quando ele me deteve tocando.

– Alô?

– Bucky? Amor, é você?

Era Madeleine.

– Escute, não posso falar com você agora.

– Tínhamos um encontro ontem, lembra-se?

– Tive de sair da cidade. A trabalho.

– Podia ter ligado. Se não tivesse me contado desse seu esconderijozinho ia achar que você tinha morrido.

– Madeleine, pelo amor de Deus...

– Amor, preciso falar com você. Vão tirar aquelas letras do anúncio de Hollywoodland amanhã, e não só isso, vão demolir alguns dos bangalôs de papai no local. Bucky, as escrituras caíram no domínio da Prefeitura, mas papai comprou aquela propriedade e construiu aqueles lugares em seu próprio nome. Ele usou os piores materiais mesmo e um investigador do Conselho Municipal andou bisbilhotando e interrogando os advogados de papai. Um deles lhe contou que um velho inimigo dele que cometeu suicídio deixou para o Conselho um relatório sobre os imóveis de papai e...

Parecia papo furado – com papai valentão metido em encrenca, surgia Bucky valentão como substituto para consolá-la.

– Escute, não posso falar com você agora – repeti, e desliguei.

Agora era mesmo trabalho braçal de detetive. Arrumei o caderno e a caneta na plataforma ao lado do telefone e esvaziei o bolso das moedas acumuladas durante quatro dias, contando quase 2 dólares – o suficiente para quarenta chamadas. Primeiro liguei para o plantão noturno da CTCP, requisitando uma lista de todas as chamadas interurbanas e a cobrar feitas de telefones públicos do Hotel Biltmore nas noites de 10, 11 e 12 de janeiro de 1947; os nomes e endereços das pessoas contactadas e os horários das chamadas.

Fiquei em pé, nervoso, segurando o fone enquanto a mulher fazia seu trabalho, mandando olhares bem feios para outros moradores do El Nido que queriam usar o telefone. Então, cerca de meia hora depois, ela voltou à linha e começou a falar.

O número e o endereço de Lindscott estavam na lista dc 10 de janeiro, mas nada mais registrado nessa noite parecia suspeito. De qualquer modo, anotei todas as informações; então a mulher passou para a noite de 11 de janeiro – bem perto da hora em que Betty encontrou Sally Stinson e Johnny Vogel no saguão do Biltmore. Descobri a mina:

Haviam sido feitas quatro chamadas interurbanas para consultórios de obstetras em Beverly Hills. Anotei os nomes e números, junto com os números do serviço de atendimento noturno dos médicos e a lista que se seguia de chamadas interurbanas. Nenhuma luz se acendeu em meu cérebro diante dessas, mas as copiei mesmo assim. Em seguida ataquei Beverly Hills com um arsenal de moedas.

Gastei todo o meu troco para conseguir o que queria.

Disse para os telefonistas do serviço de atendimento que era uma emergência policial; eles me colocaram em contato com os médicos em casa. Estes fizeram suas secretárias voltarem aos consultórios para verificar os registros antigos, depois telefonarem para mim no El Nido. O processo todo levou duas horas. No final, eis o que obtive:

No início da noite de 11 de janeiro de 1947, uma tal de "Sra. Fickling" e uma "Sra. Gordon" ligaram para quatro consultórios de obstetras diferentes em Beverly Hills, requisitando consultas para teste de gravidez. Os telefonistas do plantão noturno marcaram consultas para as manhãs de 14 e 15 de janeiro. O tenente Joseph Fickling e o major Matt Gordon eram dois dos heróis de guerra com quem Betty namorou e fingia estar casada; jamais compareceu às consultas marcadas porque no dia 14 estava sendo torturada e assassinada; no dia 15 tinha se transformado num monte de carne mutilada jogada na 39 com a Norton.

Liguei para Russ Millard na delegacia; uma voz vagamente familiar atendeu:

– Homicídios.

– O tenente Millard, por favor.

– Está em Tucson, obtendo a extradição de um prisioneiro.

– Harry Sears também?

– Isso. Quem é, Bucky? Aqui é Dick Cavanaugh.

– Estou surpreso que tenha reconhecido minha voz.

– Harry Sears me avisou que você ia ligar. Deixou uma lista de médicos para você, mas não consigo encontrá-la. É isso que quer?

– É, e preciso falar com Russ. Quando ele volta?

– Tarde, amanhã, eu acho. Para onde posso ligar se encontrar a lista?

– Estou de saída. Eu telefono.

Os outros números tinham de ser testados, mas a pista do obstetra era quente demais para esperar. Segui de volta ao centro para procurar o amiguinho médico de Dulange, com o cansaço pesando sobre mim como uma rocha em chamas.

Fiquei nessa até meia-noite, concentrando-me nos bares em torno da rua 6 com a Hill, falando com os frequentadores habituais, pagando drinques para eles, ouvindo papo de bêbado e umas duas dicas sobre casas de aborto que quase me pareceram verdadeiras.

Outro dia insone findara; pus-me a rodar de bar em bar, ouvindo rádio para não cochilar. As notícias repetiam sem parar algo sobre "restauração memorável" do anúncio de Hollywoodland – classificando a amputação das letras L-A-N-D como o maior evento desde a vinda de Jesus. Mack Sennett e seu projeto de Hollywoodland ocupavam bastante tempo nas rádios e um cinema de Hollywood reprisava uma série de seus velhos filmes dos Keystone Kops.

Perto da hora de os bares fecharem, eu me sentia como um Keystone Kop e parecia um vagabundo – barba desgrenhada, roupas sujas, uma atenção febril que não parava de se desviar. Quando os bêbados ávidos por mais bebida e camaradagem começaram a puxar a minha manga, tomei isso como um forte presságio, rumei para um estacionamento deserto, parei e dormi.

Cãibras nas pernas despertaram-me de madrugada. Saí trôpego do carro em busca de um telefone; uma viatura passou por mim, o motorista me lançou um olhar desconfiado. Encontrei uma cabine na esquina e disquei o número do padre.

– Delegacia de Homicídios. Sargento Cavanaugh.

– Dick, é Bucky Bleichert.

– É com você mesmo que eu queria falar. Estou com a lista. Tem um lápis?

Saquei uma caderneta do bolso.

– Manda ver.

– Ok. Aqui estão os médicos com a licença cassada. Harry disse que estavam trabalhando no centro em 1947. Gerald Constanzo, Breakwater 1.841, Long Beach. Melvin Praeger, North Verdugo 9.661, Glendale. Willis Barata. Chama-se Barata, como o inseto, e está preso em Wayside Honor Rancho, condenado por vender morfina em...

Dulange.

O *delirium tremens*.

"Então levei Dália para a rua para ver o doutor-barata. Passei uma nota de 10 pra ele, e ele fez um exame falso..."

Respirando com dificuldade, falei:

– Dick, Harry anotou o endereço onde Barata atendia?

– Anotou. South Olive 614.

O Hotel Havana ficava a duas quadras de distância.

– Dick, ligue para Wayside e diga ao diretor que estou indo para lá imediatamente para interrogar Barata sobre o homicídio de Elizabeth Short.

Cachorro.

Cachorro filho da puta.

UM BANHO, um barbeador e uma troca de roupas no El Nido me fizeram parecer um detetive da Delegacia de Homicídios; o telefonema de Dick Cavanaugh para Wayside me daria o resto das credenciais de que precisava. Peguei a Angeles Crest Highway no sentido norte, calculando em 50 por cento as probabilidades de Dr. Willis Barata ser o assassino de Elizabeth Short.

A viagem levou pouco mais de uma hora; o papo sobre o letreiro de Hollywoodland me acompanhava no rádio. O auxiliar do xerife na cabine junto ao portão examinou meu distintivo e minha carteira de identidade e ligou para o edifício principal antes de me dar o sinal verde; não sei o que lhe disseram, mas fez com que assumisse posição de sentido e batesse continência para mim. A cerca de arame farpado se abriu; passei pelos barracões de internos e por uma grande construção em estilo espanhol com um pórtico ladrilhado na frente. Quando estacionei, um capitão uniformizado a serviço do xerife se aproximou, de mão estendida, com um sorriso nervoso.

– Detetive Bleichert, sou o diretor Patchett.

Saí do carro e dei-lhe um aperto de mãos estilo Lee Blanchard, de esmagar os ossos.

– Muito prazer, senhor diretor. Vocês disseram alguma coisa ao Barata?

– Não. Ele está na sala de interrogatórios esperando-o. Acha que ele matou a Dália?

Comecei a andar; Patchett me guiou na direção certa.

– Não estou certo ainda. O que pode me contar sobre ele?

– Tem 48 anos, é anestesista e foi preso em outubro de 1947 por vender morfina hospitalar para um policial da Divisão de Narcóticos do DPLA. Pegou de cinco a dez anos, cumpriu um ano em Quentin. Está aqui porque precisamos de ajuda na enfermaria e as autoridades penitenciárias julgaram que ele seria um risco razoavelmente controlável. Não tinha antecedentes e tem se comportado como prisioneiro modelo.

Entramos num edifício baixo, de tijolos marrons, um típico prédio de serviços públicos do condado – corredores longos, portas de aço embutidas com números gravados e sem nenhum nome. Passando por uma fileira de janelas de vidro, Patchett agarrou meu braço:

– Aqui. Esse é Barata.

Olhei para dentro. Um homem de meia-idade esquelético em uniforme de presidiário sentava-se a uma mesa de jogo, lendo uma revista. Parecia um cara esperto – testa alta coberta por mechas de cabelos grisalhos e cada vez mais escassos; olhos brilhantes; mãos grandes e cheias de veias, do tipo que costumamos associar a médicos.

– Gostaria de assistir, diretor?

Patchett abriu a porta.

– Não perderia por nada neste mundo.

Barata ergueu os olhos. Patchett falou:

– Doutor, esse é o detetive Bleichert. Trabalha na polícia de Los Angeles, e tem algumas perguntas a lhe fazer.

Barata largou a revista – *Anestesiologia Americana*. Patchett e eu nos sentamos em frente a ele.

– Em tudo o que puder lhe ser útil – declarou o médico-traficante, com um sotaque do Leste e em tom educado.

Caí em cima direto.

– Dr. Barata, por que matou Elizabeth Short?

Barata sorriu devagar; gradualmente, o sorriso foi se espalhando até ir de uma orelha à outra.

– Esperava o senhor em 1947. Depois que o cabo Dulange fez aquela triste confissão, esperei que vocês derrubassem a porta do meu consultório a qualquer instante. Mas dois anos e meio depois o fato me surpreende.

Minha pele latejava; era como se insetos estivessem prontos a me comer no café da manhã.

– Não há limite de tempo em caso de assassinato.

O sorriso de Barata desapareceu, substituído por um olhar grave, o médico dos filmes se preparando para despejar as más notícias.

– Cavalheiros, na segunda-feira, 13 de janeiro de 1947, voei para São Francisco e me registrei no Hotel Saint Francis, preparando-me para pronunciar o discurso de abertura da convenção anual da Academia de Anestesistas Americanos, na noite de terça-feira. Fiz o discurso na terça à noite e fui inscrito como orador no café da manhã de despedida, na manhã de quarta-feira, 15 de janeiro. Estive na companhia constante de colegas durante a tarde do dia 15, e dormi com minha ex-mulher no Hotel Saint Francis tanto na noite de segunda quanto na de terça-feira. Se quer uma confirmação, telefone para a Academia em sua seção de Los Angeles e para minha ex-esposa, Alice Carstairs Barata, em São Francisco CR-1786.

– Quer verificar isso para mim, por favor, diretor? – pedi, de olho em Barata.

Patchett saiu; o médico disse:

– Parece desapontado.

– Bravo, Willis. Agora me fale sobre você, Dulange e Elizabeth Short.

– Vai informar ao comitê da condicional que cooperei?

– Não, mas se não me falar vou fazer a promotoria de Los Angeles acusá-lo de obstrução da justiça.

Barata reconheceu a minha cartada decisiva com um sorriso.

– Bravo, detetive Bleichert. O senhor sabe, é claro, que o motivo pelo qual as datas estão tão bem fixadas em minha mente se deve a toda a publicidade granjeada pela morte da Srta. Short. Assim, por favor, confie em minha memória.

Peguei caneta e caderno.

– Vamos lá, Willis.

– Em 1947 eu tinha um bico lucrativo: vendia produtos farmacêuticos. Vendia em geral em bares de hotéis ou restaurantes, principalmente para soldados que haviam descoberto no ultramar, durante a guerra, o prazer que eles podiam proporcionar. Foi assim que conheci o cabo Dulange. Abordei-o, mas ele me informou que apreciava exclusivamente os prazeres do uísque escocês Johnnie Walker Red Label.

– Onde foi isso?

– No Yorkshire House Bar, rua 6 com Olive, perto do meu consultório.

– Prossiga.

– Bem, isso foi na quinta ou na sexta antes do falecimento da Srta. Short. Dei meu cartão ao cabo Dulange (imprudentemente, como vim a descobrir) e presumi que jamais veria o cara outra vez. Infelizmente, estava errado.

"Andava em péssimo estado financeiro na época, devido às apostas nos cavalos, e morava em meu consultório. No começo da noite de domingo, 12 de janeiro, o cabo Dulange apareceu à minha porta em companhia de uma adorável jovem chamada Beth. Estava totalmente bêbado, e me puxou de lado, colocou 10 dólares na minha mão e me disse que a adorável Beth estava obcecada com a ideia de estar grávida. Será que eu não poderia fazer-lhe um exame rápido e dizer-lhe se era isso mesmo?

"Bem, eu concordei. O cabo Dulange aguardou na sala de espera, e eu tomei o pulso e a pressão sanguínea da adorável Beth e informei-a de que sim, com efeito, ela estava grávida. Sua reação foi bem estranha: ela parecia triste e aliviada ao mesmo tempo. Minha interpretação disso foi que ela precisava de uma razão para justificar sua óbvia promiscuidade, e esperar um bebê parecia uma boa justificativa.

Suspirei.

– E quando a morte dela virou notícia, não foi à polícia por que não queria os tiras bisbilhotando o seu tráfico de drogas?

– É, correto. Mas tem mais. Beth pediu para usar meu telefone. Permiti, e ela discou um número com o prefixo de Webster e pediu para falar com Marcy. Ela falou "É Betty" e escutou por um instante, depois disse "Mesmo? Um cara que entende de medicina?". Não ouvi o resto da conversa, e Beth desligou e falou "Tenho um encontro". Reuniu-se ao cabo Dulange na sala de espera e os dois partiram. Olhei pela janela, ela estava dando o fora nele. O cabo Dulange puxou o carro e Beth atravessou a rua 6 e sentou-se no ponto do ônibus Wilshire Boulevard direção oeste. Isso foi pelas 19h30, no dia 12, domingo. É isso. Não tinha conhecimento dessa última parte, não é mesmo?

Terminei minha versão manuscrita do relato.

– Não, não tinha.

– Poderia contar ao comitê da condicional que lhe dei uma pista valiosa?

Patchett abriu a porta.

– Ele é inocente, Bleichert.

– Não brinca – falei.

Outro trecho dos dias de desaparecimento de Betty revelado; outra viagem de volta ao El Nido, dessa vez para consultar o arquivo em busca de números de telefone com o prefixo de Webster. Folheando a papelada, me veio a lembrança de que os Sprague tinham um número com prefixo de Webster, que o ônibus de Wilshire passava a umas duas quadras de sua mansão e que a "Marcy" de Barata poderia ser uma confusão com "Maddy" ou "Martha". Não tinha nenhuma base lógica – toda a família estava na casa de praia em Laguna na semana do desaparecimento de Betty. Barata estava certo a respeito de "Marcy" e eu tinha arrancado de Madeleine tudo o que sabia a respeito da Dália.

Mesmo assim, ia acalentando aquele pensamento, como se alguma parte oculta de mim quisesse magoar a família pelo modo como eu tinha rolado na sarjeta com sua filha e me aproveitado de sua riqueza. Joguei mais um pauzinho na fogueira para ver se levava a algum lugar; caía no vazio quando confrontado com a lógica:

Quando Lee Blanchard desapareceu em 1947, as pastas das letras "R", "S" e "T" sumiram; talvez a ficha dos Sprague estivesse entre elas.

Mas não havia ficha dos Sprague. Lee nem sabia que os Sprague existiam, mantive tudo o que se relacionava a eles longe dele pelo desejo de manter encobertas as peripécias de Madeleine no bar das lésbicas.

Continuei a folhear o arquivo, suando naquele quarto quente e sem ar. Nenhum prefixo de Webster apareceu, e comecei a ter visões de pesadelo: Betty sentada na parada do ônibus Wilshire sentido oeste às 19h30 da noite de 12/1/1947, acenando em despedida para Bucky, a um passo do seu pulo para a eternidade. Pensei em interrogar a empresa de ônibus, em dar uma prensa em todos os motoristas da linha – então percebi que era uma bobagem, que qualquer motorista que se lembrasse de ter levado Betty teria aparecido quando houve toda aquela publicidade em 1947. Pensei em ligar para os outros números que a CTCP tinha me fornecido – aí percebi que cronologicamente eles estavam descartados – não batiam com as minhas novas informações sobre onde Betty estava naquela hora. Telefonei para Russ no departamento e soube que ainda estava em Tucson, enquanto Harry trabalhava no controle da multidão reunida em torno do letreiro de Hollywoodland. Terminei minha investigação nos papéis, obtendo um total de zero prefixos Webster. Pensei em pedir a lista dos telefonemas dados por Barata na companhia telefônica, mas tirei a ideia da cabeça imediatamente. Do centro de Los Angeles, prefixo Madison, para Webster, não era um interurbano – não haveria registros, o mesmo acontecendo com as listas do Biltmore.

A coisa toda caiu em cima de mim, grande e feia: tchau Bleichert na parada de ônibus, adeus bundão, você já era e nem chegou a ser alguém, dedo-duro, tira sujo do bairro negro. Você trocou uma boa mulher por uma puta que não vale nada, transformou tudo o que lhe deram em merda pura, o seu "Eu juro" parece com o oitavo assalto no ginásio da Academia, quando levou aquele soco de direita de Blanchard – caindo em cima de outro monte de merda, um trevo que você transformou em bosta de cavalo. Tchau Betty, Beth, Betsy, Liz, nós dois éramos uma dupla de vagabundos, que pena que não nos encontramos antes da 39 com a Norton, talvez tivesse dado certo, talvez fôssemos a única coisa que não íamos foder completamente, sem remissão...

Arremessei-me escada abaixo, peguei meu carro particular e saí a toda, cantando pneu e arranhando a marcha, desejando ter luz vermelha e sirene para poder ir mais rápido. Quando passei por Sunset e Vine, o trânsito estava engarrafado; rios de carros virando ao norte na Gower e na Beachwood. Mesmo a quilômetros de distância pude ver o letreiro de Hollywoodland cheio de andaimes, multidões de pessoas parecendo formigas subindo a parte frontal do Mount Lee. A lentidão do movimento me acalmou, me dando um rumo a seguir.

Disse para mim mesmo que não estava acabado, que iria à delegacia e esperaria Russ, que nós dois juntos iríamos montar o resto do quebra-cabeça, que tudo o que eu tinha a fazer era chegar ao centro.

O engarrafamento ficou pior – caminhões de filmagem voavam para o norte enquanto policiais de moto seguravam os veículos que iam para o leste e para o oeste. Moleques andavam pelas pistas vendendo letreiros de Hollywoodland em plástico como suvenir e distribuindo panfletos. Ouvi gritarem: "Keystone Kops no Admiral! Ar condicionado! Veja a grande reprise!" Um pedaço de papel foi empurrado para cima do meu rosto, com as palavras "Keystone Kops", "Mack Sennett" e "Admiral – Cinema de Luxo Ar Condicionado". Não me liguei nas palavras, mas a foto abaixo bateu de um modo forte e terrível, como se eu mesmo tivesse dado um grito.

Três Keystone Kops estavam em pé diante de pilares com a forma de cobras engolindo a cauda umas das outras; um cenário com hieróglifos egípcios surgia atrás deles. Uma garota estava deitada num divã empenachado no canto direito da fotografia. Era, sem sombra de dúvida, o cenário que aparecera no filme pornô de Linda Martin/Betty Short.

Obriguei-me a manter a calma. Disse a mim mesmo que só por que Emmett Sprague tinha conhecido Mack Sennett nos anos 1920 e o ajudou a construir cenários em Edendale, isso não queria dizer que tivesse algo a ver com um filme de sacanagem de 1946. Linda Martin tinha contado que o filme tinha sido rodado em Tijuana; o ainda desaparecido Duke Wellington admitiu tê-lo feito. Quando o tráfego começou a se mexer, virei rapidamente à esquerda no bulevar e larguei o carro; quando comprei meu ingresso na bilheteria do Admiral a moça fez um gesto de recuo – notei que eu resfolegava e que estava empapado de suor.

Lá dentro, o ar condicionado congelou o suor, de modo que minhas roupas pareciam uma cobertura de gelo. Os créditos finais rodavam na tela, e foram imediatamente substituídos pelos de abertura, sobre um fundo de pirâmides de papel machê. Brandi os punhos quando surgiu "Emmett Sprague, diretor assistente"; contive a respiração esperando uma indicação do lugar onde a coisa tinha sido rodada. Então surgiu o texto do prólogo, e sentei-me numa cadeira da ponta a fim de assistir.

A história era algo sobre os Keystone Kops transportados para os dias bíblicos; a ação eram perseguições e arremessos de tortas e pontapés na bunda. O cenário do filme pornô reapareceu diversas vezes, e a cada vez eu notava mais detalhes confirmando que era realmente o mesmo. As tomadas externas pareciam das colinas de Hollywood, mas não havia cenas externas/internas que esclarecessem se o cenário estava num estúdio ou numa residência particular. Eu sabia o que ia fazer, mas queria outro fato sólido para escorar todos os "e se" lógicos que começaram a se acumular dentro de mim.

O filme se arrastava interminavelmente; eu tremia devido ao suor gelado. Então os letreiros finais começaram a mostrar "Filmado em Hollywood, Estados Unidos" e os "e se" caíram como pinos de boliche.

Saí do cinema, tremendo com o calor de forno do lado de fora. Percebi que saíra do El Nido sem levar meu revólver de serviço nem o 45 extrasserviço, voltei por ruas secundárias e peguei minha arma portátil. Então escutei:

– Ei, cara. Você é o policial Bleichert?

Era o vizinho do lado, em pé no saguão segurando o fone na mão. Corri para pegá-lo, despejando:

– Russ?

– É Harry. Estou aqui no fim da B-B-Beachwood Orive. Estão demolindo uma série de bangalôs, e um pa-patrulheiro en-encontrou uma ca-casa toda man-manchada de sangue. Te-teve uma ficha de interrogatório preenchida aqui nos dias doze e tre-treze e e-e-eu...

E Emmett Sprague possuía propriedades lá; e era a primeira vez que ouvia Harry gaguejar à tarde.

– Vou levar meu kit de verificação de provas. Estarei aí em vinte minutos.

Desliguei, peguei as impressões de Betty Short subtraídas do arquivo e corri para o carro. O tráfego tinha diminuído; a distância, pude ver o anúncio de Hollywoodland sem as duas últimas letras. Virei a leste para a Beachwood Drive, depois ao norte. À medida que me aproximava da área de estacionamento que rodeava Mount Lee, vi que toda a excitação era contida atrás dos cordões guardados por policiais uniformizados; estacionando em fila dupla, avistei Harry Sears se aproximando, com o distintivo preso à frente do paletó.

Agora seu hálito cheirava a álcool e a gagueira tinha desaparecido.

– Jesus Cristo, que golpe de sorte. Aquele patrulheiro estava encarregado de expulsar os vagabundos antes de começarem as demolições. Ele deu com aquilo e veio me procurar. Parece que os vagabundos têm entrado e saído dali desde 1947, mas talvez ainda consiga encontrar alguns vestígios para fazer a perícia.

Agarrei meu kit de testes. Depois, Harry e eu subimos a rua. Turmas de demolição derrubavam bangalôs na rua paralela à Beachwood; os trabalhadores gritavam sobre gás escapando dos canos. Caminhões do corpo de bombeiros estavam postados ao lado, com mangueiras preparadas e apontadas para altas pilhas de entulho. *Bulldozers* e escavadeiras enfileiravam-se nas calçadas, com patrulheiros cuidando para que os moradores da região ficassem fora da área de perigo. E lá no alto, um pouco adiante, reinava o *vaudeville* total.

Um sistema de roldanas tinha sido ligado à parte frontal de Mount Lee, sustentado por altos andaimes fincados na terra em sua base. O "A" de Hollywoodland, com cerca de 15 metros de altura, descia por um cabo grosso enquanto câmeras rodavam, fotos eram batidas, curiosos se juntavam e políticos bebiam champanhe. A poeira dos arbustos arrancados se espalhava por tudo; a banda da Hollywood High School sentava-se em cadeiras preguiçosas num palanque montado às pressas a poucos metros da extremidade do cabo da roldana. Quando a letra "A" caiu por terra, começaram a tocar "Hurra para Hollywood".

– Por aqui – disse Harry. Viramos numa trilha poeirenta que contornava o pé da montanha. A folhagem densa avançava sobre o caminho por todos os lados; Harry tomou a dianteira, caminhando lateralmente por uma picada que levava direto ao topo do monte. Fui atrás, com os arbustos prendendo em minhas roupas e arranhando meu rosto. Depois de 50 metros de subida, a trilha se tornava plana, numa pequena clareira margeada por um riacho de água corrente. E havia uma cabana minúscula de bloco de concreto reforçado, estilo abrigo para metralhadoras, com a porta escancarada.

Entrei.

As paredes laterais estavam forradas de fotografias pornográficas de mulheres aleijadas e desfiguradas. Rostos mongoloides chupando pênis artificiais, garotas nuas com as pernas bem abertas, pernas atrofiadas e com armaduras de ferro –, monstruosidades sem membros olhando de soslaio para a câmera. Havia um colchão no piso, empastado de camadas e camadas de sangue. Percevejos e moscas misturavam-se à crosta, presos ali enquanto se banqueteavam até a morte. A parede dos fundos exibia fotos coloridas, presas com tachas, que pareciam rasgadas de textos de anatomia: fotos em close de órgãos doentes vertendo sangue e pus. Havia marcas de respingos e borrifos no chão; um pequeno *spot* preso a um tripé estava armado ao lado do colchão, com a lâmpada apontada para o centro. Pensei se haveria eletricidade ali, então examinei a base do dispositivo e vi que estava ligado a uma bateria. Uma pilha de livros borrifada de sangue descansava em um canto – a maioria romances de ficção científica, com a *Anatomia avançada* de Gray e O *homem que ri* de Victor Hugo entre eles.

– Bucky?

Voltei-me e disse:

– Vá atrás de Russ. Conte a ele o que encontramos. Vou fazer um exame aqui.

– Russ só vai voltar de Tucson amanhã. E olha aqui, meu irmão, você não me parece muito bem nesse...

– Caramba, saia daqui e me deixe fazer isso!

Harry deu no pé, cuspindo orgulho ferido; pensei na proximidade com a propriedade dos Sprague e no "Sonhador" Georgie Tilden, vagabundo que morava em barracos, filho de um famoso anatomista escocês. "Mesmo? Um cara que entende de medicina?" Abri minha maleta e raspei a cabana de pesadelos em busca de provas.

Primeiro examinei-a de cima a baixo. Além de marcas de lama obviamente recentes – feitas pelos vagabundos de Harry, provavelmente –, encontrei cordas finas embaixo do colchão. Raspei o que pareciam ser partículas de carne grudadas nelas; enchi outro tubo de ensaio com cabelos negros manchados de sangue tirados do colchão. Verifiquei se havia diferentes matizes de cores na crosta de sangue, vi que tudo era um marrom-avermelhado uniforme e tirei dezenas de amostras. Etiquetei e embrulhei a corda, junto com as páginas de anatomia e as fotografias pornôs. Vi uma pegada de bota masculina, impressa em sangue, no chão, medi-a e passei o contorno da planta do pé para uma folha de papel transparente.

A seguir, vinham as impressões digitais.

Cobri de pó toda superfície do recinto que alguém pudesse tocar, agarrar ou pressionar; cobri de pó as poucas lombadas lisas e as páginas lustrosas dos livros no chão. Os livros mostraram apenas traços; as outras superfícies apresentavam nódoas, marcas de luva e dois conjuntos de impressões separados e distintos. Finalizando, peguei uma caneta e circulei as impressões menores sobre a porta, o batente e o friso da parede junto à cabeceira do colchão. Então peguei a minha lente de aumento e a ampliação das impressões de Betty Short e fiz comparações.

Uma impressão idêntica.

Duas.

Três – o suficiente para o tribunal.

Quatro, cinco, seis, minhas mãos tremendo porque sem dúvida alguma fora ali que a Dália Negra tinha sido estripada, tremendo tanto que não conseguia transferir os outros conjuntos de impressões para as lâminas. Cortei com a faca quatro impressões digitais espalhadas na porta e embrulhei-as num pano – a noite do técnico de laboratório amador. Guardei meus utensílios na maleta, saí meio trôpego, vi a água corrente do riacho e compreendi que havia sido ali que o assassino tinha drenado o sangue do corpo. De repente um estranho brilho colorido perto de algumas rochas junto ao riacho chamou a minha atenção.

Um taco de beisebol – com a ponta utilizada manchada de marrom-avermelhado.

Andei até o carro pensando em Betty viva, feliz, apaixonada por algum cara que jamais iria enganá-la. Ao passar pelo estacionamento, ergui os olhos para Mount Lee. O letreiro agora dizia apenas Hollywood; a banda tocava *There's No Business Like Show Business*.

Rumei para o centro. A Seção de Pessoal da Prefeitura de Los Angeles e o escritório do Serviço de Imigração e Naturalização estariam fechados o dia todo. Telefonei para os arquivos e não consegui nada a respeito de George Tilden, nascido na Escócia – e sabia que ficaria louco se esperasse até o dia seguinte para fazer a confirmação das impressões. Não havia saída a não ser entrar em contato com algum superior, arrombar e entrar ou subornar alguém.

Como me lembrava de um zelador limpando o lado de fora da Seção de Pessoal, tentei a terceira alternativa. O velho ouviu a minha a história falsa, aceitou meus 20 dólares, destrancou a porta e levou-me até um grupo de arquivos. Abri uma gaveta com a inscrição PROPRIEDADES MUNICIPAIS – ZELADORES – MEIO PERÍODO, peguei a minha lente de aumento e o pedaço de madeira coberto de pó – e prendi a respiração.

Tilden, George Redmond, nascido em Aberdeen, Escócia, em 4/3/1896, 1,80 metro de altura, 84 quilos, cabelos castanhos, olhos verdes. Sem endereço, registrado como "Sem domicílio fixo – contatos para trabalho através de E. Sprague, WE-4391". Carteira de motorista da Califórnia, Los Angeles, 68224. Veículo: Ford picape 1939, placa 6B119A, transportador de lixo da região da rua Manchester até a Jefferson, da La Brea até a Hoover – a 39 com a Norton ficava bem no meio disso. Impressões digitais da mão esquerda e direita no fim da página; uma, duas, três, quatro, cinco, seis, sete, oito, nove pontos coincidentes na comparação três bastavam para a condenação, as outras seis iriam levá-lo direto para a câmara de gás. Alô, Elizabeth.

Fechei a gaveta, dei ao zelador uma nota extra de 10 para mantê-lo calado, guardei o material na maleta e saí do prédio. Registrei o momento: 20h10, quarta-feira, 29 de junho de 1949, a noite em que um tirazinho subalterno tinha resolvido o mais famoso caso de homicídio sem solução na história da Califórnia. Toquei a grama para ver se estava diferente, acenei para funcionários que passavam por mim, imaginei-me dando as notícias ao padre, a Thad Green e ao chefe Horrall. Imaginei-me de volta à delegacia, tenente dentro de um ano, o Sr. Gelo ultrapassando as mais loucas expectativas de Fogo e Gelo reunidos. Vi meu nome nas manchetes, Kay voltando para mim. Vi os Sprague acabados, arruinados por cumplicidade no assassinato, todo o seu dinheiro não lhes servindo de nada. E foi isso que pôs fim aos meus devaneios: não havia jeito de fazer a prisão sem admitir que tinha ocultado provas sobre Madeleine e Linda Martin em 1947. Era a glória anônima ou o desastre público.

Ou a justiça clandestina.

Segui para Hancock Park. O Cadillac de Ramona e o Lincoln de Martha não estavam na entrada circular de carros; o Chrysler de Emmett e o Packard de Madeleine continuavam ali. Estacionei meu Chevrolet vulgar perto deles transversalmente. Os pneus traseiros afundaram no canteiro de roseiras do jardineiro. A porta da frente parecia inexpugnável, mas havia uma janela lateral aberta. Icei-me para dentro da sala de estar.

Balto, o cachorro empalhado, estava ali, junto à lareira, vigiando uma dezena de caixotes de embalagem enfileirados junto à parede. Fui ver o que eram; estavam cheios até a borda de roupas, prataria e porcelana fina. Uma caixa de papelão ao final da fileira transbordava de vestidos baratos de coquetel – uma estranha anomalia. Um bloco de desenhos, com a folha da frente coberta de desenhos de rostos de mulheres, estava enfiado num canto. Lembrei da artista comercial, Martha, e então ouvi vozes vindo lá de cima.

Segui em direção a elas, o 45 na mão, com o silenciador bem apertado. Vinham da suíte do casal: o sotaque de Emmett, o tom amuado de Madeleine. Colei-me à parede do saguão, me aproximei sorrateiramente da porta e escutei.

– ...além disso, um dos meus capatazes disse que os malditos canos estão vazando gás. Vou ter de pagar os olhos da cara, mocinha. A violação aos códigos de saúde e segurança é o de menos. Está na hora de mostrar a Escócia para vocês três e deixar o nosso amiguinho judeu Mickey C. usar o seu talento para as relações-públicas. Ele vai pôr a culpa no velho Mack ou nos comunas ou em algum cadáver conveniente, pode confiar que vai. E quando tudo estiver calmo novamente, voltaremos para casa.

– Mas eu não quero ir para a Europa, papai. Oh, meu Deus, a Escócia. Você nunca conseguiu falar sobre ela sem dizer como é medonha e provinciana.

– É por causa do seu namoradinho dentuço, acha que vai ter saudades dele? Ah, desconfio que seja isso. Bom, fique tranquila. Em Aberdeen temos lavradores robustos capazes de deixar aquela reles imitação de homem vermelha de vergonha. Menos inquisitivos, gente que conhece seu lugar. Não vão lhe faltar garanhões robustos, eu lhe asseguro. Bleichert teve a sua utilidade há um bom tempo, e foi apenas esse seu lado amante do perigo que o trouxe de volta às nossas vidas. Um lado nada prudente, devo acrescentar.

– Oh, papai, eu não...

Dei um giro e entrei no quarto. Emmett e Madeleine estavam deitados na grande cama com baldaquino, vestidos, a cabeça dela no colo dele, que acariciava os ombros dela com suas ásperas mãos de carpinteiro. O pai-amante notou-me primeiro; Madeleine fez beicinho quando as carícias do pai cessaram. Minha sombra se lançou sobre a cama; ela gritou.

Emmett silenciou-a tapando sua boca – num golpe ligeiro como uma chicotada – com a mão coberta de pedras reluzentes.

– Isso não é libidinagem, meu rapaz. É só afeição, e temos uma autorização para isso.

Os reflexos do homem e o tom de jantar formal eram puro estilo. Imitei a sua calma.

– Georgie Tilden matou Elizabeth Short. Ela telefonou para cá no dia 12 de janeiro, e um de vocês marcou um encontro dela com Georgie. Ela pegou o ônibus para Wilshire para vir encontrá-lo. Agora vocês completam o resto.

Madeleine de olhos esbugalhados, tremia sob a mão do pai.

Emmett olhava para o revólver nada firme apontado para ele.

– Não contesto a sua afirmação e nem o seu desejo de ver a justiça cumprida. Quer que lhe diga onde pode encontrar Georgie?

– Não. Primeiro me conte sobre vocês dois, depois me conte sobre a sua autorização.

– Isso não é apropriado, meu rapaz. Devo cumprimentá-lo pelo seu belo trabalho como detetive e contar-lhe onde encontrar Georgie, e ficamos por aqui. Nenhum de nós quer ver Maddy magoada, e discutir sobre nossas tristes e velhas questões de família iria afetá-la de modo negativo.

Como que para enfatizar os seus cuidados paternos, Emmett tirou a mão da boca de Madeleine. Ela limpou as manchas de batom das faces e murmurou:

– Papai, faça-o parar.

– Papai mandou você trepar comigo? – perguntei. – Mandou você me convidar para jantar para que eu não verificasse o seu álibi? Será que imaginaram que um pouco de hospitalidade e umas trepadas iriam limpar a barra de vocês? Será que...

– Papai, faça-o parar!

A mão rápida como chicote de Emmett entrou em ação de novo; Madeleine enterrou o rosto nela. O escocês executou o próximo lance lógico.

– Vamos direto aos fatos, meu rapaz. Tire a família Sprague da sua cabeça. O que quer para isso?

Lancei os olhos pelo quarto, escolhendo objetos – e as etiquetas de preço que Madeleine tinha alardeado para mim, se gabando.

Havia a tela de Picasso na parede do fundo – 120 mil dólares. Dois vasos Ming sobre a cômoda – 17 mil. O mestre holandês sobre a cabeceira custava duzentos e tantos mil; a medonha gárgula pré-colombiana na mesa de cabeceira uns bons 12 mil. Emmett, agora sorrindo, falou:

– Você aprecia belas coisas. Gosto disso, e coisas belas como essas podem ser suas. É só me dizer o que quer.

Atirei primeiro no Picasso. O silenciador fez "pff" e a ponta oca do 45 partiu a tela ao meio. Os dois Mings vieram a seguir, fragmentos de louça explodindo por todo o quarto. Errei a gárgula no primeiro tiro – um espelho de moldura de ouro veio como prêmio de consolação. Papai e sua querida filhinha se encolheram na cama; mirei o Rembrandt ou Ticiano ou fosse lá quem fosse. Meu tiro certeiro acabou com um belo pedaço dele, junto com um pouco da parede. A moldura cedeu e caiu sobre o ombro de Emmett; o calor da arma queimava minha mão. Continuei segurando-a mesmo assim, tinha ainda uma bala na câmara para conseguir a minha história.

A cordite, a fumaça do projétil e a nuvem de poeira de estuque tornavam o ar quase irrespirável. Quatrocentos mil dólares em pedacinhos. Dois Sprague num entrelaçamento de membros em cima da cama. Emmett foi o primeiro a se desvencilhar, afagando Madeleine, esfregando os olhos e tentando enxergar.

Coloquei o silenciador em sua nuca.

– Vocês, Georgie, Betty. Façam eu acreditar ou vou derrubar inteirinha essa sua merda de casa.

Emmett tossiu e acariciou as mechas desordenadas de Madeleine.

– Você e sua própria filha – falei.

Minha antiga garota da alta ergueu os olhos então, com as lágrimas secando, a poeira e o batom manchando seu rosto.

– Papai não é meu pai de verdade e a gente nunca chegou a... então não é errado.

– Então quem é ele?

Emmett se virou, afastando suavemente o revólver de si. Não parecia abatido nem zangado. Parecia um homem de negócios entusiasmado com a tarefa de fechar um novo contrato difícil.

– O "Sonhador" Georgie é o pai de Maddy, Ramona é sua mãe. Quer detalhes ou isso basta?

Sentei numa cadeira de brocado de seda a alguns centímetros da cama.

– Quero a história toda. E não minta, porque eu saberei.

Emmett levantou e aprumou-se, lançando um olhar vigilante para os estragos do quarto. Madeleine foi ao banheiro; alguns segundos depois ouvi água correndo. Emmett sentou-se na beirada da cama, as mãos firmes sobre os joelhos, como se fosse hora de uma confissão de homem para homem. Eu sabia que ele achava que poderia se safar me contando só o que queria contar; sabia também que ia fazê-lo desembuchar tudo, custasse o que custasse.

– Em meados dos anos 1920 Ramona queria um filho – começou. – Eu não queria, e já estava cheio, cansado de ser importunado com aquela história de paternidade. Uma noite fiquei bêbado e pensei: "Mamãe, você quer um filho e vou lhe dar um rapaz igualzinho a mim." Dormi com ela sem camisinha, depois fiquei sóbrio e tirei aquilo da cabeça. Não sabia disso, mas foi aí que ela começou a encontrar Georgie, só para conseguir aquele filhote que desejava tanto. Madeleine nasceu, e achei que era por causa daquela única vez. Apeguei-me a ela – minha menininha. Dois anos depois decidi tentar formar uma dupla, e fizemos Martha.

"Meu rapaz, sei que matou dois homens, e disso eu não posso me gabar. Então sei que você sabe o que é ferir alguém. Maddy tinha 11 anos quando percebi que era o retrato encarnado de Georgie. Fui vê-lo e brinquei de jogo da velha sobre o rosto dele com uma navalha. Quando achei que ele ia morrer, levei-o ao hospital e subornei os administradores para que colocassem 'Vítima de acidente de automóvel' em seus registros. Quando Georgie saiu do hospital, era um caco destroçado, de dar pena. Implorei-lhe que me perdoasse, dei-lhe dinheiro e arranjei-lhe trabalho, fazendo-o tomar conta das minhas propriedades e transportar lixo para a Prefeitura.

Lembrei-me de pensar que Madeleine não se parecia com nenhum dos pais; lembrei-me de Jane Chambers ter mencionando o acidente de carro de Georgie e sua transformação num vagabundo. Até esse ponto, acreditava na história de Emmett.

– E quanto ao próprio Georgie? Alguma vez achou que ele era louco? Perigoso?

Emmett bateu em meu joelho, empatia de homem para homem.

– O pai de Georgie era Redmond Tilden, um médico consagrado na Escócia. Era anatomista. A Igreja Nacional da Escócia ainda era forte em Aberdeen naquela época, e legalmente o Dr. Redmond só podia dissecar os cadáveres de criminosos executados e dos estupradores de crianças que os aldeões pegavam e apedrejavam. Georgie gostava de tocar nos órgãos que seu pai jogava fora. Ouvi uma história quando éramos crianças, e acreditei. Parece que o Dr. Redmond comprou um presunto de uns ladrões de cadáveres. Cortou e retirou o coração, que ainda estava batendo. Georgie viu, e ficou excitado. Acreditei na história porque em Argonne Georgie costumava usar a baioneta nos soldados alemães mortos. Não tenho certeza, mas acho que roubava cemitérios aqui na América. Escalpos e órgãos internos. Horripilante, isso tudo.

Vi uma abertura, um tiro no escuro que talvez atingisse o alvo. Jane Chambers tinha mencionado Georgie e Ramona encenando peças centradas nas aventuras de Emmett na Primeira Guerra Mundial, e dois anos atrás, no jantar, Ramona dissera algo sobre "encenar episódios do passado do Sr. Sprague que ele preferiria esquecer".

Golpeei, confiando em minha intuição:

– Como pode se dar com alguém tão louco?

– Você foi ídolo um dia, meu rapaz – respondeu Emmett. – Sabe como é quando um homem fraco precisa que você tome conta dele. É um vínculo especial, como ter um irmão menor louco.

– Já tive um irmão mais velho louco. Eu o admirava.

Emmett riu – de modo fraudulento.

– Desse lado da cerca eu nunca estive.

– Mesmo? Eldridge Chambers diz outra coisa. Deixou um bilhete no Conselho da Cidade antes de morrer. Parece que testemunhou algumas das encenações de Ramona e Georgie nos anos 1930. Mocinhas com *kilts* de soldado e mosquetes de brinquedo, Georgie contendo os alemães e você dando no pé, correndo como um rato covarde.

Emmett corou e tentou dar um risinho afetado; a boca se contorceu espasmodicamente com o esforço. Gritei "Covarde!" e esbofeteei-o com toda a força – e o escocês durão filho da puta soluçou como criança. Madeleine saiu do banheiro, maquiagem refeita, roupas trocadas. Foi até a cama e abraçou seu "papai", segurando-o do mesmo jeito que há poucos minutos.

– Fale, Emmett – insisti.

O homem chorou no ombro de sua filha falsa; ela o acariciou com uma ternura dez vezes maior do que a que já tinha dedicado a mim. Finalmente, ele soltou um sussurro de neurótico de guerra.

– Não podia abandonar Georgie porque ele salvou minha vida. Estávamos separados de nossa companhia, sozinhos num grande campo de cadáveres. Uma patrulha alemã fazia reconhecimento, espetando baionetas em tudo o que fosse britânico, morto ou vivo. Georgie empilhou alemães em cima de nós. Estavam todos despedaçados devido a um ataque com morteiros. Georgie fez com que eu me arrastasse para baixo de todos aqueles braços, pernas e tripas e ficasse lá, e quando tudo havia passado ele me limpou e falou sobre a América para me animar. Então você entende que eu não podia...

O sussurro de Emmett silenciou. Madeleine acariciava seus ombros, despenteava seus cabelos.

– Sei que o filme pornô com Betty e Linda Martin não foi rodado em Tijuana. Georgie teve algo a ver com isso? – perguntei.

A voz de Madeleine mostrava o timbre que Emmett possuía anteriormente, quando era ele quem segurava as pontas.

– Não. Linda e eu estávamos conversando no La Verne's Hideaway. Ela me contou que precisava de um local para fazer um filminho. Sabia o que ela queria dizer, e queria estar com Betty de novo, então deixei que usassem uma das casas desocupadas de papai, uma que tinha um velho cenário na sala de estar. Betty, Linda e Duke Wellington rodaram o filme, e Georgie assistiu à filmagem. Andava sempre bisbilhotando nas casas desocupadas de papai, e estava louco por Betty. Provavelmente porque se parecia comigo... sua filha.

Virei-me para que ficasse mais fácil para ela soltar o resto.

– E depois?

– Depois, lá pelo dia de Ação de Graças, Georgie procurou papai e falou "Me dê aquela garota". Disse que ia contar pra todo mundo que papai não era meu pai, e que mentiria sobre o que fazíamos juntos, como se fosse incesto. Procurei Betty, mas não consegui encontrá-la. Mais tarde descobri que naquela ocasião ela estava em San Diego. Papai estava deixando Georgie dormir na garagem, porque fazia cada vez mais exigências. Deu dinheiro a ele para mantê-lo de boca fechada, mas ele continuava agindo de modo nojento e horrível.

"Aí, na noite daquele domingo, Betty telefonou, sem que ninguém esperasse. Tinha bebido e me chamou de Mary ou coisa parecida. Falou que estava ligando para todos os amigos de seu livrinho negro tentando conseguir um empréstimo. Coloquei papai na linha e ele ofereceu dinheiro a Betty para encontrar um cara legal que conhecíamos. Entende, nós achávamos que Georgie queria Betty só para... sexo.

– Depois de tudo o que sabiam dele, acreditaram nisso?

Emmett gritou:

– Ele gostava de tocar em coisas mortas! Ele era passivo! Não pensei que fosse um maldito assassino!

Tornei o resto mais fácil para eles.

– E disseram a ela que Georgie tinha formação médica?

– Porque Betty respeitava médicos – explicou Madeleine. – Porque não queríamos que ela se sentisse como uma prostituta.

Quase dei risada.

– E depois?

– Acho que você sabe o resto.

– Conte-me, mesmo assim.

Madeleine se rendeu, espumando de ódio.

– Betty pegou o ônibus e veio pra cá. Ela e Georgie saíram. Achamos que tinham ido a algum lugar decente para ficarem juntos.

– Como o motel Red Arrow?

– Não! Como alguma das casas velhas de papai das quais Georgie cuidava! Betty esqueceu a bolsa, então achamos que voltaria para pegá-la, mas nunca voltou, tanto quanto Georgie, e aí saíram os jornais e soubemos o que devia ter acontecido.

Se Madeleine achava que a confissão tinha terminado estava enganada.

– Conte-me o que fez então. Como fez para esconder as coisas.

Madeleine acariciava Emmett enquanto falava.

– Fui procurar Linda Martin e achei-a num motel no Valley. Dei dinheiro a ela e falei que, se a polícia a pegasse e perguntasse sobre o filme, deveria dizer que tinha sido filmado em Tijuana com uma equipe mexicana. Ela cumpriu a sua parte no trato quando a vocês a capturaram, e só mencionou o filme porque tinha a cópia na bolsa. Tentei encontrar Duke Wellington, mas não consegui. Isso me deixou preocupada, mas aí ele mandou o seu álibi para o *Herald Express,* sem mencionar o local onde o filme tinha sido rodado. Então estávamos salvos. Aí...

– Aí eu entro em cena. E você faz de tudo para extrair informações de mim e me joga umas iscas sobre Georgie para ver se eu engulo.

Madeleine parou de acariciar o papai e estudou suas unhas.

– É.

– E quanto ao álibi que me deu? Praia de Laguna, pode verificar com os empregados?

– Demos dinheiro a eles para o caso de você ir verificar. Eles não falam inglês muito bem e, é claro, você acreditou em mim.

Agora Madeleine sorria.

– Quem enviou as fotos de Betty e o livrinho negro? Vieram em envelopes, e você disse que Betty deixou a bolsa aqui.

Madeleine riu.

– Isso foi nosso pequeno gênio, minha irmã Martha. Ela sabia que eu conhecia Betty, mas não estava em casa naquela noite que Betty e Georgie estiveram aqui. Ela não sabia que Georgie chantageava papai, nem que tinha assassinado Betty. Arrancou do livro a página com o nosso número e arranhou os rostos dos homens nas fotos como que para dizer "Procurem por uma lésbica", ou seja, eu. Só queria me ver difamada, implicada. Também ligou para a polícia e lhes deu uma pista sobre o La Verne's. Os rostos arranhados eram bem no estilo de Martha, o gênio – ela sempre arranha como uma gata quando fica furiosa.

Algo no depoimento dela me soou falso, mas não conseguia descobrir o quê.

– Martha lhe contou isso?

Madeleine poliu as garras vermelhas.

– Quando a história sobre o livrinho negro chegou aos jornais, vi que só podia ter sido Martha. Arranhei-a até que confessasse.

Voltei-me para Emmett.

– Onde está Georgie?

O velho se remexeu.

– Provavelmente morando em uma de minhas casas desocupadas. Vou lhe dar uma lista.

– Traga-me os passaportes de vocês quatro, também.

Emmett saiu do campo de batalha do quarto. Madeleine falou:

– Eu gostava mesmo de você, Bucky. De verdade.

– Guarde isso para o papai. Agora é você quem usa as calças, então guarde o mel para ele.

– O que vai fazer?

– Primeiro vou para casa, colocar tudo isso no papel, junto com mandados convocando você e seu papai a se apresentarem como testemunhas. Depois vou deixar esses papéis com outro policial, para o caso do seu papai ir falar com seu amigo Mickey Cohen e oferecer um prêmio pela minha cabeça. Então vou atrás de Georgie.

Emmett retornou e me entregou quatro passaportes americanos e uma folha de papel. Madeleine falou:

– Se expedir esses mandados, vamos arruiná-lo no tribunal. Tudo sobre nós virá à tona.

Levantei-me e beijei a garota da alta nos lábios com força.

– Então todos nós vamos afundar juntos.

NÃO FUI PARA CASA para escrever aquilo tudo. Estacionei a algumas quadras da mansão Sprague e estudei a lista de endereços, espantado com a energia que Madeleine tinha mostrado, pela sua percepção de quão profundo era o nosso impasse.

As casas situavam-se em dois locais: Echo Park e Silverlake e do outro lado da cidade, em Watts – péssima região para um branco de 53 anos. Silverlake-Echo ficava a vários quilômetros a leste de Mount Lee, uma área montanhosa com diversas ruas tortuosas, arvoredos e locais retirados, o tipo de terreno que um necrófilo acharia aprazível. Segui para lá, circulando cinco endereços na folha de Emmett.

Os três primeiros eram barracos completamente desertos: sem eletricidade, janelas quebradas, slogans de gangues mexicanas pichados nas paredes. Nenhuma picape Ford ano 1939 placa 6B119A nas redondezas – só a desolação, acompanhada dos ventos de Santa Ana que sopravam das montanhas de Hollywood. Quando rumava para o quarto endereço, logo após a meia-noite, foi que me veio a ideia – ou que a ideia se apossou de mim.

Matá-lo.

Nada de glórias públicas, nem desgraças públicas – justiça pessoal. Deixar os Sprague partirem, ou arrancar uma confissão detalhada de Georgie antes de puxar o gatilho. Colocar a coisa no papel, depois bolar um jeito de prejudicá-los com isso como bem entendesse.

Matá-lo.

E tentar viver com isso.

E tentar levar uma vida normal com o bom amigo de Mickey Cohen tendo o mesmo tipo de planos quanto a você.

Tirei tudo isso da cabeça quando vi que a quarta casa estava intacta no fim de um beco sem saída – exterior sóbrio, gramado bem cuidado. Estacionei duas portas abaixo e andei a pé pela rua. Não havia picapes Ford – embora não faltasse espaço para elas junto ao meio-fio.

Estudei a casa da calçada. Era uma construção de estuque dos anos 1920, pequena, em forma de cubo, de cor branca meio acinzentada com um telhado de vigas de madeira. Dei a volta em torno dela, da entrada para carros até o quintal minúsculo e, por um passeio lajeado, de volta à frente. Nenhuma luz – as janelas estavam todas cobertas com o que parecia ser espessas cortinas opacas. O lugar estava totalmente silencioso.

De revólver na mão, toquei a campainha. Vinte segundos, nenhuma resposta. Corri os dedos pela linha de contato entre a porta e o batente, senti madeira rachada, peguei minhas algemas e enfiei ali a parte mais estreita de uma lingueta. Os dentes aguentaram; fui desbastando a madeira perto da fechadura até sentir a porta ceder. Então dei-lhe um leve empurrão – e ela abriu.

A luz de fora me guiou até um interruptor na parede; acendi a luz, vi uma sala vazia coberta de teias de aranha, andei até a varanda e fechei a porta, ficando do lado de fora. Vi que as cortinas opacas guardavam cada partícula de luz. Entrei de novo, fechei a porta e enfiei lascas de madeira no mecanismo para bloquear a fechadura.

Com o acesso frontal bloqueado, andei em direção aos fundos da casa. Um odor desagradável de produto farmacêutico saía de uma sala junto à cozinha. Abri a porta com a ponta do pé e tateei a parede em busca de um interruptor. Toquei em um; a luz forte me cegou. Então minha visão clareou e identifiquei o cheiro: formaldeído.

As paredes estavam repletas de prateleiras ostentando potes de órgãos em conserva; havia um colchão no piso, tapado em grande parte por um cobertor do Exército. Um escalpo de cabelos ruivos e dois cadernos jaziam em cima dele. Respirei com dificuldade e me forcei a olhar para aquilo tudo.

Cérebros, olhos, corações e intestinos boiando em fluidos. Uma mão de mulher, a aliança ainda no dedo. Ovários, aglomerados de vísceras disformes, um pote cheio de pênis. Partes de gengivas cheias de dentes de ouro.

Senti ânsias de vômito e me agachei junto ao colchão para não ter de ver mais sangue. Peguei um dos cadernos e folheei-o; as páginas estavam cheias de descrições datilografadas com capricho sobre roubos de túmulos – cemitérios, nomes e datas em colunas separadas. Quando vi "Cemitério Luterano do Leste de Los Angeles", onde minha mãe tinha sido enterrada, larguei o livro e estendi as mãos para pegar o cobertor, buscando algo para segurar; crostas de sêmen espalhadas em todo o cobertor me fizeram jogá-lo em direção à porta. Abri o outro caderno no meio. Uma caligrafia masculina bem cuidada me levou de volta a 14 de janeiro de 1947.

Quando acordou na manhã de terça, soube que ela não iria aguentar muito mais e que eu não poderia arriscar ficando nas colinas por muito mais tempo. Mais cedo ou mais tarde vagabundos ou namoradinhos vão acabar dando as caras por aqui. Estou certo de que ela se orgulhava muito de seus peitinhos, mesmo quando encostei Chesterfields neles ontem. Decidi cortá-los bem devagarinho.

Ela ainda está em estupor, talvez até em estado de choque. Mostrei-lhe o Joe DiMaggio, o taco de beisebol que tanto prazer me deu desde domingo. Atormentei-a com ele. Isso a tirou do estado de choque. Enfiei-o em seu buraquinho e ela quase engoliu a mordaça. Queria ter pregos para colocar nele, como uma donzela de ferro ou um cinto de castidade que ela não ia esquecer tão cedo. Segurei o taco na frente dela, depois abri com minha faca uma queimadura de cigarro em seu seio esquerdo. Ela cravou os dentes na mordaça; mordia tão forte que saiu sangue dali de onde retirei o Joe DiMaggio para levar a seus dentes. Enfiei a faca até sentir um ossinho e a girei. Ela tentou gritar e a mordaça deslizou para o fundo de sua garganta. Retirei-a por um segundo e ela gritou pela mãe. Coloquei-a de volta firme e cortei-a de novo no seio direito.

Os lugares onde está amarrada agora começam a infeccionar. As cordas cortam seus tornozelos e estão visguentas de pus...

Larguei o caderno sabendo que poderia fazê-lo, sabendo que, se vacilasse, mais algumas páginas iam virar a minha cabeça. Levantei-me; os potes de órgãos chamaram a minha atenção, coisas mortas todas enfileiradas, tão ordenadas, tão perfeitas. Fiquei me perguntando se Georgie já havia matado antes quando notei um pote sozinho no parapeito da janela sobre a cabeceira do colchão.

Um pedaço triangular de carne, tatuado. Um coração com a insígnia da Força Aérea dentro e as palavras "Betty & Major Mau" embaixo.

Fechei os olhos e tremi da cabeça aos pés; apertei os braços em torno de meu próprio corpo e tentei dizer a Betty que sentia muito por ter visto aquela parte tão especial dela, que não queria ser tão intrometido, que estava só tentando ajudar. Tentei dizer isso mil vezes. Então algo me tocou suavemente, e fiquei grato pela gentileza do toque.

Voltei-me e vi um homem, seu rosto coberto de cicatrizes, as mãos segurando pequenos instrumentos recurvados, ferramentas para cortar e sondar. Tocou suas faces com os escalpelos; retornei de onde havia estado e tentei pegar o revólver. Dois raios de aço gêmeos me chicotearam; o 45 se soltou de meu cinto e foi ao chão.

Esquivei-me para o lado; as lâminas rasgaram meu paletó e um pedaço de minha clavícula. Dei um pontapé na virilha de Tilden.

O violador de túmulos recebeu o golpe desequilibrado, dobrou-se e pulou para a frente, chocando-se comigo, empurrando-me até as estantes da parede.

Potes se quebraram, o formaldeído se espalhou, pedaços horrorosos de carne se libertaram. Tilden estava bem em cima de mim, tentando baixar seus escalpelos. Segurei seus pulsos no alto e mandei o joelho bem no meio de suas pernas. Ele grunhiu mas não recuou, seu rosto cada vez mais perto do meu. A centímetros de distância, cerrou os dentes e atacou; senti minhas faces se rasgarem. Dei outra joelhada nele, a pressão de seu braço afrouxou, levei outra mordida no queixo, então deixei as mãos caírem. Os escalpelos penetraram na prateleira atrás de mim; estendi a mão procurando uma arma e toquei num grande pedaço de vidro. Enterrei-o no rosto de Georgie no exato instante em que ele conseguia soltar as lâminas; ele gritou; o aço se enterrou em meu ombro.

A estante veio abaixo. Georgie caiu em cima de mim, o sangue jorrando de uma órbita ocular vazia. Vi meu 45 no chão a alguns metros de distância, arrastei nós dois até lá e o agarrei. Georgie levantou a cabeça, dando guinchos animais. Procurou minha garganta, com a boca imensa à minha frente. Enfiei o silenciador em seu olho vazio e estourei seus miolos.

33

Russ Millard forneceu o epitáfio para o caso Short.

Cheio de adrenalina, saí da casa da morte e segui direto para a Prefeitura. O padre tinha acabado de chegar de Tucson com seu prisioneiro; quando o cara estava seguro em uma cela, puxei Russ de lado e contei-lhe toda a história de meu envolvimento com os Sprague – desde a pista sobre a lésbica dada por Marjorie Graham até a morte de Georgie Tilden. Russ, a princípio aturdido, levou-me para o Hospital Central. O médico da sala de emergências aplicou-me uma injeção antitetânica dizendo "Deus, essas mordidas parecem quase humanas", e me deu pontos. As feridas de escalpelo eram superficiais, e exigiam apenas limpeza e curativos.

Lá de fora, Russ dizia:

– O caso deve ficar aberto. Será chutado do departamento se contar a alguém o que aconteceu. Agora vamos cuidar do Georgie.

Eram 3 horas quando chegamos a Silverlake. O padre ficou abalado com o que viu, mas manteve a compostura, rígido como uma estátua. Então o melhor homem que já conheci na vida surpreendeu-me.

– Vá para junto do carro – disse, e depois remexeu em alguns canos na lateral da casa, tomou uns 20 metros de distância e esvaziou seu revólver no local. O gás pegou fogo; a casa irrompeu em chamas. Saímos de lá a toda com os faróis apagados. Russ proferiu a máxima:

– Aquela obscenidade não merecia ficar de pé.

Então caiu sobre mim uma incrível exaustão – e o sono. Russ deixou-me no El Nido, mergulhei na cama e em vinte e poucas horas de inconsciência negra como breu. Ao acordar, a primeira coisa que vi foram os quatro passaportes dos Sprague sobre a cômoda. A primeira coisa que pensei foi: *eles têm que pagar.*

Se as violações aos códigos de saúde e segurança ou algo pior caíssem sobre eles, eu queria a família no país, onde sofreriam. Telefonei para o serviço de expedição de passaportes, fingi ser um capitão-detetive e pedi um bloqueio policial na emissão de novos passaportes para os quatro Sprague. Senti que era um gesto inócuo – um tapinha na mão. Depois fiz a barba e tomei banho, com cuidado extra para não molhar os curativos nem os pontos. Pensei sobre o fim do caso para não pensar na carnificina em que se tinha transformado minha vida. Lembrei-me de que algo que Madeleine tinha dito no outro dia soara falso, errado, fora de sintonia. Pensei na questão enquanto me vestia; quando saía para arranjar algo para comer, a luz se acendeu.

Madeleine disse que Martha tinha telefonado para a polícia a fim de passar uma pista sobre o La Verne's Hideaway. Mas eu conhecia a papelada do caso Short melhor do que qualquer outro tira vivo, e não havia registros em lugar algum relativos ao lugar. Mas então lembrei de dois incidentes: Lee recebendo uma longa ligação durante o período em que ficamos atendendo telefonemas na manhã seguinte ao meu encontro com Madeleine; Lee indo direto ao La Verne's depois de explodir durante a exibição do filme pornô. Só Martha, o "Gênio", poderia fornecer-me as respostas. Segui para a rua das agências de publicidade para colocá-la contra a parede.

ENCONTREI A FILHA verdadeira de Emmett Sprague sozinha, almoçando num banco à sombra do prédio da Young & Rubicam. Não ergueu os olhos quando me sentei à sua frente; lembrei que o livrinho negro e as fotos de Betty Short tinham sido retirados de uma caixa de correio a uma quadra de distância.

Observei a mulher-moça gordinha mordiscando uma salada e lendo o jornal. Nos dois anos e meio desde a última vez que a tinha visto ela havia se defendido da gordura e da pele ruim – mas ainda parecia uma versão feminina de Emmett.

Martha baixou o jornal e percebeu a minha presença. Esperei ver a raiva inflamar seus olhos; ela me surpreendeu dizendo "Olá, Sr. Bleichert", com um leve sorriso.

Aproximei-me e sentei a seu lado. O *Times* estava dobrado num artigo da seção metropolitana: "Estranho Incêndio nas Colinas de Silverlake – Corpo Carbonizado Irreconhecível."

– Desculpe-me pelo desenho que fiz naquela noite em que foi jantar conosco – declarou Martha.

Apontei para o jornal.

– Não me parece surpresa por me ver.

– Pobre Georgie. Não, não estou surpresa de vê-lo. Meu pai me contou que você sabia. Fui subestimada toda a minha vida, e sempre tive a sensação de que Maddy e meu pai o subestimavam.

– Sabe o que o "Pobre Georgie" fez?

– Sim. Desde o princípio. Vi Georgie e a tal de Short saírem da minha casa naquela noite na picape de Georgie. Maddy e meu pai não sabem que eu sabia, mas sabia. Só mamãe nunca imaginou. Você o matou?

Não respondi.

– Você vai denunciar minha família?

O orgulho naquele "minha" me feriu.

– Não sei o que vou fazer.

– Não o culpo por querer mal a eles. Meu pai e Maddy são pessoas horríveis, e eu mesma fiquei na pior por tê-los acusado.

– Refere-se a quando enviou aquelas coisas de Betty?

Os olhos de Martha se inflamaram.

– Sim. Rasguei a página do livro com o nosso telefone, mas achei que haveria outros números que levassem a polícia até meu pai e Maddy. Não tive coragem de mandar com o nosso número. Devia ter tido. Eu...

Ergui a mão.

– Por quê, Martha? Sabe o que aconteceria se a polícia conseguisse a história toda sobre Georgie? Acusação de cumplicidade, tribunal, prisão.

– Não me importava. Maddy tinha você e meu pai, minha mãe e eu não tínhamos nada. Só queria ver o barco afundar. Mamãe está com lupo, só tem mais alguns anos de vida. Vai morrer e isso é muito injusto.

– As fotos e os arranhões. O que quis dizer com aquilo?

Martha entrelaçou os dedos e torceu-os até ficarem brancos.

– Eu tinha 19 anos e tudo o que podia fazer era desenhar. Queria ver a vida de Maddy manchada por ser lésbica, e a última foto era do meu pai mesmo – com o rosto todo arranhado. Achei que talvez ele tivesse deixado impressões digitais na parte de trás. Estava desesperada tentando feri-los.

– Porque ele a toca do mesmo jeito que toca Madeleine?

– Porque ele não faz isso!

Preparei-me para o pior.

– Martha, você telefonou à polícia para transmitir uma pista sobre o La Verne's Hideaway?

Martha baixou os olhos.

– Telefonei.

– Falou com...

– Falei para o cara sobre a minha irmã lésbica, falei que ela tinha encontrado um tira chamado Bucky Bleichert no La Verne's na noite anterior. Maddy contava vantagem sobre você na frente de toda a família, e fiquei com ciúme. Mas só queria prejudicar a ela, não a você.

Lee recebendo a chamada comigo sentado na escrivaninha a sua frente na Delegacia da Universidade; Lee saindo direto para o La Verne's quando *Escravas* do *inferno* o tirou dos eixos.

– Martha, conte logo todo o resto.

Martha olhou em volta e contraiu-se toda – juntou as pernas, apertou os braços contra os flancos, fechou os punhos.

– Lee Blanchard foi à minha casa e disse a meu pai que tinha conversado com as mulheres do La Verne's – lésbicas que poderiam ligar o nome de Maddy à Dália Negra. Disse que tinha de sair da cidade, e que mediante determinada soma não relataria a informação que tinha obtido sobre Maddy. Meu pai concordou, e deu a ele todo o dinheiro que tinha no cofre.

Lee, louco de benzedrina, sumido da Prefeitura e da Delegacia da Universidade; a iminente saída de Bobby De Witt da prisão como motivo para deixar a cidade. Era o dinheiro de Emmett que ele exibia a todos no México. Minha voz soou entorpecida:

– Mais alguma coisa?

O corpo de Martha distendeu-se como uma mola.

– Blanchard voltou no dia seguinte. Pediu mais dinheiro. Meu pai recusou, e ele bateu em meu pai e fez todas aquelas perguntas sobre Elizabeth Short. Maddy e eu ouvimos da sala ao lado. Adorei aquilo e Maddy ficou louca de raiva. Saiu quando não pôde mais aguentar ver seu querido papaizinho rastejar, mas fiquei escutando. Meu pai tinha medo de que Blanchard jogasse sobre nós a culpa pelo assassinato, então concordou em dar a ele 100 mil dólares e contou o que aconteceu com Georgie e Elizabeth Short.

Os nós machucados nos dedos de Lee; a mentira dele: "Penitência por causa de Junior Nash." Madeleine ao telefone naquele dia: "Não venha. Papai está numa reunião de negócios." Nossa trepada desesperada no Red Arrow uma hora depois. Lee podre de rico no México. Lee deixando Georgie Tilden impune e livre como um passarinho.

Martha passou a mão nos olhos, viu que estavam secos e colocou a mão em meu braço.

– No dia seguinte uma mulher apareceu e pegou o dinheiro. E isso é tudo.

Peguei em minha carteira a foto de Kay e mostrei a ela.

– É. Era essa mesma.

Levantei, a sós pela primeira vez desde que a tríade se formara. Martha falou:

– Não prejudique mais minha família. Por favor.

– Caia fora, Martha – aconselhei. – Não deixe que a arruínem.

Segui para a Escola Primária de West Hollywood, fiquei no carro de olho fixo no Plymouth de Kay no estacionamento dos professores. O fantasma de Lee zumbia em minha cabeça enquanto esperava – péssima companhia para um período de quase duas horas. O sinal das 15 horas tocou no momento preciso; Kay saiu do prédio em meio a uma multidão de crianças e de professores pouco depois. Quando estava a sós junto ao carro, aproximei-me.

Estava arrumando uma pilha de livros e papéis no porta-malas, de costas para mim. Falei:

– Quanto daqueles 100 mil Lee deixou com você?

Kay ficou congelada, com as mãos sobre uma pilha de pinturas.

– Lee falou sobre Madeleine Sprague e eu naquela época? Era por isso que você odiava Betty Short esse tempo todo?

Kay passou os dedos sobre os trabalhos das crianças, depois se voltou e me encarou.

– Você é tão bom em algumas coisas que mal dá pra acreditar.

Era outro cumprimento que eu não queria ouvir.

– Responda às minhas perguntas.

Kay fechou o porta-malas, com os olhos fixos em mim.

– Não aceitei um centavo do dinheiro, e não sabia sobre você e Madeleine Sprague até aqueles detetives que contratei me fornecerem seu nome. Lee ia fugir de qualquer jeito. Não sabia se o veria de novo, e queria que se sentisse confortável, se é que isso era possível. Lee não confiava em si mesmo para negociar com Emmett Sprague outra vez, então fui pegar o dinheiro. Dwight, ele sabia que estava apaixonada por você e queria que ficássemos juntos. Foi uma das razões por que partiu.

Senti como se estivesse afundando na areia movediça de todas as nossas velhas mentiras.

– Ele não partiu, ele fugiu da história do Boulevard-Citizens, da armação que fez pra cima de De Witt, da confusão em que se envolveu no Departa...

– Ele nos amava! Não tire isso dele!

Olhei o estacionamento em volta. Professores junto a seus carros, observando a briga de marido e mulher. Estavam longe demais para escutar; imaginei-os atribuindo a briga a filhos, hipotecas ou infidelidade.

– Lee sabia quem matou Elizabeth Short. Você sabia disso?

Kay fitou o chão.

– Sim.

– Ele simplesmente deixou a coisa em branco.

– Tudo estava muito louco naquela época. Lee foi para o México atrás de Bobby, e falou que iria atrás do assassino quando voltasse. Mas não voltou, e eu não queria que você fizesse o mesmo.

Agarrei os ombros de minha mulher e apertei-os até que olhasse para mim.

– E não me contou depois? Não contou a ninguém?

Kay baixou a cabeça de novo; puxei-a de volta para cima.

– E não contou a ninguém?

No mais calmo tom de professorinha, Kay Lake Bleichert disse:

– Quase te falei. Mas você começou a se envolver com putas outra vez, a colecionar as fotos dela. Eu só queria me vingar da mulher que arruinou os dois homens a quem amei.

Ergui a mão para bater nela – mas a lembrança da imagem de Georgie Tilden num relance me fez parar.

34

Aproveitei o fim da minha licença acumulada e passei uma semana matando tempo no El Nido. Lia e ouvia as rádios de jazz, tentando não pensar em meu futuro. Estudava o arquivo incessantemente, mesmo sabendo que o caso estava encerrado. Versões infantis de Martha Sprague e de Lee assombravam meus sonhos; às vezes o palhaço de boca em cicatriz de Jane Chambers se juntava a eles, gritando insultos, falando através de buracos abertos em seu rosto.

Comprava todos os dias os quatro jornais de Los Angeles e os lia de ponta a ponta. O agito em torno do letreiro de Hollywood tinha passado, não havia menção a Emmett Sprague, nem a investigações do tribunal a respeito de construções irregulares ou da casa incendiada e do cadáver. Comecei a ter uma sensação de que havia algo errado.

Levou um tempo – longas horas passadas fitando as quatro paredes pensando em nada – mas finalmente cheguei ao ponto.

"O ponto" era um leve palpite de que Emmett Sprague havia guiado a Lee e a mim a fim de que matássemos Georgie Tilden. Comigo tinha sido gritante: "Quer que lhe diga onde pode encontrar Georgie?" – o que combinava perfeitamente com o caráter do homem, eu teria ficado mais desconfiado se ele tentasse uma abordagem sinuosa. Tinha mandado Lee atrás de Georgie logo que Lee bateu nele. Será que esperava que a raiva de Lee chegasse ao auge quando visse o assassino da Dália? Saberia dos tesouros de Georgie roubados dos túmulos – e estaria contando com eles para nos deixar loucos a ponto de matar? Será que contava com Georgie para iniciar um confronto – que eliminaria a ele ou a um dos tiras gananciosos/bisbilhoteiros que estavam criando tanto aborrecimento? E por quê? Por qual motivo? *Para proteger a si mesmo*?

A teoria tinha um vasto furo: a saber, a incrível, quase suicida audácia de Emmett, que não era do tipo suicida. E com o desmascaramento de Georgie Tilden – o assassino da Dália Negra, pura e simplesmente – não havia razão lógica para ir adiante. Mas "o ponto" recebeu o apoio de um leve fio solto na trama: Quando dormi pela primeira vez com Madeleine em 1947, ela mencionou que tinha deixado bilhetes para Betty Short em vários bares: "A sua sósia gostaria de conhecê-la." Falei a ela que talvez viesse a se arrepender desse ato, e ela disse: "Eu cuido disso."

Quem melhor poderia ter "cuidado disso" para ela era um policial – e eu me recusei. E, cronologicamente, Madeleine pronunciou aquelas palavras bem na época em que Lee Blanchard fez a sua primeira chantagem.

Era algo tênue, circunstancial e teórico, provavelmente só mais outra mentira ou meia verdade ou fiapos de informações inúteis. Um fio solto desemaranhado por um tira ansioso cuja vida tinha sido construída sobre uma base de mentiras. E essa era a única razão válida em que podia pensar para ir atrás de probabilidades fantasmas. Sem o caso, eu não tinha nada.

PEDI EMPRESTADO o carro particular de Harry Sears e vigiei os Sprague durante três dias e noites. Martha ia para o trabalho de carro e voltava no fim da tarde; Ramona ficava em casa; Emmett e Madeleine saíam para as compras e outras tarefas cotidianas. Todos os quatro ficaram na mansão na primeira e na segunda noites; na terceira, Madeleine foi dar suas voltinhas fantasiada de Dália.

Segui-a até a série de bares da rua 8, até o Zimba Room, até um bando de marinheiros e aviadores e, finalmente, até o hotel da rua 9 com a Irolo, onde chegou com um cara da Marinha. Não senti ciúme, nenhum impulso sexual dessa vez. Fiquei escutando do lado de fora do quarto 12 e ouvi a KMPC; as persianas estavam abaixadas, não havia acesso visual. A única alteração no *modus operandi* habitual de Madeleine foi quando largou o seu amante às 2 horas e foi para casa – a luz no quarto de Emmett se acendeu poucos instantes após a sua chegada.

Dei uma folga no quarto dia, e voltei ao meu posto de vigilância na Muirfield Road logo após o anoitecer. Estava saindo do carro para esticar um pouco as pernas quando ouvi:

– Bucky, é você?

Era Jane Chambers, passeando com um *spaniel* marrom e branco. Senti-me como uma criança apanhada com a mão no pote de biscoitos.

– Olá, Jane.

– Olá. O que está fazendo? Espionando? Louco por Madeleine?

Lembrei de nossa conversa sobre os Sprague.

– Sorvendo o ar revigorante da noite. Gostou dessa?

– Soa como uma mentira. Quer sorver um drinque revigorante em minha casa?

Olhei por sobre a fortaleza Tudor. Jane disse:

– Rapaz, você se envolveu mesmo com essa família!

Sorri e senti uma dorzinha nas mordidas em meu rosto.

– Você me conhece mesmo. Vamos lá tomar esse drinque.

Contornamos a esquina e entramos na rua June. Jane soltou a coleira do cachorro; ele saiu trotando à nossa frente, desceu da calçada e subiu os degraus da frente da casa colonial dos

Chambers. Nós nos juntamos a ele um instante depois; Jane abriu a porta. E lá estava o meu companheiro de pesadelos – o palhaço de boca de cicatriz.

Estremeci.

– Essa coisa maldita.

Jane sorriu.

Quer que eu o embrulhe para você?

– Por favor, não faça isso.

– Sabe, depois da primeira vez que falamos sobre ele, resolvi pesquisar a sua história. Ando me livrando de um monte de coisas de Eldridge, e estava pensando em doá-lo para uma instituição de caridade. Embora seja valioso demais para uma doação. É um original de Frederick Yannantuono, inspirado num velho romance clássico: *O homem que ri*, de Victor Hugo. O livro é sobre...

Havia um exemplar de *O homem que ri* na casa onde Betty Short tinha sido assassinada. Minha cabeça zumbia tanto que mal pude ouvir o que Jane dizia.

– ...um grupo de espanhóis nos séculos XV e XVI. Eram chamados de *comprachicos,* e raptavam e torturavam crianças, depois as mutilavam e vendiam para a aristocracia para serem usadas como bobos da corte. Não é hediondo? O palhaço do quadro é o personagem principal do livro, Gwynplain. Quando era criança sua boca foi rasgada de uma orelha à outra. Bucky, você está bem?

A BOCA CORTADA DE ORELHA A ORELHA.

Estremeci, depois dei um sorriso forçado.

– Estou bem. É que o livro me lembrou de algo. Coisas antigas, é só uma coincidência.

Jane me estudou atentamente.

– Você não parece bem, e quer saber de outra coincidência? Achei que Eldridge não falava mais com ninguém daquela família, mas encontrei o recibo. Foi Ramona Sprague quem lhe vendeu o quadro.

Por um segundo pensei ver Gwynplain cuspir sangue diante de mim. Jane segurou meu braço.

– Bucky, o que é?

Achei minha voz.

– Você me contou que seu marido lhe deu este quadro no seu aniversário, dois anos atrás. Certo?

– Certo. O que...

– Em 1947?

– É. Buck...

– Quando é o seu aniversário?

– Quinze de janeiro.

– Deixe-me ver o recibo.

Jane, de olhos arregalados, remexeu em alguns papéis sobre a mesa do outro lado do saguão. Fitei Gwynplain, superpondo fotos da 39 com a Norton diante de seu rosto.

– Aqui está. Agora vai me dizer o que está acontecendo?

Peguei o papel. Era um papel de carta roxo, escrito em letras maiúsculas de imprensa, em caligrafia estranhamente masculina.

"Recebi de Eldridge Chambers 3.500 dólares pela venda do quadro *O homem que ri*, de Frederick Yannantuono. Esse recibo constitui o título de propriedade do Sr. Chambers. Ramona Cathcart Sprague, 15 de janeiro de 1947."

A caligrafia era idêntica à do diário de tortura que eu tinha lido logo antes de matar Georgie Tilden.

Ramona Sprague tinha assassinado Elizabeth Short.

Agarrei Jane e lhe dei um abraço de urso, então dei o fora enquanto ela ficava ali me olhando, perplexa. Voltei para o carro, decidi que ia ser uma peça de um único ator, vi as luzes se acenderem e se apagarem na imensa casa e passei uma longa noite suando frio e reconstituindo todos os lances: Ramona e Georgie torturando juntos, separadamente, cortando o corpo ao meio, dividindo as partes entre si, seguindo em caravana de dois carros até Leimert Park. Refleti sobre todos os tipos de variações imagináveis; tracei mil hipóteses sobre como a coisa tinha começado. Pensei em tudo, exceto no que ia fazer quando encontrasse Ramona Sprague a sós.

Às 8h19 Martha saiu pela porta da frente carregando uma pasta de desenho e seguiu para o leste em seu Chrysler.

Às 10h37 Madeleine, de valise nas mãos, entrou em seu Packard e seguiu para o norte pela Muirfield. Emmett acenou da porta despedindo-se; decidi dar-lhe uma hora aproximadamente para sair – ou pegá-lo junto com a esposa. Pouco depois do meio-dia, ele resolveu colaborar: saiu em seu carro, com o rádio entoando uma opereta.

O mês que tinha passado brincando de casinha com Madeleine me colocou a par da rotina dos criados: naquele dia, quinta-feira, a governanta e o jardineiro tinham folga; a cozinheira aparecia às 16h30 para preparar o jantar. A valise de Madeleine indicava algum tempo fora; Martha só retornava do trabalho depois das 18 horas. Emmett era a única incógnita.

Atravessei a rua e realizei uma operação de reconhecimento. A porta da frente estava trancada, as janelas laterais trancadas. Teria de tocar a campainha ou arrombar.

Então ouvi batidas do outro lado da vidraça e vi um vulto branco indistinguível voltando em direção à sala de estar. Alguns segundos depois o som da porta da frente se abrindo ecoou no passeio de entrada de automóveis. Dei a volta para encontrar a mulher frente a frente.

Ramona estava parada à porta, fantasmagórica num penhoar de seda disforme. Seu cabelo estava todo emaranhado, o rosto borrado de vermelho e inchado – provavelmente de lágrimas e sono. Seus olhos castanho-escuros – idênticos aos meus em cor – alertas, em sobressalto. Tirou uma pistola automática das dobras de seu penhoar e apontou-a para mim.

– Você disse a Martha para me deixar.

Tirei a arma de suas mãos com um tapa; caiu sobre um capacho de boas-vindas contendo a inscrição FAMÍLIA SPRAGUE. Ramona mordeu os lábios; seus olhos perderam o foco.

– Martha merece alguém melhor do que uma assassina – declarei.

Ramona ajeitou o penhoar e passou a mão no cabelo. Classifiquei a reação como a de uma viciada da classe alta. Sua voz era típica e friamente Sprague:

– Você não contou, contou?

Recolhi a arma e coloquei-a em meu bolso, então olhei para a mulher. Devia estar chapada com resíduos de vinte anos de drogas farmacêuticas, mas seus olhos eram tão escuros que não dava pra ver se as pupilas estavam dilatadas ou não.

– Está me dizendo que Martha não sabe o que a senhora fez?

Ramona afastou-se para o lado e me fez sinal para entrar, falando:

– Emmett me contou que agora está tudo bem. Disse que você deu um jeito em Georgie, e que teria muito a perder voltando. Martha disse a Emmett que você não ia nos prejudicar, e ele disse que não ia mesmo. Acreditei nele. Ele sempre acerta em questões de negócios.

Entrei. Exceto pelos caixotes no chão, a sala de estar parecia a mesma de sempre.

– Emmett me mandou ir atrás de Georgie, e Martha não sabe que a senhora matou Betty Short?

Ramona fechou a porta.

– Sim. Emmett contava com você para dar um jeito em Georgie. Tinha confiança de que ele não me denunciaria, o homem estava realmente insano. Emmett é fisicamente covarde, entende. Não tinha a coragem de fazê-lo, então enviou um subalterno. Meu Deus, acha honestamente que eu deixaria Martha saber do que sou capaz?

A assassina torturadora tinha ficado realmente pasma ao me ver criticá-la como mãe.

– Ela vai descobrir mais cedo ou mais tarde. E sei que estava aqui naquela noite. Viu Georgie e Betty saírem juntos.

– Martha saiu para visitar uma amiga em Palm Springs cerca de uma hora depois. Ficou fora durante a semana toda. Emmett e Maddy sabem. Martha não. E, santo Deus, não deve saber.

– Sra. Sprague, sabe o que...

– Não sou a Sra. Sprague, sou Ramona Upshaw Cathcart! Não pode contar a Martha o que fiz, senão ela vai me abandonar! Ela disse que quer ter um apartamento só para ela e eu não tenho muito tempo pela frente!

Virei as costas para o espetáculo e andei em torno da sala de estar, pensando no que fazer. Olhei para os quadros e fotos nas paredes: gerações de Sprague usando *kilts,* Cathcart cortando as fitas diante de laranjais e terrenos baldios prontos para empreendimentos imobiliários. Havia uma foto de Ramona ainda menina, gorda, usando um espartilho que devia sufocar seu corpo. Emmett segurando uma criança de cabelos escuros, radiante. Ramona de olhos vidrados segurando a mão de Martha com o pincel sobre um cavalete de brinquedo. Mack Sennett e Emmett colocando com os dedos chifres um no outro. No fundo de uma foto da turma de Edendale pensei avistar o jovem Georgie Tilden – bonito, sem cicatrizes no rosto.

Senti Ramona atrás de mim, tremendo.

– Conte-me tudo – falei. – Diga me por quê.

RAMONA SENTOU-SE num divã e falou durante três horas, num tom às vezes zangado, às vezes triste, às vezes brutalmente distante do que dizia. Havia a seu lado uma mesa coberta com estatuetas de cerâmica minúsculas; suas mãos brincavam com elas constantemente. Eu ficava passando os olhos pelas paredes em torno, observando as fotos da família, vendo como se integravam à história dela.

Tinha conhecido Emmett e Georgie em 1921, quando os rapazes eram imigrantes escoceses à caça da fortuna em Hollywood. Odiava Emmett por tratar Georgie como um lacaio – e odiava a si própria por não falar a respeito disso. Não falava porque Emmett queria se casar com ela – pelo dinheiro de seu pai, ela sabia – e ela era uma mulher pouco atraente, sem muitas perspectivas de arranjar marido.

Emmett pediu-a em casamento. Ela aceitou e assumiu a vida de casada com o cruel jovem empreiteiro e futuro magnata imobiliário. A quem, gradualmente, começou a odiar. A quem combateu passivamente reunindo informações.

Georgie viveu no apartamento em cima da garagem nos seus primeiros anos de casamento. Ela descobriu que ele gostava de tocar em coisas mortas e que Emmett o insultava por isso. Começou a envenenar os gatos vadios que andavam pelo seu jardim, deixando-os na porta de Georgie. Quando Emmett rejeitou com desdém o seu desejo de ter um filho, procurou Georgie e seduziu-o – regozijando-se por ter sido capaz de excitá-lo com algo vivo, aquele corpo gordo de que Emmett zombava e que só procurava raramente.

O caso entre eles foi breve, mas produziu uma criança – Madeleine. Vivia aterrorizada com a semelhança da filha com Georgie, que se fazia mais nítida dia a dia, e começou a tomar narcóticos receitados pelo médico. Dois anos depois nasceu Martha, filha de Emmett. Foi como uma traição a Georgie, e ela voltou a envenenar gatos vadios para ele. Emmett pegou-a em flagrante um dia; bateu nela por tomar parte na "perversão de Georgie".

Quando contou a Georgie da surra que tinha levado, ele lhe contou que havia salvado a vida do covarde Emmett na guerra – revelando a mentira da versão de Emmett, de que ele havia salvo Georgie. Foi então que começou a elaborar as encenações – uma forma de se vingar de Emmett simbolicamente, de um jeito tão sutil que ele jamais saberia que estava sendo desprezado.

Madeleine apegou-se a Emmett. Ela era a menininha adorável, e ele a mimava. Martha se tornou a queridinha da mamãe – mesmo sendo o retrato encarnado de Emmett. Emmett e Madeleine desdenhavam Martha por ser gorda e chorona; Ramona a protegia, ensinando-a a desenhar, pondo-a na cama todas as noites, aconselhando-a a não odiar a irmã e o pai – embora ela os odiasse. Proteger Martha e instruí-la no amor à arte tinha se tornado a sua razão de viver, a sua força num casamento intolerável.

Quando Maddy completou 11 anos, Emmett notou a sua semelhança com Georgie, e retalhou o rosto de seu verdadeiro pai até deixá-lo irreconhecível. Ramona se apaixonou por Georgie; ele era agora mais destituído de atrativos físicos do que ela – e ela sentia que uma paridade tinha se estabelecido entre eles.

Georgie repeliu as suas persistentes investidas. Foi então que leu *O homem que ri*, de Victor Hugo, e ficou comovida com os *comprachicos* e suas vítimas desfiguradas. Comprou o quadro de Yannantuono e manteve-o oculto, fitando-o como uma lembrança de Georgie em suas horas de intimidade.

Quando Maddy chegou à adolescência, tornou-se promíscua, contava todos os detalhes a Emmett, trocavam carícias na cama. Martha pintou quadros obscenos da irmã que odiava; Ramona forçou-a a desenhar paisagens bucólicas para impedir que sua raiva explodisse. Para se vingar de Emmett, montava aquelas peças havia muito planejadas, que falavam veladamente de sua cobiça e covardia. Casas de brinquedo desmoronando representavam as casas de Emmett construídas com material barato que ruíram no terremoto de 1933; crianças escondidas atrás de manequins de loja vestidos de uniformes alemães retratavam Emmett, o covarde. Alguns pais acharam as peças perturbadoras, e proibiram as crianças de brincar com as filhas dos Sprague. Por essa época, Georgie saiu de suas vidas, indo cuidar de jardins e transportar lixo, vivendo nas casas desocupadas de Emmett.

O tempo passou. Ela se concentrou em cuidar de Martha, pressionando-a a terminar logo o ensino médio, concedendo fundos ao Instituto de Artes Otis para que ela recebesse tratamento especial. Martha desenvolveu-se e obteve excelentes notas em Otis; Ramona vivia através de suas realizações, entre um sedativo e outro, pensando frequentemente em Georgie – com saudade dele, desejando-o.

Então, no outono de 1946, Georgie voltou. Ramona escutou, por acaso, a chantagem que fez com Emmett: "Dar a ele" a garota do filme pornô ou correr o risco de ver exposto um bom pedaço do sórdido passado e presente da família.

Ficou com terríveis ciúmes e ódio "daquela garota" e, quando Elizabeth Short apareceu na mansão em 12 de janeiro de 1947, sua raiva explodiu: "aquela garota" parecia tanto com Madeleine que sentiu como se estivessem fazendo com ela a mais cruel das brincadeiras. Quando Elizabeth e Georgie saíram no caminhão dele, viu que Martha tinha ido para o quarto arrumar as malas para sua viagem a Palm Springs. Deixou um bilhete na porta de Martha se despedindo, dizendo que ia dormir. Então, em tom casual, perguntou a Emmett para onde "aquela garota" e Georgie estavam indo.

Ele lhe contou que tinha ouvido Georgie mencionar uma de suas casas abandonadas em North Beachwood. Ela foi até a porta dos fundos, pegou o seu Packard de reserva, voou a toda para Hollywoodland e esperou. Georgie e a garota chegaram ao estacionamento, ao sopé do Mount Lee, alguns minutos depois. Seguiu-os a pé até a casa no bosque. Eles entraram; ela viu uma luz se acender. A luz refletiu num objeto de madeira reluzente apoiado no tronco de uma árvore: um taco de beisebol. Quando ouviu a garota dar uma risadinha e perguntar "essas suas cicatrizes são da guerra?", entrou porta adentro, com o taco à frente.

Elizabeth Short tentou correr. Ela golpeou-a, deixando-a inconsciente, e fez Georgie despi-la, amordaçá-la e amarrá-la ao colchão. Prometeu-lhe partes da garota para guardar para sempre. Pegou um exemplar de *O homem que ri* da bolsa e o leu em voz alta, lançando olhares ocasionais à garota de braços e pernas abertos. Depois esfaqueou-a, queimou-a, bateu nela com o taco e escreveu no caderno que sempre carregava consigo enquanto a garota desmaiava de dor. Georgie assistia, e juntos cantaram as canções dos *comprachicos*. E depois de dois dias inteiros nisso, ela rasgou a boca de Elizabeth Short de orelha a orelha como Gwynplain, para que não a odiasse depois que estivesse morta. Georgie cortou o corpo em dois, lavou as metades no riacho junto à casa e levou-as para o carro dela. Quando já era noite alta, seguiram para a 39 com a Norton – um terreno de que Georgie costumava tomar conta para a Prefeitura. Deixaram Elizabeth Short lá, de onde surgiria para se tornar a Dália Negra. Depois levou Georgie de volta para casa e voltou para Emmett e Madeleine, contando-lhes que logo, logo descobririam onde ela tinha estado e finalmente respeitariam a sua vontade. Como ato de purgação, vendeu o seu quadro de Gwynplain para o amante da arte e regateador Eldridge Chambers, que morava ali perto – obtendo lucro na transação. Então se seguiram dias e semanas do horror de que Martha viesse a descobrir tudo e odiá-la – e cada vez mais láudano e codeína e soníferos para aguentar tudo aquilo.

Eu estava olhando para uma série de propagandas de revista emolduradas – trabalhos premiados de Martha – quando Ramona parou de falar. O silêncio me perturbou; a história dela girava em minha cabeça, de trás para a frente e de frente para trás em sequência. A sala estava fria – mas eu suava.

O primeiro prêmio do Conselho de Publicidade recebido por Martha em 1948 era um rapaz bonito num terno crespo listrado andando na praia, devorando com os olhos uma bela loira tomando sol. Andava tão alheio a tudo a seu redor que estava a ponto de ser ensopado por uma onda gigante. A legenda no topo da página dizia: "Não se preocupe! Com os tecidos superleves de Hart, Shaffner e Marx ele logo vai estar seco e sem nenhum vinco – e pronto para namorá-la no clube esta noite!" A garota era muito atraente. As feições eram de Martha – numa versão mais suave e bonita. A mansão Sprague ao fundo, cercada de palmeiras.

Ramona quebrou o silêncio.

– O que vai fazer?

Não consegui encará-la.

– Não sei.

– Martha não deve saber.

– Já me disse isso.

O cara do anúncio começava a parecer-me um Emmett idealizado – o escocês como um belo rapaz de Hollywood. Despejei a única pergunta digna de um tira que a história de Ramona me inspirou:

– No outono de 1946 havia alguém jogando gatos mortos nos cemitérios de Hollywood. Era você?

– Sim. Tinha tanto ciúme dela na época, e só queria que Georgie soubesse que ainda me importava. O que vai fazer?

– Não sei. Vá para cima, Ramona. Deixe que eu fique sozinho.

Ouvi passos suaves saindo da sala, depois soluços, depois mais nada. Pensei na frente unida familiar para salvar Ramona, em como a sua prisão iria acabar com a minha carreira policial: acusações de ocultamento de provas, obstrução da justiça. O dinheiro de Sprague a manteria longe da câmara de gás, ela seria engolida viva em Atascadero ou numa prisão feminina até que o lupo acabasse com ela, Martha ficaria arruinada, e Emmett e Madeleine ainda teriam um ao outro – as acusações de ocultamento e obstrução contra eles seriam fracas demais para haver um processo. Se prendesse Ramona seria o meu fim como policial; se a deixasse livre estaria acabado como homem. E, em qualquer das hipóteses, Emmett e Madeleine sobreviveriam – juntos.

Assim, o típico ataque *à la* Bucky Bleichert, bloqueado e imobilizado, se deteve ali, numa sala vasta e luxuosa cheia de ícones ancestrais. Olhei dentro das caixas largadas no chão – preparação para a fuga dos Sprague se o Conselho Municipal engrossasse – e vi os vestidos baratos de coquetel e o bloco de desenho coberto de rostos de mulheres, sem dúvida Martha rascunhando alter-egos para lançar em anúncios de pasta de dentes, cosméticos e sucrilhos. Talvez pudesse projetar uma campanha publicitária para tirar Ramona de Tehachapi. Talvez sem sua mamãezinha torturadora ela não tivesse mais ânimo para o trabalho.

Saí da mansão e matei o tempo revisitando velhos fantasmas. Passei no asilo – meu pai não me reconheceu, mas parecia cheio de energia malévola. Lincoln Heights estava cheia de casas novas – pré-fabricadas, aguardando moradores – "Sem Entrada" para recrutas. O Eagle Rock Legion Hall ainda tinha uma placa alardeando lutas de boxe na noite de sexta-feira, e meu território de patrulha da Divisão Central ainda era só bêbados, mendigos, vira-latas e gritos histéricos dos pregadores de Jesus. Ao pôr do sol, cedi à tentação: mais uma tentativa com a garota da alta antes de levar embora a sua mamãezinha; uma última oportunidade de lhe perguntar por que ainda bancava a Dália mesmo sabendo que jamais tocaria nela outra vez.

Segui para os bares da rua 8, estacionei na esquina da Irolo e esperei de olho na entrada do Zimba Room. Esperava que aquela valise que tinha visto Madeleine carregar pela manhã não significasse uma viagem para algum lugar; esperava que a sua ronda fantasiada como Dália duas noites atrás não fosse um tiro isolado.

Fiquei ali observando o tráfego de pedestres: soldados, civis frequentadores de bares, gente das vizinhanças entrando e saindo do restaurante ao lado. Pensei em deixar pra lá, mas fiquei apavorado com o próximo passo – Ramona – e permaneci. Só depois da meia-noite o Packard de Madeleine chegou. Ela saiu – carregando a valise, vestida como ela própria, e não Elizabeth Short.

Espantado, observei-a entrar no restaurante. Quinze minutos se passaram lentamente. Então ela saiu se requebrando, cem por cento Dália Negra. Jogou a valise no banco de trás do Packard e entrou no Zimba Room.

Dei-lhe um minuto de vantagem, entrei e observei da porta. O *barman* atendia a um grupo reduzido de oficiais graduados; as cabines zebradas estavam vazias. Madeleine bebia sozinha. Dois soldados se pavoneavam a alguns bancos de distância se preparando para ir ao ataque. Avançaram com meio segundo de diferença entre eles. A espelunca estava deserta demais para eu ficar vigiando lá dentro; recuei para o carro.

Madeleine e um primeiro-tenente em uniforme de verão cáqui saíram cerca de uma hora mais tarde. Conforme o seu velho *modus operandi*, entraram no Packard e contornaram a esquina rumo ao motel da rua 9 com a Irolo. Eu ia bem atrás deles.

Madeleine estacionou e foi até a casinha do gerente para pegar a chave; o soldado esperou junto à porta do quarto 12. Meus pensamentos eram de frustração: KMPC em alto volume, persianas totalmente abaixadas. Então Madeleine saiu da recepção, chamou o tenente e apontou um outro bloco do lado oposto do pátio. Ele deu de ombros e foi andando; Madeleine juntou-se a ele e abriu a porta. A luz se acendeu e se apagou lá dentro.

Dei-lhes 10 minutos e depois andei até o bangalô, já conformado em dar de cara com os sucessos das *big bands* e a escuridão.

Gemidos vinham lá de dentro, sem nenhuma música. Vi que a única janela estava aberta uns 60 centímetros, mais ou menos, presa na tinta seca do trilho. Abriguei-me atrás de um caramanchão tomado de videiras, agachei-me e escutei.

Gemidos mais fortes, molas da cama rangendo, grunhidos masculinos. Os ruídos de amor de Madeleine atingiam proporções febris – teatrais, mais soprano do que quando estava comigo. O soldado gemendo forte, depois todos os ruídos cessando, então Madeleine falando num sotaque forçado:

– Gostaria que tivesse um rádio. Lá de onde venho, todos os motéis têm rádios. Eles ficam presos com trancas e a gente tem de colocar moedinhas, mas pelo menos tem música.

O soldado, tentando recuperar o fôlego.

– Ouvi dizer que Boston é uma cidade legal.

Consegui situar o sotaque falso de Madeleine: era do meio operário da Nova Inglaterra, do jeito como Betty Short devia falar.

– Medford não é legal, nem um pouco. Só pegava trabalhos ruins, um atrás do outro. Garçonete, vendedora de doces num cinema, arquivista numa fábrica. Foi por isso que vim tentar a sorte na Califórnia. Porque Medford era horrível mesmo.

Os "A" de Madeleine iam ficando cada vez mais compridos; parecia um catador de papéis de Boston. O homem falou:

– Você veio para cá durante a guerra?

– Sim. Arranjei um emprego em Camp Cooke. Um soldado me espancou e foi um cara rico, um empreiteiro premiado, que me salvou. Agora ele é meu padrasto. Deixa eu ir com quem quiser, desde que volte para casa, para ele. Comprou aquele carro branco bonito pra mim e todos os meus belos vestidos pretos, e quando volto para casa ele faz massagem em mim, porque não é meu pai de verdade.

– Esse é o pai que todos gostariam de ter. Meu pai me comprou uma bicicleta certa vez, e me deu 2 paus para comprar uma caixa de sabão para participar de uma corrida de carrinhos de rolimã. Mas nunca me comprou nenhum Packard, com certeza. Você arranjou um amor de paizinho, Betty.

Ajoelhei e me abaixei um pouco mais para espiar pela abertura da janela; tudo o que pude ver foram vultos escuros numa cama no meio do quarto. Madeleine/Betty replicou:

– Às vezes meu padrasto não gosta dos meus namorados. Ele não arma confusão, porque não é meu pai de verdade e eu deixo ele massagear minhas costas. Só com aquele rapaz, um policial. Meu padrasto falou que ele era um fraco com tendências violentas. Não acreditei nele, porque o cara era grande e forte, e tinha aqueles lindos dentões. Ele tentou me machucar, mas papai lhe deu uma lição. Papai sabe como lidar com homens fracos que se aproveitam do dinheiro dos outros e tentam machucar moças direitas. Papai foi um grande herói na Primeira Guerra Mundial e o policial foi um daqueles que fizeram corpo mole pra não ir pra guerra.

O sotaque de Madeleine ia mudando imperceptivelmente, transformando-se num outro tom, mais baixo e gutural. Preparei-me para ouvir mais ataques verbais; o soldado falou:

– Esses soldados de corpo mole deviam ser deportados para a Rússia ou levar um tiro. Não, um tiro é muito suave para eles. Pendurados você sabe por que parte do corpo, isso sim.

E Madeleine, num *vibrato* rouco, passou a um perfeito sotaque mexicano:

– *Un* machado *es mejor, no?* O policial tinha *un parcero.* Ele me quebrou uns galhos... uns bilhetes que *yo no debia* ter mandado para *una* moça que *no* era muito boa. O *parcero* bateu no meu padrasto e fugiu para o Mee-hi-co. Fiz desenhos de um rosto para adotar e comprei vestidos baratos. Contratei *un* detetive para encontrá-lo e montei *una encenaçon.* Fui até Ensenada usando *un* disfarce, com roupas baratas, fingindo ser *una* mendiga, e bati à porta dele. "*Gringo, gringo,* preciso de dinheiro". Ele virou *sus* costas, peguei um machado e derrubei-o com *una* machadada. Peguei o dinheiro que ele roubou do meu querido padrasto. Setenta e um mil dólares foi o que levei para casa.

O soldado falou:

– Escuta aqui, isso é algum tipo de brincadeira?

Peguei o meu 38 e preparei o cão. Madeleine, no papel da "mexicana rica" de Milt Dolphine, passou a falar espanhol direto, num jorro de obscenidades roucas. Mirei através da abertura da janela; a luz se acendeu lá dentro; o namoradinho se lançando para dentro do uniforme me impediu de atirar na assassina. Vi Lee no cemitério na areia, com os vermes rastejando para fora dos olhos.

O soldado saiu correndo porta afora, seminu. Madeleine, deslizando para dentro de seu vestido negro colante, era um alvo fácil.

Fiz pontaria; um último vislumbre de sua nudez me fez esvaziar a arma no ar. Abri a janela com um pontapé.

Madeleine me viu subir ao parapeito. Impávida diante dos tiros e dos cacos de vidro esvoaçantes, ela falou, com uma voz doce e cheia de *savoir faire:*

– Ela era a única coisa real para mim, e eu tinha de falar às pessoas sobre ela. Sentia-me tão artificial perto dela. Ela era natural e eu era só uma impostora. E ela era nossa, amor. Você a trouxe de volta para mim. Era ela que fazia o que havia entre nós ser tão bom. Ela era nossa.

Desarrumei o penteado Dália de Madeleine, para que parecesse só mais uma puta vestida de negro; algemei seus pulsos às costas e me vi no cemitério de areia, alimentando os vermes assim como meu parceiro. Sirenes surgiam de todos os lados; faróis refletiam na janela quebrada. Lá do Grande Lugar Nenhum, Lee Blanchard repetiu a sua máxima dos conflitos do Terno Zoot:

– *Cherchez la femme,* Bucky. Lembre-se disso.

35

Caímos juntos.

Quatro viaturas atenderam aos meus tiros. Expliquei aos policiais que seria uma corrida de luz acesa e sirene ligada até a Delegacia de Wilshire – eu estava detendo a mulher por homicídio em primeiro grau. Na delegacia, Madeleine confessou o assassinato de Lee Blanchard, engendrando uma fantasia brilhante – um triângulo amoroso Lee/Madeleine/Bucky, com uma história sobre como tinha se envolvido intimamente conosco no inverno de 1947. Fiquei sem ação durante o interrogatório e Madeleine foi impecável. Até tiras experientes da Delegacia de Homicídios engoliram a história toda, com isca, anzol e linha: Lee e eu rivais, brigando pela sua mão. Madeleine prefere a mim como marido em potencial. Lee procura Emmett, pedindo-lhe que "lhe dê" sua filha, espanca o cara quase até a morte quando este recusa. Madeleine caça Lee no México para se vingar, e o mata com uma machadada em Ensenada. Nenhuma menção ao caso do assassinato da Dália Negra.

Corroborei a história de Madeleine, dizendo que só recentemente tinha compreendido que Lee havia sido assassinado. Então, coloquei Madeleine diante de uma série de detalhes circunstanciais relativos ao assassinato de Lee e forcei uma confissão parcial de sua parte. Madeleine foi transportada para o presídio feminino de Los Angeles e eu voltei ao El Nido – ainda pensando no que fazer com Ramona.

No dia seguinte, voltei ao trabalho. No fim de meu expediente uma equipe de tiras da Metropolitana me esperava nos vestiários da Delegacia da Newton. Fui submetido a interrogatório pesado durante três horas; continuei a chutar a bola de fantasia que Madeleine tinha posto em movimento. A solidez da história dela e a minha reputação de selvagem no departamento me sustentaram durante o interrogatório – e ninguém mencionou Dália.

Durante a semana seguinte a máquina legal entrou em ação.

O governo mexicano se recusou a indiciar Madeleine pelo assassinato de Lee Blanchard – sem um cadáver e sem provas, o processo de extradição não poderia ser iniciado. Um júri preliminar foi convocado para decidir se ela iria a julgamento; Ellis Loew foi nomeado para apresentar o caso em nome da Cidade de Los Angeles. Falei a ele que só iria testemunhar por escrito. Conhecendo bem demais a minha imprevisibilidade, ele concordou. Preenchi dez páginas com mentiras sobre "o triângulo amoroso", com ornamentos fictícios dignos da romântica Betty Short em seus melhores dias. Fiquei pensando se ela iria apreciar a ironia.

Emmett Sprague foi indiciado por um segundo júri de instrução – por violação aos códigos de saúde e segurança devido ao fato de ser dono, sob a fachada de empresas fictícias, de propriedades perigosamente irregulares. Foi multado em mais de 50 mil dólares mas não sofreu processo criminal. Contando os 71 mil que Madeleine tinha roubado de Lee, ele continuava com um saldo credor de mais de 20 mil dólares.

O caso do triângulo amoroso chegou aos jornais um dia após a ida a tribunal do processo de Madeleine. A luta Blanchard x Bleichert e a matança de Southside foram revividos, e durante uma semana fui o grande assunto local. Então recebi um telefonema de Bevo Means, do *Herald*:

– Cuidado, Bucky. Emmett Sprague vai revidar, e logo vai saltar merda pra todo lado. Já disse o que tinha de dizer.

Foi a *Confidential* que desferiu o golpe contra mim.

O exemplar de 12 de julho continha um artigo sobre o triângulo. Citava palavras de Madeleine, recolhidas por Emmett dos destroços do escândalo. A garota da alta revelava que eu matava serviço para dormir com ela no motel Red Arrow; que roubava garrafas de uísque do seu pai para aguentar a ronda noturna; que tinha lhe passado informações secretas internas sobre o sistema de cotas de multas de trânsito do DPLA e sobre como "batia nos negros". Havia insinuações de delitos ainda mais graves – mas tudo o que Madeleine disse era verdade.

Fui expulso do DPLA sob acusação de indignidade moral e conduta imprópria a um policial. Foi a decisão unânime de um conselho de inspetores e subchefes especialmente convocado, e não a contestei. Pensei em entregar Ramona na esperança de dar uma virada espetacular, mas afastei a ideia. Russ Millard poderia ser forçado a admitir o que sabia e sair prejudicado; o nome de Lee seria ainda mais enlameado; Martha iria saber. A expulsão vinha com dois anos e meio de atraso; e as revelações da *Confidential* eram o último embaraço que eu causaria ao departamento. Ninguém sabia disso melhor do que eu.

Devolvi o meu revólver de serviço, meu 45 ilegal e o distintivo 1611. Voltei para a casa que Lee tinha comprado, pedi 500 dólares emprestados ao padre e esperei que minha notoriedade se extinguisse antes de começar a procurar emprego. Betty Short e Kay pesavam sobre mim, e fui até a escola de Kay procurar por ela. O diretor, encarando-me como um verme que acabara de sair à luz do dia, disse que Kay tinha apresentado sua demissão um dia após eu ter virado manchete de jornal. Na carta, afirmava que ia fazer uma longa viagem de carro pelo país e que não retornaria a Los Angeles.

O júri de instrução decidiu levar Madeleine a julgamento por homicídio em terceiro grau – "homicídio premeditado sob fortes pressões psicológicas e com circunstâncias atenuantes". Seu advogado, o grande Jerry Giesler, fez com que se declarasse culpada e requisitou um julgamento a portas fechadas. Levando em conta as recomendações de psiquiatras que consideraram Madeleine uma "esquizofrênica violenta, propensa a delírios e a assumir muitas personalidades diferentes", o juiz a condenou "a um tratamento por período indeterminado no Hospital Estatal de Atascadero que não deve ser inferior ao tempo mínimo atribuído pelo Código Penal do Estado: dez anos de prisão".

Assim, a garota da alta pagou o pato em nome da família, e eu paguei em meu próprio nome. Meu adeus aos Sprague foi uma foto de primeira página do *Daily News* de Los Angeles. As inspetoras levavam Madeleine para fora do tribunal enquanto Emmett chorava no banco da defesa. Ramona, com o rosto esburacado pela doença, era amparada por Martha, vestida como uma sólida executiva, num tailleur feito sob medida. A foto selou o meu silêncio para todo o sempre.

36

Um mês depois, recebi uma carta de Kay.

Sioux Falls, South Dakota
17/8/1949

Querido Dwight,

Não sei se voltou para a casa, então não sei se essa carta vai chegar até você. Andei verificando os jornais de Los Angeles na biblioteca, e sei que não está mais no departamento, então também não adiantaria escrever para lá. Vou simplesmente mandar e ver o que acontece.

Estou em Sioux Falls, vivendo no Hotel Plainsman. É o melhor da cidade, e desde os tempos de menina queria me hospedar aqui. Não é como imaginei, é claro. Só queria tirar da boca o gosto de Los Angeles, e Sioux Falls é a antítese mais perfeita de Los Angeles que se pode conseguir sem voar até a Lua.

Minhas colegas do colégio estão todas casadas e com filhos, e duas delas ficaram viúvas por causa da guerra. Todo mundo fala da guerra como se não houvesse terminado ainda, e os campos na periferia da cidade estão sendo aplainados para a construção de projetos imobiliários. Os que foram construídos até agora são tão feios, com cores tão chamativas, tão destoantes. Fazem-me ter saudade de nossa velha casa. Sei que você a odeia, mas foi um santuário durante nove anos de minha vida.

Dwight, li todos os jornais e aquela porcaria de revista. Devo ter contado uma dezena de mentiras, por omissão e de maneira explícita. Fico me perguntando o que terá acontecido, embora na verdade não queira saber. Fico me perguntando por que Elizabeth Short jamais foi mencionada. Poderia me sentir sem culpas, mas passei a noite passada em meu quarto só calculando o número de mentiras. Todas as mentiras que lhe contei e as coisas que nunca lhe contei, mesmo quando tudo ia bem entre nós. Fico até constrangida de lhe contar a que número cheguei.

Desculpe-me por elas. E admiro o que você fez com Madeleine Sprague. Nunca soube o que ela representava para você, mas sei que prendê-la foi algo que lhe custou muito. Ela matou mesmo Lee? Ou isso é só outra mentira? Por que não posso acreditar nisso?

Tenho algum dinheiro que Lee me deixou (uma mentira por omissão, eu sei), e vou seguir para o Leste dentro de um ou dois dias. Quero estar longe de Los Angeles, em algum lugar frio, bonito e velho. Talvez Nova Inglaterra, talvez os Grandes Lagos. Tudo o que sei é que, quando vir o lugar, saberei.

Esperando que esta o encontre,

Kay.

P.S. Ainda pensa em Elizabeth Short? Penso nela frequentemente. Não a odeio, só penso nela. É estranho, depois de todo esse tempo.

K.L.B.

Guardei a carta e a reli pelo menos duzentas vezes. Não pensei no que significava, ou o que implicava para o meu futuro, o de Kay ou o nosso juntos. Só a relia e pensava em Betty. Joguei no lixo o arquivo do El Nido e pensei nela. H.J. Caruso me deu um emprego de vendedor de carros, e pensei nela enquanto anunciava os modelos de 1950. Fui até a 39 com a Norton, vi que havia casas sendo erguidas no terreno baldio e pensei nela. Não questionava a moralidade de deixar Ramona livre, e nem pensava se Betty aprovaria ou não. Só pensava nela. E foi preciso Kay, sempre a mais inteligente de nós dois, para iluminar as coisas para mim.

Sua segunda carta foi escrita no papel de carta do Harvard Motor Lodge, e tinha o carimbo de Cambridge, Massachusetts.

11/9/1949

Querido Dwight,

Continuo sendo uma terrível mentirosa, uma proteladora e uma covarde. Já faz dois meses que sei disso, e simplesmente não tive coragem de lhe falar. Se esta carta não chegar até você terei de telefonar para a casa ou para Russ Millard. É melhor tentar assim primeiro.

Dwight, estou grávida. Deve ter acontecido naquela horrível oportunidade, cerca de um mês antes de você se mudar. Vai nascer perto do Natal e quero ter a criança.

Esse é o típico ataque em retirada *à la* Kay Lake. Quer me telefonar ou escrever, por favor? Logo? Agora?

Essas são as grandes notícias. A propósito do P.S. de minha última carta, achou estranho? Melancólico? É engraçado, o que aconteceu.

Continuei pensando sobre Elizabeth Short. Sobre como ela estilhaçou as vidas de todos nós, que nem mesmo a conhecíamos. Quando cheguei em Cambridge (Deus, como gosto de comunidades acadêmicas!), me lembrei de que ela cresceu aqui perto. Fui até Medford, parei para jantar e comecei a conversar com um cego sentado na mesa ao lado. Estava com vontade de bater um papo e mencionei Elizabeth Short. O cara ficou triste no começo, depois seu astral melhorou. Contou-me sobre um policial de Los Angeles que tinha ido a Medford três meses atrás para encontrar o assassino de "Beth". Descreveu a sua voz e o seu estilo verbal com perfeição. Fiquei bastante orgulhosa, mas não contei a ele que o tira era meu marido, porque não sei se ainda é.

Aguardando uma resposta,
Kay.

Não telefonei nem escrevi. Coloquei a casa de Lee Blanchard à venda e peguei um avião para Boston.

37

No avião pensei em todas as coisas que tinha de explicar a Kay, um depoimento para impedir que um novo ciclo de mentiras destruísse a nós dois – ou a nós três.

Ela teria de saber que eu era um detetive sem distintivo, que durante um mês no ano de 1949 eu tive talento, coragem e disposição para fazer sacrifícios. Ela teria de saber que o calor desses tempos sempre me deixaria vulnerável, à mercê de curiosidades obscuras. Teria de acreditar que a minha resolução mais firme era a de não deixar que nada disso a magoasse.

E teria de saber que tinha sido Elizabeth Short quem nos deu uma segunda oportunidade.

Ao se aproximar de Boston, o avião foi engolido pelas nuvens. Senti a opressão do medo, como se o reencontro e a paternidade tivessem me transformado numa pedra em queda livre. Apelei para Betty então; um desejo, quase uma prece. As nuvens se dispersaram e o avião desceu, com uma imensa cidade brilhante lá embaixo. Pedi a Betty que me concedesse uma viagem segura de volta ao meu amor.

fim

EDIÇÕES
BestBolso

Este livro foi composto na tipologia Minion Pro Regular, em corpo 10,5/13, e impresso em papel off-set 56g/m² no Sistema Cameron da Divisão Gráfica da Distribuidora Record.